1. 바다 용에게 제물로 바쳐진 헤시오네를 헤라클레스가 구했다.

2. 켄타우로스는 상반신은 인간이고 하반신은 말인 종족으로, 현명한 켄타우로스 케이론은 수많은 영웅의 스승이다.

3. 테티스의 행렬. 사랑의 전령들이 테티스를 호위하고, 운명의 신이 바람에 부푼 돛을 들고 신부를 인도한다

4. 테티스와 펠레우스의 결혼식 풍경이다. 신들의 연회가 열렸고 무사이와 아폴론이 음악을 연주한다.

5. 헤르메스와 세 여신이 파리스를 찾아가 황금 사과를 받을 여신을 선택하게 했다. 왼쪽부터 아테나, 아프로디테, 헤라다.

6. 스파르타의 왕비이자 메넬라오스의 아내인 헬레네.

7. 스파르타의 왕이자 헬레네의 남편인 메넬라오스.

8. 백조로 변한 제우스가 레다를 유혹하고 있다. 레다는 이후 알 두 개를 낳는다.

9. 테티스는 아킬레우스를 스틱스강에 담가 무적의 몸으로 만든다.

10. 아킬레우스는 증조할아버지인 케이론의 손에 자란다.

11. 아프로디테는 제우스의 농간으로 인간 목동 안키세스에게 반한다.

12. 카산드라는 트로이의 몰락을 예언했지만 아무도 믿지 않았다.

13. 파리스는 헬레네를 데리고 트로이로 돌아갔고 트로이 전쟁이 일어난다.

14. 오디세우스는 참전을 피하려고 미친 흉내를 냈다. 황소와 당나귀에 쟁기를 씌워 땅을 갈고 소금을 뿌리고 있다.

15. 이피게네이아는 아르테미스의 분노를 잠재울 제물로 선택된다.

16. 제프리 초서가 쓴 「트로일로스와 크레시다」의 삽화. 초서가 쓴 이야기에서 트로이의 왕자 트로일로스는 크레시다와 금지된 사랑에 빠진다.

17. 아킬레우스와 아이아스가 주사위 놀이를 하고 있다.

18. 아킬레우스의 포로였던 브리세이스는 아가멤논에게 보내진다.

19. 테티스가 제우스를 찾아가 아들 아킬레우스를 모욕한 그리스군에게
패배를 안겨달라고 애원하고 있다.

20. 올림포스 신들이 전투에 끼어들었고, 디오메데스는 전쟁의 신 아레스를 상처 입혔다.

21. 아이아스와 헥토르의 결투. 왼쪽에서 아테나가 아이아스를, 오른쪽에서 아폴론이 헥토르를 응원하고 있다.

22. 메넬라오스가 파트로클로스의 주검을 안고 있다. 파트로클로스의 시신을 둘러싸고 치열한 전투가 벌어졌다.

23. 헥토르가 출정 전에 아내 안드로마케와 아들 스카만드리오스에게 인사하고 있다.

24. 아킬레우스는 헥토르의 주검을 전차에 달아 끌고 다니며 모욕했다.

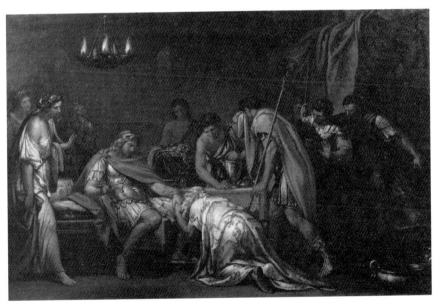

25. 트로이의 왕 프리아모스가 아킬레우스에게 아들 헥토르의 시신을 돌려달라고 애원하고 있다.

26. 뒤꿈치에 독화살을 맞은 아킬레우스.

27. 아킬레우스의 방패.
『일리아스』를 기반으로
19세기에 만들어진 것이다.

28. 트로이를 수호하는 아테나 목각상 팔라디온. 오디세우스와 디오메데스가 팔라디온을 훔치고 있다.

29. 라오콘이 목마의 비밀을 폭로하려 하자 신들이 바다뱀을 보내 그의 아들들과 함께 죽인다.

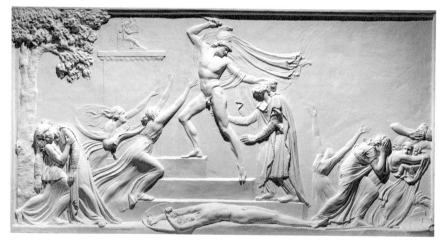

30. 프리아모스는 아킬레우스의 아들인 네오프톨레모스에게 살해당한다.

31. 함락당한 트로이.

스티븐 프라이의

그리스 신화

트로이 전쟁

옮긴이 **이영아**

서강대학교 영어영문학과를 졸업하고 성균관대학교 사회교육원 전문 번역가 양성 과정을 이수했다. 현재 전문 번역가로 활동하고 있다. 옮긴 책으로 『누군가는 거짓말을 하고 있다』, 『몹쓸 기억력』, 『샘통의 심리학』, 『민주주의는 여성에게 실패했는가』, 『라이프 프로젝트』, 『걸 온 더 트레인』, 『행복은 어떻게 설계되는가』, 『도둑맞은 인생』 등 다수가 있다.

TROY

스티븐 프라이의

그리스 신화

스티븐 프라이 지음 ✛ 이영아 옮김

트로이 전쟁

ⓒ 현암사

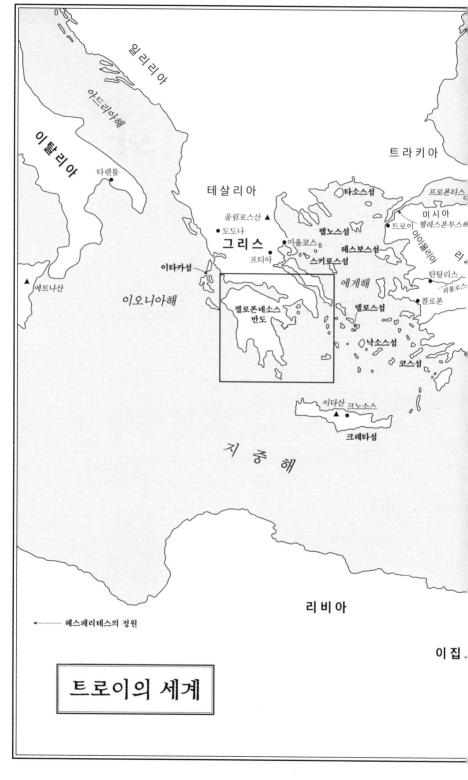

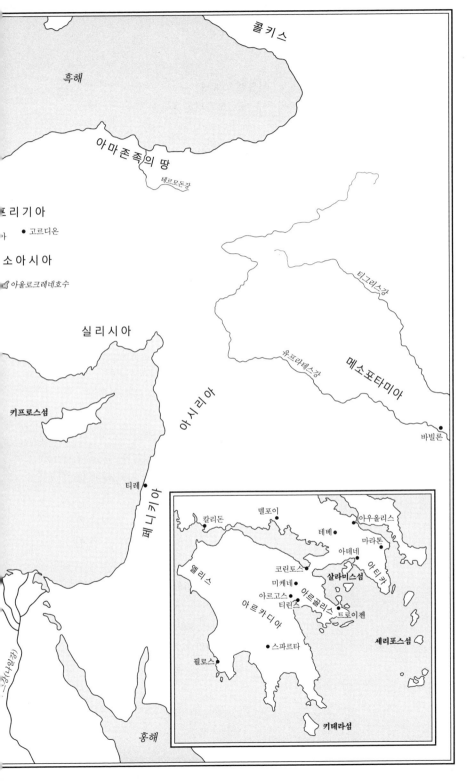

기원전 3000년
청동기시대. 미노스 문명의 번영

기원전 1550년
지중해 문명의 태동

기원전 1450년
선형문자 B의 개발

기원전 1450년경
미노스 문명의 쇠퇴

기원전 1400년
미케네 문명의 태동

기원전 1200년
트로이 전쟁의 시작

기원전 1150년경
고대 세계의 철기시대 시작

기원전 1100년
미케네 문명의 멸망

기원전 1100년~기원전 800년
암흑시대. 문학의 몰락과 구전의 등장

기원전 800년~기원전 479년
고졸기. 그리스 문자의 보급

기원전 800년
호메로스, 『일리아스』를 지음

기원전 776년
제1회 올림피아 제전

기원전 490년~기원전 479년
페르시아 전쟁
기원전 490년: 마라톤 전쟁
기원전 480년: 테르모필레 전투
기원전 480년: 살라미스 해전
기원전 479년: 플라타이아이 전투

기원전 480년~기원전 323년
고전 시대

기원전 431년~기원전 404년
펠로폰네소스 전쟁

기원전 323년
알렉산드로스 대왕 사망

기원전 323년~기원전 146년
헬레니즘 시대

기원전 146년
로마의 그리스 침략과 지배

기원전 44년
율리우스 카이사르 암살

올림포스 신들

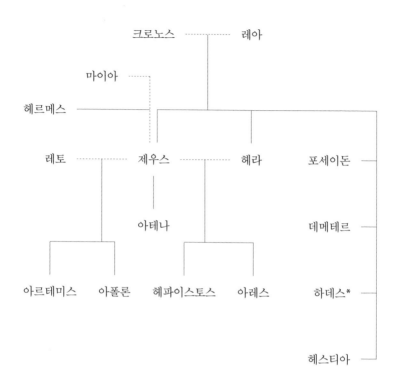

크로노스 ┈┈┈┈ 레아

마이아 ┈┈

헤르메스

레토 ┈┈┈┈ 제우스 ┈┈┈┈ 헤라   포세이돈

아테나   데메테르

아르테미스   아폴론   헤파이스토스   아레스   하데스*

헤스티아

우라노스의 생식기

아프로디테

* 하데스는 지하세계에서만 지냈기 때문에 엄밀히 말하면 올림포스 신이 아니다.

차례

머리말

『스티븐 프라이의 그리스 신화』1권에는 신과 인간의 탄생과 출현이, 2권에는 페르세우스, 헤라클레스, 이아손, 테세우스 같은 인간 영웅들의 위업과 여정과 모험이 담겨 있다. 이번 책을 즐기기 위해 전작들을 꼭 읽지 않아도 된다. 유용하다 판단되면, 자세한 내용을 앞선 두 권에서 참고할 수 있도록 주석을 달아놓을 것이다. 또한 이 책의 여정을 시작하기 전에 그리스 신화의 세계를 공부해둘 필요도 없다. 이름이나 지명, 가족 관계를 전부 다 기억해야 한다는 압박감은 버려도 좋다. 수많은 왕조와 왕국의 시작을 이야기하는 건 배경을 설명하기 위해서일 뿐이다. 여러 가닥의 실이 얽혀 하나의 태피스트리를 완성하듯, 수많은 이야기가 결국엔 큰 줄기를 향하고 있음을 잊지 말기 바란다. 책 후반부에 두 개의 장으로 구성되어 있는 부록을 읽으면, 어디까지가 역사이고 어디까지가 신화인지 판단하기 쉬울 것이다.

하늘에서 떨어진 목각상

트로이. 전 세계에서 가장 경이로운 왕국. 에게해의 보석. 한 번이 아니라 두 번의 흥망성쇠를 겪은 도시, 눈부신 일리움. 야만적인 동방으로 통하는 길목. 황금과 말들의 왕국. 예언자, 왕자, 영웅, 전사와 시인을 치열하게 양성한 도시. 아레스, 아르테미스, 아폴론, 아프로디테의 가호 아래 트로이는 전쟁과 평화, 무역과 협정, 사랑과 예술, 정치, 신앙, 시민의 화합 등의 기술을 모두 성취한 모범적인 도시로 수년 동안 이름을 날렸다. 트로이가 멸망했을 때 인간 세계에는 구멍이 하나 뚫렸고, 그 구멍은 기억으로 메울 수밖에 없다. 트로이와 함께 우리 자신의 일부를 잃지 않으려고 시인들은 그 이야기를 노래하고 또 노래하여 자손 대대로 물려준다.

트로이의 최후를 이해하려면 그 시작부터 알아야 한다. 우리 이야기의 배경에는 수많은 우여곡절이 있다. 다수의 지명과 유명인, 가문이 등장하고 퇴장한다. 그 이름과 가족 관계, 왕국과 지방을 전부 다 기억할 필요는 없다. 이야기를 따라가다 보면 중요한 이름들은 자연스레 기억에 남을 것이다.

만물은 신들의 왕이자 올림포스의 통치자, 천둥의 신, 구름을 모으는 자, 폭풍우를 불러오는 자 제우스로 시작해 제우스로 끝난다. 트로이도 마찬가지다.

옛날 옛날 먼 옛날, 인간의 역사가 시작되기 직전, 제우스는 티탄족 아틀라스와 바다의 님프 플레이오네 사이에 태어난 아름다운 딸 엘렉트라와 정을 통했다. 제우스와 엘렉트라의 아들 다르다노스는 그리스 전역과 에게해의 섬들을 돌아다니며 자신의 왕조를 세울 만한 장소를 물색했다. 마침내 그의 발길이 닿은 곳은 이오니아 해안이었다. 이오니아에 가본 적이 없는 사람들에게 설명하자면, 그곳은 에게해 동쪽의 땅으로 한때 소아시아라 불렸고 지금은 터키의 아나톨리아에 해당한다. 이오니아에는 프리기아와 리디아라는 광대한 왕국이 있었지만 이미 주인이 있었기에, 다르다노스는 북쪽으로 올라가 헬레스폰투스 해협 밑의 반도를 차지했다. 헬레스폰투스 해협은 헬레가 황금 숫양의 등에서 떨어져 빠졌던 바로 그 바다다. 수년 후 이아손은 그 숫양의 털을 찾으러 가는 여정에서 그 해협을 지나갔다. 사랑의 열병에 빠진 레안드로스는 사랑하는 헤로와 함께하기 위해 밤마다 헬레스폰투스 해협을 헤엄쳐 건너갔다.*

다르다노스는 창의성이나 겸손함이라곤 없이 자신의 도시에 다르다노스라는 이름을 붙였고, 왕국 전체는 다르다니아라 불렸다.† 창건 왕이 세상을 떠난 후 세 아들 중 맏이인 일로스가 왕국

---

* 헬레와 황금 숫양, 이아손에 얽힌 이야기는 『스티븐 프라이의 그리스 신화』 2권에, 헤로와 레안드로스의 비극은 1권에 실려 있다. 지금은 다르다노스의 이름을 따 다르다넬스 해협으로 불리는 그 바다는 후대에 칼리 폴리스(아름다운 도시라는 뜻으로 지금의 갈리폴리에 해당한다)라는 반도 도시와 그 주변에서 벌어지는 살벌한 싸움의 원인이 된다.

† 강의 신 스카만드로스와 오레아스(산의 님프) 이다이아의 아들인 테우크로스왕이

을 통치했지만 결국 자식 없이 죽었고, 그래서 왕위는 그의 동생인 에리크토니오스에게 돌아갔다.‡

에리크토니오스의 치세는 평화롭고 풍요로웠다. 그의 땅은 이다산이 바람을 막아주는 데다, 상냥한 강의 신들인 시모에이스와 스카만드로스가 강물을 흘려 보내준 덕분에 토양이 아주 비옥했다. 에리크토니오스는 3,000마리의 암말과 헤아릴 수 없이 많은 망아지를 가진 세계 제일의 부자가 되었다. 북풍 보레아스는 야생 종마의 모습으로 에리크토니오스의 암망아지들과 교접하여 경이로운 종의 말들을 탄생시켰다. 이 수망아지들은 어찌나 날렵하고 발이 빠른지, 옥수숫대를 구부러뜨리지 않고도 옥수수밭을 질주할 정도였다. 전하는 이야기에 따르면 그렇다.

말과 풍요. 트로이에 대해 이야기할 때마다 빠지지 않고 꼭 등장하는 주제가 바로 경이로운 말들과 가늠하기 어려울 정도의 풍요로움이다.

트로이의 창건

에리크토니오스가 죽은 후 그의 아들 트로스가 왕위를 계승했다.

창건한 왕국을 다르다노스가 합병하여 흡수했다거나, 심지어 침략했다는 설도 있다. 이 이야기의 테우크로스는 나중에 등장할 동명의 궁수와 다른 사람이다. 후대의 시와 연대기에서 트로이인들은 테우크로스의 사람들이라 불리기도 한다.
‡ 다르다노스의 막내아들인 이다이오스의 이름을 따서, 다르다니아 남부의 최고봉을 이다산이라 불렀다.(크레타섬의 이다산과는 다른 산이다.—옮긴이)

트로스는 슬하에 딸 클레오파트라와 세 아들 일로스(종조부를 기리는 뜻에서 이런 이름이 붙여졌다), 아사라코스, 가니메데스를 두었다. 이들 가운데 가니메데스 왕자의 이야기가 가장 유명하다.

가니메데스는 제우스도 홀딱 반할 만큼 대단한 미남이었다. 독수리로 둔갑한 제우스는 소년을 획 낚아채 올림포스로 데려가서 자신의 총신이자 벗, 술 따르는 시종으로 삼았다. 아들을 잃은 트로스에게는 물 위를 달릴 정도로 몸이 가볍고 날랜 신마 두 마리를 헤르메스 편에 선물로 보냈다. 이 신비한 동물들을 선물로 받은 트로스는 가니메데스가 이제 영생을 누리게 됐다는 소식까지 헤르메스에게 듣고는 위안을 얻었다.*

새 도시를 세운 뒤 트로스를 기리기 위해 트로이라는 이름을 붙인 사람은 가니메데스의 형, 일로스 왕자였다. 그는 프리기아 제전의 레슬링 대회에서 우승했고, 그 상으로 쉰 명의 청년과 쉰 명의 젊은 여인을 받았지만, 그보다 더 중요한 건 암소 한 마리였다. 신탁에 따르면 일로스가 도시 건설에 이용해야 할 아주 특별한 암소였기 때문이다.

"암소가 눕는 곳에 도시를 세울지어다."

일로스가 카드모스의 이야기를 들었다면(못 들은 사람이 있기나 할까?), 카드모스와 하르모니아가 신탁의 지시대로 암소 한 마리를 따라가 그 짐승이 눕기를 기다렸다가 그곳에 그리스 최초의 위대한 도시국가 테베를 세웠다는 사실을 알았을 것이다. 이렇

---

* 가니메데스는 밤하늘에서 두 가지 모습으로 영생을 누리고 있다. 별자리인 물병자리로, 그리고 그의 연인 유피테르(제우스의 로마식 이름, 목성)의 위성으로.

듯 암소에게 도시 건설지를 고르게 하는 관행은 우리 눈에는 기괴한 마구잡이로 보일지 몰라도, 조금만 생각해보면 전혀 이상한 일이 아니다. 도시가 들어서려면, 시민들이 고기와 우유, 가죽, 치즈를 부족함 없이 누릴 수 있어야 한다. 밭을 갈고 수레를 끌어줄 황소 같은 힘센 가축은 말할 것도 없다. 암소가 누워도 좋겠다고 느낄 만큼 쾌적한 땅이라면 눈여겨볼 가치가 있다. 어쨌든 일로스는 군말 없이 어린 암소를 따라 프리기아에서 북쪽으로 쭉 올라가며, 이다산의 비탈을 지나고 다르다니아의 대평원으로 들어가 트로아스†까지 갔다. 마침내 암소는 일로스의 증조부가 세운 첫 도시 다르다노스에서 그리 멀지 않은 곳에 누웠다.

일로스는 주위를 둘러보았다. 새로운 도시를 건설하기에 좋은 곳이었다. 남쪽으로는 이다산이 솟아 있고, 북쪽으로 조금만 올라가면 헬레스폰투스 해협이 펼쳐졌다. 동쪽으로는 푸른 에게해가 얼핏 보였고, 비옥한 초록빛 평원 사이로 시모에이스강과 스카만드로스강이 흘렀다. 일로스는 무릎을 꿇고 앉아, 이 선택이 실수가 아니라는 신호를 내려달라고 신들에게 기도했다. 이에 즉각적으로 답하듯, 나무로 만들어진 물체 하나가 하늘에서 뚝 떨어지더니 그의 발밑에 내려앉으며 자욱한 먼지를 일으켰다. 열 살짜리 아이만 한 키‡에 팔라스 아테나를 닮은 조각상이었다. 회색 눈의 신 아테나가 관장하는 전쟁과 평화의 기술을 대변하듯, 위로 쳐든

---

† 역시 트로스를 기리는 뜻에서 반도 전체가 트로아스라 불리기 시작했다.
‡ 3큐빗(손가락 끝에서 팔꿈치까지의 길이에 해당하는 고대 그리스의 길이 단위)으로, 137센티미터에 가깝다. 이렇듯 신(주로 여성 신)의 모습으로 조각한 목각상을 '크소아논'이라 불렀다.

한 손에는 창을, 다른 한 손에는 실패와 물렛가락을 들고 있었다.

이 신성한 목각상을 보는 순간 일로스는 눈이 멀고 말았다. 하지만 제전 참가자답게 당황하지 않고 지혜를 발휘하여 무릎을 꿇고는 하늘에 감사의 기도를 올렸다. 일주일 동안 온 마음을 바쳐 꾸준히 기도한 끝에 결국 시력이 돌아왔다. 기력과 의욕을 되찾은 일로스는 새로운 도시 건설을 위한 기초를 다지기 시작했다. 먼저, 도시 중앙의 아테나 신전에서 바큇살 형태로 뻗어 나가는 거리를 설계했다. 신전의 가장 깊숙한 성소에는 하늘에서 떨어진 팔라스 아테나의 목각상을 모셨다. '트로이의 행운'이라 불리기도 하는 이 크소아논은 도시의 성스러운 지위를 상징하고 확인해주었다. 이 성물이 무탈하게 제자리를 지키는 한, 트로이는 오래도록 번영하리라. 일로스는 그렇게 믿었고, 그를 도와 새로운 도시를 건설하고 그 도시의 주민으로 살기 위해 모여든 사람들도 그렇게 믿었다. 그들은 이 목각상을 팔라디온이라 부르고, 일로스의 아버지 트로스를 기리는 뜻에서 도시와 그 시민에게 트로이와 트로이안*이라는 새 이름을 붙였다.

이렇게 도시 창건의 계보가 완성되었다. 다르다노스로부터 시

---

* 영어로는 'Trojan'이라 표기하고 '트로전'으로 발음한다. 고대 그리스어와 라틴어의 모음 'i'가 영어에서 자음 'j'로 변하는 경우가 많다. 'Iason(이아손)'은 'Jason'으로, 'Iesus(예수)'는 'Jesus'로 바뀌었고, 'Julius(율리우스)', 'Juno(유노, 헤라의 로마식 이름)', 'juvenile(청소년)' 등도 마찬가지다. 프랑스어로는 'Troyen(트루아얭, 남성형)'과 'Troyenne(트루아옌, 여성형)'이며, 독일어로는 'Trojaner'라고 쓰지만 '트로이아너'로 발음한다. 이탈리아어와 스페인어에도 똑같은 'y' 발음이 들어간다. 하지만 포르투갈어로는 철자와 발음이 영어와 비슷해서 'Trojan'이라 쓰고 '트로전'이라 발음한다. 현대 그리스인들은 '트로애스'라 부른다.

작해 두 아들인 일로스 1세와 에리크토니오스, 그리고 에리크토니오스의 아들 트로스를 거쳐 트로스의 아들 일로스 2세까지. 일로스의 이름을 따서 트로이를 일리움 혹은 일리온이라 부르기도 한다.†

저주

이오니아에는 우리가 알아야 할 또 다른 중요한 왕족이 있다. 트로이의 남쪽에 있던 리디아 왕국을 통치한 탄탈로스왕의 이야기는 이미 알고 있을 것이다. 탄탈로스는 자신의 아들 펠롭스를 스튜로 끓여 신들에게 대접했다.‡ 신들의 손에 재조립되어 부활한 어린 펠롭스는 뛰어난 용모에 인기 많은 왕자로 자라 포세이돈의 연인이 되었고, 천마들이 끄는 전차를 선물로 받았다. 이 전차는 저주로 이어졌고, 그 저주는…… 거의 모든 일의 원흉이 된다.

탄탈로스의 타락에 진노한 일로스는 이오니아 지역에서 그를 무력으로 쫓아냈다. 펠롭스는 자기 아버지의 추방을 반기지 않았을까? 어쨌든 아들인 자기를 죽이고 고기처럼 쪄서 올림포스 신들에게 내놓았으니 말이다. 하지만 오히려 그 반대였다. 펠롭스는 성인이 되자마자 군대를 일으켜 일로스를 공격했다가 참패하고

---

† 호메로스의 서사시 제목이 '일리아스'인 것도 이런 이유 때문이다.

‡ 제우스에게 벌을 받아 지하세계로 떨어진 탄탈로스는 물과 과일이 영원히 손에 닿지 않는 고통에 시달렸다(『스티븐 프라이의 그리스 신화』 1권을 참고하라). 그의 이름에서 영어 단어 'tantalize(애태우다)'가 나왔다.

말았다. 이오니아를 떠난 펠롭스는 저 멀리 서쪽 끝에 정착했다. 그리스 본토에서 떨어진 그 반도는 지금까지도 그의 이름을 따 펠로폰네소스라 불리고 있다. 이 놀라운 땅에서 스파르타, 미케네, 코린토스, 에피다우로스, 트로이젠, 아르고스, 피사 같은 전설적인 왕국과 도시가 탄생했다. 물론 여기의 피사는 사탑이 있는 이탈리아 도시가 아니라, 펠롭스가 도착했을 당시 아레스의 아들인 오이노마오스왕이 다스리고 있던 그리스의 도시국가다.

오이노마오스의 딸인 히포다메이아는 대단한 미모와 혈통으로 수많은 구혼자를 끌어들였다. 왕은 사위의 손에 죽으리라는 예언을 듣고 두려움에 떨었다. 그 시대에는 딸을 가둬둘 수녀원이 없었기 때문에 왕은 히포다메이아를 영원히 독신으로 남겨둘 다른 묘안을 생각해냈다. 전차 경주에서 그를 이기는 남자만이 히포다메이아를 신부로 얻을 수 있다고 공표한 것이다. 그런데 함정이 하나 있었다. 경주에서 승리하면 그 보상으로 히포다메이아와 혼인할 수 있지만, 패하면 목숨을 내놓아야 했다. 오이노마오스는 자기보다 전차를 더 잘 모는 사람은 세상에 없다고 믿었다. 그러니 자신의 딸이 결혼해서 예언 속의 그 사위가 생길 일은 없으리라 자신했다. 패배의 대가가 너무도 크고 오이노마오스의 전차 몰이 실력이 타의 추종을 불허하는데도 열여덟 명의 용감한 남자들이 경주에 도전했다. 히포다메이아의 미모가 대단한 데다, 그녀와 더불어 피사라는 부유한 도시국가까지 손에 넣을 수 있으니 구미가 당기는 조건이었다. 열여덟 명이 오이노마오스와 시합을 벌였고 열여덟 명 모두 패했다. 다양한 정도로 썩어가는 머리들이 경기장을 둘러싼 나무 말뚝에 꽂혔다.

고향인 리디아 왕국에서 쫓겨난 펠롭스는 피사에 도착하자마자 히포다메이아의 미모에 홀리고 말았다. 그는 말 다루는 솜씨에 자신이 있었지만, 이번에는 한때 연인이었던 포세이돈의 도움을 받는 것이 좋겠다는 생각이 들었다. 바다와 말의 신 포세이돈은 강하고 빠른 천마 두 마리와 전차 한 대를 파도에 실어 보내주었다. 만전을 기하기 위해 펠롭스는 오이노마오스의 마부이자 헤르메스의 아들인 미르틸로스를 매수했다. 왕국의 절반을 떼어주고 (그 역시 흠모하고 있던) 히포다메이아와 하룻밤 보낼 수 있게 해주겠다는 펠롭스의 약속에 넘어간 미르틸로스는 경주 전날 밤 마구간에 몰래 들어가, 오이노마오스의 전차 차축에 꽂혀 있던 청동 핀을 밀랍 핀으로 바꿔치기했다.

다음 날 경주가 시작되자 젊은 패기의 펠롭스가 먼저 앞으로 치고 나갔지만, 연륜을 무시할 수 없는 오이노마오스왕도 곧 추격을 시작했다. 펠롭스를 거의 따라잡은 왕이 창을 들어 치명타를 날리려는 순간, 밀랍 핀이 부러지고 전차 바퀴들이 빠졌다. 결국 오이노마오스는 자기가 몰던 말들에게 질질 끌려가다 말발굽에 짓밟혀 피비린내 나는 죽음을 맞았다.

미르틸로스는 자기가 마땅히 받아야 할 보상이라 생각하고 히포다메이아와의 하룻밤을 즐기려 했다. 하지만 그녀는 펠롭스에게 달려가 항의했고, 펠롭스는 미르틸로스를 절벽 너머 바다로 던져버렸다. 미르틸로스는 바닷물 속에서 허우적거리며 펠롭스와 그 후손들에게 저주를 퍼부었다. 미르틸로스는 아주 유명한 그리스 영웅은 아니지만, 그가 빠졌던 에게해 구역은 지금도 미르토오해라 불린다. 그 지역 사람들은 미르틸로스의 시신을 미라로 만들어 그의 아버지인 헤르메스의 신전에 모셔놓고 오랜 세월 동안 해마다 제물을 바쳤다. 매수당해 자기가 모시는 왕을 죽음에 이르게 한 나약하고 음탕한 남자에게 이런 정성이라니.

하지만 미르틸로스가 펠롭스에게 퍼부은 저주. 이 저주는 무시할 것이 못 된다. 펠롭스와 히포다메이아에게 자식들이 생겼기 때문이다. 그리고 그 자식들에게도 자식들이 있었다. 앞으로 보게 되겠지만, 그들 모두 미르틸로스의 저주에서 자유롭지 못했다.

이 이야기에서 어떤 의미나 도덕적인 가르침을 찾자면, 행동에는 결과가 따른다는 유서 깊고도 단순한 교훈일 것이다. 탄탈로스의 악행에 펠롭스가 저지른 짓까지……. 이 두 사람의 행동은 그리스의 가장 유력한 왕가가 될 가문에 파멸을 불러온다.

한편, 트로이 왕실은 스스로 저주를 불러오려 하고 있었으니…….

일로스왕이 죽은 후 이제 그의 아들인 라오메돈이 트로이를 통치하고 있었다. 일로스가 독실하고 성실하고 부지런하고 고결하며 검소한 왕이었다면, 라오메돈은 탐욕스럽고 야심만만하고 무책임하고 게으르며 교활했다. 욕심과 야망이 넘쳐난 그는 거대한 성벽, 황금 탑들과 망루들을 지어 트로이를 전례 없이 화려한 도시로 만들려 했다. 하지만 스스로 계획을 세우고 실행하는 대신, 지금의 우리에게는 이상해 보일지 몰라도 신과 인간이 같은 땅을 밟고 살던 시절에는 가능했던 방법을 택했다. 올림포스 신인 아폴론과 포세이돈에게 작업을 의뢰한 것이다. 두 불멸의 신은 작은 계약을 기꺼이 수락하고, 그 건설 사업에 모든 열정과 기술을 쏟아부었다. 거대한 화강암을 쌓아 올리고 깔끔한 모양으로 마름질해 장엄하게 빛나는 성벽을 만들어냈다. 아주 짧은 기간에 공사는 완료되었고, 새로운 성벽 덕분에 역사상 가장 웅장하고 위협적인 요새 도시로 거듭난 트로이가 일리움 평원에 그 위용을 드러냈다. 하지만 아폴론과 포세이돈이 보수를 요구하자, 라오메돈은 그 이래로 수많은 집주인이 반복해온 행태를 그대로 보여주었다. 그는 입술을 오므려 이 사이로 말아 넣고는 고개를 저었다. "아니, 아니, 이건 아니지요. 제가 성벽을 곧게 지어 달라고 부탁드렸는데 휘어져 있지 않습니까. 남쪽 성문은 애초에 주문하지도 않았는데요. 저 부벽들은 또 어떻고요! 제대로 된 것이 하나도 없잖습니까. 아이고, 안 될 말이지요, 이렇게 조잡하게 일을 해놓고 보수를 바라시다니요."

어리석은 자는 금방 황금을 잃게 된다는 속담이 있지만, 황금을 절대 손에서 놓지 않으려는 자야말로 가장 어리석다는 사실을 명심해야 한다. 기만당한 신들의 복수는 재빠르고도 무자비했다. 아폴론은 성벽 너머 도시로 역병의 화살들을 날렸고, 며칠 안 지나 모든 집에서 적어도 한 명씩은 치명적인 병에 걸렸다. 울부짖고 신음하는 소리가 트로이 전역에 울려댔다. 이와 동시에 포세이돈이 거대한 바다 괴물을 헬레스폰투스로 보냈다. 이 사나운 괴수 때문에 동쪽과 서쪽의 바닷길이 완전히 막혀버렸고, 트로이에 부를 가져다주던 무역과 통행료가 끊기고 말았다. 트로이의 행운을 지켜주는 팔라디온도 힘을 쓰지 못하는 듯했다. 겁에 질린 시민들은 라오메돈의 궁으로 몰려가 구원책을 요구했다. 왕에게 조언을 부탁받은 사제들과 예언자들은 한결같은 대답을 내놓았다.

"이제 와서 신들에게 빚진 황금을 갚는다 한들 아무 소용 없습니다. 신들을 달랠 수 있는 길은 하나뿐입니다. 헤시오네 공주님을 바다 괴물에게 바치십시오."

라오메돈에게는 자식이 아주 많았다.* 헤시오네는 그중 가장 아끼는 자식이었지만, 그에게는 피붙이보다 자기 자신의 목숨이 더 중요했다. 게다가 예언자들의 충고를 무시했다가는 두려움과 분노에 휩싸인 백성들이 그를 발기발기 찢어버리고 어떻게 해서든 헤시오네를 제물로 바칠 것이 뻔했다.

"그렇게 하라." 라오메돈은 한숨을 푹 내쉬고 짜증스럽게 손을 휙 털며 말했다.

헤시오네는 헬레스폰투스로 끌려가 바위에 쇠사슬로 묶인 채 바다 괴물에게 잡아먹힐 운명을 기다렸다.†

트로이 전체가 숨을 죽이고 있었다.

---

* 그중 한 명인 티토노스는 새벽의 신 에오스와 결혼해, 제우스에게서 불멸의 생을 허락받았다. 죽지 않는다고 해서 늙지 않는 건 아니다. 그가 노쇠하자 에오스는 그를 메뚜기로 만들었다. 『스티븐 프라이의 그리스 신화』 1권을 참고하라.
† 똑같은 운명에 처했던 에티오피아의 공주 안드로메다는 헤라클레스의 고조부(이자 이복형제)인 페르세우스에게 구조된다. 『스티븐 프라이의 그리스 신화』 2권을 참고하라.

구원과 파멸

영웅 헤라클레스의 등장

바위에 쇠사슬로 묶인 헤시오네가 포세이돈의 바다 용으로부터 구해달라고 올림포스에 기도를 올리기 시작한 바로 그 순간, 헤라클레스와 그 추종자들이 아마존족 여왕 히폴리테의 허리띠를 탈취하는 아홉 번째 과업[‡]을 마친 후 돌아가는 길에 트로이 성문 앞에 도착했다.

　헤라클레스는 친구들인 텔라몬과 오이클레스를 양옆에 끼고 왕을 알현했다. 트로이 궁정은 위대한 영웅의 방문이라는 영광을 누리고 있었지만, 라오메돈은 아무리 명성 높고 찬양받는 헤라클레스 패거리라 해도 그들을 대접하는 특권을 즐길 여유가 없었다. 역병이 창궐하고 궁지에 몰린 도시는 식량 저장고가 점점 비어가고 있었다. 헤라클레스는 소규모 군대를 이끌고 다녔지만, 라오메돈은 그들 모두가 음식 대접을 기대하고 있다는 걸 알았다. 헤라클레스 한 명만 해도 백 명분은 먹어 치울 만큼 식욕이 왕성했다.

　"어서 오시오, 헤라클레스여. 이곳에 오래 머물 계획이시오?"

[‡] 『스티븐 프라이의 그리스 신화』 2권을 참고하라.

헤라클레스는 조금 놀라며 침울한 분위기가 감도는 궁정을 둘러보았다.

"왜 이렇게들 침통한 얼굴을 하고 계십니까? 내가 듣기로는 트로이가 세상에서 가장 부유하고 행복한 왕국이라고 하던데요."

라오메돈은 자세를 바꾸어 앉았다. "다른 사람은 몰라도 그대라면 우리가 신들의 노리개에 불과하다는 사실을 잘 알고 있을 터. 인간이 그들의 옹졸한 변덕과 앙심 깊은 질투에 당하기만 하는 불운한 피해자가 아니라면 뭐란 말인가? 아폴론 님은 우리 왕국에 전염병이 돌게 하고, 포세이돈 님은 바다 괴물을 보내어 우리의 바닷길을 막아버렸다오."

거의 날조된 데다 라오메돈의 자기 연민이 섞인 이야기였지만, 헤시오네를 제물로 바치게 된 사연을 헤라클레스는 귀 기울여 들었다.

"그리 심각한 문제 같지는 않은데요. 바닷길에서 그 용을 치워버리고 따님을 구해줄 사람만 있으면 되는 것 아닙니까. 따님 이름이 뭐라고 하셨지요?" 헤라클레스가 말했다.

"헤시오네라오."

"네, 그렇군요. 뭐 역병이야 곧 사라질 겁니다. 항상 그러니까요……."

라오메돈은 반신반의했다. "그거 잘됐군. 그런데 내 딸은 어쩌지?"

헤라클레스는 고개를 숙였다. "제가 금방 해결해드리지요."

그리스의 모든 이들이 그렇듯 라오메돈 역시 헤라클레스의 과업에 대해 들어서 잘 알고 있었다. 아우게이아스왕의 외양간 청소하기, 크레타의 황소 길들이기, 에리만토스산의 엄니 달린 거대한 멧돼지 포획하기, 네메아의 사자 처치하기, 레르나의 히드라 제거하기……. 사자 가죽을 몸에 걸치고 떡갈나무 한 그루를 몽둥이로 들고서 황소처럼 육중하게 움직이는 이 사내가 정말 그런 어마어마한 업적을 세우고 끔찍한 괴물들을 해치웠다면, 헬레스폰투스의 막힌 바닷길을 뚫고 헤시오네를 구하는 일도 해줄 수 있지 않을까. 하지만 항상 보상이 문제였다.

"우리는 그렇게 부유한 왕국이 아니라서……." 라오메돈은 거짓말을 했다.

"그건 염려하지 마십시오. 제가 답례로 바라는 건 전하의 말들뿐입니다."

"내 말들?"

"제 아버지 제우스 님이 전하의 할아버지 트로스 님에게 보내주신 말들 말입니다."

"아, 그 말들." 라오메돈은 '겨우 그건가?'라고 말하는 것처럼 손을 흔들었다. "바다에서 그 용을 쫓아내고 내 딸을 구해 오기만 하면 그 말들을 주겠소. 그뿐인가, 말들에게 씌워놓은 은 굴레까지 드리리다."

한 시간도 지나지 않아 헤라클레스는 칼을 입에 문 채 헬레스폰투스에 뛰어들어 포세이돈의 높은 파도를 가르고 있었다. 바위에 묶인 헤시오네는 바닷물이 허리까지 차오른 지금, 물길의 가장 좁은 구역을 향해 힘차게 헤엄치고 있는 거구의 근육질 남자를 입을 떡 벌린 채 지켜보았다. 바로 그곳에 용이 숨어 있었다.

라오메돈과 텔라몬, 오이클레스는 헤라클레스의 충직한 벗들과 함께 해안에서 지켜보고 있었다. 텔라몬은 오이클레스에게 속삭였다. "공주 좀 봐! 저렇게 아름다운 여인을 본 적 있어?"

헤시오네의 매혹적인 모습에도 오이클레스의 시선은 그의 두목과 거대한 바다 용의 대결 장면에서 떨어질 줄을 몰랐다. 헤라클레스는 그의 명성에 걸맞게 단순하고 직접적인 정면 대결을 택했다. 곧장 다가오는 헤라클레스를 보고도 용은 두려워하기는커녕 입을 쩍 벌린 채 헤라클레스 쪽으로 움직였다. 오이클레스는 자신의 벗이자 대장을 잘 안다고 생각했지만, 헤라클레스가 다음에 보여준 행동은 그의 예상을 완전히 빗나갔다. 헤라클레스는 헤엄을 멈추지 않고 괴물의 벌어진 입속으로 직행했다. 그가 시야에서 사라지자, 해안에서 응원하며 환호를 보내던 사람들은 충격에 빠져 입을 다물어버렸다. 괴물은 먹잇감을 꿀꺽 삼키고 거대한 아가리를 찰칵 닫으며 승리의 포효와 함께 높이 솟아올랐다가 바닷물 속으로 뛰어들었다. 헤시오네는 목숨을 부지했지만(적어도 지금 당장은) 헤라클레스는…… 헤라클레스는 사라졌다. 가장 강하고 가장 용감하며 가장 고귀한 최고의 영웅 헤라클레스가 격전 한 번 없이 허망하게 통째로 삼켜지다니.

하지만 괜한 걱정이었다. 냄새가 고약한 짐승의 배 속으로 들어가자마자 헤라클레스는 칼을 마구 휘두르기 시작했다. 영원처럼 길게 느껴진 시간이 지난 뒤, 비늘과 살덩어리가 수면으로 둥둥 떠오르기 시작했다.* 이를 제일 처음 목격한 텔라몬은 피와 뜯

---

* 헤라클레스가 사흘 내내 괴물의 배 속에 있었다고 주장하는 역사학자들도 있지만, 신빙성은 떨어져 보인다. 요나가 고래의 배 속에서 지낸 기간도 사흘인 걸 보면, 이런 유의 이야기에서는 사흘이 기준인 모양이다.

겨 나간 살덩어리로 부글부글 거품을 일으키고 있는 바닷물을 가리키며 크게 고함을 질렀다. 마침내 헤라클레스가 숨을 헐떡이며 수면 밖으로 튀어나와 바닷물을 줄줄 흘리자 모여 있던 그리스인들과 트로이인들은 큰 소리로 만세를 외쳤다. 어쩌자고 역사상 최고의 영웅을 의심했단 말인가? 잠시 후, 바르르 떨고 있던 헤시오네는 텔라몬이 건네는 망토를 고맙게 받고는 그가 내민 팔에 기대어 바위에서 내려와, 환호하는 병사들에 둘러싸인 채 헤라클레스와 함께 라오메돈에게 돌아갔다.†

인간은 실수를 통해 배운다고 하지만 기질적으로 불가능한 이들도 있다. 헤라클레스가 보수로 약속받았던 말들을 요구하자, 라오메돈은 아폴론과 포세이돈에게 했던 것과 똑같이 이 사이로 숨을 훅 들이마셨다.

"오, 아니, 아니, 아니지." 그는 고개를 절레절레 저으며 말했다. "아니, 아니, 아니, 아니, 아니. 막힌 헬레스폰투스를 뚫어달라고 했더니, 오히려 짐승의 지방 덩어리와 피와 뼈로 바닷길을 막아버렸잖소. 내 부하들을 시켜서 해안의 쓰레기를 치우는 데만 몇 주나 걸리겠어. '막힌 헬레스폰투스를 뚫어드리겠습니다.' 그대 입으로 이렇게 약속했었지. 이를 부정하시겠소?"

라오메돈은 턱수염을 내밀며, 주변에 모여 있는 조신들과 정예 근위병들을 날카로운 눈으로 둘러보았다.

"'막힌 헬레스폰투스를 뚫어드리겠습니다'라고……."

---

† 헤라클레스의 머리칼이 용의 위액에 부식되어 몽땅 빠졌거나 영영 하얗게 세어버렸다는 설도 있다.

"저자의 입으로 그렇게 약속했지요…….."

"언제나 그렇듯 전하의 말씀이 지당하십니다…….."

"아시겠소? 그러니 난 그대에게 보수를 지불할 수 없소. 물론 헤시오네를 구해준 건 고맙소만, 어차피 용도 헤시오네를 해치진 않았을 거요. 때를 봐서 우리가 헤시오네를 데려왔으면 됐을 일을, 그랬다면 저렇게 엉망이 되지도 않았을 텐데 말이지."

헤라클레스는 분노로 으르렁거리며 몽둥이를 집어 들었다. 그러자 라오메돈의 근위병들이 검을 빼 들고 왕을 에워쌌다. 텔라몬은 헤라클레스의 귓가에 다급하게 속삭였다. "그냥 넘어가게, 친구. 우리가 수적으로 절대 불리하잖아. 게다가 티린스로 늦지 않게 돌아가서 마지막 열 번째 과업을 시작해야 하지 않은가. 하루만 늦어도 끝장이야. 9년의 고생이 물거품으로 돌아간다고. 자, 이만 가지. 저런 인간한테 열불 내봐야 시간만 아까워."

헤라클레스는 몽둥이를 내리고는, 겁에 질려 웅크린 라오메돈을 반원으로 감싸고 있는 병사들에게 으르렁거렸다. "여기서 끝이 아니오." 머리를 깊이 숙여 인사한 뒤 그는 몸을 돌려 자리를 떴다.

"진심으로 절한 것이 아니었어." 배로 돌아가는 길에 헤라클레스는 텔라몬과 오이클레스에게 설명했다.

"진심이 아니었다고?"

"비꼬려고 그런 거야."

"아. 난 또."

"맙소사. 그리스인들은 어쩜 이리도 천박하단 말인가." 헤라클레스의 배가 돛을 올리고 유유히 떠나가는 모습을 지켜보며 라오메돈이 말했다. "예의범절을 알기를 하나, 품위가 있기를 하나, 말솜씨도 없고……."

헤시오네는 떠나가는 배를 바라보며 못내 아쉬운 마음을 감추었다. 그녀는 헤라클레스가 마음에 들었고, 아버지가 뭐라 하든 헤라클레스가 그녀의 목숨을 구해준 진짜 은인이라는 사실을 분명히 알고 있었다. 그의 벗 텔라몬 역시 아주 정중하고 매력적이었다. 외모도 그 정도면 괜찮았다. 그녀는 무릎을 내려다보며 한숨 지었다.

헤라클레스의 귀환

트로이의 라오메돈왕과 다를 바 없이 비열한 인간인 미케네의 에우리스테우스왕도 헤라클레스와의 계약을 어겼다. 헤라클레스는 트로이에서 돌아오자마자 (그가 마지막이라고 생각한) 열 번째 과업을 수행하기 위해 지중해 세계 반대편까지 가서 괴물 게리온의 붉은 소들을 잔뜩 몰고 왔지만, 에우리스테우스는 이전의 두 과업을 무효로 돌리고 열 가지 과업을 열두 가지 과업으로 늘려 놓았다.* 이런 연유로 꼬박 3년이 지난 후에야 헤라클레스는 겨우 노예 신분에서 풀려나, 라오메돈에게 배신당한 이후로 속에서 점점 더 커지고 곪아가던 앙심을 풀 여유가 생겼다.

---

* 에우리스테우스는 두 번째(레르나 호수의 히드라 퇴치하기)와 다섯 번째(아우게이아스왕의 외양간 청소하기) 과업을 무효로 돌렸다. 더 자세한 내용은 『스티븐 프라이의 그리스 신화』 2권을 참고하라.

그는 지원군을 모집한 뒤 펜테콘테로스(50개의 노가 달린 갤리선) 18척으로 이루어진 소함대를 이끌고 에게해를 항해했다. 일리움의 항구에 도착하자 헤라클레스는 오이클레스에게 배들과 소수의 예비 병력을 맡겨둔 채, 텔라몬과 함께 군대를 이끌고 라오메돈을 처치하기 위해 출발했다. 그리스인들의 상륙 소식을 정찰병에게 보고받은 교활한 트로이 왕은 도시를 빠져나가서 오이클레스와 함선들을 후면에서 공격해 허를 찔렀다. 헤라클레스가 상황을 파악했을 때쯤 오이클레스와 예비 병력은 이미 전멸한 후였고, 라오메돈의 군대는 트로이 성벽 안으로 안전하게 돌아가 기나긴 포위 공격을 대비하고 있었다.

마침내 텔라몬이 한 성문을 뚫었고 그리스 병사들이 쏟아져 들어갔다. 그들은 가차 없이 왕궁으로 밀고 들어갔다. 벽에 난 구멍으로 조금 늦게 들어간 헤라클레스는 부하들이 텔라몬에게 환호하는 소리를 들었다.

"텔라몬 님이야말로 최고의 전사야!"

"우리 텔라몬 장군님 만세!"

헤라클레스는 가만히 보고 있을 수 없었다. 극한의 분노가 또 발작처럼 치밀어 올랐다. 그는 분통을 터뜨리며 자신의 부관을 찾아 죽이기 위해 돌진했다.

텔라몬은 부대를 이끌고 라오메돈의 궁전으로 들어가기 직전, 뒤에서 시끌벅적하게 일어나고 있는 소동을 눈치챘다. 자신의 벗이 질투를 하면 얼마나 난폭해지는지 잘 알고 있던 그는 곧장 돌멩이를 모으기 시작했다. 그가 돌을 하나씩 쌓아 올리고 있을 때, 헤라클레스가 몽둥이를 치켜든 채 숨을 헐떡이며 그에게 다가

왔다.

"쉿! 지금은 좀 참아주게. 제단을 짓느라 바쁘니까." 텔라몬이 말했다.

"제단? 누구를 위한 제단?"

"누구긴 누구겠나, 바로 자네지. 헤라클레스를 위한 제단. 헤시오네를 구하고, 트로이의 포위망을 뚫고, 인간과 괴물, 전술을 정복한 자네를 축하하는 제단이지."

"오." 헤라클레스는 몽둥이를 내렸다. "음, 고맙군, 그래. 아주 고마워. 음…… 그래. 사려 깊고 아주 적절한 일이야."

"천만의 말씀."

두 사람은 서로 팔짱을 낀 채 트로이 왕궁의 계단을 올라갔다.

그 후 잔혹한 학살이 시작되었다. 라오메돈과 그의 아내, 그들의 모든 아들, 정확히 말하면, 포다르케스라는 막내아들을 제외한 모든 아들이 살해당했다. 포다르케스는 특이한 방식으로 살아남았다.

트로이 왕족 절반의 피를 뚝뚝 흘리고 있는 몽둥이와 검을 들고서 헤라클레스는 헤시오네의 방으로 들어갔다. 공주는 바닥에 무릎을 꿇고 앉아 아주 차분하게 말했다.

"내 목숨을 거두어 가시오. 아버지와 형제들과 함께할 수 있도록."

헤라클레스가 그녀의 소원을 들어주려는 찰나 텔라몬이 방으로 들어오며 외쳤다. "안 돼! 헤시오네는 안 돼!"

헤라클레스는 조금 놀라며 돌아보았다. "왜 안 된다는 건가?"

"그녀의 목숨을 한 번 구해줘 놓고 이제 와서 거두겠다고? 게다가 아름다운 여인이지 않은가."

헤라클레스는 그의 속내를 알아챘다. "자네가 공주를 가지게. 자네 사람이니 자네 마음대로 해."

"그녀가 허락한다면, 살라미스로 데려가 신부로 삼겠어."

"하지만 자네에게는 이미 아내가 있지 않은가." 헤라클레스가 말했다.

바로 그때 침대 밑에서 어떤 소리가 들렸다.

"이리 나와, 어서!" 헤라클레스는 검으로 그곳을 찌르며 고함을 질렀다.

먼지를 뒤집어쓴 어린 소년 한 명이 나왔다. 소년은 일어나 최대한 당당하게 어깨를 폈다.

"죽어야 한다면 당당한 트로이 왕자로 죽겠다." 소년은 이렇게 말했지만, 재채기를 하는 바람에 한껏 잡았던 분위기가 깨지고 말았다.

"아들이 대체 몇이나 되는 거야?" 헤라클레스는 다시 검을 들어 올리며 말했다.

헤시오네는 비명을 지르며 텔라몬의 팔을 잡아당겼다. "포다르케스는 안 돼! 아직 어리잖은가. 헤라클레스, 부디 내 동생은 살려주시오."

헤라클레스는 그녀의 설득에 넘어가지 않았다. "어리긴 하지. 하지만 그 아비에 그 아들. 지금은 순진한 아이라도 어느새 커서 강력한 적이 될 수 있지."

"내가 동생의 자유를 사겠소." 헤시오네는 헤라클레스를 설득하려 애썼다. "예전에 아프로디테 님이 쓰셨다는 황금 실로 짠 베일이 내게 있다오. 동생에게 삶과 자유를 준다면 그 보답으로 베일을 주겠소."

헤라클레스의 반응은 시큰둥했다. "어차피 내 것이 될 텐데. 내가 트로이를 정복했으니 트로이의 모든 것이 내 거야."

"안타깝지만, 그 베일은 절대 찾지 못할걸. 은밀한 장소에 숨겨져 있으니."

텔라몬은 팔꿈치로 헤라클레스를 쿡 찔렀다. "한번 보기나 하는 게 어떤가?"

헤라클레스가 마지못해 승낙하자, 헤시오네는 침대 옆에 있는 장식장으로 갔다. 그러고는 복잡한 문양을 새긴 높다란 장식장의 뒤쪽에 숨겨진 걸쇠를 풀었다. 그러자 옆쪽에서 서랍 하나가 스르륵 미끄러져 나왔다. 헤시오네는 서랍에서 황금 베일을 꺼내어 헤라클레스에게 건넸다.

"값을 매길 수 없는 귀한 물건이오."

헤라클레스는 베일을 살펴보았다. 손가락 사이로 물처럼 흘러내리는 감촉이 참으로 경이로웠다. 헤라클레스는 소년의 어깨에 거대한 손을 얹었다.

"음, 포다르케스, 누나에게 이토록 사랑받다니 넌 운도 좋구나." 그는 이렇게 말하며 베일을 허리띠에 쑤셔 넣었다. "그리고 네 누나도 운이 좋아. 나의 벗 텔라몬이 그녀를 사랑하는 듯하니."

헤라클레스와 그의 군대는 트로이를 쑥대밭으로 만들어놓았다. 트로이 해군의 함선들을 탈취하고 거기에다 보물을 가득 실었다. 텔라몬의 손에 이끌려 배에 올라탄 헤시오네는 그녀가 태어난 도시를 돌아보았다. 여기저기 연기가 피어오르고, 성벽들은 10여군데가 무너져 있었다. 한때 위용을 떨쳤던 강국 트로이가 잡석 무더기와 검게 그을린 잿더미로 변해버렸다.

성벽 안의 트로이인들은 시신들과 돌무더기를 조심조심 넘어 다녔다. 팔라디온을 모신 신전은 다행히 무사했고, 신전 밖에 소년티를 막 벗은 앳된 남자 한 명이 서 있었다. 백성들의 시선은 그에게로 쏠렸다. 설마, 포다르케스 왕자인가?

"트로이 백성 여러분. 포기하지 마십시오!" 그가 외쳤다.

"어떻게 살아남았지?"

"누나 침대 밑에 숨어 있었다는군."

"헤시오네 공주님이 왕자의 자유를 샀대."

"그럼 팔린 건가?"

"황금 베일 값에."

"팔린 거지!"

포다르케스가 큰 소리로 말했다. "그래요. 나는 팔렸습니다. 내 누님이, 혹은 신들께서 나를 사신 겁니다. 모든 일에는 이유가 있는 법이지요. 트로스와 일로스의 후손인 나, 포다르케스가 말하겠습니다. 트로이는 다시 일어설 겁니다. 전보다 더 멋지고 부유하고 강하며 위대한 도시로. 인간 역사에서 가장 위대한 도시로."

흙먼지를 뒤집어쓴 어린 소년의 말이었지만, 트로이 백성들은 그의 목소리에서 울리는 강인함과 확신에 깊은 감명을 받았다.

"나는 누님이 내 자유를 사준 것이 부끄럽지 않습니다." 그는 말을 이었다. "시간이 지나면 내게 그만한 가치가 있음을 여러분도 알게 될 겁니다. 내가 예언컨대, 헤시오네 공주는 나를 삼으로써 우리 트로이에 대한 값을 치른 겁니다. 내가 바로 트로이 그 자체니까요. 내가 성장하면 트로이도 대국으로 성장할 것입니다."

애송이가 이렇게 호언장담하는 모습이 우스꽝스러울 만도 했지만, 이 아이에게는 그 누구도 부인할 수 없는 존재감이 있었다. 트로이 백성들은 포다르케스와 함께 무릎을 꿇고 신들에게 기도를 올렸다.

이날부터 포다르케스는 백성을 이끌고, 폐허가 된 도시의 재건을 지휘했다. 모든 이들이 그를 '팔린 자'라는 뜻의 프리아모스라 불러도 개의치 않았다. 결국엔 그 단어가 그의 이름이 되었다.

이제 트로이의 잔해와 잿더미 가운데 당당히 서 있는 어린 프리아모스를 잠시 떠나, 바다 건너 그리스로 가보자. 주목할 만한 일이 그곳에서 벌어지고 있으니.

형제들

텔라몬은 새 신부 헤시오네와 함께 살라미스섬으로 향하고 있었다. 텔라몬과 그의 가문은 트로이 이야기에서 꽤 중요한 역할을 맡고 있기 때문에 그들의 내력을 한번 들여다보는 것도 의미가 있을 것이다. 앞서 말했듯이 모든 세부 내용을 기억할 필요는 없지만, 가문의 역사를 따라가는 건 가치 있는 일이고 그 과정에서 꼭 필요한 부분은 기억에 새겨질 것이다. 게다가 아주 흥미진진한 이야기들이다.

텔라몬과 그의 형제 펠레우스는 서쪽의 아르골리스와 동쪽의 아티카, 아테네, 그리스 본토 사이에 있는 사로니코스만의 해군·

무역 강국인 아이기나섬에서 자랐다.* 아이기나섬의 창건 왕인 그들의 아버지 아이아코스는 섬 이름의 기원인 물의 님프 아이기나와 제우스 사이에 태어났다. 두 사람은 왕궁에서 의리 있고 우애 깊은 형제로, 그리고 제우스의 고귀한 손자라는 특권을 타고난 오만한 왕자들로 자랐다.

켄타우로스 케이론과 님프 카리클로의 딸인 그들의 어머니 엔데이스는 두 아들을 애지중지 키웠고, 형제에게는 느긋하니 권력을 누리는 안락한 미래가 보장된 듯 보였다. 하지만 언제나 그렇듯 운명의 신들은 다른 생각을 하고 있었다.

아이아코스왕이 엔데이스를 멀리하고 바다의 님프 프사마테를 총애하여 그들 사이에 아들 포코스가 태어났다. 아이아코스왕은 늘그막에 얻은 자식을 '노년의 낙'이라 다정히 부르며 애지중지했다. 포코스는 인기 많고 혈기 넘치는 소년이자 왕궁의 총아로 자랐다. 뒷방 신세가 된 처지를 견딜 수 없었던 엔데이스는 프사마테와 그녀의 자식에게 질투 어린 증오를 품었고, 포코스의 이복형들인 20대 초반의 텔라몬과 펠레우스 역시 이복동생을 시샘했다.

"궁전의 주인이라도 되는 양 으스대며 걷는 꼴 좀 봐⋯⋯." 엔데이스는 두 아들과 함께 기둥 뒤에 서서, 요란하게 쿵쿵거리며 복도를 활보하는 포코스를 지켜보면서 씩씩거렸다.

"아버지의 뜻대로라면 정말로 저 녀석이 궁전 주인이 되겠죠⋯⋯." 텔라몬이 말했다.

---

* 4~5쪽의 지도를 참고하라. 아르골리스는 코린토스, 미케네, 티린스, 에피다우로스, 트로이젠, 아르고스 등의 (가끔은 느슨한 동맹을 맺기도 했던) 도시국가들에 붙여진 이름이다.

"역겨운 쥐새끼 같은 놈……. 혼 좀 내줘야 하는데." 펠레우스가 중얼거렸다.

"그 정도로는 안 되지." 엔데이스는 이렇게 말하고는 목소리를 낮추어 속삭였다. "아이아코스는 아르테미스 님을 기리는 5종 경기를 계획 중이야. 우리가 포코스를 구슬려서 경기에 참가시키자꾸나. 이제부터 잘 들어……."

포코스는 태어나서 이렇게 신난 적이 없었다. 5종 경기라니! 게다가 형들까지 나서서 꼭 참가하라며 열심히 설득하고 있었다. 지금까지는 형들이 자신을 별로 좋아하지 않는 줄 알았는데, 아마도 너무 어려서 사냥에 끼워주지 않은 모양이었다. 이제는 그도 다 컸다는 신호가 아닐까.

"연습을 해야 할 거야." 펠레우스가 경고했다.

"그래. 부왕과 신하들 앞에서 웃음거리가 되면 안 되지." 텔라몬이 말했다.

"형님들을 실망시키지 않을게요. 꼭 매일 매시간 연습할게요." 포코스는 진지하게 말했다.

텔라몬과 펠레우스는 나무들 속에 숨어, 어린 동생이 성벽 밖의 들판에서 원반을 던지는 모습을 지켜보았다.

"어떻게 저 덩치에 저리도 멀리 던지지?" 텔라몬이 말했다.

펠레우스는 자기 원반을 들어 올려 무게를 가늠했다. "나는 더 멀리 던질 수 있어." 그는 표적을 겨눈 다음 몸을 비틀어 원반을 던졌다. 원반은 허공을 가르며 직선으로 빠르게 날아가 포코스의 뒤통수를 쳤다. 소년은 소리 한 번 내지 못하고 쓰러졌다. 형제는 부리나케 그곳으로 달려갔다. 포코스는 죽어 있었다.

"사고였어. 다 같이 연습하고 있었는데, 네가 던질 때 이 아이가 그 앞으로 달려든 거야." 당황한 텔라몬이 속삭였다.

"글쎄. 사람들이 믿어줄까? 우리가 이 아이를 얼마나 싫어하는지 왕궁 사람은 전부 다 아는데." 펠레우스는 하얗게 질린 얼굴로 말했다.

두 사람은 시신을 내려다보고 시선을 주고받은 뒤 고개를 끄덕이고는, 암묵적인 약속을 하듯 서로의 팔뚝을 단단히 붙잡았다. 20분 후 그들은 어린 이복동생의 시신을 묻은 땅 위에 마른 이파리들과 잔가지들을 덮고 있었다.

포코스 왕자가 행방불명됐다는 소문이 궁전과 그 주변으로 퍼져 나가자 엔데이스와 그녀의 두 아들은 포코스를 찾는 일에 그 누구보다 적극적으로 나섰다. 엔데이스가 미운 경쟁자 프사마테의 손을 토닥이며 희망의 말을 속삭이는 사이, 텔라몬과 펠레우스는 야단스레 수색 작업에 동참했다.

아이아코스왕은 궁전 지붕으로 올라가 그 높은 곳에서 사방의 들판과 숲을 향해 사랑하는 어린 아들의 이름을 미친 듯 외쳐 불렀다. 그때 소심한 헛기침 소리가 들렸다. 땟국물이 줄줄 흐르는 꼬질꼬질한 늙은 노예가 그에게 다가오고 있었다.

"여기서 뭘 하고 있는 건가?"

늙은 노예는 굽실 절을 했다. "용서하십시오, 전하. 왕자님이 어디 계신지 저는 알고 있습니다."

"어디에 있지?"

"저는 날마다 이 지붕에 올라온답니다, 전하. 이엉과 역청으로 지붕을 단단히 이어 물이 새어들지 않게 하는 것이 제 일이니까요. 그런데 한낮에 우연히 아래를 내려다보다가 그 광경을 목격했지요. 처음부터 끝까지 전부 다요."

지붕 이는 노예는 포코스가 묻혀 있는 곳으로 왕을 데려갔다. 펠레우스와 텔라몬은 왕 앞으로 불려가 범행을 자백했고, 고향에서 추방되었다.

망명자 텔라몬

텔라몬은 근처의 살라미스섬으로 향했다. 그곳을 다스리는 키크레우스왕은 섬 이름의 유래가 된 바다의 님프 살라미스의 아들이었다.* 텔라몬이 마음에 든 키크레우스는 왕과 사제와 불사신들만이 할 수 있는 일을 해주겠노라 제안했다.† 형제 살해라는 추악한 죄를 씻어준 것이다. 뿐만 아니라 텔라몬을 왕위 계승자로 지목하고, 자신의 딸 글라우케와 결혼시켰다. 때가 되자 글라우케는 덩치도 몸무게도 힘도 대단한 아들을 낳았고, 훗날 세상의 모든 사람은 이 아기의 이름인 아이아스를 알게 된다(이름 앞에 '강력한'이라는 수식어가 붙어 다녔다).‡

---

* 살라미스는 아이기나와 자매지간이다. 따라서 키크레우스는 텔라몬의……? 나는 촌수 계산에 서투르다. 할머니의 여동생의 아들은 나와 어떤 관계일까? 어쨌든 친척은 친척이다.
† 이처럼 혈족을 죽인 후 왕의 중재를 통해 죄를 씻는 사례는 『스티븐 프라이의 그리스 신화』 2권의 벨레로폰 편에서도 볼 수 있다.
‡ 키크레우스의 딸 페리보이아가 텔라몬과의 사이에 아이아스를 낳았다는 설도 있다. 엔데이스가 아닌 글라우케가 텔라몬의 어머니이며, 그녀가 텔라몬의 아들 아이아

이후 텔라몬이 어떤 모험을 했으며 라오메돈에 대한 헤라클레스의 복수를 어떻게 도왔는지는 이미 보아서 알고 있을 것이다. 그는 트로이를 약탈하고 (프리아모스를 제외한) 트로이의 남자 왕족들을 몰살한 뒤, 전리품인 헤시오네를 데리고 살라미스로 돌아갔다. 헤시오네가 텔라몬과의 사이에 낳은 아들 테우크로스는 훗날 가장 위대한 그리스 궁수로 이름을 날린다.*

텔라몬의 이야기는 여기서 대충 마무리된다. 그는 이아손, 멜레아그로스, 헤라클레스 같은 위대한 영웅들의 부관 노릇을 했지만, 두 아들 아이아스와 테우크로스 덕분에 트로이 이야기에서 중요한 위치를 차지한다. 텔라몬의 동생 펠레우스 역시 마찬가지다. 하지만 펠레우스의 아들이 우리의 이야기에 훨씬 더 중요하며, 그가 태어난 방식도 놀라우니 펠레우스에게 더 주목해보자.

스도 낳았다는 내용의 자료도 있다. 하지만 이렇게 헷갈리는 정보를 전부 다 신경 쓸 필요는 없다. 텔라몬이 대(大) 아이아스의 아버지라는 사실만 알고 있어도 충분하다. 덧붙여 말하자면, '아이아스'라는 이름은 '애도하다' 혹은 '한탄하다'를 의미하는 단어에서 유래하지만(고통과 절망을 표현하는 감탄사인 '아이(Aiee)!'와 '얼래스(Alas)!'의 혼합), 시인 핀다로스는 '아에토스(독수리)'가 그 어원이라고 주장한다. 트로이 전쟁이 터졌을 때 그리스 진영에서 싸운 아이아스라는 전사가 두 명이었기 때문에 상황은 더욱 복잡해진다. 이에 관해서는 나중에 더 이야기하겠다.

* 그리스 신화에서 수도 없이 만나게 되는 동명이인의 사례가 여기서 또 한번 등장한다. 트로이에도 테우크로스라는 사람이 존재했다. 트로아스의 초대 왕으로, 다르다노스가 그의 뒤를 잇는다.

망명자 펠레우스

어린 왕자 포코스를 살해한 죄로 아이기나에서 추방된 펠레우스는 텔라몬보다 더 먼 곳으로 떠났다. 그리스 본토를 북쪽으로 가로질러, 아이올리아에 있는 작은 왕국 프티아까지 갔다. 무턱대고 선택한 곳이 아니었다. 프티아는 그의 조상이 사는 땅이었다. 시간을 거슬러 올라가면 남쪽의 아이기나와 북쪽의 프티아가 어떤 인연으로 얽혔는지 알 수 있다.

펠레우스의 아버지 아이아코스가 제우스와 바다의 님프 아이기나 사이에 태어났다는 사실을 기억할 것이다. 여느 때와 다름없이 남편의 외도에 격분하여 질투심에 휩싸인 헤라는 아이아코스가 성인이 될 때까지 기다렸다가 섬에 역병을 퍼뜨려 아이아코스를 제외한 인간을 모조리 죽여버렸다. 혼자가 된 아이아코스는 비참한 심정으로 섬을 헤매며, 아버지 제우스에게 도움을 청했다. 나무 밑에서 잠든 그는 얼굴 위를 한 줄로 기어가는 개미들 때문에 잠에서 깨어났다. 주위를 둘러보니 개미 떼가 득시글거리고 있었다.

"아버지 제우스 님이여! 이 나무를 기어다니는 개미들만큼 이섬에 인간들을 내려주시어 나와 함께 살아갈 수 있도록 해주십시오." 그는 울부짖었다.

아들의 기도가 마음에 들었는지 신들의 왕 제우스는 개미들을 인간으로 둔갑시켜주었고, 아이아코스는 개미라는 뜻의 그리스어 '미르메크스'를 본떠 그들을 '미르미돈족'이라 불렀다. 머지않아 대부분의 미르미돈족은 아이기나를 떠나 프티아에 정착했다. 그래서 펠레우스는 망명과 속죄의 장소로 프티아를 택한 것이다. 미르미돈족과 함께하기 위해.*

프티아의 에우리티온왕은 펠레우스를 환대하고, 살라미스의 키크레우스왕이 텔라몬에게 했듯이, 펠레우스의 죄를 씻어준 뒤 그를 왕위 계승자로 정하고 사위로 삼았다.

왕의 딸 안티고네†와의 결혼, 딸 폴리도라의 출생, 미르미돈족의 왕위 계승자라는 높은 지위, 죄의 정화. 모든 일이 잘 풀리는 것처럼 보였다. 하지만 활동적인 기질을 타고나 틈만 나면 몸이 근질근질해지는 펠레우스와 텔라몬에게 안정적인 결혼 생활은 어울리지 않았다. 수년 동안 그들은 황금 양피를 찾아 떠난 아르고호 원정대의 일원으로 큰 활약을 펼쳤고, 그 후에는 대부분의 원정대원들처럼 칼리돈으로 가서, 아르테미스가 그곳의 시골 지역을 쑥대밭으로 만들기 위해 보낸 무시무시한 멧돼지를 사냥했다.‡ 그 전설적인 추격전이 한창일 때 펠레우스가 던진 창이 빗나가 장인인 에우리티온에게 치명상을 입히고 말았다. 우연한 사고든 아니든 펠레우스는 또 한번 혈족 범죄를 저질렀고, 또 한번 왕의 도움으로 죄를 씻어야 했다.

---

* 이제 아이아코스에게 작별을 고할 시간이다. 하지만 기억해둘 만한 사실이 한 가지 있다. 아이아코스가 죽은 후 그의 아버지 제우스는 상을 내려 그를 크레타섬의 이복형제인 미노스, 라다만토스와 함께 지하세계의 재판관으로 임명했다(상이라 할 수 있을지 모르겠지만). 『스티븐 프라이의 그리스 신화』 1, 2권을 참고하라.
† 오이디푸스의 딸인 테베의 안티고네와 혼동하지 말 것. 『스티븐 프라이의 그리스 신화』 2권을 참고하라.
‡ 『스티븐 프라이의 그리스 신화』 2권을 참고하라.

이번에 그의 죄를 씻어주겠다고 제안한 왕은 아카스토스, 즉 이아손의 숙적인 펠리아스의 아들이었다. 그래서 펠레우스는 아이올리아에 있는 아카스토스의 왕국, 이올코스로 향했다.§

이때쯤 펠레우스는 어린 이복동생 포코스를 극악무도하게 살해했을 때의 기질을 벗고, 겸손하고 상냥하며 매력적인 남자로 모두에게 인정받고 있었다. 겸손하고 상냥하며 매력적인 데다 외모까지 출중한 펠레우스에게 아카스토스의 아내 아스티다메이아는 욕정을 품었다. 어느 날 밤 그녀는 그의 침실로 찾아가 그를 유혹하려 갖은 수를 썼지만 성공하지 못했다. 아카스토스왕의 손님이자 친구로서 지켜야 할 예절을 잊지 않고 있던 펠레우스는 아스티다메이아가 끊임없이 몸을 밀어붙여 대자 기겁하며 얼어붙었다. 뼈아픈 거절을 당한 후 아스티다메이아의 사랑은 증오로 변했다.

벨레로폰과 스테네보이아, 테세우스의 아들 히폴리토스와 파이드라,¶ 혹은 「창세기」에 나오는 요셉과 포티파르의 아내 이야기를 안다면, '한을 품은 여자'라는 신화소** 혹은 반복적인 비유에 익

---

§ 비슷한 단어와 지명, 인명이 벌써부터 헷갈리기 시작할 것이다. 펠레우스는 펠리아스나, 곧 그의 집이 될 펠리온산과 헷갈리기 쉽다. 사실, 펠리온산은 훨씬 더 전에 거인들이 오사산 꼭대기에 올려놓으려 했을 때부터 그 이름으로 불렸지만(『스티븐 프라이의 그리스 신화』1권을 참고하라), '진흙투성이'라는 뜻의 펠레우스에서 유래한 이름일 수도 있다. 이 지역 출신인 펠리아스도 아마 비슷한 의미였을 것이다. 그리스인은 아이올리아에 유난히 진흙이 많다고 생각한 모양이다. 산간 지대라서 대부분의 그리스 지역보다 비가 많이 내리기는 한다. 그다지 매력적이진 않지만, 펠레우스라는 단어에는 '살 속에 맺힌 피의 거뭇한 빛깔'이라는 또 다른 의미도 담겨 있다.
¶ 『스티븐 프라이의 그리스 신화』2권을 참고하라.
** 신화를 이루는 기본 단위.―옮긴이

숙할 테고, 그 필연적인 전개도 익히 알 것이다. 아스티다메이아는 치욕감에 부르르 떨며, 프티아에서 딸을 키우고 있던 펠레우스의 아내 안티고네에게 서신을 보냈다.

"안티고네, 당신이 충실한 남편이라 철석같이 믿고 있는 펠레우스가 나의 의붓딸 스테로페와 약혼했답니다. 당신에게는 너무도 고통스러운 소식이겠지요. 펠레우스는 당신을 증오한다며 공공연히 떠벌리고 다녔어요. 출산 후 당신의 몸매가 너무 익은 무화과처럼 통통하고 물컹해져서 꼴도 보기 싫다고 하더군요. 그래도 당신이 병들기를 바라는 사람이 아닌 내게서 이 소식을 전해 들으니 그나마 다행이죠. 당신의 친구, 아스티다메이아가."

안티고네는 밖으로 나가 스스로 목을 맸다.

이런 끔찍한 결과를 보고도 복수심이 사그라지지 않은 아스티다메이아는 남편에게 찾아가 고개를 숙인 채 목멘 소리로 흐느껴 울었다.

"오, 나의 남편이여……." 그녀는 드디어 입을 열었다.

"무슨 일이시오?" 아카스토스가 물었다.

"아니에요, 말 못 해요. 절대로 못……."

"무엇이 고민인지 말해보시오, 명령이오."

끔찍한 이야기가 그녀의 입에서 쏟아져 나왔다.

"음탕한 펠레우스가 내 침실로 찾아와서는 강제로 나를 취하려 했답니다. 간신히 피한 뒤 안티고네에게 그녀의 남편이 저지른 부정을 서신으로 알려줬어요. 안티고네는 치욕과 비탄 속에 스스로 목숨을 끊었죠. 당신이 펠레우스를 아주 아끼는 듯하여 이 모든 일을 감추려 했는데…… 하지만 당신이 억지로 내 입에서 그 이야기를 끄집어냈으니……. 이런, 괜히 말한 걸까요……?"

아내를 달래는 아카스토스의 속은 부글부글 끓어 올랐다. 하지만 섣불리 나설 수는 없었다. 손님을 죽였다가는 성스러운 환대의 계율을 어기게 된다. 더군다나 펠레우스는 제우스의 손자가 아니던가. 그에게 손을 대는 건 어리석은 짓이었다. 그래도 감히 그의 아내를 탐한 그 호색한, 패륜아를 기필코 죽이리라 아카스토스는 마음먹었다.

다음 날 아카스토스와 조신들은 젊은 손님을 사냥에 데리고 나갔다. 늦은 오후, 사냥감과의 추격전에 지친 펠레우스는 컴컴한 숲의 끄트머리에서 풀이 우거진 비탈을 찾아 깊이 잠들었다. 아카스토스는 신하들에게 조용히 하라는 신호를 보내며 슬금슬금 그에게 다가가, 헤파이스토스가 벼리고 제우스가 펠레우스의 아버지에게 직접 하사한 검을 빼내어 근처의 소똥 더미 속에 숨겨두었다. 아카스토스와 신하들은 푹 잠든 펠레우스를 남겨둔 채 히죽히죽 고소해하며 발끝으로 살금살금 자리를 떴다. 아카스토스는 밤이 되면 그곳이 아주 위험해진다는 사실을 알고 있었다. 성질이 난폭한 반인반마인 켄타우로스들이 나타나 펠레우스를 발견하고는 죽이리라. 아니나 다를까, 두 시간도 채 지나지 않아 숲 가장자리에서 사나운 켄타우로스 무리가 코를 킁킁거리며 공기 중에 감도는 인간의 냄새를 맡았다.

자, 누구에게나 두 명의 할아버지가 있다.* 펠레우스는 부계 쪽으로는 제우스를, 모계 쪽으로는 케이론을 할아버지로 두고 있었

---

* 물론 근친상간으로 태어난 자식이 아니라면…….

다. 그러니까 아스클레피오스*와 이아손의 스승이기도 한 불멸의 켄타우로스, 현명하고 박식하며 고귀한 케이론이 펠레우스의 외할아버지였다. 하필이면 그날 저녁, 숲에서 잠든 펠레우스를 향해 천천히 달려가던 켄타우로스 무리 가운데 케이론도 있었다. 케이론은 먼저 앞질러 가서 펠레우스를 깨우고 그의 검을 되찾아 주었다. 다른 켄타우로스들을 쫓아낸 뒤 그들은 서로 껴안았다. 케이론은 손자 펠레우스를 무척 아꼈다.

"내가 늘 너를 지켜보고 있었다. 너는 어마어마한 악행에 당한 거야." 케이론이 말했다.

아스티다메이아가 저지른 짓을 케이론에게 들은 펠레우스는 안티고네를 잃은 것이 슬퍼서, 그리고 억울해서 눈물을 흘렸다. 그는 프티아로 돌아가 죽은 아내를 위해 무덤을 지은 뒤, 프티아의 최정예 미르미돈족 병사들을 이끌고 이올코스를 다시 찾았다. 아카스토스는 살해됐고, 사악한 아스티다메이아는 갈가리 찢겼으며, 펠레우스의 오랜 친구인 이아손의 아들 테살로스가 왕위에 올랐다. 이때부터 아이올리아는 테살리아라는 지금의 이름으로 불리기 시작했다.

펠레우스는 프티아로 돌아가 왕자이자 왕위 계승자로서의 인생을 사는 대신, 산속 동굴에서 함께 지내며 자기 밑에서 배우라는 명성 높은 켄타우로스 케이론의 제안을 받아들였다. 펠리온산에서 1년 정도 조용히 생활하며 펠레우스는 케이론의 지혜와 지

---

* 아스클레피오스는 의술의 신으로 신분이 격상된 위대한 치유자였다. 『스티븐 프라이의 그리스 신화』 1권을 참고하라.

식을 많이 전수받았다. 하지만 케이론은 펠레우스 안에서 또다시 움트기 시작한 갑갑함이 슬픔으로 변하는 것을 감지했다.

어느 날 저녁 케이론이 말했다. "고민이 있는 모양이구나. 뭔지 말해보렴. 공부에 임하는 모습이 예전처럼 열성적이고 즐거워 보이지 않으니. 바다를 바라보는 네 눈빛이 허탈해. 아직도 안티고네 때문에 괴로운 게야?"

펠레우스는 할아버지를 바라보며 답했다. "사실대로 고백하자면, 아니에요. 다른 사람을 사랑하게 됐거든요."

"1년 동안 만난 사람도 거의 없지 않으냐?"

"오래전에 만난 여인이에요. 이아손과 함께 항해했을 때요. 하지만 한 번도 그녀를 잊은 적이 없어요."

"말해보거라."

"아, 정말 바보 같은 이야기예요. 어느 날 밤 아르고호 고물에 기대어 있다가 생긴 일인데. 가끔 바다에서 반짝이는 녹색 빛을 본 적이 있으세요?"

"나는 항해에는 영 재주가 없단다." 케이론이 말했다.

"그건 그렇죠." 펠레우스는 반들반들한 갑판에서 케이론의 발굽이 달각거리고 미끄러지는 모습을 상상하며 빙긋 웃었다. "어쨌든, 밤에 홀릴 것 같은 빛이 물속에서 반짝일 때가 있거든요."

"보나 마나 바다의 님프들이겠지."

"맞아요. 아마 그날 밤 우리 배가 포세이돈 님의 바다 궁전 위를 지나가고 있었나 봐요. 빛이 유난히 밝았거든요. 몸을 밖으로 더 뺐더니 어떤 이가 물 밖으로 나오더라고요. 내 평생 그렇게 아름다운 광경은 처음 봤어요."

"아."

"그녀가 나를 지그시 쳐다봤고 나도 그녀를 바라봤죠. 그 시간이 엄청 길게 느껴졌어요. 그런데 그때 돌고래 한 마리가 수면 위로 올라오는 바람에 마법은 깨지고 그녀는 다시 물속으로 들어가 버렸죠. 마치 꿈을 꾸는 것 같았어요…….." 펠레우스는 그 순간을 되새기며 말을 멈추었다.

케이론은 뒷이야기가 있으리라 믿고 기다렸다.

"할아버지도 아실 거예요." 마침내 펠레우스가 입을 열었다. "아르고호의 선수상은 도도나의 신성한 떡갈나무 숲에서 벤 나무로 만들었고 예언 능력을 갖고 있잖아요?"

케이론은 이 유명한 사실을 알고 있다는 뜻으로 고개를 숙였다.

"내가 선수상에게 물어봤어요. '그 여인은 누구였습니까? 정체가 뭐죠?' 그랬더니 선수상이 이렇게 답하더군요. '이런, 그대가 미래에 신부로 맞을 테티스가 아니면 누구겠는가?' 그게 끝이었어요. 테티스. 이리저리 수소문하고 사제들과 현자들에게도 물어봤더니 그런 이름을 가진 바다의 님프가 있다더군요. 그녀는 대체 누구죠, 할아버지? 밤에 잠들 때마다 파도에서 떠올랐던 그녀의 모습이 눈앞에 어른거려요."

"테티스라고 했더냐?"

"그녀에 대해 들어본 적 있으세요?"

"들어봐? 그녀는 나의 가족이다. 사촌이라고 해야 하나. 우리 둘 다 테티스*의 손주거든."†

---

* 알파벳 표기가 'Tethys'로, 손녀인 테티스(Thetis)와 다르다.—옮긴이

"그럼……?"

"네 기억대로 테티스는 아름답고 탐스러운 님프란다. 그녀의 비할 데 없는 우아함에 한 번이라도 넘어가지 않은 신이 없지……."

"그럴 줄 알았어요." 펠레우스는 툴툴거렸다.

"마저 듣거라. 모든 신이 테티스의 미모에 혹했는데, 특히 제우스가 그랬다. 하지만 수년 전 인간들의 대변자인 티탄족 프로메테우스가 테티스에 대한 예언을 폭로한 후로 모든 신과 반신¥神은 감히 그녀에게 접근하지 못하게 됐지."

"무슨 저주라도 있는 건가요?"

"신들에게는 무시무시한 저주지만, 필멸자인 너에게는 그렇지 않을 게다. 프로메테우스가 예언하기를, 테티스가 낳은 아들은 제 아버지보다 더 위대한 존재로 자랄 거라고 했지. 너도 짐작하겠지만, 아들에게 가려지거나 쫓겨나기를 원하는 올림포스 신은 아무도 없다. 최초의 하늘 신 우라노스는 아들 크로노스에게 제왕의 자리를 찬탈당했고, 크로노스는 아들 제우스에게 쫓겨났지.‡ 이런 사태가 반복되는 걸 제우스가 원할 리 없잖느냐. 그래서 욕정 넘치는 하늘의 제왕도 그렇게 아름다운 테티스를 그냥 내버려 둔 게야. 올림포스의 다른 신들도 감히 그녀와 어울리지 못했고."

펠레우스는 신나게 손뼉을 쳤다. "그게 다예요? 아들이 자기보

---

† 테티스는 태초의 신들인 우라노스와 가이아가 낳은 열두 명의 원조 티탄 신족 중 한 명이었다. 폰토스, 탈라사, 오케아노스와 더불어 바다와 대양의 원시 신이다(『스티븐 프라이의 그리스 신화』 1권 참고하라). 지질학자들은 지금의 유럽과 서아시아 지역 대부분을 차지했던 중생대의 바다에 그녀의 이름을 붙였다.

‡ 『스티븐 프라이의 그리스 신화』 1권을 참고하라.

다 더 위대해질 거라는 두려움? 그런 걱정을 왜 하지요? 아들이
자라서 저보다 더 유명하고 훌륭한 사람이 된다면 자랑스러울 것
같은데요?"

케이론은 미소 지었다. "모든 신이, 모든 인간이 다 너 같은 건
아니란다, 펠레우스."

펠레우스는 칭찬인지 아닌지 모를 그 말에 손을 내저었다. "다
괜찮은데." 냉혹한 현실이 떠오르자 그는 조금 시무룩해져서 말했
다. "바다는 광활하잖아요. 무슨 수로 그녀를 찾죠?"

"오, 그 문제라면…… 네 친구 헤라클레스가 테티스의 아버지와
만난 이야기를 들려주지 않던?"

"오케아노스 님요?"

"아니. 테티스는 네레이스란다.* 헤라클레스가 열한 번째 과업
으로 헤스페리데스의 황금 사과를 가지러 갔을 때 일이야. 어디
서 황금 사과를 찾아야 할지 모르는 헤라클레스에게 에리다누스
강의 님프들이 폰토스와 가이아의 아들인 네레우스를 찾아가 보
라고 귀띔해줬지. 하지만 프로테우스처럼, 실은 물의 신들이 대부
분 그렇지만, 네레우스도 자유자재로 둔갑할 수 있단다. 헤라클레
스는 온갖 모습으로 변하는 늙은 해신을 꼭 붙들고 있었고, 결국
네레우스는 힘이 다 빠져서 항복하고 헤라클레스에게 뭐든 다 알

---

* 그리스어에서 어미 '-id' 혹은 '-ides'는 부계 쪽의 '자손'을 의미한다. 따라서 바
다의 신 네레우스의 자손은 네레이스(Nereid), 오케아노스의 자손은 오케아니스
(Oceanid), 헤라클레스의 자손은 헤라클레이다이(Heraclides)가 된다. 테티스의 어머
니는 그리스 소녀에게는 완벽하지만 현대 독자에게는 웃음을 주는 '도리스'라는 이름
의 오케아니스다.

려주기로 했지. 네레우스의 딸 테티스도 마찬가지야. 자기가 어떤 모습으로 변하든 놓치지 않고 꼭 붙들고 있는 자에게만 굴복할 거다."

"저는 헤라클레스만큼 강하지 못해요."

"하지만 넌 열정이 있고, 목적이 있잖느냐! 아르고호에서 바다를 내려다보다가 물 밖으로 떠오르는 테티스를 봤을 때 느꼈던 그 감정 말이다. 그녀를 꼭 붙잡을 만큼 강하지 않았더냐?" 케이론은 발굽을 동동 구르며 말했다.

"강하냐고요?" 펠레우스는 이렇게 말하고는 점점 더 확신이 차오르는지 다시 말했다. "확실히 강하죠!"

"그렇다면 해안으로 가서 그녀를 불러보거라."

결혼식과 사과

펠레우스는 에게해 해안에 서서 목이 터져라 테티스를 불렀다. 헬리오스와 그의 태양 전차가 서쪽, 그의 등 뒤로 떨어지자, 절벽과 산에서부터 그림자들이 시커먼 조수처럼 해안으로 천천히 흘러들었다. 이내 셀레네가 달 전차를 타고 하늘을 가로질러 날아가면서 펠레우스 발밑의 젖은 모래밭에 은청색 빛을 드리웠다. 그래도 펠레우스는 시커먼 바닷물을 뚫어져라 바라보며 쉰 목소리로 테티스의 이름을 외쳤다. 이윽고…….

그가 꿈을 꾸고 있는 걸까, 아니면 정말 저 멀리 파도에서 희미한 형체가 떠오르고 있는 걸까? 크기가 점점 커지는 것 같은데.

"테티스?"

그녀는 서 있을 수 있을 만큼 땅에 가까워졌다. 모래밭을 밟으며 그에게 다가오는 그녀의 매끈매끈한 알몸에는 기다란 해초들만 걸쳐져 있었다.

"어떤 인간이 주제넘게 나를 불러내는가? 오!" 그녀가 너무 빨리 다가오자 펠레우스는 겁에 질려 움찔 물러났다. "내가 아는 얼굴이군. 어느 날 밤 감히 나를 빤히 쳐다보던 얼굴. 그건 무슨 눈빛이었지? 나를 불편하게 만들었어."

"그건…… 사랑이었어요."

"오, 사랑이라. 그게 다야? 난 다른 무언가, 이름 지을 수 없는 무언가를 본 줄 알았는데. 지금도 보이는군."

"운명일까요?"

테티스는 고개를 뒤로 젖히며 웃었다. 얇은 해초를 목걸이처럼 두르고 있는 그녀의 축축한 목은 펠레우스가 지금껏 이 세상에서 봤던 그 무엇보다 아름다웠다. 지금이 기회였다. 그는 휙 다가가 그녀의 허리를 껴안았다. 그러자마자 그의 두 팔이 벌어지고 두 손이 주르륵 미끄러지는 느낌이 들었다. 테티스는 어느덧 사라지고, 그의 품에는 이리저리 몸을 비틀대는 돌고래가 안겨 있었다. 귓속이 멍멍해질 정도로 그녀를 꽉 껴안고 있다가, 돌고래가 갑자기 문어로 변해버렸을 땐 거의 넘어질 뻔했다. 그러다 문어는 뱀장어가 되었고, 그 뒤로 흰꼬리수리, 해파리, 바다표범 등등 그가 셀 수도 없을 만큼 다양한 동물이 등장했다. 펠레우스는 지금 눈앞에 벌어지고 있는 광경과 자신이 하고 있는 행동이 무섭도록 기괴하게 느껴졌지만, 물러나지 않기 위해 눈을 질끈 감고 두 다리로 딱 버티고 서서 더욱 세게 그녀를 껴안았다. 살갗에 닿는 질감이 뾰족뾰족하다가 미끈거리다가 부드럽다가 푹신하게 변하더니 헐떡이며 울부짖는 소리가 들려왔다. 빠른 속도로 잇따라 변신하며 엄청난 힘을 쏟아붓느라 기진맥진한 테티스는 결국 항복하고 말았다. 펠레우스가 눈을 떠보니 그녀는 상기된 얼굴로 녹초가 된 채 그의 품 안에 축 늘어져 있었다.

"내 생각이 옳았어요. 역시 우린 운명이었군요. 당신은 진 게 아니에요. 내가 아니라 모로스*의 손아귀에 놀아난 거예요. 우리 둘 다." 펠레우스는 다정한 목소리로 말했다.

그러고 나서 펠레우스는 축축한 모래밭에 테티스를 눕혀놓고 최대한 정성을 기울여 그녀를 자기의 것으로 만들었다.

올림포스의 신들은 안도했다. 프로메테우스의 위험한 예언은 이제 펠레우스에게만 적용될 터였다. 고귀한 전사이자 훌륭한 왕자인 펠레우스는 분명 좋은 사람이지만 테세우스, 이아손, 페르세우스, 헤라클레스 같은 일류 영웅들과는 비교가 되지 않았다. 그는 자식이 자기보다 더 위대해지는 것도 개의치 않았다. 게다가, 테티스처럼 누구에게나 호감을 살 수 있는 인물이었다.

그들이 펠리온산에 있는 케이론의 동굴에서 그의 주관하에 결혼식을 올릴 거라는 말을 머뭇머뭇 꺼냈을 때 신들, 반신들, 소신들까지 올림포스의 모든 이들은 마지막이 될 불사신들의 큰 행사에 참석해달라는 초대에 응하며 장황한 찬사를 늘어놓았다.

---

* 운명을 의인화한 신. 『스티븐 프라이의 그리스 신화』 1권을 참고하라.

모든 신과 반신, 소신?

아니, 한 명은 제외되었다…….

케이론의 동굴에는 자신과 열두 명의 올림포스 신, 그리고 행복한 부부가 앉을 자리만 마련되었다. '행복한'이라는 표현은 과할지 몰라도, 이때쯤엔 테티스도 자신의 운명을 담담히 받아들이고 있었다. 그녀는 프로메테우스의 예언을 알고 있었다. 그럼에도 자신에게 절대 생기지 않을 것 같던 모성애가, 그녀 안에서 불꽃처럼 깜박거리다가 점점 더 밝게 빛나더니 지금은 무섭도록 뜨겁게 불타오르고 있었다. 위대해질 운명의 아이를 불멸의 자궁에 밸 거라 생각하니 우쭐한 기분이 들었다. 동굴 안쪽에 신성한 내빈들이 반원형을 이루며 두 줄로 앉았다. 제우스가 중앙을 차지하고, 양옆에는 천상의 왕비이자 결혼의 신인 아내 헤라와 그가 아끼는 딸 아테나가 앉았다. 그들 주위와 뒤로 나머지 올림포스 신들이 응석받이 아이들처럼 자리 다툼을 벌였다. 허영심이 별로 없는 풍요의 신 데메테르는 딸 페르세포네와 함께 뒷줄에 점잖게 앉았다. 지하세계의 왕비 페르세포네는 지상으로의 여행을 감행할 생각이 없는 하데스를 대신해 참석했다. 쌍둥이 남매 아폴론과 아르테미스는 포세이돈과 아레스를 꺾고 앞자리를 차지했으며 아프로디테는 벼른 듯 헤라 옆에 살며시 앉았다. 헤라는 디오니소스와 발을 절뚝이는 헤파이스토스와 함께 웃으며 들어왔던 헤르메스에게 뻣뻣하게 고개를 끄덕였다. 올림포스 신들이 최대한 품위를 지켜 각자의 자리를 찾아 앉은 뒤, 케이론은 신부와 신랑이 행진할 중앙 통로를 남겨두고 상급 반신들과 티탄들을 동굴의 여기저기에 세워두었다. 밖에서는 바다와 산과 숲과 초원과 강과 나무의 님프들이 동굴 어귀의 풀밭에 앉아 잔뜩 들떠서는 정신없이 서로 귓속말을 주고받았다. 올림포스산에서 12신들의 임명식*이 열린 후 이렇듯 불멸의 존재들이 완벽하게 한자리에 모인 것은 처음이었다. 그들 모두 여기에 있었다.

한 명만 빼고…….

염소 발을 가진 신 판은 자기 패거리인 사티로스들, 파우니, 드리아스들, 하마드리아스들 주위를 깡충깡충 뛰어다니며 피리를 불었다. 그 선율이 귀에 거슬린 신들은 헤르메스를 보내 제우스의 이름으로 그의 아들을 말리게 했다.

"오히려 잘됐어. 아폴론이 내 리라를 더듬더듬 연주하는 소리를 들을 수 있게 됐으니."† 헤르메스는 판의 뿔 사이에 있는 거친 털을 헝클어뜨리며 말했다.

오케아니스들과 네레이스들이 동굴 입구에서 가장 가까운 자리를 차지하고 있었다. 그들 같은 님프가 하찮은 인간 영웅의 아내가 되는 결혼식. 티탄족이나 심지어는 신과 결혼한 바다의 님프도 많았다. 하지만 부부의 결합을 축하해주기 위해 신성한 존재들이 모두 한자리에 모인 것은 이번이 처음이었다.

아니, 모두는 아니었다. 한 명은 초대받지 못했다…….

신들은 부부에게 휘황찬란한 결혼 선물을 주었다. 특히 눈에 띄는 것은 바다의 신 포세이돈이 선물한 한 쌍의 아름다운 말, 발리

---

* 『스티븐 프라이의 그리스 신화』 1권을 참고하라.
† 리라는 조숙한 아기 헤르메스가 태어난 바로 그날 발명한 악기이다. 『스티븐 프라이의 그리스 신화』 1권을 참고하라.

오스와 크산토스였다.* 회색 바탕에 검은 얼룩무늬가 있는 발리오스와 그 쌍둥이 형제인 적갈색의 크산토스는 동굴 밖에서 풀을 뜯고 있다가, 갑자기 들리는 쨍그랑하는 소리에 깜짝 놀라 히힝하고 울기 시작했다.

화로와 가정의 신 헤스티아가 결혼식의 시작을 알리기 위해 종을 울리고 있었다. 좌중이 조용해졌다. 신들은 자세를 가다듬었다. 몸을 돌려 뒷줄의 신들과 얘기를 나누던 앞줄의 신들은 다시 앞을 보고 앉아 엄숙한 표정을 지었다. 헤라는 드레스를 쓸어내려 주름을 폈다. 제우스는 몸을 펴고 꼿꼿이 앉으며 머리와 턱을 치켜들어 턱수염을 동굴 입구로 돌렸다. 그러자 그를 따르듯 동굴 안의 모든 이들이 고개를 그쪽으로 돌렸다.

님프들은 숨을 죽였다. 온 세상이 숨을 죽였다. 신들이란 이토록 찬란하고 장엄하고 위력적이며 완벽한 존재였다.

테티스와 펠레우스가 팔짱을 끼고 천천히 걸어 들어왔다. 결혼식의 부부가 항상 그렇듯 그들은 모든 하객, 심지어 올림포스의 신들보다 더 아름답게 빛나며 잠깐이나마 주인공이 되는 순간을 누렸다.

동굴 뒤쪽에 있던 프로메테우스에게는 결혼식이 잘 보이지 않았다. 그의 예언력으로도 미래를 자세히 내다볼 수는 없었지만, 이런 모임이 다시는 없으리라는 확신이 들었다. 결혼식의 장엄함과 찬란함은 어떤 몰락의 조짐이었다. 꽃과 열매가 가장 활짝 피고 가장 무르익는 순간이야말로 추락과 쇠퇴, 부패와 죽음을 예고

---

* 포세이돈이 말을 '창조'했다고 일반적으로 알려져 있다.

하듯이. 프로메테우스는 불어닥칠 폭풍우를 예감했다. 그 경위나 이유는 확실히 몰라도, 이 결혼 피로연이 그 일부가 되리라는, 펠레우스와 테티스의 아이 역시 그 일부가 되리라는 건 알 수 있었다. 천둥이 치기 전에 항상 그렇듯 공기에서 쇳내가 났다. 구리와 주석의 냄새. 인간의 피 역시 구리와 주석의 냄새가 난다. 구리와 주석. 청동. 전쟁의 금속. 프로메테우스의 머릿속에서는 청동끼리 부딪치는 소리가 들리고 온 천지에 피가 비 오듯 쏟아져 내리는 광경이 보였다. 하지만 동굴 밖의 하늘은 푸르고, 프로메테우스를 제외한 모든 이들의 얼굴은 기쁨으로 환하게 빛나고 있었다.

펠레우스와 테티스가 동굴 속으로 들어가기 시작하자 열두 명의 올림포스 신을 제외한 모두가 일어섰다. 신랑은 뿌듯한 미소를 지었고, 신부는 귀엽게 고개를 숙였다. '내가 생각이 너무 많은 거 겠지.' 프로메테우스는 속으로 중얼거렸다. '그냥 두통일 거야. 모든 불멸의 존재가 얼마나 행복해 보이는지 좀 보라고.'

모든?

프로메테우스는 이 자리에 한 명이 빠졌다는 사실이 자꾸 신경 쓰였다.

헤스티아가 신랑과 신부의 머리에 기름을 부어주는 사이, 아폴론의 아들 히메나이오스는 신들을 찬양하고 결혼을 축복하는 노래를 불렀다. 헤라가 부부의 결합을 축복한 뒤 자리에 앉자마자 동굴 입구가 소란스러워졌다. 밖에 모여 있던 님프들과 드리아스들이 허둥지둥 흐트러지며 길을 터주자, 초대받지 않은 신이 동굴 입구를 지나 성큼성큼 걸어 들어왔다. 몸의 윤곽만 보였지만 프로메테우스는 한눈에 그녀를 알아보았다. 갈등과 다툼과 불화와 무질서의 신 에리스. 물론 그녀를 결혼식에 초대하는 건 혼란을 부추기는 짓이리라. 하지만 초대하지 않으면 그것 역시 재앙을 불러오지 않을까?

좌중이 갈라지고, 에리스는 반원으로 둘러앉은 올림포스 신들 앞으로 걸어갔다. 그러더니 한 손을 망토 속으로 집어넣었다. 선명한 빛깔의 동그란 무언가가 땅을 데구르르 굴러가다가 제우스의 발치에 멈추었다. 에리스는 몸을 휙 돌려, 얼어붙은 채 아무 말도 못 하고 있는 하객들 사이로 다시 나갔다. 말은 한 마디도 남기지 않았다. 에리스의 등장과 퇴장이 너무도 순식간이고 갑작스러워서, 동굴 안의 몇몇은 그들의 착각이었나 하는 생각까지 했다. 하지만 제우스의 발치에 있는 물건은 진짜였다. 저건 대체 뭘까? 제우스는 그 물건을 집어 들었다. 사과였다. 황금 사과.*

제우스는 손에 쥔 사과를 조심스레 돌려보았다.

헤라가 그의 어깨 너머로 사과를 보고는 날카롭게 말했다. "거기 뭔가가 쓰여 있군요. 뭐라고 쓴 거예요?"

제우스는 얼굴을 찌푸리며 사과의 황금 표면을 자세히 들여다보았다. "'가장 아름다운 이에게'라고 쓰여 있소.†

"'가장 아름다운 이에게'? 에리스는 나를 참 존경하지요." 헤라

---

* 헤스페리데스의 황금 사과 중 하나. 이 마법의 과일은 히포메네스가 아탈란타를 이긴 달리기 경주와 헤라클레스의 열한 번째 과업에 등장한다. 『스티븐 프라이의 그리스 신화』 2권을 참고하라. 원래는 대지의 원시 신인 가이아가 손주들인 제우스와 헤라의 결혼 선물로 준 것이었으니, 올림포스 시대 최후의 이 성대한 결혼식에 그 사과들 중 하나가 등장함으로써 음산한 순환적 대칭이 완성된 셈이다.

† 테 칼리스테: '가장 아름다운 이에게.' '칼로스'는 '아름답다'라는 뜻의 그리스어로, 'callisthenics(미용 체조)', 'calligraphy(서예)' 등등의 단어에 그 흔적이 남아 있다.

가 손을 내밀었다.

제우스가 아내에게 사과를 고분고분 넘겨주려 할 때, 그의 옆에서 또 다른 목소리가 낮게 중얼거렸다.

"그 사과의 주인이 이 몸이어야 한다는 데 반대할 자는 세상에 아무도 없을 겁니다, 헤라 님." 아테나의 회색 눈동자와 헤라의 갈색 눈동자가 서로를 응시했다.

이런 두 명의 뒤에서 낭랑한 웃음소리가 잔물결처럼 퍼지더니, 아프로디테가 제우스에게 손을 뻗었다. "우리 어리석게 굴지 말아요. '가장 아름다운 이에게'라는 말을 들을 수 있는 이는 오로지 한 명뿐이잖아요. 사과를 내게 줘요, 제우스. 다른 이의 것이 될 수는 없으니까."

제우스는 고개를 떨구고 한숨을 푹 내쉬었다. 사랑하는 아내이자 강력한 헤라, 가장 아끼는 자식인 아테나, 그리고 사랑을 관장하는 강력한 신이자 고모인 아프로디테. 이들 중에 누구를 골라야 한단 말인가? 제우스는 다른 곳으로 사라져버리고 싶다고 생각하며 사과를 꽉 쥐었다.

"힘내세요, 아버지." 헤르메스가 머뭇거리는 아레스를 데리고 제우스 앞으로 왔다. "우리 모두 신뢰할 수 있는 자에게 결정을 맡겨서 아버지 대신 사과의 주인을 선택하게 하면 되지 않겠습니까? 그런데 마침 우리가 얼마 전에 바로 그런 사람을 만났잖나, 아레스? 정직하고, 공정하며, 더할 나위 없이 신뢰할 만한 판단력을 가진 청년을."

제우스는 그들을 빤히 쳐다보며 물었다. "그게 누구지?"

왕비의 꿈

그가 누구인지 알려면, 에게해를 건너 다시 한번 일리움 평원으로 돌아가야 한다. 기억할지 모르겠지만, 우리는 폐허가 된 채 연기가 피어오르는 트로이를 떠났었다. 일로스, 트로스, 라오메돈으로 이어지던 왕가는 헤라클레스와 텔라몬의 복수심에 몰살당했다. 가장 어린 포다르케스만이 학살을 피했다. 헤라클레스가 살려둔 범상치 않은 왕자 포다르케스(이제 세상 사람들은 그를 프리아모스라 불렀다)는 걸출한 통치자로 성장했다.

아폴론과 포세이돈이 지어 올린 장엄한 성벽과 성문의 보호 속에서 프리아모스는 아테나 신전을 중심으로 트로이를 재건하기 시작했다. 헤라클레스와 텔라몬은 아테나를 존중하는 의미로, 팔라디온이 모셔진 그 신전을 파괴하지 않고 남겨두었다. 무역과 교환(지금의 용어로 하자면 경제, 상업, 금융)의 원리에 대한 깊은 이해와 세심한 성격으로 프리아모스는 타고난 지도자로서의 진면목을 증명해 보였다. 트로이는 헬레스폰투스(동쪽으로 바닷길을 오가려면 지리상 지날 수밖에 없는 해협)의 어귀라는 위치 덕분에 부를 축적할 기회가 넘쳐났고, 프리아모스왕은 뛰어난 통찰력과 날카로운 지능으로 그 기회를 놓치지 않았다. 통행료와 관세가 쏟아져 들어왔고 왕국은 점점 더 위대하게, 부유하게 성장해 나갔다. 다른 왕국들과의 무역으로부터 얻은 부가 아니더라도 트로이는 이다산을 둘러싼 비옥한 땅 덕분에 충분히 번영했을 것이다. 그 산비탈의 소와 염소와 양은 우유와 치즈와 고기를 제공해주었고 케브렌강과 스카만드로스강, 시모에이스강이 흐르는 저지대 들판에서 수확한 곡식과 올리브와 과일은 해마다 곳간과 창고를 꽉꽉 채웠다. 그 덕분에 굶주리는 트로이 백성은 한 명도 없었다.

프리아모스의 새 왕궁에는 성벽보다 더 높이 지어진 탑들이 햇빛 속에 반짝이고 있었다. 그 위풍당당한 모습은 에게해의 보석인 트로이가 강력한 왕의 통치를 받으며 신들의 비호 속에 번영하고 있는 세계 최고의 도시라는 선언과도 같았다.

프리아모스의 왕비는 헤카베였다.* 결혼 초기에 그녀는 프리아모스의 아들이자 왕위 계승자인 헥토르 왕자를 낳았다. 불과 1년 후 헤카베는 또 임신을 했다. 출산이 얼마 남지 않은 어느 날 아침, 그녀는 너무도 생생하고 기묘한 꿈을 꾸다가 땀을 뻘뻘 흘리며 힘겹게 깨어났다. 그녀에게서 이 일을 전해 들은 프리아모스는 첫 결혼으로 얻은 아들인 아이사코스†를 불렀다. 그는 트로이에서 가장 신뢰할 만한 예언자이자 선각자였다.

"참으로 기묘하고 참으로 걱정스러운 꿈이었어. 꿈에서 아기가

---

* 헤카베의 출신에 관해서는 의견이 분분하다. 로마 황제 티베리우스는 툭하면 학자들에게 헤카베의 어머니가 누구냐는 질문을 던져 그들을 당황시켰다고 한다. 역사가 수에토니우스의 저서 『열두 명의 카이사르』에 따르면, 티베리우스는 "하! 자네들도 모르지!" 하고 의기양양하게 떠들어대곤 했다. 이 이야기는 그리스 신화의 표면적 '완전성'에 대한 반증이기도 하다. 역사상 실재하는 왕조라도 그 계보를 속속들이 알 수 있으리라는 건 지나친 기대다. 하물며 신화 속 가문에 관해 그런 지식을 기대하는 건 터무니없어 보인다. 그러나 진짜처럼 보이는 세부 내용이 주는 매혹적인 느낌이야말로 그리스 신화의 매력이다.
† 트로이의 북동쪽에 있는 도시 페르코테의 왕이자 예언자인 메롭스의 딸, 아리스베와의 사이에 얻은 아들이다.

아니라 횃불을 낳았지 뭐야." 헤카베가 말했다.

"횃불요?" 아이사코스가 물었다.

"큰 불길이 타오르는 횃불이었어. 나뭇가지에 붙은 불처럼. 그리고 내가 이 횃불을 들고서 트로이의 거리와 골목길을 달리는데, 주위의 모든 것이 불타오르고 있었지. 이번 출산이 지난번보다 더 힘들 거라는 의미일까? 아니면……." 그녀는 기대에 찬 목소리로 말했다. "이 아이가 빛나는 명성과 영광으로 세상을 밝힐 운명이라는 뜻일까?"

"그렇지 않습니다, 왕비님." 아이사코스는 심각한 목소리로 말했다. "두 가지 해석 모두 틀렸습니다. 전혀 다른 의미의 꿈입니다. 그 꿈의 의미는……."

그는 말끝을 흐리며 망토 자락을 초조하게 비틀어댔다.

"두려워 말고 말해보거라. 네가 그런 재능을 타고난 데에는 다 이유가 있겠지. 네가 뭐라 말하든 우리가 어리석게 널 탓할 일은 없을 것이다. 이 꿈이 우리의 아이와 그 운명에 대해 말해주는 바가 뭐지?" 프리아모스가 말했다.

아이사코스는 숨을 크게 한 번 쉬고는 허겁지겁 말하기 시작했다. 입과 머릿속에서 그 말들을 영원히 쫓아내려는 것처럼.

"그 꿈은…… 전하의 아이가 태어나면 우리 모두 죽을 것이고, 우리의 도시와 우리의 문명이 전멸하리라는 의미입니다. 왕비님의 배 속에 있는 아이는 분명 사내아이일 것이고, 그 아이가 성인이 될 때 트로이는 잿더미가 되어 다시는 일어서지 못할 겁니다. 일리움은 그저 불태워진 역사서의 한 페이지, 기억 속의 도시로 사라질 겁니다. 왕비님이 꾸신 꿈은 바로 이런 의미입니다."

프리아모스와 헤카베는 아이사코스를 빤히 쳐다보았다.

"이만 나가보거라, 아들이여. 이 일은 결코 누구에게도 발설해서는 안 된다." 기나긴 침묵 끝에 프리아모스가 말했다.

아이사코스는 고개를 숙이며 물러났다. 그러고는 그 누구와도 말 한마디 나누지 않은 채 성문을 황급하게 빠져나갔다. 그는 깊숙한 시골로 달리고 또 달려, 강의 신 케브렌의 딸인 사랑하는 헤스페리아에게로 돌아갔다. 그 후 아이사코스는 한 번도 트로이로 돌아가지 않았다. 헤카베가 그런 꿈을 꾸고 나서 오래 지나지 않아 헤스페리아가 독사에 물려 죽었다. 아이사코스는 외로움을 이기지 못하고 절벽에서 바다로 몸을 던졌다. 하지만 그를 불쌍히 여긴 티탄족 테티스가 수면에 닿기 전에 그를 바닷새로 둔갑시켰다. 슬픔에 젖으면 바닷속으로 뛰어들고 또 뛰어들며 영원히 자살을 반복하는 새로 말이다.

살아남은 아이

프리아모스와 헤카베에게는 그 무엇보다 트로이가 중요했다. 사랑, 건강, 행복, 가족보다 트로이가 더 중요했다. 기껏 세워 올린 도시가 무너질 위험에 처하는 꼴을 가만히 보고 있을 수는 없었다. 아이사코스의 예언이 만약 사실이라면 잔혹하고 비이성적이며 부당한 운명 같았지만, 운명의 신들은 자비롭지도 정의롭지도 않았고 이유를 따지지도 않았다. 트로이의 미래가 최우선이니 아이가 죽어야 했다.

바로 그날 헤카베의 진통이 시작되었다. 그렇게 태어난 아들(아이사코스의 말대로 남자아이였다)은 빛나는 얼굴로 까르륵거렸다. 사람을 녹여버릴 것만 같은 그 매력과 티 없는 아름다움을 부모는 차마 꺼트릴 수가 없었다.

프리아모스는 방긋 웃고 있는 아들의 얼굴을 내려다보며 말했다. "아겔라오스를 불러야겠소."

"그래요. 그 사람밖에 없죠." 헤카베가 말했다.

이다산에서 왕실의 가축을 치는 목자 아겔라오스는 왕궁의 음모나 정치에 휘말릴 일이 없었고, 충성스럽고 신뢰할 만한 인물인데다 입이 무거웠다.

그는 헤카베의 품에 안긴 아기를 보고는 놀라움을 감추지 못한 채 왕과 왕비에게 고개 숙여 절했다.

"왕자님이나 공주님이 탄생하셨다는 기쁜 소식은 듣지 못했습니다. 종이 울리지도 않았고, 발표도 없었어요."

"아무도 모르느니라. 그리고 앞으로도 계속 몰라야 해." 헤카베가 말했다.

"이 아이는 죽어야 하네." 프리아모스가 말했다.

아겔라오스는 왕을 빤히 쳐다보며 물었다. "전하?"

"트로이를 위해서는 어쩔 수가 없어. 이 아이를 이다산으로 데려가서, 자비를 베풀어 단숨에 죽여주게. 시신은 정성스러운 기도와 제물과 함께 지하세계로 넘기고." 헤카베가 말했다.

"그리고 일을 마치면 아이가 죽었다는 증거를 가져오게. 그걸 알아야 우리도 애도를 시작할 수 있으니." 프리아모스가 말했다.

아겔라오스는 눈물을 흘리고 있는 왕과 왕비를 바라보다가 입을 벌렸지만 아무 말도 나오지 않았다.

"이런 끔찍한 일을 부탁해서 미안하네." 프리아모스는 아겔라오스의 어깨에 손을 얹으며 말했다. "우리 모두의 생존이 달린 일만 아니라면 이런 부탁은 하지 않았을 걸세."

아겔라오스는 헤카베의 품에서 아이를 넘겨받아, 등에 지고 있던 가죽 가방에 넣은 뒤 이다산의 돌집으로 향했다.

프리아모스와 헤카베가 그랬듯, 아기의 귀여운 얼굴을 내려다보던 아겔라오스 역시 이토록 완벽하게 아름다운 인간을 차마 죽일 수 없었다. 그래서 나무가 자라지 못할 정도로 높은 곳까지 올라가, 발가벗은 아기를 차가운 산허리의 갈라진 바위틈에 버렸다. 아기는 홀로 남아 꽥꽥 울어댔다.

"산짐승들이 금방 와서 내가 할 수 없는 일을 대신해 주겠지. 아겔라오스가 왕가의 아이를 죽였다는 말은 아무도 못 할 거야." 그는 터벅터벅 산길을 내려가며 혼자 중얼거렸다.

그가 사라지자마자, 낯선 소리와 냄새에 놀란 암곰 한 마리가 툭 튀어나와 쿵쿵거리며 공기를 빨아 마시고 입술을 핥았다.

우연히도…… 우연? 아니, 운명, 섭리, 숙명…… 비운이랄까, 어쨌든 우연은 아니었다. 신의 뜻이었는지, 이 암곰은 바로 그날 아침 늑대 무리에게 갓 낳은 새끼를 잃은 참이었다. 곰은 몸을 숙여, 꽥꽥 울어대는 아기를 큼직한 혀로 쭉 한 번 핥아주고는 아기를 들어 올려 젖을 물렸다.

며칠 후 아겔라오스는 시신을 확인하고 왕과 왕비에게 그들의 아들이 죽었다는 증거를 가져가기 위해 다시 산을 올랐다.

건강하고 행복한 모습으로 발을 차며 옹알거리는 아기를 본 그는 자신의 눈을 믿을 수가 없었다.

"살아 있잖아! 건강한 새끼 돼지처럼 분홍빛에 통통하니!" 그는 아이를 안아 올려 가죽 가방에 집어넣었다. "신들께서 네가 살아 있기를 원하시는구나, 아가야. 내가 어찌 감히 신들의 뜻을 거스를 수 있겠느냐."

그가 가방을 등에 메고 산비탈을 내려가려 몸을 돌릴 때, 바위 뒤에서 거대한 곰 한 마리가 뒷다리로 일어서더니 그의 앞을 막아섰다. 으르렁거리던 곰이 사납게 포효하기 시작하자 아겔라오스는 두려움에 얼어붙었지만, 아기는 가방 밖으로 고개를 내밀며 까르륵 웃었다. 그러자 곰은 다시 앞발을 내리고 큰 소리로 애절하고 길게 한 번 울부짖은 뒤 느릿느릿 사라졌다.

오두막으로 돌아온 아겔라오스는 아기를 테이블에 눕히고 눈을 들여다보며 물었다. "배고프지, 아가야?"

그는 주전자에 든 염소젖을 가져와 촘촘히 짠 양털 주머니에 조금 부어서 아기의 입술에 살며시 대어주었다. 아기는 질릴 때까지 염소젖을 게걸스럽게 마셨다.

아겔라오스는 이 아기를 자기 자식으로 키우리라 마음먹었다. 하지만 먼저 프리아모스와 헤카베에게 했던 약속부터 지켜야 했다. 그들은 아들이 죽었다는 증거를 요구했다.

우연히도 그날 아침 최고의 목견이 새끼 다섯 마리를 낳았는데, 그중 한 마리가 유독 시원찮았다. 어미의 젖꼭지를 쟁탈하기 위한 싸움에 고전하는 꼴을 보아하니 하루도 못 버틸 것이 뻔했다. 아겔라오스는 이 왜소한 놈을 곧장 여물통 물로 익사시키고는 혀를 잘랐다.

그는 트로이로 출발하기 전 새로운 가족을 마지막으로 바라보며 속삭였다. "넌 여기 있거라, 작은 배낭아. 금방 돌아오마."

프리아모스와 헤카베는 잘린 혀를 보고는 눈물을 글썽였다.

"가져가서 나머지 몸과 함께 묻어주게. 제물은 제대로 바쳤는가?" 헤카베가 말했다.

"모든 것을 율법에 어긋남 없이 처리하였습니다."

"왕자가 태어나던 중에 죽었다고 발표할 걸세. 앞으로 매년 이날이 되면 아이를 추모하는 장제 경기를 열어야겠어." 프리아모스가 말했다.

소몰이꾼으로 나타난 헤르메스

아겔라오스는 친구들과 동료 목자들에게 산기슭 언덕에 위치한 작은 헤르메스 사원의 계단에 버려져 있던 아기를 데려왔다고 말했다. 흔히 일어나는 일이기에 사람들은 아무 의심 없이 그 말을 믿었다. 양자에게 붙여줄 이름이 딱히 떠오르지 않자 아겔라오스는 아이를 계속 '작은 배낭'이라 불렀다. 배낭을 의미하는 그리스어는 '페라'인데, 어쩐 일인지 시간이 지나면서 소년의 이름은 '파리스'가 되었다.

이다산에서 파리스는 아름답고 총명한 소년에서 청소년으로, 청년으로 성장했다. 가축과 아버지, 동료 목자들을 지키는 일이라면 그 어떤 목동보다 잘 싸웠다. 그의 보살핌 덕분에 송아지나 새끼 양이나 아이들은 늑대와 곰에게 당하는 일이 전혀 없었고, 밀렵꾼이나 강도는 감히 그의 목초지를 침범하지 못했다. 그 지역의 사람들은 파리스에게 '알렉산드로스', 즉 '인류의 수호자'라는 또 다른 이름도 붙여주었다.

머지않아 파리스는 강의 신 케브렌의 딸*이자 오레아스(산의 님프)인 오이노네를 만나 사랑에 빠졌다. 그들은 결혼했고, 자연 속에서 낙원 같은 삶을 영원히 누릴 수 있을 것만 같았다.

파리스의 소박한 인생에 중요한 건 몇 되지 않았다. 아름다운 오이노네, 그리고 아버지(로 알고 있는) 아겔라오스를 위해 돌보고 있는 양 떼와 소 떼의 안녕. 그가 특히 자부심을 가지고 있는 황소가 한 마리 있었다. 완벽하게 대칭을 이루는 뿔과 경이로울 만큼 숱지고 곱슬곱슬한 앞갈기를 가진 거대한 흰 짐승이었다.

"넌. 세계 최고의 황소야. 너보다 더 훌륭한 놈을 본다면 절하고 황금 왕관을 씌워주겠어. 신이라 해도 너만큼 아름다운 황소는 없을걸." 파리스는 황소의 옆구리를 다정하게 찰싹 때리며 말했다.

트로이와 그 백성을 끔찍이 아끼는 신 아레스가 우연히 이 자랑을 듣고는 헤르메스에게 전했다.

"어리석은 인간이 자기 황소가 우리 황소보다 더 아름답다고 생각하더군."

"오! 재미 좀 볼까." 헤르메스가 말했다.

"재미?" 아레스가 말했다.

"놀려먹고 장난 좀 치자는 거지. 자넨 황소로 변신하기만 해, 나머지는 내가 알아서 할 테니."

---

* 따라서 오이노네는 아이사코스의 애인인 헤스페리아와 자매지간이다.

헤르메스가 자신의 계획을 대강 설명해주자, 전쟁의 신은 얼굴 가득 미소를 지었다.

"그 가소로운 녀석한테 한 수 가르쳐줘야겠군." 아레스는 변신을 시작하며 말했다. 그는 양치기와 농민을 싫어했다. 싸우고 죽일 수 있는 시간에 들판에서 빈둥거리기만 하는 족속들이니까.

그 순간 파리스는 이다산 아래쪽 언덕의 풀밭에서 정말 빈둥거리고 있었다. 아니, 곤히 잠들어 있었다. 얼굴에 그림자가 드리워지자 그는 잠에서 깨어났다. 눈을 떠보니 한 젊은 목자가 반짝이는 눈으로 그를 내려다보고 있었다.

"무슨 일이신지?"

"혹시 파리스?" 목자가 물었다.

"그런데요. 당신은 누구죠?"

"오, 난 그저 보잘것없는 소몰이꾼이랍니다. 듣자 하니, 당신이 천하제일이라 믿는 멋진 황소를 한 마리 갖고 있다면서요?"

"천하제일이 분명해요."

"그보다 더 멋진 짐승이 있으면 황금 왕관을 씌워주겠다는 말도 했다던데?"

"그런 말을 하기는 했죠. 하지만 누군가 내 말을 듣고 있는 줄은 몰랐는데." 파리스는 얼떨떨하니 답했다.

"오, 진심이 아니었다면……" 소몰이꾼이 몸을 돌려 떠나려 했다.

"진심으로 한 말 맞아요." 파리스가 말했다.

"여기 가만히 있어봐요. 내 황소를 데려올 테니. 그렇게 뽐냈던 걸 후회하게 될 겁니다." 소몰이꾼이 말했다.

물론 그 소몰이꾼은 헤르메스였다. 그는 언덕 밑으로 내려가 황소를 끌고 파리스에게 돌아오면서, 소의 궁둥이를 찰싹 때리고 나뭇가지로 등을 가볍게 치며 희희낙락댔다. 평소라면 호전적이고 성깔 있는 전쟁의 신에게 감히 그런 짓을 할 올림포스 신은 아무도 없었을 터였다.

황소로 변신한 아레스를 보는 순간, 파리스는 이 짐승이 자신의 특급 황소보다 더 덩치 좋고 더 하얗고 더 멋지고 훨씬 더 잘생겼다는 사실을 인정할 수밖에 없었다.

그는 숱진 털과 반짝이는 뿔에 감탄하며 말했다. "말도 안 돼. 내 황소가 천하제일이라 생각했는데, 이 녀석은……." 그는 풀밭에 무릎을 꿇고 앉아 애기똥풀과 바꽃, 미나리아재비를 눈에 띄는 대로 모조리 따기 시작했다. "황금 왕관이라고는 했지만 노란 꽃으로 만든 화관밖에 줄 수 없군요." 그는 황소의 뿔에 화관을 걸쳐주며 헤르메스에게 말했다. "저한테 시간을 주시면 재산을 모은 다음 당신을 찾아서 진짜 황금을 드릴게요."

"그럴 필요 없어요." 헤르메스는 파리스의 어깨에 한 손을 얹으며 빙긋 웃었다. "당신의 정직함으로 충분해요. 정직함이야말로 아주 귀하고 아름다운 것이니까요. 내 황소보다 훨씬 더 귀하고 아름다워요."

심판

시간이 흘렀다. 파리스는 그 묘한 황소의 기막힌 아름다움을 오이노에에게 지나가는 말로 한 번 언급했다. 산비탈보다 더 넓은 바깥세상에는 경이로운 것이 참 많은 것 같다고 말이다. 그러고는 그 일을 잊었다. 그래서 얼마 지나지 않은 어느 날 오후, 기분 좋게 낮잠을 즐기다가 또 한번 얼굴에 드리워지는 그림자 때문에 깼을 때는 놀랄 수밖에 없었다. 일어나 앉아 손으로 햇빛을 가린 채 그림자의 주인을 봤더니 그때의 그 젊은 소몰이꾼이었다.

"맙소사. 설마 벌써 황금 왕관을 받으러 온 건 아니죠?" 파리스가 말했다.

"아니, 그게 아니야. 다른 일로 왔다. 너에게 도움을 받고 싶으시다는 내 아버지 제우스 님의 말씀을 전하러." 헤르메스가 말했다.

파리스는 놀라 무릎을 꿇었다. 처음 봤을 때 눈치채지 못한 것이 신기할 정도로, 지금 이 젊은 남자의 얼굴에서 전혀 인간 같지 않은 광채가 뿜어져 나오고 있었다. 이 목자의 지팡이를 휘감고 꿈틀거리는 뱀들도, 샌들에서 파닥이는 날개도 왜 진작 알아채지 못했을까? 그는 신들의 전령, 헤르메스가 분명했다.

"들판에서 소와 양이나 치며 사는 가난한 제가 하늘의 왕에게 무슨 일을 해드릴 수 있겠습니까?"

"우선 무릎을 펴고 일어나는 게 어때. 그리고 나와 함께 가지."

파리스는 허둥지둥 일어나 헤르메스를 따라서 나무가 듬성듬성 자란 어느 잡목림으로 갔다. 헤르메스가 햇빛이 어룽거리는 빈터를 가리켰다. 그곳에는 여인 셋이 빛을 발하며 서 있었다. 파리스는 이들이 불멸의 존재라는 걸 한눈에 알아보았다. 위대한 불멸의 존재들. 신들. 올림포스의 신들. 파리스는 얼어붙은 채 서서 무슨 말이든 하려 했지만, 그저 무릎을 털썩 꿇을 수밖에 없었다.

"또 이러네. 일어나거라, 파리스. 너의 정직함과 공정한 판단력을 잘 알고 있다. 지금 우리에게 바로 그것이 필요하구나. 이 사과를 받아. 사과에 새겨진 글이 보이는가?" 헤르메스가 말했다.

"뭐라고 써놓은 건지 모르겠어요. 글을 배운 적이 없거든요." 파리스는 얼굴을 붉혔다.

"걱정할 거 없어. '가장 아름다운 이에게'라는 뜻이야. 이 세 명 중 누구에게 사과가 돌아가야 하는지 그대가 선택해줘야겠어."

"하지만 제가…… 제가 어떻게……."

"내 아버지가 원하시는 바야."

헤르메스는 여전히 미소 짓고 있었지만, 거절은 절대 용납하지 않을 말투였다. 파리스는 떨리는 손으로 사과를 받아 들었다. 그러고는 세 여인을 바라보았다. 이토록 사랑스러운 존재들은 평생 본 적이 없었다. 신의 딸인 오이노네도 아름다웠다. 파리스는 그녀보다 더 아름다운 이는 세상에 없을 줄 알았다. 하긴 그의 황소에 대해서도 똑같이 생각했었다.

첫 번째 신이 앞으로 나왔다. 자줏빛 실크 드레스, 머리 장식에 붙어 있는 공작새 깃털, 우아한 광대뼈, 품위 넘치고 위풍당당한 거동을 보건대, 하늘의 왕비 헤라가 분명했다.

"내게 사과를 다오." 헤라는 가까이 다가와 파리스의 눈을 깊숙이 들여다보며 말했다. "그러면 모든 인간을 다스릴 수 있는 권력을 주마. 온 세상의 왕국과 속국이 너의 손안에 들어갈 것이다. 지금껏 어떤 인간도 누리지 못한 황제의 힘과 부, 영토가 너의 것이 되리라. 너의 이름은 역사에 길이 기억될 것이다. 만민이 존경하고 찬미하고 사랑하며 복종한 파리스 황제로."

파리스는 헤라가 쭉 뻗은 손바닥에 곧장 사과를 넘겨주려 했다. 사과의 주인은 틀림없이 그녀니까. 그녀의 아름다움에 경외감이 솟아올랐고, 그녀가 약속한 선물은 그가 이제껏 꿈꿔 온 모든 것, 아니 그 이상이었다. 마음 깊숙한 곳에는 그가 권력과 명성을 누리는 위대한 인물이 될 운명이라는 느낌이 항상 있었다. 헤라가 그 꿈을 이루어주겠다고 말했다. 그러니 사과의 주인은 그녀가 되어야 했다. 하지만 공평하게 다른 두 신에게도 기회를 주어야 하리라. 보나 마나 하늘의 왕비와 상대도 되지 않겠지만.

파리스는 입술에 진중한 미소를 띠고서 그에게 다가오는 두 번째 신을 바라보았다. 그녀가 들고 있는 방패에서 분노와 두려움에 가득 찬 표정으로 눈을 부릅뜬 메두사의 얼굴이 보였다. 무슨 기묘한 솜씨를 부려서 만든 방패인지 그로서는 알 길이 없었다. 이 아이기스만 봐도 그의 앞에 서 있는 신은 팔라스 아테나가 분명했고, 곧 그녀의 말이 그의 생각을 확인해주었다.

"내게 사과를 다오, 파리스여. 그러면 나는 너에게 군주의 지위와 권력 이상의 것을 주겠다. 그것은 바로 지혜다. 지혜만 있으면 부와 권력이든, 평화와 행복이든 다른 모든 것이 저절로 따라오는 법. 너는 인간의 마음을, 우주의 가장 어두운 구석구석을, 불사신들의 의지까지 들여다보게 될 것이다. 지혜는 지상에서 영원히 지워지지 않을 명성을 가져다주리라. 권력자의 성채와 궁은 산산이 부서져 먼지가 되지만 전쟁과 평화, 생각의 기술을 알고 통달한 너는 파리스라는 이름을 별들보다 더 높이 드날릴 것이다. 정신의 힘은 세상에서 가장 강한 창도 뚫어버리지."

'휴, 헤라 님에게 바로 사과를 주지 않아서 다행이야'라고 파리스는 생각했다. 그 무엇에도 비길 수 없는 선물을 놓칠 뻔했다. 아테나의 말이 옳았다. 지혜가 있으면 권력과 부는 저절로 뒤따라오는 법. 게다가 통찰력과 지성 없는 권력이 무슨 소용이란 말인가? 사과의 주인은 아테나가 되어야 한다.

그는 아테나에게 사과를 건네려다, 또 한 명의 경쟁자가 어떤 선물을 제시할지 들어야 한다는 사실을 떠올리고는 멈칫했다.

세 번째 신이 새치름하게 고개를 숙인 채 앞으로 나와 부드러운 목소리로 말했다. "난 그대에게 지혜나 권력은 줄 수 없어."

그녀가 고개를 들자 파리스는 눈앞의 광경에 황홀해졌다. 세상을 초월한 듯한 이런 광휘는 난생처음이었다.

"내 이름은 아프로디테야." 환영과도 같은 그녀가 수줍게 눈을 들어 그를 바라보았다. "유감스럽지만 난 지혜롭지도 영리하지도 않아. 그래서 그대에게 황금이나 명예 같은 건 가져다주지 못해. 난 오로지 사랑의 영역만 주관하거든. 사랑 말이야. 땅과 바다, 정신의 힘에 비하면 초라해 보이지? 하지만 사랑처럼 시시하고 어리석은 것이라도 한번 고려해볼 가치가 있다는 데에는 그대도 동의하겠지. 왜 우리가 사랑을 갈구하겠어? 내가 그대에게 줄 선물은 바로 이거야……."

아프로디테는 들고 있던 조가비를 파리스에게 내밀었다. 그가 망설이자 아프로디테는 격려하듯 고개를 끄덕였다.

"받아서 열어봐, 파리스."

파리스는 그 말을 따랐다. 살아 움직이는 조가비 안에는 그가 이제껏 보지 못한 황홀하고 매혹적이며 눈부신 얼굴이 희미하게 빛나고 있었다. 어느 젊은 여인의 얼굴이었다. 그가 조가비 안을 들여다보는 순간 그녀가 턱을 들었다. 마치 그의 눈을 똑바로 쳐다보는 듯했다. 그녀가 빙긋 웃자 파리스는 휘청거릴 뻔했다. 두 뺨이 뜨겁게 달아오르고, 심장과 목구멍, 머릿속과 배 속이 너무 심하게 쿵쿵 뛰어대는 통에 몸이 터져버릴 것만 같았다. 아프로디테도 놀라우리만치 아름답지만, 그 미모에 눈이 멀 지경이어서 고개를 돌려버리고 싶었다. 하지만 조가비 속의 이 얼굴은 그 안으로 뛰어들고 싶게 만들었다.

"이 여인은…… 누구…… 누구죠?" 그는 겨우 이 말을 뱉었다.

"그녀의 이름은 헬레네야." 아프로디테가 말했다. "사과를 내게 주면, 그녀는 너의 것이 될 거야. 무슨 일이 있어도 내가 두 사람을 엮어줄게. 너희 둘을 보호해주고 둘의 결합을 언제까지나 지켜줄 거야. 내가 너에게 하는 서약이니 절대 깨질 수 없어."

파리스는 조금의 망설임도 없이 사과를 아프로디테의 손으로 떠밀었다. "이 사과를 가지세요!" 그는 쉰 목소리로 이렇게 말하고는 나머지 두 신을 바라보며 덧붙였다. "죄송해요. 부디 이해를……"

하지만 험악한 얼굴의 헤라와 침울하게 고개를 젓는 아테나는 이미 하늘로 떠오르며 차츰 사라져가고 있었다. 파리스가 아프로디테에게 감사 인사를 하려고 고개를 돌려보니 그녀 역시 가버리고 없었다. 그의 손에는 조가비가 없었다. 그는 서 있지 않았다. 뺨에 따가운 햇볕을 받으며 풀밭에 누워 있었다. 그 모든 일이 한낱 오후의 꿈에 불과했던가?

하지만 그 얼굴은……

헬레네. 헬레네. 헬레네.

대체 헬레네가 누굴까?

가족 불화

대체 헬레네가 누굴까?

지금 우리는 깃털을 붙인 날개를 달고 서쪽으로 날아오르는 이
카로스와 다이달로스, 혹은 독수리로 둔갑하여 가니메데스 왕자
를 낚아채 올림포스산으로 데려가는 제우스, 혹은 천마 페가수스
를 타고 하늘을 가로지르는 벨레로폰이다. 저 멀리 아래에는 푸른
에게해가 펼쳐져 있다. 우리는 켄타우로스 케이론이 살고 있는 펠
리온산에서 그리 멀지 않은 해안선을 넘어간다. 최초의 신들이 사
는 오트리스산 꼭대기를 지나간다. 산그늘에는 펠레우스가 미르
미돈족을 다스리고 있는 프티아 왕국이 보인다. 그의 새 아내인
바다의 님프 테티스는 남자아이를 배고 있다. 이들은 이따 다시
만날 것이다. 우리는 남서쪽으로 방향을 틀어 사로니코스만의 상
공을 날고 있다. 아래를 내려다보면 텔라몬이 그의 두 아들 아이
아스, 테우크로스와 함께 살고 있는 살라미스섬이 보인다. 저 앞
에는 그리스 세계의 대국이 모여 있는 거대한 펠로폰네소스반도
가 있다. 반도의 북쪽에는 코린토스와 아카이아가, 남쪽에는 테세
우스의 고향인 트로이젠이 들어서 있다. 저 멀리 서쪽으로는 필로
스와 라코니아가 있고, 우리 바로 밑에는 아르고스와 가장 강력한
왕국 미케네가 서로 붙어 있다. 그곳에 누가 살고 있는지는 천천
히 알아보자.

탄탈로스의 아들 펠롭스는 트로이의 일로스왕에게서 아버지의
리디아 왕국을 되찾으려다 실패한 후, 오이노마오스왕의 딸 히포

다메이아를 아내로 얻기 위해 서쪽의 피사*로 가서 전차 경주에 참가했다. 펠롭스는 경주에서 우승하지만, 그에게 속은 마부 미르틸로스는 그와 그의 혈통을 저주하면서 죽었다.

오이노마오스를 죽이고 히포다메이아를 아내로 얻은 펠롭스는 4년마다 올림피아 제전(오늘날까지 올림픽 대회로 이어지고 있다)이 열리는 엘리스 왕국에 정착하여 그곳을 다스렸다. 그와 히포다메이아 사이에 두 아들 아트레우스와 티에스테스가 태어났다.† 펠롭스는 님프 악시오케에게서 또 한 명의 아들 크리시포스‡를 얻었다. 자국의 내란을 피해 엘리스에서 지내고 있던 테베의 라이오스 왕자는 아름다운 크리시포스에게 반해 그를 납치했다. 그 탓에 라이오스 자신과 그의 아들 오이디푸스, 그리고 그들의 후손들까지 파멸의 늪에 빠뜨릴 저주를 받고 만다. 테베의 창건자인 카드모스에게 제일 처음 내려진 저주보다 더 강하고 오이디푸스의 자식들에게까지 이어지는 이 저주는 탄탈로스 가문에게 내려진 저주와 꼭 닮았다.§

수많은 지명과 계보를 폭격 수준으로 쭉 늘어놓고 있지만, 그리스 신화가 항상 그렇듯 이야기의 윤곽을 명확히 따라가려면 큰

---

* 기억하겠지만, 이탈리아의 도시 피사가 아니다. 그리스의 피사는 펠로폰네소스반도의 북서쪽에 있으며, 엘리스 왕국의 수도이다.

† 셋째 아들 피테우스는 트로이젠의 왕이 된다. 피테우스는 『스티븐 프라이의 그리스 신화』 2권에 등장하는 테세우스의 어머니 아이트라의 아버지이다. 아이트라는 트로이 이야기와도 연관이 있으니 곧 다시 만날 것이다.

‡ '황금 말'이라는 뜻이다.

§ 카드모스는 이스메니오스의 용을 죽여서 아레스에게 저주받았고, 카드모스의 후대는 세멜레를 모욕한 죄로 그녀의 아들 디오니소스에게 저주받았다. 라이오스의 가족에게 내려진 저주를 보려면 『스티븐 프라이의 그리스 신화』 1, 2권을 참고하라.

줄기는 알고 있어야 한다. 태피스트리를 만들 때 기본적인 윤곽은 눈에 확 띄는 밝은색 실로 짜 넣듯이 말이다. 펠로폰네소스반도, 그리스 본토, 트로아스에 있었던 모든 도시국가의 위치나, 앞으로 펼쳐질 사건에서 중요한 활약을 하게 될 위대한 가문의 모든 일원을 꿰고 있어야 하는 건 아니지만, 그중 일부는 시간과 노력을 들여서라도 알아두는 것이 좋다. 예를 들면, 트로이 왕가를 이루고 있는 프리아모스와 헤카베와 그 자식들 말이다. 텔라몬과 펠레우스, 그리고 그 자손들도 중요하다. 탄탈로스 가문 역시 중요하다. 탄탈로스의 아들인 펠롭스를 거쳐 그의 아들들과 손자들까지, 그 일족은 트로이 전쟁과 그 후의 역사 전체에 어두운 그림자를 드리운다. 탄탈로스에게 내려진 저주는 세대가 이어질수록 배가되고, 폭포수처럼 이어지는 그 저주들이 마침내는 모든 것을 끝장낸다.

자, 한숨 돌리며 잠깐 쉬었으니 다시 펠로폰네소스반도로 돌아가자. 라이오스가 크리시포스를 납치했다. 펠롭스는 라이오스를 저주하고, 자신의 적자인 아트레우스와 티에스테스를 보내 그들의 이복형제 크리시포스를 구해 오게 한다. 그들은 크리시포스를 구하는 대신 죽인다.* 펠레우스와 텔라몬이 그들의 이복형제 포코스에게 그랬던 것처럼 질투심 때문이었는지, 아니면 다른 동기가 있었는지는 확실치 않다. 지금쯤은 다들 알고 있겠지만, 혈족 범죄를 저지른 자는 신이나 사제 혹은 기름 부음을 받은 왕의 도움을 받아야만 죄를 씻을 수 있다. 에우리티온왕과 아카토스왕은 펠

---

* 일부 문헌에 따르면, 크리시포스를 우물 속으로 던져버렸다고 한다. 두 형제가 크리시포스의 자살을 유도했다는 설도 있다.

레우스를 위해, 키크레우스왕은 텔라몬을 위해 그 일을 해주었다. 그보다 앞서 벨레로폰이 뜻하지 않게 형제를 죽였을 때 정화 의식을 행해준 사람은 미케네의 프로이토스왕이었다.† 그리고 형제를 살해한 죄로 엘리스 왕국에서 추방된 펠롭스의 두 아들 아트레우스와 티에스테스가 속죄를 위해 찾아간 곳도 바로 미케네였다. 그 뒤로 아트레우스와 티에스테스에게 일어난 일은 너무도 복잡하고 비상식적이어서 그 이야기를 낱낱이 풀기에는 무리가 있다. 그래서 짤막하게 정리하겠지만, 우리 이야기의 전개에 중요한 세 명이 등장할 것이다.

두 형제 아트레우스와 티에스테스는 미케네에 정착하여 그곳의 왕(헤라클레스에게 열두 가지 과업을 내렸던 폭군 에우리스테우스)을 폐위시켰다. 그런 다음 미케네의 왕좌를 두고 줄다리기를 하면서 온갖 엽기적인 방식으로 경쟁하고 서로를 배신했다. 티에스테스는 아트레우스의 아내 아에로페를 훔쳤다. 이에 대한 보복으로 아트레우스는 티에스테스의 두 아들을 요리로 만들어 연회에 내놓았다.‡ 티에스테스는 아트레우스에게 복수할 유일한 방법은 자신의 딸에게서 아들을 얻는 것뿐이라는 신탁을 들었다. 그러면 그 아들이 커서 아트레우스를 죽일 거라고 말이다. 그래서 티에스테스는 자신의 딸 펠로피아와 동침했고, 때가 되자 그녀는 아들 아이기스토스를 낳았다. 이렇듯 간통과 유아 살해, 식인, 근친상간이 빠른 속도로 흥미진진하게 이어졌다. 근친상간이 수치스

---

† 그 결과 엄청난 사건이 벌어진다. 『스티븐 프라이의 그리스 신화』 2권을 참고하라.
‡ 그들의 할아버지 탄탈로스가 그들의 아버지 펠롭스를 요리해 손님들을 대접했던 것처럼.

러웠던 펠로피아는 갓 태어난 아이기스토스를 시골 깊숙한 곳에 버렸다. 옛이야기의 전통적인 전개대로, 목자가 아기를 발견했다. 그리고 무슨 운명의 장난인지 목자는 아기를 삼촌인 아트레우스 왕에게 데려갔다. 아트레우스는 아이기스토스가 자기 형제 티에스테스의 아들이며 자기를 죽이리라 예언된 사실을 모른 채 그 아기를 입양하고, 아에로페가 낳은 두 아들 아가멤논과 메넬라오스, 딸 아낙시비아와 함께 키웠다.

여기까지 포기하지 않고 잘 따라온 독자들에게 박수를 보낸다.

아이기스토스는 성인이 되고 나서야 '삼촌' 티에스테스에게 자신이 그의 아들(이자 손자)이며 복수의 도구로 태어났다는 사실을 들었다. 아이기스토스는 자신이 비윤리적인 결합으로 태어난 자식이라는 데 충격을 받기는커녕, 아버지이자 할아버지인 티에스테스가 시키는 대로 아트레우스를 살해했다. 아트레우스의 아들 아가멤논과 메넬라오스는 미케네에서 달아났고, 이로써 왕국은 티에스테스와 아이기스토스의 손에 넘어갔다.

아가멤논과 메넬라오스는 어디로 갔을까? 그들은 펠로폰네소스반도 남부에 있는 부유한 왕국 라코니아(혹은 라케다이몬)로 갔다. 지금은 우리의 피를 끓게 하는 그 이름, 스파르타*로 불리는

---

* 제우스의 아들 라케다이몬이 라코니아의 고대 왕이었다. 그는 아내(이자 조카딸)의 이름을 따서 왕국을 스파르타로 명명했다. 고전 시대의 스파르타인들은 간결하고 직접적인 화법으로 유명했다. 전형적인 요크셔 사람들과 비슷한 그들은 아테네처럼 순한 도시국가들의 학교 교육이나 남부의 세련된 난센스를 좋아하지 않았다. 마케도니아의 왕 필리포스 2세(알렉산드로스 대왕의 아버지)는 스파르타를 포위하고 다음과 같이 협박했다고 한다. "만약 너희가 패하면, 우리가 너희 도시를 초토화하겠다. 도시의 모든 남자를 죽이고 모든 여자를 노예로 끌고 가리라." 스파르타의 답은 한 단

곳이다. 이때 스파르타의 왕이었던 틴다레오스는 젊은 왕자들을 반갑게 맞아주었다. 틴다레오스의 아내는 코린토스만 북쪽에 있는 아이톨리아 왕국의 공주, 레다였다.

두 개의 알

어느 날 오후, 틴다레오스와 레다는 강가에서 사랑을 나누었다. 일을 마친 뒤 틴다레오스는 남자들이 으레 그러듯 먼저 자리를 떴고, 그의 아내는 행복한 여운에 젖은 채 눈을 감고 드러누워 따스한 햇볕에 몸을 데우고 있었다. 잠시 후 그녀는 남편이 또 그녀 위로 올라오는 걸 느끼고는 깜짝 놀랐다. 그의 욕정이 이토록 빨리 돌아오는 경우는 좀처럼 없었다.

"오늘 왜 이렇게 기운이 넘쳐나요, 틴다레오스?" 그녀는 이렇게 중얼거렸다.

하지만 뭔가가 이상했다. 틴다레오스의 몸에 털이 많긴 했지만, 보통의 그리스 남자보다 더 심한 편은 아니었다. 이렇게까지 털로 뒤덮이지는 않았다. 아니, 그녀의 피부를 온통 뒤덮고 있는 건 털이 아니라 다른 무언가였다. 이건…… 설마 아니겠지?…… 설마 깃털인가?

레다가 눈을 떴더니 거대한 흰 백조가 그녀의 몸 위에 올라와 있었다. 그냥 올라와 있기만 한 것이 아니었다. 그 새는 그녀의 몸

어였다. "만약……." 이는 인류 최초의 축약적(laconic) 대답으로 여겨진다.

속을 파고들고 있었다.

제우스가 아니면 누구겠는가? 그날 오후 스파르타를 내려다보고 있던 제우스는 아름다운 레다가 알몸으로 스파르타의 강변에 누워 있는 모습에 혹했다. 신들의 왕은 기나긴 애욕의 세월 동안 아름다운 여자와 남자, 님프와 요정을 꾀어 동침하기 위해 기상천외한 방식으로 둔갑을 해왔다. 독수리, 곰, 염소, 도마뱀, 황소, 수퇘지, 심지어는 황금 소나기까지. 이에 비하면 백조는 진부해 보일 정도다.

헤라클레스의 탄생 비화를 안다면, 이부 동시 복임신heteropaternal superfecundation*이라는 개념이 익숙할 것이다. 돼지, 개, 고양이처럼 한 번에 여러 마리의 새끼를 낳는 동물에게 아주 흔한 이 생물학적 현상은 인간에게도 드물게 나타난다. 2019년의 한 사례가 문서로 남아 있다.† 두 남자와의 성관계로 한 난자에 두 개의 정자가 들어가 서로 다른 아버지를 둔 쌍둥이가 태어나는 다정 수정의 한 형태다. 레다의 경우는 훨씬 더 특이했다. 두 쌍의 쌍둥이를 낳았기 때문이다. 아니, 정확히 맞는 말은 아니다. 그보다 훨씬 더 기묘했다. 산달이 되었을 때 레다는 각기 한 쌍의 쌍둥이를 품은 두 개의 알을 낳았다.

헛소리 같겠지만, 조금 더 들어주길 바란다.

---

* 『스티븐 프라이의 그리스 신화』 2권을 참고하라. 알크메네는 어느 날 오후 인간 남편인 암피트리온과 제우스 둘 다와 동침한 후 쌍둥이 형제 헤라클레스와 이피클레스를 낳았다. 헤라클레스는 제우스의 아들, 이피클레스는 암피트리온의 아들이었다.

† https://www.dailysabah.com/asia/2019/03/29/chinese-woman-gives-birth-to-twin-babies-from-different-fathers-in-one-in-a-million-case.

한 알에서 나온 남매에게는 클리템네스트라와 카스토르라는 이름을, 또 다른 알에서 나온 남매에게는 헬레네와 폴리데우케스(혹은 폴룩스)라는 이름을 지어주었다. 전설에 따르면, 제우스가 폴리데우케스와 헬레네의 아버지, 틴다레오스가 클리템네스트라와 카스토르의 아버지라고 한다. 카스토르와 폴리데우케스는 떨어지고는 못 사는 우애 깊은 쌍둥이 형제로 성장한다. 헬레네와 클리템네스트라가 자라서 펼치는 숙명적인 경쟁은 트로이 이야기의 큰 줄기를 결정짓는다.

제우스가 헬레네의 아버지가 되는 과정을 다르게 그린, 더 오래된 버전도 있다. 여기서 제우스는 네메시스에게 눈독을 들인다. 밤의 신 닉스의 딸이자 응징의 신이며, 거만함과 허영심으로 세상의 질서를 흔들고 무너뜨리는 자들을 처단하고 오만의 죄를 처벌하는 네메시스. 제우스는 강을 넘고 초원을 넘고 산을 넘어 네메시스를 뒤쫓았다. 그녀가 물고기로 변신해 바닷속으로 뛰어들었을 때도 제우스는 포기하지 않고 계속 쫓아가다가, 그녀가 거위로 변하자 자신은 백조로 둔갑해 마침내 그녀와 교합했다. 달이 차자 네메시스는 알을 하나 낳았고, 어느 목자가 그 알을 발견하여 왕비인 레다에게 가져갔다. 왕비는 알을 나무 상자에 넣어 부화시켰고, 알을 깨고 나온 인간 아이를 자신의 딸 헬레네로 키웠다.‡

---

‡ 이 버전을 선호한 로베르트 칼라소는 자신의 저서 『카드모스와 하르모니아의 결혼』에서 대단히 극적이고 시적인 방식으로 이야기를 전개한다. 밤의 딸이자 에리스의 자매인 네메시스가 헬레네의 어머니라는 발상에는 과연 시적인 면이 있다. '헬레네'라는 이름의 기원은 불확실하지만('횃불', '빛', '불', '태양' 등을 의미할 수도 있다), '헬레닉(Hellenic, 그리스의)'이나 '헬레네스(Hellenes, 그리스인)' 같은 '그리스' 관련 단어들과 유사한 것은 우연의 일치라는 게 중론이다.

어찌 됐건 헬레네는 제우스의 딸이었지만, 레다와 틴다레오스는 헬레네를 클리템네스트라, 카스토르, 폴리데우케스와 함께 친자식으로 키웠다.

카스토르와 폴리데우케스는 누가 봐도 인정할 만한 미남이었다. 클리템네스트라의 미모는 모든 이들의 감탄을 끌어냈다. 하지만 헬레네는…… 그녀는 한 세대에 한 명 나올까 말까 한 미인이었다. 아니, 두 세대, 세 세대, 네 세대, 다섯 세대에 한 명 있을까. 어쩌면 한 시대나 문명을 통틀어. 그녀를 본 사람들은 그 미모를 10분의 1이라도 따라갈 사람이 세상에 있기나 할까 의심스러워했다. 해가 갈수록 헬레네의 매력은 점점 더 커져서 그녀를 한 번 본 사람은 절대 그녀를 잊지 못했다. 머지않아 스파르타의 헬레네는 여느 강력한 통치자나 용감한 전사, 괴물을 처치한 영웅에게도 뒤지지 않는 명성을 누리게 되었다. 살아 있거나 죽은 인간들 중에 그녀보다 더 유명한 사람을 찾기 어려울 정도였다.

입이 떡 벌어지는 미모를 지녔음에도 헬레네는 이기적인 응석받이로 자라지 않았다. 그 시절 여성들에게 장려되던 기술을 여럿 익혔을 뿐만 아니라, 밝고 쾌활한 유머 감각까지 갖추고 있었다. 가족과 친구들을 자주 놀리곤 했는데, 특히 남의 흉내를 내는 재주가 대단했다. 자매인 클리템네스트라의 목소리로 말해 어머니를 헷갈리게 하거나, 어머니 레다의 목소리로 아버지를 헷갈리게 하기도 했다. 헬레네와 마주치는 사람들은 하나같이 그녀의 밝고 멋진 미래를 예견했다.

헬레네가 겨우 열두 살이었을 때 아테네의 테세우스왕은 무모한 친구 페이리토오스의 꼬드김에 넘어가 헬레네를 납치해서 아티카의 열두 성읍 중 한 곳인 아피드나로 데려갔다. 테세우스는 혼란과 두려움에 휩싸인 소녀를 성읍의 통치자인 아피드노스와 자신의 어머니 아이트라에게 맡겨둔 채, 페르세포네를 납치하려는 친구의 정신 나간 계획을 돕기 위해 페이리토오스와 함께 망자들의 세계로 내려갔다. 물론 그 계획은 처참한 실패로 돌아갔고, 분노한 하데스는 두 남자를 돌의자에 묶어 지하세계에 가두어버렸다. 테세우스는 열두 번째 과업을 수행하러 가는 길에 그곳을 지나가던 헤라클레스에게 구조되었다.* 테세우스와 페이리토오스가 지하에 붙잡혀 있는 동안 헬레네는 그녀의 형제들인 카스토르와 폴리데우케스, 즉 '디오스쿠로이'†의 손에 구출되어 스파르타에 있는 가족의 품으로 돌아갔다. 하지만 어느덧 아이트라에게 많이 의지하게 된 헬레네는 그 나이 든 여인을 감시인이 아닌 노예로 삼아 스파르타로 데려갔다. 미노타우로스를 처치한 위대한 아테네 왕 테세우스의 어머니일 뿐만 아니라, 트로이젠의 왕 피테우스의 딸이자 바다의 신 포세이돈의 하룻밤 연인이기도 했던 아이트라에게는 그야말로 체면이 깎이는 순간이었다.‡

---

* 『스티븐 프라이의 그리스 신화』 2권을 참고하라.
† '신의 아들들', 구체적으로는 '제우스의 아들들'이라는 뜻이다. 제우스, 데우스, 디오스는 언어학적으로 따지자면 어원이 같은 동족어이다. 쌍둥이 형제 중 폴리데우케스만 제우스의 아들이지만, 보통은 두 명 모두 '디오스쿠로이'라는 호칭으로 불린다.
‡ 아이트라는 영웅 벨레로폰과 약혼한 적도 있다. 아이트라, 피테우스, 벨레로폰, 테세우스, 페이리토오스에 얽힌 이야기의 전모를 알고 싶다면 『스티븐 프라이의 그리스 신화』 2권을 참고하라.

제비뽑기

디오스쿠로이가 아피드나에 붙잡혀 있던 헬레네를 구해 온 후 그
녀에게 더 삼엄한 경비가 붙었다. 성인이 된 그녀의 방문 밖에는
밤낮으로 보초들이 서 있었고, 궁전 근처를 산책하려고만 해도 시
녀들, 샤프롱들, 경호원들, 가정교사들이 테세우스의 어머니 아이
트라의 지휘 아래 우르르 따라나섰다.

미모는 가장 큰 축복처럼 보일지 몰라도 동시에 저주가 될 수
있다. 어떤 이들은 사람들을 미치게 하는 미모를 타고난다. 다행
히도 극소수에 불과하지만, 그들은 불안정하고 폭발적인 힘을 발
휘하기도 한다. 헬레네의 경우가 바로 그랬다. 머지않아 그녀의
어머니 레다와 아버지 틴다레오스(인간 아버지)는 펠로폰네소스
반도의 모든 미혼 왕과 왕자, 장군뿐만 아니라 그리스 본토와 섬
들과 저 머나먼 소도시들의 수많은 남자가 헬레네를 아내로 삼고
싶어 한다는 사실을 깨달았다. 막강한 권세를 가진 열성적인 구혼
자들과 시끌벅적하고 폭음을 즐기는 그 수행원들로 틴다레오스
의 왕궁은 발 디딜 틈도 없었다. 최고 신붓감인 대단한 왕가의 공
주와 약혼하기만 해도 충분히 기쁜 일일 것이다. 그런데 온 세상
사람들이 찬양하고 노래 부를 정도로 아름다운 헬레네를 아내로
삼는다면 매일 아침 그 황홀한 얼굴을 보며 깨어날 수 있는 건 물
론이고 천하제일이라는 명성과 영예를 얻게 될 터였다.

막강하고 집요한 구혼자들 중에는 당시 스파르타 왕궁에 손님
으로 오랫동안 머물고 있던, 아트레우스의 두 아들 아가멤논과 메

넬라오스도 있었다. 하지만 아름다운 헬레네의 환심을 사려고 애쓰는 남자는 그들 말고도 넘쳐났다. 살라미스섬의 아이아스*와 그의 이복형제인 테우크로스도 구혼자 대열에 합류했다. 아르고스의 디오메데스,† 크레타의 이도메네우스왕, 아테네의 메네스테우스왕,‡ 오푸스(그리스 본토의 동해안에 있는 왕국)의 왕위 계승자인 파트로클로스 왕자, 멜리보이아의 필록테테스, 테살리아의 피에리아 지방을 다스리고 있던 이올라스와 그의 형제 이피클로스 외에도 수많은 부족장, 원로, 약소국 군주, 낮은 지위의 귀족, 지주, 한탕주의자가 궁에 도착했다. 너무 많아서 일일이 나열하기도 어려울 정도였다.§

스파르타를 찾아온 명성 높은 명문가 출신 통치자 중에 헬레네에게 구혼하지 않은 자도 있었으니, 바로 이타카의 오디세우스였다. 그를 아는 사람들은 하나같이 그가 그리스 전체를 통틀어 가장 약삭빠르고 교활하며 능청스러운 청년이라고 생각했다. 오디세우스의 아버지는 아르고호 원정에 참여했던 라에르테스로, 이오니아해의 케팔로니아섬과 주변의 외딴 섬들을 다스리고 있었다.¶ 오디세우스의 어머니 안티클레이아는 도둑이자 사기꾼인 아

---

* 텔라몬의 아들로 흔히 텔라몬의 아이아스, 위대한 아이아스, 혹은 대(大) 아이아스라 불린다.

† 헤라클레스의 열한 번째 과업에 등장하는 인육 먹는 암말들의 주인인 트라키아의 디오메데스와는 아무 관계도 없다. 『스티븐 프라이의 그리스 신화』 2권을 참고하라.

‡ 카스토르와 폴리데우케스가 헬레네를 구하기 위해 아티카를 급습했을 때 메네스테우스가 테세우스 대신 아테네를 통치하고 있었다.

§ 아폴로도로스, 헤시오도스, 히기누스의 저작들에 언급된 이들을 다 합치면 구혼자의 수는 총 45명에 이른다.

¶ '이오니아해'라는 이름은 오해를 불러일으킬 소지가 있다. 이 바다는 그리스의 서

우톨리코스*의 딸이었고, 따라서 헤르메스의 손녀였다. 라에르테스는 자신이 다스리고 있던 케팔로니아 군도†의 한 섬인 이타카를 아들에게 맡겼다. 이타카는 이오니아 제도에서 가장 비옥한 곳도 가장 번영한 곳도 아니었지만, 오디세우스는 펠로폰네소스반도의 모든 부와 경이로움을 준다 해도 이타카와 바꿀 생각이 없었다. 이타카는 그의 집이었으며, 그 삐죽삐죽한 바위와 앙상하게 말라빠진 덤불까지 사랑스러웠다.

친구든 적이든 오디세우스가 외할아버지 아우톨리코스와 외증조부 헤르메스의 교활한 이중성과 사악한 잔꾀를 필요 이상으로 물려받았다는 데 동감했다. 적들은 그의 기지와 간계를 의심하고 두려워하며 그를 멀리했고, 친구들은 그에게 조언을 구하고 지략을 빌렸다. 짜증 날 정도로 정직하지 못하고 표리부동한 그의 기질은 반감과 불신을 산 반면, 유쾌한 술수와 영악함이 유용할 때도 있었다.

쪽 해안에 있으며, 우리가 소아시아 혹은 터키령 아나톨리아라 부르는 이오니아 땅과는 아무런 관계도 없다. 에게해를 건너 동쪽으로 쭉 가다 보면 만나는 땅에 트로이가 있다. 오디세우스의 로마 이름은 율리시스(Ulysses)다. 로마인들이 'y'를 별로 사용하지 않는다는 점을 생각하면 특이한 이름이기는 하다. 또 다른 라틴어 이름으로 '울릭세스'도 있다. 대부분의 문헌은 오디세우스도 헬레네에게 구혼했다고 주장하고 있지만, 나는 반대의 의견을 고수하고자 한다. 이야기의 전개를 보면 여러분도 그 이유를 알게 될 것이다.

* 사악한 아우톨리코스의 이야기는 『스티븐 프라이의 그리스 신화』 2권에 실려 있다. 아우톨리코스 못지않게 약아빠진 사기꾼 시시포스(『스티븐 프라이의 그리스 신화』 1권을 참고하라)가 오디세우스의 조상이라고 주장하는 문헌도 있다.

† 케팔로니아 혹은 케팔레니아는 이오니아해에서 가장 큰 섬으로, 새벽의 신 에오스의 연인이자 라에르테스(오디세우스의 아버지)의 아버지인 케팔로스에서 그 이름을 따왔다.

속이 타들어 가던 틴다레오스는 오디세우스에게 도움을 청했다. "오디세우스! 내 왕궁이 어떤 꼴인지 한번 보시오. 사방에서 온갖 사내가 몰려와 헬레네에게 구혼하고 있소. 눈이 튀어나올 정도로 큰 신붓값을 제안받았다오. 그런 딸이 있는 게 행운이라고 생각하는 바보들도 있지만, 뭘 모르고 하는 소리지. 한 명에게 딸을 주고 나면 나머지 구혼자들이 단단히 앙심을 품을 것 아니오."

"그야 그렇지요. 헬레네를 얻지 못한 자들은 당연히 심기가 언짢을 겁니다. 보통 언짢은 게 아니겠지요."

"펠로폰네소스반도 전체가 피바다가 될 거요!"

"우리가 머리를 맞대고 잘 생각하면 그렇게 되지 않을 겁니다."

"생각은 그대가 해주시오. 난 생각이라는 걸 하기만 하면 머리가 아파오니까."

"한 가지 방법이 떠오르긴 하는군요."

"그렇소?"

"네, 그래요. 단순하고도 명백한 묘책이지요. 효과는 확실하지만, 대가를 치르셔야 합니다."

"말만 하시오. 내란을 막고 평화를 지킬 수만 있다면 그대가 요구하는 건 뭐든 다 들어드릴 테니."

"저를 페넬로페와 결혼시켜 주십시오."

"페넬로페? 내 형제 이카리오스의 딸 페넬로페 말이오?"

"맞습니다. 페넬로페는 테살리아의 왕자와 결혼하기로 되어 있지요. 하지만 우리는 서로 사랑하고 있습니다."

"그래서 굶주린 개처럼 헬레네의 방 근처를 얼쩡거리는 저 무리에서 그대는 빠져 있었군. 좋아요, 좋아. 축하하오. 내 고민을 해결해주면 곧장 페넬로페를 이타카로 보내주리다. 그대의 묘책이라는 게 무엇이오?"

"구혼자들을 한자리에 모아놓고 이렇게 말씀하십시오……."

틴다레오스는 오디세우스가 알려주는 계획을 귀 기울여 들었다. 세세한 내용을 세 번이나 듣고 나서야 완전히 이해한 틴다레오스는 친구를 따뜻하게 안아주었다.

"훌륭해! 그대는 천재요, 천재."

틴다레오스의 명령에 따라 뿔나팔과 북이 울렸다. 노예들이 맨발로 왕궁을 뛰어다니며 손님들을 대연회장으로 불러 모았다. 구혼자들은 긴장감과 흥분을 안고 왕의 부름에 응했다. 드디어 결정이 난 건가? 헬레네가 남편감을 선택했을까? 그녀의 부모가 대신 골랐을까? 뿔나팔과 북소리가 마침내 그치더니, 틴다레오스와 레다, 그리고 상기된 얼굴의 헬레네가 저 높은 발코니로 나왔다. 아래에 잔뜩 모인 왕, 장군, 부족장, 군주, 귀족, 지주, 한탕주의자가 쥐 죽은 듯 조용해졌다.

오디세우스는 그늘에 놓인 의자에 앉아 미소를 머금고 있었다. 구혼자들이 그의 계획에 어떤 반응을 보일까? 받아들일 수밖에 없을 것이다. 당연한 소리. 처음엔 주저하겠지만 결국엔 받아들이리라.

틴다레오스는 목청을 가다듬었다. "나의 친구들이여. 우리 왕가와…… 친밀한 인연을 맺기 위해 이토록 정성이라니, 레다 왕비와 헬레네 공주와 나는 그대들의 열성에 깊이 감명받았소. 신랑감으로 더할 나위 없이 좋은 훌륭하고 고결한 후보들이 무척이나 많구려. 그래서 이 문제를 공정하게 해결할 수 있는 방법은 한 가지

밖에 없다는 결론을 내렸소…….”

그는 잠시 말을 멈추고 뜸을 들였다. 쉰 명의 남자가 그의 말을 들으려고 몸을 앞으로 기울이자, 가죽이 부대끼고 놋쇠가 짤랑거리는 소리가 났다.

“……그건 바로 제비뽑기요.”

짜증 섞인 신음이 크게 터져 나왔다. 오디세우스의 미소가 더욱 커졌다.

틴다레오스는 한 손을 들어 올렸다. “그래요, 그래. 승산이 없을까 봐 걱정되겠지요. 아니면 신들께서 여러분의 편이 아닐까 봐 걱정되시오? 그도 그럴 것이, 제비뽑기로 신랑감이 결정되면 나도 왕비도 헬레네도 아닌 모로스와 티케*가 그를 선택한 것이 되니 말이오. 언제나 우리의 운명과 행운, 길흉을 결정하는 신들이지요.”

오디세우스의 귀에는 다소 강요하는 말투로 들렸지만, 구혼자들은 그 방법이 공정하다 여겼는지 동의의 말을 중얼거렸다.

틴다레오스는 손을 들어 사람들을 조용히 시켰다. “한 가지 더. 제비뽑기에 참여하려면 표를 사야 하오.”

그러자 남자들은 불만스럽게 구시렁거렸다. 오디세우스는 속으로 회심의 미소를 지었다.

“아니, 황금이나 물건으로 값을 치르라는 것이 아니오. 우리가 원하는 것은 서약이오. 헬레네와의 혼인을 원하는 자는 제비를 뽑기 전에 먼저 후손들의 목숨을 걸고 올림포스의 신들께 맹세해주

---

* ‘우연, 운명’이 의인화된 신.

시오. 누가 뽑히든 결과에 불평 없이 승복하겠노라고. 또한, 헬레네와 그녀의 합법적인 남편 사이에 끼어드는 모든 이들로부터 이 부부를 지켜주겠노라고 약속해주시오." 틴다레오스가 말했다.

구혼자들은 입을 다물고 그의 제안을 곱씹어 보았다. 누가 봐도 신통한 묘안이었다. 틴다레오스 혼자 그런 계책을 생각해냈을 리 없었다. 이토록 단순하고도 완벽한 계획을 제안할 만한 지략가가 이타카의 오디세우스 말고 또 누가 있겠는가? 헬레네의 남편으로 선택받는 행운의 남자는 앞으로의 안위를 걱정할 필요가 완전히 없어졌다. 불운의 패배자들은 아무리 분하고 실망스러워도 신성한 서약을 깰 수 없으니 섣불리 움직이지 못하리라. 한곳에 모인 막강한 권력자들이 그 서약의 증인이었다.

구혼자들은 투덜거리면서도 틴다레오스의 제안에 응하여 한 명씩 무릎을 꿇고서 그들의 명예를 걸고 신들에게 맹세했다. 바로 지금 대연회장으로 실려 들어오고 있는 저 거대한 구리 그릇에서 제비를 뽑아 신랑감으로 선택되는 사람이 누구든 그를 지키고 옹호해 주겠노라고.*

제비뽑기의 당첨자는 메넬라오스 왕자였다. 틴다레오스는 매우 기뻐하며, 이런 만족스러운 결과가 나온 건 신들이 자비를 베풀어 준 덕분이라고 오디세우스에게 말했다.†

---

* 사실, 어떤 형태의 제비뽑기였는지는 알 수 없다. 구혼자의 이름을 적은 표가 아니라, 그들 각자가 속한 왕가의 상징을 새긴 명판을 사용했을지도 모른다. 아니면, 하나만 빼고 모두 검은색인 자갈들을 그릇에 넣어놨을지도 모른다.

† 이 이야기의 어떤 버전에서는 제비뽑기를 하지 않고, 구혼자들이 서약을 한 다음 틴다레오스가 메넬라오스를 선택한다. 메넬라오스는 그 자리에 없고 그의 형제인 아가멤논이 대신 참석한다.

"나이도 적절하니, 마음에 드는구려. 왕비도 그렇고, 헬레네도 처음부터 메넬라오스를 마음에 품고 있었지. 메넬라오스가 헬레네를 행복하게 해줄 거요. 제비뽑기를 할 때 아폴론 님이나 아테나 님이 메넬라오스를 인도해주신 것이 분명해."

"그러지 않았기를 바라야지요. 신들이 우리 일에 너무 깊이 개입하면 우리는 저주받을 각오를 해야 하니까요."

"그렇게 비관적으로 볼 것까진 없잖소, 오디세우스."

바로 그때 아가멤논이 어두운 얼굴로 오디세우스를 쏘아보며 다가왔다. "그대의 명안이었겠지?"

오디세우스는 고개를 살짝 숙였다. 아가멤논은 망명 중인 왕자, 나라 없는 왕에 불과했지만, 함부로 대할 수 없는 기운을 지닌 인물이었다. 어디에 있든 강인하고 묵직한 존재감과 강력한 권위를 풍겼다.

아가멤논은 틴다레오스보다 스무 살 가까이 어렸지만, 스파르타 왕은 아가멤논 앞에서는 항상 허둥지둥거렸다. "그대의 형제에게 매우 기쁜 소식이길 바라오만?"

세 남자는 메넬라오스와 헬레네가 연회장 저쪽의 왕좌에 앉아, 제비뽑기에서 떨어진 구혼자들의 축하와 충성 서약을 받고 있는 모습을 바라보았다.

"화가들이 그릇이나 항아리에 그릴 법한 한 쌍의 젊은 연인처럼 보이지 않습니까?" 오디세우스가 말했다.

"아니. 헬레네는 나와 결혼해야 마땅하오. 내가 형인 데다, 미안한 말이지만 동생보다 더 나은 남자니까. 진행 중인 계획이 있으니 머지않아 내가 미케네를 되찾을 거요. 헬레네가 내 여자라면,

세상에서 가장 위대한 왕국의 왕비가 될 텐데." 아가멤논이 험악한 얼굴로 말했다.

터무니없는 주장이라고 오디세우스는 생각했다. 하지만 무뚝뚝하고 자신만만한 말투 때문인지 설득력 있게 들렸다.

"아, 그렇지. 나의 예언자 칼카스가 확신하기를, 내 앞에 위대한 승리가 기다리고 있다 했소. 칼카스는 절대 틀리는 법이 없지. 내가 동생을 싫어하는 건 아니오. 메넬라오스는 좋은 녀석이니까. 하지만 결코 아가멤논이 될 수는 없소." 오디세우스의 의구심을 감지하기라도 한 듯 아가멤논이 말했다.

민망해진 틴다레오스는 말없이 오디세우스에게 애원의 눈빛을 보냈다.

"그러고 보니. 헬레네에게 자매가 있지 않습니까? 모든 인간이 그렇듯 미모는 헬레네에 못 미칠지 모르지만, 클리템네스트라도 분명 세상에서 몇 안 되는 아름다운 여인으로 손꼽힐 만합니다. 헬레네가 태어나지 않았다면 클리템네스트라가 시와 노래의 주인공이 됐겠지요." 오디세우스가 말했다.

"클리템네스트라?" 아가멤논은 턱수염을 문지르며 생각에 잠겼다가 헬레네의 자매를 힐끔 쳐다보았다. 클리템네스트라는 태연하면서도 냉랭하게 비꼬는 듯한 표정으로 어머니 레다와 함께 서서, 헬레네와 메넬라오스 주변에 몰려든 사람들을 지켜보고 있었다. 그녀는 온 세상이 자매의 미모에 야단법석을 떨어대든 말든 앙심이나 질투심을 눈곱만큼도 내비치지 않았다.

아가멤논은 다시 틴다레오스에게 눈을 돌렸다. "그녀에게 약혼자가 있습니까?"

"아니, 아니오." 틴다레오스는 열성적으로 말했다. "우리는 먼저 헬레네를 보내려고…… 아니, 헬레네의 짝을 먼저 찾아주려고……."

"어때요!" 오디세우스가 감히 아가멤논의 갈비뼈를 쿡 찌르며 말했다. "클리템네스트라와 결혼하는 것 말입니다! 잘못될 게 뭐 있겠어요?"

스파르타의 공주 헬레네의 남편감을 고르기 위한 제비뽑기는 그리스 세계의 역사에서 중대한 전환점이 되었다. 한 세대에서 다음 세대로의 권력 이양을 상징하고, 안정과 성장과 평화의 새 시대를 약속하는 사건처럼 보였다. 틴다레오스는 새 사위 메넬라오스에게 스파르타의 왕위를 물려주고 퇴위했다.* 아가멤논은 군대를 일으켜 미케네를 침략했고, 틴다레오스와 오디세우스에게 장담했듯이 사촌 아이기스토스와 숙부 티에스테스를 왕국에서 쫓아냈다. 그런 다음 왕위에 오르면서 클리템네스트라를 왕비로 삼았다. 티에스테스는 펠로폰네소스반도의 남단 근처에 있는 작은 섬 키테라에서 망명 생활을 하다가 죽었다.

아가멤논의 성장을 지켜본 모든 이들이 짐작했듯, 그리고 칼카스가 예언했듯, 아가멤논은 훌륭하고 유능한 전사이자 왕으로서의 역량을 유감없이 발휘했다. 놀라운 속도와 솜씨로 이웃 왕국

---

* 역사가 아닌 신화의 세계에서는 항상 연대표가 골칫거리다. 어떤 이야기의 경우, 인물들의 나이를 계산하거나 역사적 사건의 순서를 정리할 때 문제가 발생한다. 여기서도 사정은 마찬가지여서 헬레네의 쌍둥이 형제들인 카스토르와 폴리데우케스가 죽어 별자리가 된 후에야 메넬라오스가 스파르타의 왕이 되었다고 주장하는 이들도 있다.

들과 도시국가들을 흡수하고 합병하고 제압했다. 또한, 거침없는 통솔력과 타고난 리더십으로 아낙스 안드론, 즉 '인간들의 왕'이 라는 별명을 얻었다. 그의 통치 아래 미케네는 제국이라 해도 손 색이 없을 만큼 그리스에서 가장 부유하고 가장 강력한 왕국으로 성장했다.

그나저나, 에리스와 그녀가 가져온 불화의 사과 때문에 결혼식 을 이상하게 망쳐버린 펠레우스와 테티스는 어떻게 됐을까?

일곱째 아들

테티스는 펠레우스와의 사이에 여섯 명의 아들을 낳았지만, 그녀 의 아들이 자라서 제 아버지보다 더 위대한 인물이 되리라는 그 유명한 예언은 입증될 기회가 없었다. 여섯 아이 모두 태어난 지 얼마 안 되어 일찌감치 세상을 떠났기 때문이다. 아니, 정확히는 그렇지 않다. 아이들이 죽었다고 말하는 건 오해의 소지가 있다. 적어도 펠레우스의 입장에서는 아이들이 사라졌다고 말하는 편 이 더 정확할 것이다. 이해할 수 없는 일이었지만, 세심한 성격의 그는 고통스러워하는 테티스에게 자세한 사정을 고하라 다그치 지 못했다. 그 시절에 살아남는 아기보다 죽는 아기가 더 많은 건 사실이었다. 그도 알고 있었다. 여섯 명이 줄줄이 죽는 건 심하다 싶었지만, 남자인 그가 너무 깊이 파고들 문제는 아니었다.

그러나 펠레우스가 그 이유를 이해하지 못한 건 남자라서가 아 니었다. 한낱 인간에 불과했기 때문이었다.

이제 일곱째 아이를 밴 테티스는 바다의 신인 아버지 네레우스를 절박한 심정으로 찾아갔다.

"너무 속상해요. 분명히 모든 걸 제대로 했는데 아기들이 불타 죽어버렸어요."

"그게 무슨 소리냐?" 네레우스가 물었다.

"펠레우스는 좋은 남자고 훌륭한 남편이에요. 하지만 필멸의 존재죠."

"그건 그렇지. 그런데 아기들이 불타 죽었다니, 그게 무슨 말이더냐?"

"전 영원히 살 거예요. 영원은 길고 긴 시간이죠. 만약 제가 인간인 펠레우스의 아들을 낳는다면, 그 아들이 아주 위대한 인물이 될 거라는군요. 그렇다면 그 아이까지 유한한 존재가 되는 건 참을 수 없어요. 눈 깜박할 새에 죽고 말 거예요. 금세 자라서 늙어 죽어버리면 전 그 아이를 제대로 알 기회도 없겠죠. 펠레우스에게 그런 일이 일어나는 거야 어쩔 수 없지만, 제 위대한 아들은 영원히 살았으면 좋겠어요."

"하지만 인간 아버지를 둔 아이는 인간이 될 수밖에 없다. 그것이 세상의 이치이거늘."

"하지만 제가 아이를 불멸의 존재로 만들면요! 오케아니스들이 그러는데, 방법이 있댔어요. 분명 효과가 있을 거랬는데, 아무래도 제가 속았나 봐요."

테티스의 뺨으로 반짝이는 방울이 또르르 굴러떨어졌다. 그들은 규모나 장엄함에서 포세이돈의 궁에 버금가는 네레우스의 거대한 바닷속 동굴에 있었다. 물 밖에서는 테티스도 땅과 하늘의 모든 생명체처럼 짭짤한 눈물을 흘렸지만, 수면 아래에서 그녀의 눈물은 공기 방울이었다.

"오케아니스들한테 물어봤다고? 오케아니스들이 뭘 안다고. 그래, 무슨 허튼소리를 떠들어대더냐?"* 네레우스가 말했다.

"인간 아기를 영생불사의 존재로 만들려면, 아기의 몸에 암브로시아를 바른 다음 불 위로 들고 있으면 된다고 했어요. 오케아니스들이 시키는 대로 여섯 번을 했는데, 그때마다…… 그때마다…… 아기가 비명을 지르면서 불타 죽어버리지 뭐예요."

"오, 이 어리석고, 어리석고, 또 어리석은 녀석아!"

"오케아니스들의 말이 틀렸나요?"

"틀린 건 아니다만, 미비했구나. 틀린 것만큼이나 나쁘지. 아니, 더 나쁠 수도 있어. 그래, 아기의 몸에 암브로시아를 발라서 불길 위로 들고 구우면 확실히 영생불사의 몸으로 만들 수 있다. 하지만 우선 아기의 몸을 무적으로 만들어야 하지 않겠느냐?"

"몸을 무적으로요?"

"당연한 소리지."

"아." 테티스는 이제야 깨달은 듯 말했다. "아! 맞아요, 그 생각을 미처 못 했네요. 무적의 몸이 되어야 암브로시아와 불길을 견딜 수 있을 텐데."

"하여간 오케아니스들이란!" 네레우스의 말투에 경멸이 어려

---

* 앞서 언급했듯이, 오케아니스들은 태초의 티탄 신족이자 바다 신인 오케아노스의 딸들이다. 네레우스의 딸은 네레이스라 부른다. 오케아니스들과 네레이스들 사이에 어쩔 수 없이 경쟁심이 있었을지도 모른다. 하지만 네레우스의 아내인 도리스가 오케아니스였으니, 아마도 가족 사이의 경쟁 같은 느낌이었을 것이다.

있었다.

"한 가지만 말씀해주세요." 테티스는 잠깐 뜸을 들인 후 말했다.

"뭘 말이냐?"

"정확히 어떻게 해야 아기의 몸을 무적으로 만들 수 있나요?"

네레우스는 한숨을 내쉬었다. "뭐긴, 스틱스강이지. 그 강물에 아기를 푹 담그면 된다."

기억할지 모르겠지만, 펠레우스는 그리스 본토 동부에 있는 미르미돈족 왕국 프티아의 왕위를 물려받았다. 바로 그곳에 테티스와 펠레우스가 살고 있었고, 테티스는 네레우스와의 상담을 끝낸 뒤 출산 시간에 맞추어 급하게 프티아로 돌아갔다. 일곱째 아이 역시 아들이었다. 펠레우스는 당연히 기뻤지만, 마냥 행복한 얼굴로 들떠서 새 출산을 기뻐하는 테티스를 보고는 오히려 불안해졌다. 부성애로 따뜻해져 오던 마음이 확 식어버릴 정도였다. 앞서 여섯 아이를 떠나보냈는데 이리도 애정과 기대로 가득 찬 모습이라니, 어리석지 않은가.

"이번엔 아무 문제 없을 거예요. 나만 믿어요." 테티스는 아기를 안으며 말했다. "우리 아름다운 리기론. 이 빛나는 머리칼 좀 봐요. 마치 금실 같잖아요."

"나는 가서 황소를 제물로 바쳐야겠소. 이번엔 신들께서도 자비를 베풀어주시겠지." 펠레우스가 말했다.

그날 밤, 펠레우스가 잠든 사이 테티스는 아기 침대에 누워 있던 리기론을 안아 들고는 가장 가까이 있는 저승 입구로 갔다. 하데스가 다스리는 망자의 땅에 흐르는 증오의 강 스틱스는 티탄족 오케아노스와 테티스 사이에 태어난 3,000명의 딸들 중 한 명인 오케아니스였다. 그녀의 물은 차갑고 시커멨다. 말 그대로 지옥처럼 시커멨다. 테티스는 무릎을 꿇고 앉아 리기론을 알몸으로 강물에 담갔다. 빠른 물살에 아기가 떠내려갈까 봐 두 손가락으로 아기의 한쪽 발목, 왼발 뒤꿈치를 단단히 붙잡았다. 그녀는 열까지 센 다음 아기를 물 밖으로 꺼내 담요에 감쌌다. 얼음장같이 차가운 물 때문에 놀랐는지 리기론은 잠에서 깨어났지만 울지 않았다.

프티아 궁의 자기 방으로 돌아온 테티스는 아기를 테이블에 눕혀놓고 아기의 눈을 들여다보았다.

"이제 넌 무적의 몸이란다, 우리 리기론. 아무도 널 해치지 못해. 어떤 창도 너의 옆구리를 뚫지 못하고, 어떤 몽둥이도 너의 뼈를 부러뜨리지 못해. 어떤 독도, 어떤 역병도 널 해칠 수 없어. 이젠 내가 널 영생불사의 몸으로 만들어주마." 그녀가 아기에게 말했다.

그녀는 향기로운 암브로시아 한 줌을 손에 쥐고 따뜻하게 데운 뒤 리기론의 온몸에 발랐다.* 암브로시아가 피부에 발리는 동안 아기는 까르륵 신나게 웃었다. 아기의 온몸에 꼼꼼히 도포를 마친 테티스는 불이 활활 타오르고 있는 화로로 아기를 데려갔다.

이번엔, 이번엔 성공할 거야. 내 아들은 절대 죽지 않아.

테티스는 고개를 숙여 리기론의 이마에 입을 맞추었다. 그녀에

---

* 암브로시아의 정확한 성분에 관해서는 의견이 분분하다. 넥타르가 신들의 음료이고 암브로시아가 신들의 음식이라는 발상은 호메로스의 작품에서 시작되었지만, 고대의 다른 작가들은 거꾸로 암브로시아를 액체로, 넥타르를 단단한 음식으로 묘사했다. 암브로시아는 달콤하고 향기로운 냄새를 풍겼으며 아마 꿀 성분도 함유하고 있었으리라는 것이 중론이다. '암브로시아'라는 단어 자체가 '불멸'이나 '불사'를 의미하는 말에서 유래한 듯하다.

게는 익숙한 암브로시아의 달콤한 맛이 느껴졌다.

"자, 우리 아기." 그녀는 나지막이 속삭이며 아기를 불길 위로 들었다.

"안 돼!"

펠레우스가 분노에 찬 고함을 내지르며 화로로 손을 뻗어 아기를 낚아챘다.

"이 극악무도한 마녀! 이 잔인하고 정신 나간 병자 같으니……."

"아무것도 모르는 주제에!"

"오, 잘 알지. 다른 여섯 아들이 어떻게 됐는지 이제는 알겠어. 궁을 떠나시오. 당장! 당장……."

테티스는 노기 어린 눈을 이글거리며 남편을 마주 보고 섰다. 펠레우스가 그녀 뒤로 몰래 다가온 건 충격이었지만, 네레이스인 그녀는 약점을 잡혔든 말든 개의치 않았다.

"어떤 인간도 감히 내게 떠나라 말할 수 없다. 그대가 떠나. 당장."

펠레우스의 품에 안긴 리기론이 울기 시작했다.

펠레우스는 가만히 서 있었다. "그대가 마음만 먹으면 나를 죽일 수 있다는 걸 알고 있소. 자, 어서 그렇게 해보시오. 신들께서 그대의 본모습을 알게 될 테니."

테티스는 발을 굴렀다. "아기를 내게 줘! 내가 뭘 하고 있었는지 아무것도 모르면서."

"떠나시오!"

테티스는 절망하여 비명을 질렀다. 인간들이란. 정성을 쏟을 가치가 없구나. 그렇구나, 그래. 영생불사의 존재로 만드는 과정을 끝내지 못했으니 리기론도 여느 인간들처럼 죽으리라. 천박한 싸움을 벌여봐야 위신만 떨어질 뿐. 애초에 약해빠진 인간과 엮이지 말았어야 했다.

아찔하게 소용돌이치는 빛과 함께 그녀는 사라졌다.

황금빛의 아킬레우스

펠레우스는 잠시 우두커니 서 있었다. 그의 품에 안긴 리기론은 벌겋게 익은 몸으로 꿀떡꿀떡 침을 삼키고 있었다. 신이든 인간이든, 임신과 출산의 힘겨운 고통을 겪은 어머니가 테티스와 같은 짓을 저지를 수 있다는 사실이 펠레우스는 믿기지 않았다. 자기 아이들을 불 속에 집어넣다니. 정신이 나간 게 틀림없다. 영혼 깊숙이 병든 것이다. 어쩌면 세월이 흐르면서 예언의 경고가 왜곡되었는지도 모른다. 그녀의 아들이 자라서 아버지를 능가하리라는 게 아니라, 그녀의 아들이 아예 살지 못하리라는 의미였을까.

펠레우스는 일곱째 아들의 눈을 들여다보았다. "나보다 더 훌륭한 사람으로 자랄 거지, 리기론? 꼭 그럴 게다."

펠레우스는 자신의 할아버지이자 구원자인 케이론의 동굴로 아이를 데려갔다. 그와 테티스가 모든 신들 앞에서 혼인하고, 에리스가 황금 사과를 굴렸던 바로 그 동굴.

"할아버지는 제 스승이셨지요. 그리고 아스클레피오스와 이아손을 키우셨고요. 제 아들에게도 그렇게 해주시겠습니까? 이 아이의 스승, 인도자, 친구가 되어주십시오." 펠레우스는 켄타우로스에게 말했다.

케이론은 고개를 숙이고는 아기를 받아 품에 안았다.*

"아이가 열 살이 되면 데리러 오겠습니다." 펠레우스가 말했다.

케이론은 '울며 징징거리다'라는 뜻의 리기론이라는 이름이 마음에 들지 않았다. 아기에게 붙여준 장난스러운 별명이겠거니 했다. 어쨌거나 아기들은 하나같이 울고 징징거리니까. 상황이 이렇게 틀어지지만 않았다면 펠레우스와 테티스가 아들에게 좀 더 품위 있는 다른 이름을 지어줬을 거라고 케이론은 생각했다. 잠깐의 고민 끝에 그는 아기의 이름을 아킬레우스†로 정했다.

이렇게 해서 아킬레우스는 케이론의 동굴에서 지내며 음악과 수사학, 시, 역사, 과학을 배우기 시작했다. 후에 충분히 자랐을 때는 프티아의 아버지 궁에서 투창과 원반던지기, 전차 몰기, 검술, 레슬링 등을 완벽하게 연마했는데, 특히 전쟁 관련 기술들에 아주 놀라운 소질을 보였다. 열한 살 무렵에는 왕국의 그 누구보다 빨

---

* 켄타우로스는 몸통과 머리와 팔 등의 상체는 인간이었으며, 하체 부분만 네 발 달린 말이었다. 그래서 여느 인간처럼 말하고 손을 사용할 수 있었다.

† 아폴로도로스는 아킬레우스라는 이름의 의미가 '입술 없는 자(부정형 접두사 'a'와 입술을 뜻하는 'cheile'의 합성어)'라고 생각했다. 제임스 프레이저 경(1890년에 발표된 선구적인 신화·민속학 저서 『황금가지』의 저자)은 이를 '터무니없는' 억지 해석이라 여겼다. 로버트 그레이브스와 앨릭 네발라 리 같은 몇몇 작가는 '입술 없는 자'라는 이름이 '신탁처럼 수수께끼 같은 영웅'에게 적절하다고 생각한다. 그들이 아킬레우스를 '신탁 같은' 영웅으로 여긴 이유는 나도 잘 모르겠다. 호메로스를 비롯한 많은 작가는 그 이름을 '발이 날카로운'이나 더 나아가 '걸음이 빠른'이라는 의미로 해석한다. 호메로스는 '사람들에게 고통을 주는' 혹은 '사람들이 고통받는'이라는 의미를 말장난처럼 거론하기도 하는데, 그것이 아킬레우스라는 이름의 진짜 기원이자 '의미'인지는 증명하지도 반증하지도 않는다. 문헌학자들은 오래전부터 이 이름의 어원을 두고 이런저런 주장을 펼쳐왔고, 어느 한쪽에 손을 들어주기는 힘들다. 이름과 직함은 일상적으로 쓰다 보면 외연적 의미와 내포적 의미 모두 무너지고 그 인물과 동일시된다. 모든 면에서 아킬레우스는 부연 설명이 필요 없는 인물이다.

리 달렸다. 사람들은 그가 아탈란타*보다 더 빨리 달리고, 역사상 존재했던 그 어떤 인간보다 더 날쌔다고 믿었다. 그는 빠른 몸놀림과 눈빛과 균형감, 누구도 따라오지 못하는 강건한 우아함으로 황홀한 매력과 기운을 발산하며 아주 어릴 때부터 만나는 모든 사람을 전율케 하고 매료시켰다. 그는 빛나는 영웅으로서의 미래가 보장된 '황금빛의 아킬레우스'였다.

모두에게 사랑받는 이 아이가 열 살이 되어 케이론의 동굴에서 프티아 왕궁으로 막 옮겨 왔을 때, 가까운 오푸스 왕국의 메노이티오스왕과 폴리멜레 왕비가 펠레우스에게 전갈을 보냈다. 폴리멜레는 펠레우스의 여형제였고, 메노이티오스는 황금 양피를 찾아 떠난 여정을 그와 함께했던 아르고호 원정대 동료였다. 이들 부부는 그들의 아들 파트로클로스가 홧김에 한 아이를 죽여서 속죄하기 위해 다른 나라로 망명을 떠나야 한다며, 펠레우스에게 그를 받아달라고 부탁했다. 가끔 발끈하는 것이 흠이긴 해도 파트로클로스는 양식 있고 친절하며 사려 깊은 아이였고, 펠레우스는 아킬레우스가 사촌을 벗으로 삼을 수 있으리라는 생각에 마냥 흡족했다. 이리하여 두 소년은 서로 죽고 못 사는 친구로 자라게 된다.

등장인물들

이쯤에서 각각의 인물과 그들이 있는 곳을 되짚어보자.

---

* 『스티븐 프라이의 그리스 신화』 2권을 참고하라.

트로이의 헤카베와 프리아모스는 슬하에 데이포보스, 헬레노스, 트로일로스 등의 아들과 일리오나, 카산드라, 라오디케, 폴릭세나 등의 딸을 두고 있다.† 장남인 헥토르 왕자는 킬리키아의 안드로마케 공주와 결혼했다. 한편, '사산아'로 발표되어 트로이의 그 누구도 생존 사실을 모르고 있는 파리스는 이다산에서 양 떼와 소 떼를 몰며, 그 화창한 오후에 꾸었던 기묘한 꿈을 여태 잊지 못하고 있다. 헤르메스, 사과, 조가비, 여신들, 그리고 그 얼굴. 너무 아름다워서 앞으로도 영원히 그의 꿈에 나타날 얼굴.

그 얼굴의 주인공은 지금 메넬라오스의 아내이자 스파르타의 왕비인 헬레네이다. 이들 부부는 딸 헤르미오네와 아들 니코스트라토스를 얻었다. 테세우스의 어머니 아이트라가 헬레네의 시중을 들고 있다.

아가멤논은 어린 아내 클리템네스트라와 함께 미케네를 다스리고 있다. 그들 사이에 세 명의 딸 이피게네이아, 엘렉트라, 크리소테미스와 아들 오레스테스가 태어났다.

텔라몬은 아내 헤시오네(텔라몬이 헤라클레스와 함께 라오메돈의 트로이를 약탈한 후 데려온 트로이의 공주)와 함께 살라미스섬을 통치하고 있다. 그들에게는 테우크로스라는 아들이 있다. 활 쏘는 솜씨가 대단한 테우크로스는 우람한 체격의 이복형제 아이아스(텔라몬이 첫 결혼으로 얻은 아들)와 아주 사이좋게 지내고 있다.

---

† 다양한 문헌 자료의 내용을 합쳐보면, 헤카베와 전처들이 낳은 프리아모스의 아들은 무려 쉰 명이나 된다.

텔라몬의 형제 펠레우스는 소원해진 아내 테티스 없이 혼자서 프티아를 다스리고 있다. 그들의 아들 아킬레우스는 파트로클로스를 벗으로 항상 데리고 다니며, 범상치 않은 청년으로 성장해가고 있다.

틴다레오스의 고민을 순조롭게 해결해준 오디세우스는 신부 페넬로페와 함께 배를 타고 이타카섬으로 돌아갔다.

이 모든 내용을 머릿속에 확실히 담아두었다면, 이제 에게해를 건너 동쪽의 트로이로 돌아가보자.

집으로 돌아온 파리스

프리아모스와 헤카베의 둘째 아이가 죽은 지 열여덟 해가 지날 때까지도 아들의 죽음에 대한 그들의 죄책감과 수치심, 슬픔은 줄어들지도 누그러지지도 않았다. 해마다 그 아이가 사산되었다고 알려진 날이면 아이를 추모하는 장제 경기를 여는 것이 관례로 자리 잡았다. 왕과 왕비가 그들의 자식을 죽이려 산으로 보냈다는 사실을 아는 사람은 양치기 아겔라오스뿐이었다. 세상 사람들은 왕자가 사산되었다고 믿고 있었다. 기이한 일도 아니었다. 한 가정의 모든 자식이 성년까지 자라는 경우가 오히려 드물었다.

이다산의 높은 언덕 목초지에서 산의 님프 오이노네와 함께 살고 있던 파리스는 이 특별한 장제 경기가 아주 오래전부터 열렸다는 사실은 알고 있었지만 자신이 거기에 직접적으로 연관되어 있을 줄은, 그의 죽음을 추모하는 행사일 줄은 꿈에도 몰랐다. 헤르메스와 세 여신이 찾아온 건⋯⋯. 이다산의 초원에서 잠들면 가끔 모르페우스가 찾아와 백리향, 양귀비, 라벤더의 향을 콧구멍 속으로 불어넣어 기묘하고 생생한 환영을 신기루처럼 머릿속에 불러일으킨다고 하지 않았던가.* 파리스는 오이노네에게 이 꿈을 알리지 않기로 결심했다. 그로부터 몇 해 지난 여름 오이노네는 파리스의 아들 코리토스를 낳았고, 파리스는 그녀에 대한 그의 사랑을 의심할 빌미를 절대 주지 않았다. 세 여신과 황금 사과, 그리고 헬레네라는 아름다운 여인에 대해 얘기한다면 오이노네가 싫어할 거라는 예감이 들었다. 그래서 그는 그 기묘한 환영을 비밀로 간직했다. 하지만 그 얼굴⋯⋯ 그 얼굴만은 파리스의 뇌리에서 떠날 줄을 몰랐다.

해마다 열리는 장제 경기를 며칠 앞둔 어느 날 오후, 한 장교와 병사 여섯 명이 이다산에 찾아와서는 몇 달 전 파리스가 세상에서 가장 아름답다고 뽐냈던 황소를 내놓으라 요구했다. 바로 그 자랑 때문에 헤르메스의 환영이 나타났고, 그 후 황당한 사건까지 이어졌었다.

파리스는 왜 병사들이 그의 황소를 데려가려 하는지 이해할 수 없었다.

"그 황소는 저와 제 아버지 아겔라오스의 것입니다!" 그는 항의했다.

---

* 모르페우스(Morpheus)는 꿈의 신이다. 이 이름은 'morphine(모르핀)'의 'morph' 뿐만 아니라 'morphing(모핑: 컴퓨터 그래픽스로 화면을 차례로 변형시키는 특수 촬영 기술—옮긴이)'과 'metamorphosis(변신)'의 'morph'와도 연관되어 있다. 어쨌든 꿈이란 머릿속에서 형태와 의미와 이야기가 변화하는 현상이다.

"이다산의 모든 짐승이 그렇듯, 네가 그렇듯, 이 황소 또한 프리아모스 전하의 소유물이다. 경기의 일등상으로 이 황소가 선택되었다." 장교가 거만한 투로 파리스를 무시하며 답했다.

파리스는 아겔라오스에게 그들이 아끼는 황소의 운명을 전하러 달려갔지만 그는 보이지 않았다. 프리아모스왕이 그들의 황소를 잡아가려 하다니 너무한 처사였다. 물론 엄밀히 따지자면 황소는 왕가의 재산이었지만, 씨수소 없이 어떻게 소를 치라는 말인가. 이 고귀한 짐승이 어느 건방진 운동선수의 손에 들어가리라 생각하자 파리스는 약이 올랐다. 도시에서 자란 트로이 사람에게는 아무 쓸모도 없는 짐승이었다. 보나 마나, 경기가 끝나고 나면 이 아름다운 황소는 제물로 바쳐질 터였다. 귀중한 동물을 헛되이 낭비하는 꼴이었다.

짜증이 솟구쳤다. 파리스는 도시의 그 어떤 응석받이 녀석보다 자신이 더 빠르고 더 강하다고 자신했다. 트로이의 최고 선수와 맞붙어 달리고, 뛰어오르고, 창이나 원반을 던지는 자신의 모습을 머릿속에 그려보았다.

불현듯 머릿속에서 어떤 목소리가 소곤거렸다.

'안 될 게 뭐 있어?'

도시로 내려가 경기에 참여해서 황소를 되찾아 온다면? 시합에는 누구나 나갈 수 있지 않은가?

하지만 몇 해 전 파리스가 아직 어렸을 때 아겔라오스는 그에게 절대 트로이에 가지 않겠다고 맹세하도록 시켰다. 파리스는 도시가 어떤 모습이냐고, 언젠가 가보면 안 되느냐고 순진하게 물었다가 아겔라오스의 격한 반응에 깜짝 놀랐다.

"안 된다, 애야. 절대 안 돼!"

"왜요?"

"너에게 트로이는 불운한 곳이니까. 전에…… 무녀께서 말씀하셨다. 아기인 네가 버려져 있던 헤르메스 신전에서 말이다. '이 아이는 절대 트로이 성문을 지나서는 안 된다. 그곳에 가면 불운만 있으리라'라고."

"어떤 불운 말이에요?"

"어떤 불운이냐는 중요치 않아. 신들께서 하시는 일을 우리가 무슨 수로 알겠느냐. 절대 그곳에 가지 않겠다고 맹세하거라. 절대 도시에 들어가지 않겠다고. 어서 맹세해."

파리스는 그렇게 맹세했다.

하지만 파리스의 머릿속에서는 그 경기가 트로이 '밖'에서 열린다는 목소리가 들렸다. 스카만드로스강과 성벽 사이의 일리움 평원에서. 그곳으로 내려가서, 다른 사람들과 겨루고, 황소를 따서 다시 데려오는 거야. 아겔라오스와의 약속을 어기지 않아도 된다.

파리스는 병사들과 황소를 뒤따라 깡충깡충 뛰며 산비탈을 내려갔다. 내려가는 동안 나무들 사이로 반짝이는 청동과 번들거리는 석조물이 얼핏 보이더니, 이윽고 작고 큰 탑들, 깃발들, 흙벽, 성곽, 성벽, 그리고 트로이의 거대한 성문이 시야에 들어왔다. 파리스는 병사들과 황소 뒤에 바짝 붙은 채, 스카만드로스강을 가로지르는 나무다리를 건너며 웅장한 광경을 눈에 담았다.

트로이는 바야흐로 최전성기를 누리고 있었다. 동방과의 무역으로 얻은 부는 거대하고 견고하며 매끄러운 석조 건물과 군인들의 반짝이는 갑옷, 시민들이 입고 있는 화려한 색상의 옷, 영양 상태 좋고 건강해 보이는 아이들의 얼굴에 고스란히 드러났다. 개들마저 행복하고 만족스러운 삶을 누리는 것처럼 보였다.

경기를 위한 만반의 준비가 되어 있었다. 길이가 무려 1스타디온*에 달하는 경기장에 원반던지기, 투창, 레슬링 시합의 구역이 표시되어 있었다. 도시의 작은 쪽문들에서 사람들이 떼를 지어 줄줄이 나오고, 상인들과 예인들이 그들을 기다리고 있었다. 악사들은 음악을 연주했다. 춤꾼들은 몸을 빙빙 돌리며, 손가락에 낀 작은 심벌즈를 맞부딪치고 밝은 빛깔의 리본으로 허공에 소용돌이 무늬를 만들어냈다. 음식을 파는 상인들은 가판대를 설치해놓고 상품의 이름과 가격을 외쳐댔다. 개들은 온갖 색채와 향기와 소리와 구경거리의 즐거운 향연에 흥분하여 이리저리 뛰어다니며 짖어댔다.

꽤 높은 위치에 있는 듯한 한 남자가 경기장 입구에 서 있었다. 파리스는 그에게 다가가, 경기 참가자 명단에 이름을 올리려면 어떻게 해야 하느냐고 물었다. 관리는 낮은 나무 테이블 앞에 한 줄로 서 있는 청년들을 가리켰다. 파리스는 그 줄에 합류했고, 잠시 후 증표를 받았다. 그러고는 선수 대기 구역으로 가서 다른 선수들과 함께 옷을 벗고 준비 운동을 하며 몸을 풀기 시작했다.†

---

* 현재 단위로 환산하면 192미터 정도 된다. 지금 우리가 사용하는 '스타디움'이라는 단어는 이 길이 단위에서 유래했다. 스타디온은 단거리 경주를 의미하기도 했다.

† 속옷까지 다 벗지는 않았다. 선수들이 알몸으로 경기해야 한다는 규정이 생긴 건 기원전 8세기 중반이다. 그런 발상을 가장 먼저 한 곳은 아마 스파르타였을 것이다. '굼노스(gumnos)'는 나체를 의미하는 그리스어이며, 여기서 '김나지움(gymnasium)'이라는 단어가 나왔다. 즉, 김나지움은 알몸으로 있어야 하는 곳이다. 요즘의 체육관들은 단어의 진짜 기원을 무시한 채 회원들에게 약간의 옷을 입도록 강요하고 있다.

채찍으로 철썩 때리는 소리와 함께 고함 소리가 울렸다. 선수 구역 울타리에 몰려들었던 사람들이 갈라지며 길을 터주자, 번지 르르한 얼굴과 탄탄한 몸에 말쑥한 차림을 한 두 청년이 한 쌍의 전차를 몰고 쌩하니 들어왔다.

"헥토르 왕자와 그의 동생 데이포보스군요." 파리스 옆에 있던 선수가 속삭였다. "트로아스에서 저 둘의 운동 실력이 최고랍니 다."

파리스는 왕자들을 아래위로 훑어보았다. 왕위 계승자인 헥토 르는 훤칠하니 더할 나위 없이 매력적이었고 몸매가 훌륭했다. 그 는 고개를 끄덕이고 빙긋 웃으며 전차에서 내리더니, 노예에게 고 삐를 건네며 감사를 표하는 것처럼 그의 어깨에 한 손을 얹었다. 그러고는 군중의 환호에 수줍은 듯 손을 흔들며 파리스와 나머지 선수들에 합류했다. 그의 동생 데이포보스는 전차에 훌쩍 뛰어내 린 뒤 고삐를 땅에 떨어뜨리고는, 잔뜩 모인 사람들 사이로 지나 가면서 그들을 건드리지도 그들과 눈을 마주치지도 않았다. 그는 튼튼한 몸에 근육이 멋졌지만, 파리스는 남을 업신여기는 듯한 그 의 거만한 태도가 처음부터 마음에 들지 않았다.

팡파르가 울려 퍼지자 군중은 몸을 돌렸다. 성벽 꼭대기에 한 줄로 서 있는 왕의 전령들이 보였다. 그들 아래로 거대한 성문이 열렸다.

"스카이아 성문!" 파리스의 옆에 있는 선수가 속삭였다. "왕과 왕비만 드나들 수 있는 문이죠."

나는 그들을 설득하기를 포기했고, 운동할 때 작은 옷 쪼가리라도 챙겨 입는다.

파리스는 전령들과 시종들을 거느린 거대한 전차나 마차가 달려 나올 줄 알았다. 적어도 동방의 통치자들처럼 가마나 긴 의자에 탄 국왕 부부의 행차가 시작되겠지. 하지만 그의 예상은 빗나갔다. 중년 부부 한 쌍이 서로 팔짱을 낀 채 걸어 나왔다. 위대한 통치자와 그의 배우자라기보다는 평범한 남자와 그의 아내가 아침 산책이라도 나온 것처럼 보였다. 요란한 환호가 터지자, 부부는 따뜻한 미소를 지으며 고개를 끄덕여 인사했다.

"저 사람이 정말 프리아모스왕이에요?" 파리스는 옆에 있는 선수에게 물었다.

질문에 답하는 대신 그 선수는 헥토르 왕자와 데이포보스 왕자를 비롯한 다른 모든 참가자처럼 무릎을 꿇었다. 파리스도 무릎을 꿇고는, 연단에 올라 들판을 바라보는 프리아모스와 헤카베를 지켜보았다.

프리아모스왕은 모두 일어서라는 신호로 두 팔을 들어 올리고 큰 소리로 말했다. "18년 전 우리의 왕자가 태어났소." 그의 목소리는 강하고 맑았다. "그 아이는 숨을 쉴 기회도 얻지 못했지만, 우리는 왕자를 한시도 잊지 않았소. 헤카베 왕비와 나는 하루도 빠짐없이 그 아이를 생각한다오. 오늘은 트로이 전체가 그를 기억하는 날이오. 신들 앞에서 왕자를 추모합시다." 그는 경기 참가자들을 바라보며 말을 이었다. "강하게, 공정하게, 위풍당당하게 트로이인의 진면목을 보여주시오."

파리스 주변의 모든 선수가 가슴을 두드리며 한목소리로 다섯 번 외쳤다. "강하게! 공정하게! 위풍당당하게! 트로이인!" 뒤로 갈수록 사람들의 목소리에 점점 더 힘이 들어갔다. 파리스는 관례임을 깨닫고 다른 이들을 따라 했다. 가슴을 쿵쿵 때리고 한 단어씩 외치는 동안 흥분으로 몸이 떨리고 소속감에 전율이 일었다.

트로이인! 그보다 더 나은 것이 있을까?

숫양 한 마리와 암양 한 마리가 제물로 바쳐졌다. 한 사제가 열여덟 마리의 비둘기를 하늘로 날려 보냈다. 어린 왕자가 죽은 후 흐른 세월을 의미하는 숫자라고 했다.

파리스는 끝없이 솟아나는 열정과 힘을 경기에 쏟아부었다. 그의 젊은 혈기는 최고조에 올라 있었다. 그는 송아지, 새끼 돼지, 새끼 염소, 새끼 양 무리를 쫓아다니며 모는 일로 몸을 단련했고, 맑은 산 공기를 마셨으며, 최고의 양고기 스튜, 염소젖, 야생 백리향의 꿀을 먹으며 자랐다. 그는 참가하는 종목마다 우승을 휩쓸었고, 관중은 무척 잘생긴 데다 아이처럼 열성적으로 경기에 임하는 이 낯선 청년에게 금세 마음을 빼앗겼다. 경기장에서 그의 선두를 그나마 위협하는 경쟁자는 두 왕자뿐이었다. 경기가 진행되는 도중에 파리스는 지난 7년 동안 두 왕자가 최종 우승을 독식했다는 사실을 들었다.

헥토르는 낯선 청년에게 패하든 말든 개의치 않는 것처럼 보였지만, 그의 동생 데이포보스는 시간이 갈수록 점점 더 뚱한 표정으로 짜증을 부렸다. 파리스가 그를 이길 때마다 높아지는 관중석의 환호가 그의 화를 더욱더 북돋웠다. 설상가상으로, 그날 마지막으로 열린 레슬링 경기에서 이 주제넘은 침입자는 데이포보스의 상대로 뽑혔다.

"저 촌놈한테 여기 주인인 양 까불다가는 큰코다친다는 걸 똑똑히 가르쳐줘야겠어. 저 건방진 놈이 정신 못 차리도록 눈 깜짝

할 새에 끝내버려야지." 데이포보스는 헥토르에게 으르렁거리듯 말했다.

"좀 봐줘." 헥토르는 동생에게 주의를 주었다. "자비를 베푸는 게 어때? 백성들이 저 녀석 편이고, 이 경기 결과가 어떻든 어차피 최종 우승자는 저 녀석이야."

이 경기 종목은 권투와 레슬링을 결합한 판크라티온('모든 힘')이라는 격투였다. 어떤 제약도 없이 모든 수단을 동원할 수 있는 이 종목은 테세우스가 엘레우시스의 레슬링 선수이자 왕인 케르키온과 맞붙어 승리했을 때 창안했다고 전해진다.* 데이포보스는 마구 발길질을 하고, 코와 귀를 깨물고, 눈을 찌르고, 음낭을 비틀면 저 순진한 상대가 속수무책으로 당할 거라 자신했다.† 하지만 정작 속수무책으로 당한 건 데이포보스 자신이었다. 파리스는 계속 그의 손을 피하며 주변을 깡충깡충 뛰어다니고, 감히 미소까지 지어 보였다. 데이포보스가 으르렁거리며 달려들면, 파리스는 잽싸게 뒤로 폴짝 뛰었다. 관중은 깔깔 웃음을 터뜨렸다.

"가만히 좀 있어, 젠장! 가만히 서서 싸우라고!" 데이포보스가 소리 질렀다.

"알았어요." 파리스는 이렇게 말하며 갑자기 달려들어, 한쪽 발로 데이포보스의 밑을 확 쓸었다. "그렇게 원하신다면……"

방금까지만 해도 똑바로 서 있던 데이포보스가 벌렁 드러누워 있고, 이름 모를 촌놈이 그의 몸 위에 무릎을 꿇고 앉아 그의 어깨

---

* 『스티븐 프라이의 그리스 신화』 2권의 테세우스 편을 참고하라.
† 이후 고전기에는 그런 비열한 행위가 금지되었지만, 그전까지는 거의 모든 수법이 허용되었다.

를 땅에 짓누르고 있었다.

"이제 그만할까요?" 파리스는 웃으며 한 손을 들어 관중에게 인사했다. 소녀들은 앞으로 밀고 나가며 찬성의 뜻으로 비명을 질렀다.

이건 도가 지나쳤다. 자존심에 금이 간 데이포보스는 고함을 버럭 지르며 허둥지둥 일어나, 하인에게 검을 던져달라 소리쳤다.

"평생 잊지 못할 교훈을 가르쳐주마!" 그는 칼자루를 획 잡으며 으르렁거렸다.

하지만 파리스는 너무 빨랐다. 그는 여전히 웃으며 성벽 쪽으로 달려 줄행랑을 쳤다. 거리가 얼마이든 자기가 데이포보스보다 더 빨리 달릴 수 있다는 걸 알고 있었다. 앞선 세 종목의 육상 경기에서 이미 증명해 보였듯이.

"저놈을 잡아!" 분노한 왕자가 외쳤다.

"그만둬. 저 아이가 공명정대하게 이겼어." 헥토르가 말했다.

"저놈이 불경스러운 말을 떠들었다고. 우리 어머니에 대해서 더러운 말을 입에 올렸다니까."

거짓말이었지만, 헥토르는 발끈해서 소리 질렀다. "저놈을 막아라!"

파리스는 웃음을 그치지 않고 계속 달렸다. 자기가 어디로 가고 있는지 알 수 없었지만, 노력으로 일궈낸 승리가 가져다주는 환희를 만끽하며 신나게 웃어젖혔다. 뒤에서 야단스럽게 그를 쫓아오는 소리가 들렸지만, 어떤 곤경이든 요령 있게 잘 피할 자신이 있었다. 그러다 무심코 그는 거대한 성문을 지나 도시 안으로 들어가고 말았다. 미로처럼 얽힌 길과 골목에 놀라 발이 느려졌다. 이곳이 바로 트로이였다. 안뜰과 상점, 분수, 광장, 거리, 그리고 사람들. 사람들이 이렇게나 많다니. 정신이 아득하고 어리벙벙해졌다. 마치 크레타의 미궁에 갇힌 테세우스가 된 기분으로 파리스는 고개를 이리저리 돌렸다. 뒤에서 쫓아오는 사람들의 고함 소리가 점점 더 커졌다. 파리스는 곧고 좁은 거리를 택했고, 힘껏 달리다 보니 황금을 입힌 대문으로 이어지는 돌계단이 나왔다. 대문에 빗장이 걸려 있다는 걸 뒤늦게 깨달은 그는 진퇴양난에 빠지고 말았다. 추적자들의 소리가 점점 더 커지자 그는 대문을 두드리며 소리쳤다.

"도와주세요! 이곳이 신전이라면, 모든 신의 이름으로 제게 피난처를 주십시오! 도와주세요. 도와줘요!"

대문이 열리더니 한 아름답고 젊은 무녀가 그늘에서 나와 손을 내밀었다.

"이리 와요……." 그녀가 말했다.

파리스가 손을 들어 올렸지만, 그의 손이 그녀의 손에 닿는 순간 그녀는 헉하고 숨을 몰아쉬고 두려움에 눈을 휘둥그레 뜨며 뒤로 물러났다.

"안 돼!" 그녀가 말했다.

"제발요!" 파리스는 뒤를 돌아보며 울부짖었다. 검을 빼든 데이포보스와 헥토르가 지지자들, 구경꾼들, 신난 개들과 아이들을 잔뜩 몰고서 달려오고 있었다.

"안 돼!" 무녀는 같은 말을 반복했다. "안 돼! 안 돼! 안 돼!" 그녀는 그늘 속으로 다시 뒷걸음질 치며 문을 쾅 닫았다.

파리스는 거대한 나무 문을 두 주먹으로 쾅쾅 두드렸지만, 데이포보스가 그를 붙잡고는 이를 드러내며 노기 어린 목소리로 으르렁거렸다.

"이놈을 붙잡고 있어봐, 형. 이 건방진 머리가 어깨에서 떨어져나가도 아까처럼 그렇게 잘 웃는지 한번 보자고."

형제 중 키가 더 큰 헥토르가 파리스의 몸을 들어 올렸다. "내동생의 성질을 건드리지 말았어야지. 정중히 사과하면, 한쪽 귀만 잘라내고 끝내주마."

데이포보스는 이미 검을 쳐들고 있었다.

그때 날카로운 목소리가 쩌렁쩌렁 울렸다. "그만두십시오! 왕자님들의 형제를 죽이면 안 됩니다!"

데이포보스와 헥토르는 고개를 돌렸다. 파리스 역시 고개를 돌렸더니, 그의 아버지 아겔라오스가 인파를 뚫으며 이쪽으로 오고 있었다.

"그 아이를 놔주십시오, 헥토르 왕자님! 왕자님의 동생을 내려놓으세요!"

인파의 한쪽이 갈라지며 아겔라오스에게 길을 터주었다. 다른한쪽은 프리아모스왕과 헤카베에게 길을 터주었다. 아겔라오스는 국왕 부부를 보고는 무릎을 털썩 꿇었다.

"차마 그럴 수 없었습니다! 저 아이를 죽일 수 없었습니다. 그리고 후회하지 않습니다. 저 아이를 보십시오. 얼마나 잘 컸는지요."

아겔라오스의 입에서 쏟아져 나온 말에 사람들은 침묵했다.

어리벙벙해진 파리스를 제일 처음 안아준 이는 헤카베였다. 뒤이어 프리아모스가 그를 꼭 껴안고 '아들'이라 불렀다. 헥토르는 다정하게 그의 팔을 툭 치고는 '동생'이라 불렀다. 데이포보스는 그의 반대쪽 팔을 더 세게 치고는 '형'이라 불렀다. 백성들의 환호 속에 국왕 가족은 몸을 돌려 궁으로 향했다.

그들 뒤로, 신전 계단의 꼭대기에 있는 황금 대문이 열리더니 무녀가 밖으로 나왔다. 그녀는 악령에 들리기라도 한 것처럼 두 팔을 흔들며 울부짖었다.

"그를 쫓아내, 도시에서 쫓아내라! 그는 죽음이다. 우리 모두를 파멸시키리라."

무녀의 이 말을 들은 사람이 있다 한들, 아무도 신경 쓰지 않았다.

무녀의 이름은 카산드라였다. 그녀는 신의 부름에 응하기 위해 공주의 지위를 포기했다. 프리아모스와 헤카베의 딸들 중 가장 아름답고 영리한 그녀는 트로이의 아폴론 신전을 열심히 드나들었다. 그러다 불운하게도 아폴론의 눈에 띄고 말았다. 그녀의 미모에 홀린 신은 그녀에게 예언 능력을 선물로 주었다. 선물보다는 뇌물에 가까웠다. 아폴론은 카산드라를 품에 안기 위해 다가갔다.

"안 돼요! 전 아무에게도 제 몸을 주지 않을 거예요, 신이든 인간이든. 허락할 수 없어요. 절대, 절대……!" 카산드라는 딱 잘라 거절했다.

"하지만 내가 너에게 웬만한 인간은 가질 수 없는 큰 선물을 주지 않았더냐." 아폴론은 격분하여 말했다.

"그럴지도 모르죠. 하지만 제가 청한 선물도 아니었고, 답례로 제 몸을 드리겠다고 한 적도 없잖아요. 싫어요. 전 아폴론 님을 거부하겠어요. 싫어요."

아폴론은 그녀에게 주었던 선물을 취소할 수 없었다. 엄준한 율법에 따라 신들은 자신이나 다른 신이 한 일을 무효로 돌릴 수 없었다.* 그래서 카산드라가 또 '싫어요'라고 말하려 입을 벌리자 아폴론은 노하여 그 입속으로 침을 뱉었다. 그 침은 저주였다. 카산드라의 예언이 앞으로 영원히 무시당하리라는 의미였다. 그녀가 아무리 정확히 미래를 예언해도 그녀를 믿어주는 이는 한 명도 없으리라. 무시당하는 것이 그녀의 운명이었다.

오빠 파리스의 손을 잠깐 만졌을 때 그녀가 무엇을 알아냈는지 우리로서는 알 길이 없다. 그녀의 머릿속에 떠오른 광경을 짐작만 할 수 있을 뿐이다. 아마도 18년 전 헤카베의 꿈에 나왔던 바로 그 불길이었을 것이다. 그래서 카산드라는 신전 계단에 서서 양손을 쥐어짜며 절망 속에 울부짖고만 있었다.

신의 뜻대로

파리스가 아끼는 황소를 따라 충동적으로 언덕을 내려간 것은 자신의 의지였을까, 아니면 신의 뜻이었을까? 그의 머릿속에서 '안 될 게 뭐 있어? 도시로 내려가 경기에 참여해서 황소를 되찾아 온다면? 안 될 게 뭐 있어?'라고 속닥거린 목소리는 파리스 자신의 목소리, 그 자신의 야망, 청년다운 충동이었을까? 아니면 신이 준 영감이었을까?†

---

* 신들은 그들이 한 일을 보강하거나 보충할 수는 있어도 물릴 수는 없었다.
† '영감(inspiration)'은 문자 그대로 해석하자면 '숨 불어넣기'라는 뜻이다. 고대인들에게 영감이란 신이나 뮤즈 같은 외부의 힘으로부터 받는 숨결을 의미했을 것이다.

아프로디테는 황금 사과를 그녀에게 주면 보답으로 파리스에게 헬레네를 주겠다고 약속했다. 트로이 왕궁에 입성하며 감히 꿈도 꾸지 못했던 일생일대의 변화를 맞은 파리스는 당연히 기쁘고 마음이 설렜다. 하지만 이번 일을 생각해보면, 사랑을 찾아주겠다는 아프로디테의 약속보다는 권력과 높은 지위를 주겠다는 헤라의 약속이 지켜진 것처럼 보였다. 왕궁에서 왕자로 지내는 것도 말할 수 없이 멋진 일이었지만, 환영 속의 그 얼굴, 황금 사과의 답례로 약속받았던 '헬레네'와는 전혀 가까워지지 못했다.

아니, 가까워진 건가?

신들에게는 그들 나름의 방식이 있다.

왕자로서의 삶은 분명 매력적이었다. 노예들과 재물, 화려한 옷, 전에는 맛보지 못한 고급스러운 음식. 그가 지나가면 트로이 시민들은 무릎을 꿇었다. 처음엔 상상 이상으로 신나고 즐거웠다. 하지만 이 모든 호화로운 생활과 복종과 지위에는 대가가 따르는 것 같았다. 왕자라면 온갖 것을 다 알고 있어야 하는 모양이었다.

우선, 전쟁의 기술. 트로이의 모든 이들이 목격했듯이, 파리스는 운동신경을 타고났다. 하지만 이제 사람들은 그 천부적인 기량이 더 강한 군사 기술로 발전하기를 기대하고 있었다. 형제들인 헥토르나 데이포보스와 달리, 파리스는 전사에게 필요한 근력이 부족했으며 군기도 잡혀 있지 않았다. 하지만 당장은 타고난 날렵함과 균형 잡히고 조화로운 몸놀림으로 잘 버티고 있었다. 게다가, 무예가 왜 필요하겠는가? 트로이보다 더 평화로운 도시가 또 어디 있을까.

평화의 기술은 파리스에게 따분하기 그지없었다. 외교, 역사,

스티븐 프라이의 그리스 신화: 트로이 전쟁

상업, 조세, 법…… 방에 갇혀 이런 것들을 배우다 보면 진저리가 났다.

어느 날 오후, 파리스는 아버지의 방에서 방석을 깔고 누워 있었다. 프리아모스왕은 그리스 세계의 위대한 왕조에 얽힌 한없이 복잡한 이야기를 웅얼웅얼 단조로운 목소리로 들려주고 있었다. 파리스는 흥미로운 척 열정적인 표정을 지으면서 머릿속으로는 딴생각을 하는 기술을 터득했다.

"너의 고모님 헤시오네, 이 이야기는 전에도 한 적이 있지." 프리아모스가 말하고 있었다. "내 사랑하는 누님. 헤시오네가 내 목숨을 구했단다. 너도 알겠지만, 내 목을 자르려는 헤라클레스에게서 나를 샀지. 누님이 정말 보고 싶구나. 내가 어렸을 때 살라미스섬의 텔라몬에게 잡혀갔어, 너도 알겠지만 말이다. 그리고 그곳에서 그와 함께 살고 있지. 그들에게는 테우크로스라는 아들이 있다. 트로이 이름이라 그나마 다행이지. 자, 이제 바다를 건너 펠로폰네소스반도로 가보자꾸나. 아르골리스 지방은 미케네의 위대한 왕 아가멤논이 꽉 잡고 있단다. 그의 아내는 클리템네스트라 왕비지. 그리고 그들에게는 자식이 네 명 있는데……."

파리스는 위험을 무릅쓰고 창밖을 힐끔 내다보았다. 어디선가 남자들이 검술을 연습하는 소리가 들렸다. 소녀들이 노래 부르는 소리도 바람에 실려 왔다. 아내 오이노네와 아들 코리토스가 떠오르자 파리스는 살짝 죄책감이 들었다. 아내와 아들도 궁으로 데려오겠노라 고집하는 것이 품위 있는 행동이었을 것이다. 하지만 파리스에게 그들 모자는 옛 인생을 상징하는 사람들이었다. 아겔라오스도 마찬가지였다. 그 늙은 목자는 이다산을 떠나지 않겠다고 고집부리며 분수를 지켰다.

"양들과 소들이 널 그리워할 게다. 나도 네가 그리울 거고. 하지만 너는 진짜 가족 곁에 있어야지." 그는 이렇게 말했었다.

오이노네는 점잖지 못하게 울고 불며 난리를 쳤다. 지금은 그녀도 그의 입장을 이해하고 있지 않을까. 파리스에게는 그의 길이 있었다. 오이노네와 그녀의 아들은 이다산에, 그는 트로이의 왕궁에 있는 것이 마땅한 이치였다. 한편, 프리아모스는 아직도 왕과 여왕, 왕자와 공주의 이름을 끝도 없이 읊어대고 있었다. 이 망할 왕가들과 그들 간의 지긋지긋한 관계를 알아봐야 무슨 소용이란 말인가? 고르디아스의 매듭도 이만큼 복잡하고 난해하진 않을 것이다.*

"이제 스파르타로 내려가보자." 프리아모스가 말을 이었다. "지금은 아가멤논의 동생이 아내 헬레네와 함께 그곳을 다스리고 있지. 그들의 아버지 틴다레오스는⋯⋯."

파리스는 벌떡 일어나 앉아 잔뜩 상기된 얼굴로 물었다. "이름이 뭐라고요, 아버지?"

"음? 틴다레오스 말이냐? 헤라클레스처럼 페르세우스의 후손이지. 원래⋯⋯."

"아니요. 그 앞에요. 한 이름을 말씀하셨잖아요."

"내가 말해준 이름이 한두 개가 아니지 않느냐. 네가 그 이름들을 다 기억해주기를 바랐건만. 아가멤논과 클리템네스트라에 관해서 얘기하고 있었는데⋯⋯." 프리아모스는 슬픈 미소를 지었다.

---

* 고르디아스의 매듭에 관해서는 『스티븐 프라이의 그리스 신화』 1권을 참고하라.

"아니요, 그 뒤에요……."

"메넬라오스? 헬레네?"

"네……." 파리스의 목소리가 조금 쉬어 있었다. 그는 목청을 가다듬고 아무렇지도 않은 척 물었다. "헬레네라고 하셨죠? 그 여인이 정확히 누굽니까?"

프리아모스는 헬레네 가족의 역사를 끈기 있게 들려주면서, 레다와 백조의 이야기는 빠뜨렸다. 두 개의 알에서 두 쌍의 쌍둥이가 태어났다는 풍설은 온 세상에 퍼져 있었지만, 한낱 뒷소문을 입에 올릴 필요는 없었다.

파리스는 아버지의 이야기를 끝까지 듣고 나서 또 헛기침을 했다. 영감이 하나 떠올랐다.†

"갑자기 생각났는데요, 아버지. 텔라몬왕이 헤시오네 고모님을 납치해 갔다고 하셨죠. 헤라클레스의 시대에요."

"그게 왜?"

"고모님이 살라미스섬에 계시는 건 부당한 일 같아요. 고모님은 트로이의 공주잖아요. 그러니까 이렇게 하면…… 아니에요, 말도 안 되는 생각이에요."

"말도 안 되는 생각이라니?"

"음, 아버지께서는 항상 왕족의 책임과 외교에 대해 말씀하셨죠. 제가, 그 뭐였더라? '사절단'이었나요? 아무튼 제가 사절단인가 뭔가를 데리고 텔라몬왕에게 가서 헤시오네 이모님을 고향으로, 여

---

† 여기도 마찬가지다. 파리스에게 저절로 떠오른 영감이었을까, 아니면 아프로디테의 입김이었을까?

기 트로이로 돌려보낼 의향이 있는지 물어보면 어떨까요? 아버지가 이모님을 다시 보고 싶다고 하시기에 드리는 말씀이지만……."

"아들아! 내 사랑하는 아들아!" 프리아모스는 감동하여 눈시울을 붉혔다.

"제가 배를 몰고 살라미스섬으로 가겠습니다. 비단, 향료, 포도주, 보물 같은 값비싼 선물을 배에 가득 싣고서요. 제가 아버지의 따뜻하고 정중한 말씀을 텔라몬왕에게 전하면, 고모님이 자유롭게 풀려나실 겁니다." 파리스는 자신만만하게 말했다.

"멋진 생각이야! 당장 페레클로스에게 함선을 몇 척 건조하라 해야겠다. 넌 착한 아이야, 파리스. 네가 우리에게 돌아온 그날이 고맙기만 하구나." 프리아모스가 말했다.

하지만 파리스는 착한 아이가 아니었다. 관심도 없는 늙은 고모를 돌려받겠다고 살라미스섬에 가려는 것이 아니었다. 헤시오네와 그는 서로에게 아무런 의미도 없었다. 아프로디테가 그의 진정한 목적지를 소곤거렸다. 스파르타, 그리고 아프로디테에게 약속받은 헬레네.

아니. 파리스는 착한 아이가 아니었다.

안키세스와 아프로디테: 막간 이야기

제우스는 분노했다. 아프로디테가 감히 그를 우롱했기 때문이다. 올림포스의 모든 신 앞에서. 낭랑하고 의기양양한 그 웃음소리는 늘 신경에 거슬렸다.

제우스는 신들의 왕이자 하늘의 주인이며, 모두가 인정하는 올림포스의 통치자였다. 하지만 많은 지도자와 마찬가지로 제우스도 자신의 처지를 갑갑하게 여겼다. 칙칙한 인간에서부터 빛나는 신들에 이르기까지 세상의 모든 이들이 그보다 더 자유로워 보였다. 아무런 방해도 받지 않고 하고 싶은 일을 마음껏 하면서 사는 것처럼 보였다. 그는 한편으로는 협정과 의무와 서약에, 다른 한편으로는 끊임없이 이어지는 폭동과 불복종과 반란의 위협에 얽매여 있었다. 올림포스의 나머지 11신은 각자가 담당하는 영역에서 어느 정도 자유를 누릴 수 있었다. 그들은 제우스를 그들의 왕으로 인정했지만, 제우스가 그의 아버지 크로노스와 할아버지 우라노스처럼 무소불위의 권력을 휘두르는 꼴은 가만히 두고 볼 리가 없었다. 아폴론과 포세이돈을 비롯한 몇몇 신이 과거에 감히 그의 권위에 도전하여 그를 사슬로 묶어둔 적도 있지만, 그에게 가장 두려운, 심지어는 강력한 아내 헤라보다 더 두려운 신은 아프로디테였다.

태초의 하늘 신 우라노스의 딸(따라서 제우스를 비롯한 올림포스 신들보다 앞선 세대의 신이다)이자 사랑의 신인 아프로디테는 대부분의 시간을 고향인 키프로스섬과 키테라섬에서 보냈다.* 하지만 전날 밤, 그녀는 올림포스산에서 다른 신들과 함께 저녁을 먹었다. 그 자리에서 그녀는 금방이라도 싸움을 걸 것처럼 성마르고 짓궂게 굴었다.

---

* 제우스의 고모인 아프로디테는 거세된 하늘 신 우라노스의 정액에서 태어났다. 『스티븐 프라이의 그리스 신화』 1권을 참고하라.

"그대들은 모두 자기가 정말 강하고 위력적인 천하무적의 불사신이라 생각하고 있지요. 그대, 포세이돈은 삼지창과 바다를 가졌고. 그대, 아레스는 군마와 창과 검을 가졌고. 그대, 아폴론은 화살을 가졌고. 심지어는 그대, 제우스까지 벼락과 폭풍우 구름을 갖고 있으니. 하지만 난 그대들 모두보다 더 강하답니다."

제우스는 얼굴을 찌푸렸다. "나는 이곳을 통치하고 있습니다. 나보다 더 큰 권력을 갖고 있는 신은 없지요."

헤라는 들으라는 듯 일부러 헛기침을 했다.

그녀의 속내를 알아챈 제우스는 말을 바꾸었다. "다만…… 다만, 더 현명한 생각과 더 올바른 판단이라면…… 나도 따르겠지요. 내 사랑하는 아내를 따르듯이 말입니다."

헤라는 흡족한 듯 고개를 살짝 숙였다.

하지만 아프로디테는 이대로 물러나지 않았다. "그냥 인정하세요. 난 여러분 모두보다 더 강해요. 아테나, 헤스티아, 아르테미스는 제외하고 말이죠. 그 셋은 내가 아무리 힘을 써도 끄떡하지 않을 테니."

"아. 영원한 순결을 맹세했기 때문이군요. 그렇다면 그대가 말하는 힘이란 사랑인 것 같소만." 제우스가 말했다.

"사랑 때문에 그대가 무슨 짓까지 서슴지 않는지 한번 생각해 봐요! 그대들 모두. 위엄 따위는 훌훌 벗어던져 버리죠. 평범하고 쓸모없는 인간들이 욕심나서 돼지, 염소, 황소, 온갖 것으로 둔갑하잖아요. 탐나는 것을 얻으려고. 정말 우습지 뭐예요."

"내가 누군지 잊었군요."

"잊긴요. 그대는 벼락을 쏠 수 있지만, 내 아들 에로스와 난 훨씬 더 강한 걸 쏜답니다. 벼락은 한 명의 적을 산산이 부숴놓지만, 사랑의 화살은 왕국과 왕조 전체를 무너뜨릴 수 있어요. 어쩌면 언젠가 그대의 왕국과 올림포스까지 그렇게 될지 모르죠."

아프로디테의 조롱과 짜증스럽도록 낭랑한 웃음소리는 다음 날까지도 제우스의 귓속에서 계속 울려대고 있었다. 그녀에게 본때를 보여주어야 했다. 그녀는 그를 과소평가했다. 남에게 굴욕감을 안겨주는 능력은 그녀에게만 있는 것이 아니었다. 이제 제우스는 자문해보았다. 아프로디테의 약점은 무엇일까?

아프로디테의 약점(사실은 모든 신의 약점이었다. 제우스 자신은 인정하지 않았지만, 그도 마찬가지였다)은 허영심이었다. 찬양과 숭배와 제물을 아무리 받아도 만족할 줄을 몰랐다. 제우스는 아폴론이나 그녀의 연인인 아레스와 마찬가지로 아프로디테가 트로이와 그 백성들을 각별히 아낀다는 사실을 알고 있었다.* 마침 매년 이맘때 이다산의 낮은 언덕에 있는 아프로디테 신전에서 그녀를 기리는 축제가 열렸다. 그녀는 분명 그 자리에 참석할 터였다. 많은 신이 그렇듯, 그녀도 변장한 모습으로 사람들 사이를 평범하게 돌아다니며 그들이 그녀에게 올리는 기도를 엿듣고, 찬양을 즐기고, 가끔은 탄원자들의 입에서 튀어나오는 불경스러운 말을 벌했다.

제우스는 이다산을 내려다보며, 평범한 인간을 물색했다. 그러

---

* 공식적으로 아프로디테는 불과 대장간의 절름발이 신인 헤파이스토스의 배우자였지만, 그녀와 전쟁의 신이 연인 사이라는 건 공공연한 비밀이었다. 금성과 화성의 만남이라(아프로디테의 로마 이름인 베누스와 아레스의 로마 이름인 마르스는 각각 금성과 화성을 의미하기도 한다.―옮긴이)…….

다가 언덕 풀밭에 누워 있는 한 목자에게 시선이 멎었다. 안키세스라는 이름의 나무랄 데 없는 남자였다.

제우스는 헤르메스를 불렀다. 신의 전령이자 도둑과 사기꾼의 수호신인 헤르메스는 고개를 기울인 채 아버지의 명령에 귀를 기울였다.

"에로스의 궁으로 가거라. 가서 화살 한 대를 훔쳐. 그런 다음 동쪽의 트로아스로 가거라. 거기 도착하면……."

제우스의 계획을 들으며 헤르메스는 씩 웃었다. 그러다가 샌들에 달린 날개를 퍼덕이며, 아버지의 명을 따르기 위해 날아갔다.

며칠 후, 이다산 기슭의 작은 언덕. 시골 소녀로 변장한 아프로디테는 사람들이 그녀의 신전을 향해 언덕을 내려가며 올리는 기도에 희희낙락하고 있었다. 사람들은 아프로디테의 모습으로 만든 거대하고 화려한 빛깔의 신상에 화환을 씌워 어깨에 지고서 행진했다. 그녀 뒤에서는 헤르메스가 안키세스를 앞으로 밀어대고 있었다.

"난 당신이 누군지도 몰라요. 그리고 나를 사랑한다는 저 여인이 대체 누구예요?" 목자가 말했다.

"그녀를 보는 순간 나한테 감사하게 될걸요." 헤르메스가 말했다.

아프로디테는 짜증 난 표정으로 고개를 돌렸다. 인파 속에서 누군가가 그녀에게 바짝 붙더니, 날카로운 무언가로 그녀의 옆구리를 찌른 것이다. 그녀의 시선이 그녀와 가장 가까이 서 있는 사람, 부드러운 갈색 눈동자를 지닌 남자에게 닿았다. 그를 꾸짖으려는 순간, 그녀는 묘한 감정에 휩싸였다. 이 남자가 대체 뭐길래? 그의 옆에 있는 젊은 동행이 고개를 숙이고서 얼굴을 숨긴 채 그를 앞으로 툭 밀었다. 그는 민망함에 얼굴을 붉히며 그녀 앞에 어색하게 섰다.

"넌 누구지?" 아프로디테가 물었다.

"난…… 내 이름은 안키세스예요."

"나와 함께 가자. 지금 당장!"

그녀의 심장이 빨리 뛰고, 귓속이 윙윙 울렸다. 그녀는 그를 데리고 행렬에서 빠져나갔다. 떠나는 그들을 지켜보는 헤르메스의 얼굴에 미소가 번졌다.

축제 행렬이 보이지는 않고 그 소리만 들리는 어느 외진 숲에서 아프로디테와 안키세스는 사랑을 나누었다.

그는 그녀의 눈을 들여다보며 말했다. "그대는 나의 이름을 알지요. 나도 그대의 이름을 알 수 있을까요?"

아프로디테는 그에게 자신의 이름을 알려주었다.

그는 그녀를 빤히 쳐다보며 물었다. "왜 하필 나죠? 왜요? 왜 한낱 인간인 나를?"

"나도 모르겠구나." 아프로디테는 안키세스의 얼굴을 손가락으로 부드럽게 어루만지며 말했다. "수수께끼 같은 일이야. 인간들과 함께 걷고 있었는데 그때…… 오!" 그녀는 갑자기 깨달았다.

제우스! 제우스의 농간이 분명했다.

"함께 있던 그 청년은 누구지?"

"그냥 소몰이꾼이에요. 높은 목초지에서 만났는데, 축제를 보러 가자고 계속 닦달하더라고요. 거기 어떤 여인이 있다면서……."

"헤르메스였겠군." 아프로디테는 이렇게 말하고는 안키세스를 끌어당겨 품에 꼭 안았다. "나를 망신시키려고 이런 짓을 꾸몄겠지만, 내게는 축복이야. 내 안에서 네 아이가 느껴지는구나. 너의 아들이다, 안키세스여. 내가 꼭 이 아이를 지켜줄 거야. 하지만 이 일은 비밀로 해야 한다. 아무에게도 말해선 안 돼."

겉으로 보기에 안키세스는 미천한 소몰이꾼 같았지만, 사실 왕족 출신으로 프리아모스왕의 사촌이었다.* 그로부터 몇 해 전 일어난 다툼으로 궁에서 뛰쳐나온 안키세스는 성에 갇혀 사는 왕자의 삶을 버리고 이다산의 목자라는 새 인생을 선택했다. 아마도 제우스는 이 사실을 알고 있었을 것이다. 그리고 간과했을 것이다. 어쩌면 그는 처음부터 모로스의 뜻대로 움직였는지도 모른다. 신들도 운명의 신 앞에서는 아무런 힘도 쓰지 못했으며, 아프로디테의 자궁 속에 있는 안키세스의 아이에게도 정해진 운명이 있었다. 어떻게 보면 그는 예수가 이 세상에 오기 전 가장 중요한 의미를 지닌 아이였을지도 모른다. 그리스도처럼 그 아이도 당나귀들과 황소들이 지켜보는 가운데 태어났다. 아프로디테가 안키세스의 목초지에서 출산하기로 결정했기 때문이다. 아이의 이름은 아이네이아스로 정해졌다. 파리스처럼 아이네이아스도 이다산의 비

---

* 그리스인과 트로이인이 중세 유럽인과 비슷했다고 생각하면 흥미롭긴 하지만 사실과는 거리가 멀다. 중세 유럽에서는 봉건 왕과 영주가 성에서 호화로운 연회를 즐기는 동안, 소작농과 농노는 밭에서 힘들게 일했다. 사실 그리스와 트로이의 위대한 귀족은 가축을 부와 지위, 영향력의 기준으로 여겼으며, 농사와 목축을 절대 업신여기지 않았다. 성경 속의 다윗왕이 목동이었듯이, 오디세우스도 밭을 갈았으며 왕족인 안키세스도 소와 양을 치는 생활에 상당히 만족했다. 호메로스는 아가멤논을 비롯한 여러 지도자를 왕으로 묘사할 때 '백성의 목자'라는 별칭을 자주 사용한다.

탈에서 목동으로 자랐으며, 역시 파리스처럼 자신이 트로이 왕가의 일원이라는 사실을 내내 모르고 있었다.

　같은 산에서 가축을 치는 또래이자 동료인 아이네이아스와 파리스가 만나서 친구가 되는 건 아주 자연스러운 일이었다. 파리스는 자신의 정체가 밝혀져 궁으로 들어갈 때 친구에게 같이 가자고 청했다. 아겔라오스가 파리스의 왕자 신분을 폭로했던 것처럼, 안키세스도 자신이 아이네이아스의 아버지임을 공표했던 것이다. 안키세스가 트로이를 떠난 이유였던 프리아모스왕과의 불화는 이미 지난 과거의 일이었고, 아이네이아스는 파리스의 벗으로, 그리고 왕족의 피가 흐르는 귀한 왕자로 환영받으며 궁으로 들어갔다.†

납치

프리아모스는 약속했던 대로 트로이 최고의 선박 기술자인 페레클로스를 불러, 살라미스섬에 붙잡혀 있는 헤시오네를 고국으로 데려오기 위해 떠나는 파리스의 위대한 사절단에게 적합한 선박을 건조하고 식량을 채워 넣으라는 지시를 내렸다. 파리스는 친구 아이네이아스를 사절단의 부사령관으로 임명했다. 페레클로스가

---

† 이 이야기의 다른 버전들에서는 제우스가 아프로디테와의 정사를 떠들고 다닌 안키세스를 절름발이 혹은 맹인으로 만들거나 심지어는 죽이기까지 한다. 자신이 아프로디테에게 부린 농간이 알려졌을 때 제우스가 왜 노했는지는 알 수 없지만, 대부분의 문헌에 따르면 안키세스는 발을 절뚝였다고 한다.

함선 건조를 마무리하는 동안, 아이네이아스는 호송대로 함께 떠날 작은 선박 여섯 척을 준비했다.

프리아모스, 헤카베, 헥토르, 데이포보스, 카산드라를 비롯한 트로이 왕가가 부둣가에 모여 소함대를 배웅했다.

"파리스는 살라미스섬으로 가지 않아요." 카산드라는 울부짖었다. "스파르타로 갈 거예요! 당장 선박들을 가라앉혀 파리스를 익사시키세요. 그는 우리 모두에게 죽음을 가져올 거예요, 우리 모두에게 죽음을!"

"포세이돈 님과 모든 신께서 그대들을 지켜주시리라." 사제들이 보리 낟알들과 씨앗들과 꽃들을 갑판으로 던지는 동안 프리아모스가 말했다. "얼른 돌아오라. 그대들 없는 하루하루가 우리에게 고통일 테니."

바다로 나가자마자 파리스는 아이네이아스와 나머지 선원들에게 진짜 목적지를 알렸다.

"스파르타?" 아이네이아스는 불안한 표정을 지었다.

"오, 넌 너무 성실하다니까, 아이네이아스. 좀 즐기면서 사는 게 어때! 네 인생 최고의 모험이 기다리고 있다고." 파리스는 웃으며 말했다.

스파르타의 메넬라오스왕은 파리스와 아이네이아스를 비롯한 트로이 사절단을 반갑게 맞았다. 그들의 방문에 깜짝 놀랐지만, 예의 바른 메넬라오스는 차마 그렇게 말하지 못했다. 파리스가 쏟아내는 고급스럽고 값비싼 선물들을 보니, 친선을 목적으로 한 방문이 분명했다. 프리아모스의 명성을 잘 아는 메넬라오스는 스파르타와 트로이 간의 우호적인 관계와 순조로운 교역을 위해 꾸민

스티븐 프라이의 그리스 신화: 트로이 전쟁

일이겠거니 했다. 그와 헬레네는 아흐레 동안 연회를 열어 손님들을 융성히 대접했다.

아홉째 날, 헬레네의 형제들인 카스토르와 폴리데우케스, 즉 디오스쿠로이는 아르카디아에서 날아든 소식을 듣고는 짧은 사과와 함께 급히 떠났다. 그들과 사촌들* 사이에 오랜 세월 묵은 원한과 관련된 용무 때문이었다. 그다음 날 메넬라오스는 그의 외할아버지 카트레우스의 장례식을 위해 크레타섬에 와달라는 전갈을 받았다. 아무런 의심도 없이 그 역시 곧장 스파르타를 떠났다.

이제 파리스와 그 수행원들은 손쉽게 궁을 약탈하고 무방비 상태의 헬레네를 납치할 수 있었다. 그들은 헬레네의 시녀인 아이트라(테세우스의 어머니)와 헬레네의 어린 아들 니코스트라토스도 함께 데려갔다. 하지만 헬레네의 딸 헤르미오네는 스파르타에 남겨두었다.

자, 이제 이런저런 의문들이 떠오른다. 헬레네는 강제로 납치당했을까? 아니면 사람들이 서로 사랑에 빠지듯 그녀도 파리스에게 반했을까? 어쨌든 두 사람 모두 젊고 아름다웠으니. 아니면, 약속을 항상 마음에 담아두고 있던 아프로디테가 이 모든 일을 꾸몄을까? 아프로디테가 아들 에로스를 스파르타로 보내 헬레네에게 화살을 쏘게 해서 그녀가 파리스와 사랑에 빠지도록 유도했다는 설도 있다. 카트레우스의 갑작스러운 죽음으로 메넬라오스가 스파르타를 떠난 것도 그를 편하게 치워버리기 위한 아프로디테의 계

---

* 틴다레오스의 형제인 아파레우스의 두 아들, 이다스와 린케우스.

획이었을까?* 이런 의문은 항상 있어 왔고, 아마 이 세상이 끝날 때까지 사라지지 않을 것이다. 우리가 확실히 말할 수 있는 사실은 파리스가 메넬라오스의 궁에 있는 수많은 보물, 그중에서도 가장 위대한 보물인 아름다운 헬레네를 배에 싣고 떠났다는 것이다.

트로이로 돌아가는 길에 파리스는 키프로스, 이집트, 페니키아에 들렀다. 페니키아의 시돈왕은 그를 정성스럽게 대접하고도 살해당했다. 파리스는 페니키아의 보물을 샅샅이 찾아내 함선에 가득 싣고서 트로이로 향했다.

프리아모스와 헤카베, 데이포보스, 헥토르를 비롯한 왕가의 모든 이들은 헬레네를 보고 경악했지만, 그녀의 다정함에 사르르 녹고, 그녀의 미모에 현혹되었으며, 스파르타와 페니키아의 재물들을 가득 실은 보물선에 넋을 잃었다. 파리스의 새 신부는 따뜻하게 환영받으며 입궁했다.

카산드라가 불쑥 뛰어 들어와서는 헬레네의 존재가 트로이를 멸망시키고 그들 모두를 죽음으로 내몰 거라 말했지만, 아무도 그녀의 말에 귀 기울이지 않았다.

"우리 모두에게 피와 불, 학살, 파멸과 죽음이 찾아올 거예요!" 그녀는 이렇게 울부짖었다.

---

* 그럴지도 모른다. 카트레우스는 미노스와 파시파에의 아들이자(『스티븐 프라이의 그리스 신화』 2권을 참고하라) 아에로페(메넬라오스와 아가멤논의 어머니)의 아버지였다. 이미 몇 년 전 그는 아들의 손에 죽으리라는 예언을 들었다. 그렇다고 해서 아프로디테의 개입이 없었다고 단정 짓기는 어렵다. 일이 더 복잡해질 뿐이다. 파리스와 아프로디테의 계획에 더할 나위 없이 적절한 때 카트레우스는 아들 알타이메네스의 손에 우연히 살해당했다. 그 타이밍이 너무도 절묘해서 신의 개입을 의심할 만도 하다.

"헬레네를 위하여." 프리아모스는 포도주 잔을 들어 올리며 말했다.

"헬레네를 위하여!" 궁중의 모든 이들이 외쳤다. "트로이의 헬레네를 위하여!"

서약을 지키기 위해 모인 그리스 전사들 (한 명은 제외)

메넬라오스와 아가멤논은 각기 크레타섬으로 가서 그들의 외할아버지 카트레우스의 장례식에 참석한 후 펠로폰네소스반도로 돌아가는 여정을 함께했다.

"우리 부부와 함께 지내다 가십시오." 메넬라오스는 형을 설득했다.

"고맙지만 나도 어서 집으로 돌아가 클리템네스트라와 아이들을 보고 싶구나."

"며칠만요. 내가 얘기했던 트로이의 파리스 왕자와 그 일행이 아직 있을 겁니다. 형님도 그를 한번 만나보십시오. 트로이와 좋은 관계를 다져놓으면 우리 모두에게 이익이니까요."

아가멤논은 나지막한 소리로 동의하고는 라코니아만의 기티오항구에 동생과 함께 내렸다.

그들이 스파르타 궁에 도착하자 온통 난리가 나 있었다. 파리스 일행이 하인들과 노예들을 지하실에 가둬놓고 궁을 마음껏 약탈해 갔다. 하지만 메넬라오스가 제우스의 벼락이라도 맞은 듯 큰 충격을 받은 이유는 어린 아들 니코스트라토스를 도둑맞고, 세상 그 무엇과도 바꿀 수 없는 사랑하는 아내이자 왕비 헬레네가 납치당했기 때문이었다.

아가멤논은 진노하여 소리 질렀다. 그에게 이 사건은 그저 개인적인 손실이 아니라 훨씬 더 끔찍한 재앙이었다. 다른 곳도 아닌 그의 영토, 그의 펠로폰네소스반도에서 무례한 도발과 배신이 일어나다니 이런 모욕이 또 없었다.

"프리아모스왕은 현명한 자라 들었거늘." 그는 호통을 쳤다. "명예를 아는 자라 들었거늘. 다 거짓이었구나. 둘 다 아니었어. 명예라고는 모르는 파렴치한 인간. 감히 아가멤논을 도발하다니, 자신이 어리석은 자라는 걸 스스로 증명해 보이는구나." 미케네 왕은 이렇듯 아무렇지도 않게 자신을 삼인칭으로 불렀다.

그리스 전역의 왕국과 지방, 섬에 (진짜가 아닌 은유적인) 경적이 울렸다. 헬레네를 아내로 얻기 위해 스파르타에 모였던 왕과 장군, 부족장, 약소국 군주, 귀족, 지주, 한량주의자는 헬레네의 결혼이 무탈하게 이어지도록 지켜주겠노라고 맹세했었다. 이제 그 서약을 지켜야 할 때였다.

호메로스는 아가멤논이 소집한 연합군을 절대 '그리스군'이라 부르지 않았고, 어쩌다 한 번씩 '헬레네스군'이라는 단어를 사용했다. 그가 주로 사용하는 명칭은 '아카이아군'이다. 펠로폰네소스반도의 북부 중앙에 있는 지역, 아카이아에서 따온 것이다. 아카이아는 코린토스와 미케네와 아르고스*를 합병한 아가멤논의

---

* 아르골리스라고 불리기도 해서 괜히 더 헷갈리게 만든다.

영토에 속해 있었지만, 스파르타나 트로이젠처럼 펠로폰네소스 남부에 있는 도시국가들까지 포함해 반도 전체를 의미하는 명칭으로도 사용되고 있었다. 호메로스처럼 나도 연합군을 '아카이아 군', '아르고스군', '다나오이군'† 혹은 '헬레네스군' 등의 이름으로 설명하겠지만, 대개는 그냥 단순하게 '그리스군'이라 부를 생각이다. 연합군의 병사들은 아카이아와 펠로폰네소스반도뿐만 아니라 그리스 본토 동남쪽의 아테네와 아티카, 동북쪽의 테살리아, 이오니아해의 섬들, 크레타, 살라미스, 그리고 스포라데스 제도, 키클라데스 제도, 도데카네스 제도를 이루고 있는 에게해의 섬들에서도 왔다. 아가멤논의 미케네궁에서 파견된 사자들은 각국의 왕들에게 최대한 많은 함선과 병사를 동원하여 테베의 보이오티아 해안에 있는 아울리스 항구에 집결하도록 촉구했다. 그곳에서 동쪽을 바라보면 에우보이아섬 너머로 에게해 건너편에 있는 트로이가 보였다.

살라미스섬의 강력한 아이아스는 위대한 궁수인 이복형제 테우크로스와 함께 호출 명령에 응한다. 그런데 그리스 중부의 로크리스를 다스리는 소小 아이아스도 연합군에 합류해 일이 더 복잡해진다. 그가 전통적으로 소 아이아스라 불리는 이유는 전사로서의 열의와 무용을 폄하하려는 것이 아니라, 텔라몬의 아들 대大 아이아스와 구분하기 위해서였다. 대 아이아스의 체구와 힘은 이제 불사신이 된 헤라클레스에게 버금갈 정도여서 당대의 그 누구

---

† 신화에서 아르고스의 창건 왕 중 한 명으로 여겨지는 리비아인인 다나오스에서 따온 것이다.

도 따라올 자가 없었다.

연합군에 합류한 쟁쟁한 왕 중에는 아르고스의 디오메데스도 있었다. 용맹하고 재능 있는 전사이자 운동선수인 그는 아테나의 총애를 받았고, 아가멤논에게 신임을 얻었으며(곧 알게 되겠지만, 아가멤논의 신임을 얻기는 아주 쉽다), 이타카의 오디세우스(제비뽑기와 서약이라는 꾀를 냈던 장본인)와 절친한 친구 사이였다. 미노스의 손자인 크레타의 이도메네우스왕은 함선을 여든 척이나 끌고 왔다. 아르고스의 디오메데스가 원조한 함선의 수와 같았다. 그들을 능가한 사람은 각기 아흔 척과 백 척을 마련한 필로스의 네스토르와 아가멤논뿐이었다.

몇 주가 흘러 점점 더 많은 동맹군들이 아울리스 항구에 도착할수록 오디세우스의 부재가 점점 더 눈에 띄었다.

"젠장. 오디세우스가 제일 먼저 달려올 줄 알았건만." 아가멤논은 툴툴거렸다.

"곧 올 겁니다." 디오메데스는 친구의 편을 들며 말했다.

하지만 시간이 지나도 오디세우스가 나타날 기미는 보이지 않았다. 이윽고, 이타카의 왕에게 최악의 비운이 닥쳤다는 소식이 날아왔다. 정신에 이상이 생겨 실성했다는 것이었다.

"사실입니다, 인간들의 왕이시여. 완전히 정신이 나갔다고 하더군요." 사자는 아가멤논 앞에서 머리를 조아리며 말했다.

"자, 이제 그대들도 똑똑히 알았겠지. 총명함은 축복이 아니라 저주라고, 내가 항상 말하지 않았던가. 늘 바쁘게 돌아가면서 책략을 꾸미고, 꿈을 꾸고, 음모를 꾀하는 그런 뇌는 종국엔 불행해질 수밖에 없거늘. 안타깝도다. 안타까워." 아가멤논은 자신의 동생과 조신들에게 말했다.

"그의 아내 페넬로페가 이제 막 아들을 낳았다지요." 메넬라오스는 슬퍼하며 고개를 내저었다.

그들의 사촌 팔라메데스는 의심스러운 듯 입술을 오므렸다. "오디세우스에 관해서는 뭐든 확신하면 안 됩니다."

"그래, 교활한 녀석이긴 하지, 그건 확실해." 아가멤논이 말했다.

"그가 정말로 실성했는지 아닌지 알 게 뭡니까?"

"그가 연기를 하고 있다는 말인가?"

"그러고도 남을 위인이지요." 팔라메데스가 말했다.

"한번 확인해보는 것도 나쁘지 않겠군. 오디세우스처럼 머리를 잘 쓰는 자가 참모진에 꼭 필요하니까 말이야. 이타카로 가보게, 팔라메데스. 가서 진상을 알아봐." 아가멤논이 말했다.

밭에 소금을 뿌리는 오디세우스

팔라메데스는 처음부터 오디세우스를 눈엣가시 같은 존재로 여겼다. 세상 사람들이 칭송하는 그 교활함과 간사한 꾀가 영 마뜩지 않았다. 그가 보기에 오디세우스는 돼지 꼬리처럼 뒤틀린 인간이었다. 그리고 비열했다. 어떤 문제에 접근할 때 곧은 길과 비뚤어진 길이 있다면, 무조건 비뚤어진 길을 선택할 인간. 아가멤논, 메넬라오스, 디오메데스, 아이아스를 비롯해 많은 이들이 표면적인 매력에 속아 넘어가 그의 모략을 부추겼다. 자기 자식이 춤을 잘 추거나 남의 흉내를 잘 낸다고 자랑하는 부모처럼, 오디세우스의 간계를 즐기는 것 같았다. 팔라메데스는 오디세우스가 역사상 가장 부정직하고 의뭉스러운 사기꾼들인 아우톨리코스와 시시포스의 후손이라는 사실을 알고 있었다. 따라서 헤르메스 역시 그의 조상이었다. 하지만 그 정도는 아무것도 아니었다. 팔라메데스는 부계로는 포세이돈의 손자였으며, 모계로는 크레타의 왕 미노스의 증손자였다. 따라서 제우스의 고손자가 되는 것이다. 오디세우스의 권모술수도, 그의 혈통도 팔라메데스에게는 그리 대단치 않아 보였다.

팔라메데스가 일행과 함께 이타카에 내렸을 때 온 백성이 괴로운 표정으로 비탄에 잠겨 있었다. 그들이 사랑하는 젊은 왕이 정말로 실성한 모양이었다. 그들은 팔라메데스에게 페넬로페와 왕실이 심히 우려하고 있다며, 섬의 남쪽 해안으로 가보라고 했다. 가엾게도 미쳐버린 오디세우스를 직접 보고 판단하라는 뜻이었다. 팔라메데스가 그곳에 도착했더니 이타카의 왕이 쟁기로 밭을 갈고 있었다. 진흙이 덕지덕지 붙은 알몸으로. 그의 턱수염은 지저분하게 헝클어져 있고, 머리에는 지푸라기 같은 것들이 들러붙어 있었다. 그는 듣기 싫은 고음으로 어떤 노래를 부르고 있었다. 팔라메데스가 들어본 적 없는 언어로 된 가사였다. 하지만 이보다 더 이상한 점이 있었다. 황소 한 마리와 당나귀 한 마리가 쟁기를 끌고 있는데 걷는 속도와 체격, 힘이 서로 달라서 쟁기가 똑바로 나아가지 못하고 이리저리 휘청거리며 모래와 자갈 사이에 마구잡이로 홈을 파댔다. 오디세우스는 고삐에 연결한 큰 주머니를 목에 걸고 있었다. 열린 주머니에서 소금을 몇 줌 꺼내 고랑에 뿌리면서 계속 거친 노래를 부르며 쟁기를 갈았다.

"딱하게 됐네요. 밭에 소금을 뿌리다니. 정말 실성한 거 아닐까요?" 팔라메데스의 부관이 말했다.

팔라메데스는 얼굴을 찌푸리며 고민하다가 오디세우스의 이름을 불렀다. 한 번, 두 번, 세 번, 점점 더 큰 목소리로. 오디세우스는 전혀 신경 쓰지 않았다. 세상의 다른 모든 건 잊은 듯 그저 노래를 부르며 소금을 뿌렸다.

오디세우스의 부모인 라에르테스와 안티클레이아는 조신 몇을 거느린 채 나와서 지켜보고 있었다. 오디세우스의 아내 페넬로페는 그들과 떨어져 서서 참담한 표정을 짓고 있었다. 그녀의 발치에는 바구니가 하나 놓여 있었다.

아주 어린 강아지 한 마리가 해변을 이리저리 뛰어다니며 사납게 짖어댔고, 오디세우스는 엉뚱한 조합의 두 짐승을 반대 방향으로 돌려 아까처럼 비뚤비뚤 정신없는 고랑을 파기 시작했다. 그때 느닷없이 팔라메데스가 페넬로페에게로 휙 가서는 바구니를 낚아채더니 밭으로 달려가 황소와 당나귀가 움직이는 방향에 놓았다. 팔라메데스의 부하들은 깜짝 놀라고, 페넬로페와 시종들은 경악했다.

일행들에게 다시 돌아온 팔라메데스는 살짝 숨을 헐떡였지만, 무척 흡족해하는 표정이었다.

"저 안에 뭐가 들었습니까?" 그의 부관이 물었다.

그 답으로 팔라메데스는 빙긋 웃으며 손가락으로 바구니를 가리켰다.

한 아기의 얼굴이 바구니 밖으로 나왔다. 페넬로페는 비명을 질렀다. 황소와 당나귀가 바구니로 직행하고 있었다. 아기는 허공에 주먹을 흔들며 신나게 까르르 웃었다.

오디세우스가 갑자기 노래를 멈추었다. 그리고 등을 꼿꼿이 펴더니, 힘겹게 움직이고 있는 황소와 당나귀에게 크고 딱딱한 목소리로 명령을 내려 방향을 틀었다. 땅을 마구 휘젓던 쟁기 날이 아슬아슬하게 바구니를 피했다. 오디세우스는 쟁기 자루를 떨어뜨린 뒤 달려가 아기를 들어 올렸다.

"텔레마코스, 텔레마코스." 그는 아기의 온 얼굴에 입을 맞추며 속삭였다.

"자, 그럼. 실성한 것 같지는 않소만." 팔라메데스가 그에게 다가오며 말했다.

"아." 오디세우스는 몸을 돌려 팔라메데스를 마주 보고는 침울한 미소를 지었다. "뭐, 시도는 해봐야 하지 않겠소……."

시끄럽게 짖으며 해변을 뛰어다니던 어린 강아지가 이제는 팔라메데스에게 달려들어 으르렁거리며 이빨을 찰칵거렸다.

"그만해, 아르고스, 그만!" 오디세우스는 팔라메데스의 불쾌감을 감지하고 속으로 고소해하며 말했다. "아무래도 내 개는 그대가 별로 마음에 들지 않나 보오."

팔라메데스는 뻣뻣하게 고개를 끄덕이고는 페넬로페에게 인사하기 위해 자리를 떴다.

오디세우스는 그가 가는 모습을 지켜보았다. "그리고 우리도 저자를 별로 좋아하지 않지. 그렇지, 텔레마코스?" 그는 나지막한 목소리로 어린 아들에게 덧붙였다. "그리고 저자가 한 짓을 절대 잊지 않을 거야. 그렇지? 절대."

페넬로페는 팔라메데스의 손을 꽉 붙잡았다. "아가멤논왕이 제 남편을 비겁한 자로 보지 않게 해주셔야 해요."

"음, 인정할 건 인정해야······."

"다 제가 고집을 부려서 그런 거예요! 오디세우스가 이타카를 떠나 전쟁에 나가면 20년 동안 돌아오지 못할 거라는 신탁을 받았거든요."

"20년? 터무니없군요. 설마 그런 말을 믿는 겁니까?"

"아주 명확했다고요."

"신탁은 명확한 법이 없지요. 아마 스무 달이라는 의미였을 겁니다. 아니면 스무 명의 부하를 잃는다거나. 아니면 스무 명의 포로를 데리고 귀환한다거나. 그런 뜻이었을 겁니다. 하지만 염려 마십시오, 왕비님의 말씀을 제 사촌 아가멤논왕에게 잘 전달해드리지요. 저는 지금 떠날 테니, 부군에게 준비가 끝나는 대로 아울리스로 와서 연합군에 합류해달라고 전해주시겠습니까?"

팔라메데스는 여우 같은 오디세우스의 간사한 술수를 간파한 것을 통쾌해하며 이타카를 떠났다. 하지만 그 여우는 뒤끝이 아주 심했다. 그는 팔라메데스에게 당한 이 수모를 언젠가는 갚아주리라 맹세했다.

지금 당장은 할 일이 많았다. 미친 척하는 연극이 들통난 뒤로 오디세우스는 전쟁 준비에 열을 올렸다. 이타카의 장정들 228명이 오디세우스와 함께 떠나 그의 지휘하에 싸우겠다고 자원했고, 갓 채색하고 식량을 꽉꽉 채운 매끈한 펜테콘테로스 열두 척이 단 몇 주 만에 준비되어 아울리스를 향한 항해를 위해 항구에 늘어섰다. 오디세우스가 신호를 주자 그의 함대는 돛을 올렸다. 오디세우스는 지휘함의 선미에 서서 뒤를 돌아보며 이타카의 풍경을 마지막으로 눈에 담았다. 아내 페넬로페와 그녀의 품에 안겨 있는 아들 텔레마코스의 모습을.

페넬로페는 항구 벽에 서서, 한 줄로 늘어선 열두 척의 배가 광대한 하늘의 흰 바탕을 배경으로 점점 더 검어지고 작아지는 모습을 지켜보았다. 아르고스는 남겨진 것이 분했는지 바다를 향해 짖어댔다. 주인과 함대가 수평선에 낀 안개 속으로 서서히 사라지자 아르고스는 구슬피 울부짖기 시작했다.

아가멤논의 연합군에 합류하러 가는 도중에 오디세우스는 쉰 척의 함선을 약속했던 키니라스왕의 동맹을 확실히 하기 위해 키프로스섬에 들렀다. 하지만 실망스럽게도 키니라스의 아들 미그달리온은 달랑 지휘함 한 척만 몰고 아울리스에 나타났다.

"쉰 척을 약속했잖소!" 아가멤논이 격분하여 호통을 쳤다.

"쉰 척이잖습니까." 미그달리온은 키프로스섬의 점토로 만든 마흔아홉 척의 작은 모형 선박을 바닷물에 띄우며 말했다. 각각의 모형 배에는 전사 모습의 작은 도자기 인형들이 가득 들어차 있었다. 오디세우스와 디오메데스는 이 하찮은 수작을 대수롭지 않게 넘기려 했지만, 아가멤논은 자존심 구기는 일을 참지 못하는 약점이 있었다. 아주 작은 무시와 무례에도 발끈할 만큼 성질이 까탈스러웠다. 그런 인사들이 어떤지는 우리 모두 잘 알지 않는가. 그는 키니라스에게 악담을 퍼부으며, 다시는 그의 이름을 입에 올리지 못하게 했다. 하지만 키니라스가 선물로 보낸 흉갑을 보고는 마음이 풀린다.*

---

* 키니라스에 관한 다른 이야기들이 실린 자료들도 있다. 그는 신화에서 중요한 비

더 먼 왕국과 지방의 함선들이 속속들이 아울리스 항으로 들어오는 사이, 연합군의 가장 늙고 가장 현명한 조언자인 필로스의 네스토르는 헬레네 납치 사건을 외교적 방법으로 해결하도록 아가멤논을 설득했다.

그래서 아가멤논은 에게해 건너 프리아모스왕의 궁정으로 감언과 강요와 협박이 뒤섞인 전갈을 보냈다. 요지는 헬레네를 돌려보내라는 것이었다.

프리아모스는 1차 요구에 대한 응답으로 선례를 지적했다. 아가멤논이 착각한 모양인데, 납치는 범죄가 아니었다. 제우스도 에우로페와 이오를 납치하지 않았던가?[†] 인간 중에는 위대한 영웅 이아손이 메데이아를 그녀의 고향 콜키스에서 그리스 본토로 데려가지 않았던가?[‡] 그리고 아주 고귀한 헤라클레스가 프리아모스의 누나인 헤시오네를 트로이에서 잡아가 강제로 그의 친구 텔

중을 차지하는 키프로스의 왕으로서, 구리 채굴 및 제련의 개척자로 묘사된다. 키프로스섬은 지중해 문명의 주된 구리 산지였다. 물론 구리는 청동기시대에 특히 귀했다(청동은 구리와 주석의 합금이다). 구리를 의미하는 영어 단어 '카퍼(copper)'와 그 화학 기호인 'Cu'는 키프로스섬과 구리에 해당하는 라틴어 '쿠프리움(cuprium)'에서 유래한다. 섬 자체의 이름은 청동을 의미하는 수메르어 '쿠바르(kubar)', 혹은 사이프러스 나무, 혹은 헤나 나무를 의미하는 옛 단어 '키프로스(kypros)'(염료 헤나는 구릿빛을 낸다. 세상이 진보적이고 좀 더 너그러웠던 1979년, 나는 학생의 광기에 일순간 사로잡혀 그 색깔로 머리를 염색한 적이 있다)에서 따왔을지도 모른다. 오비디우스에 따르면, 키니라스는 딸 미르라와의 근친상간으로 아름다운 아도니스를 아들로 얻었다고 한다. 바로 이 아도니스와 아프로디테의 사랑 이야기를 셰익스피어는 『비너스와 아도니스』라는 장편 서사시로 남긴 바 있다(『스티븐 프라이의 그리스 신화』 1권을 참고하라).

[†] 『스티븐 프라이의 그리스 신화』 1권을 참고하라.
[‡] 『스티븐 프라이의 그리스 신화』 2권을 참고하라.

라몬의 신부로 만들었던 일을 설마 잊었단 말인가? 그때 프리아모스는 헤시오네를 돌려달라고 간청하며 살라미스섬에 보물과 함께 사절단을 파견했지만, 돌아온 건 거만한 멸시뿐이었다. 헬레네는 트로이에서 파리스와 함께 행복하게 지내고 있었다. 아가멤논과 그의 동생은 이 사실을 받아들여야 했다. 그 후로 날아든 더 공격적인 전갈을 프리아모스는 그냥 묵살해버렸다.

"좋아. 전쟁이군." 아가멤논이 말했다.

그런데 그리스 연합군의 사기에 치명타가 되는 일이 벌어졌다. 아폴론을 모시는 사제 칼카스는 아가멤논의 궁정에 고용된 예언자로 새들의 비행과 행동, 울음소리를 통해 미래를 읽는* 능력이 특히 뛰어났다. 어느 날 칼카스는 뱀 한 마리가 참새 둥지에 침입해 여덟 마리의 새끼와 그 어미를 잡아먹는 광경을 목격했다.

"주의하십시오! 아폴론 님의 계시입니다. 뱀이 아홉 마리의 새를 먹어치웠어요. 이는 우리가 아홉 해 동안 트로이를 포위하다가 열 번째 해에야 승리를 거두리라는 의미입니다." 칼카스가 말했다.

아가멤논은 칼카스의 능력을 높이 사긴 했지만, 대부분의 권력자가 그렇듯 마음에 들지 않는 예언은 무시하거나 자기 목적에 맞게 왜곡했다.

"열 번째 주나 열 번째 달이 될 수도 있는 것 아닌가?" 그는 따

---

* 이런 관행을 그리스에서는 '오이오니스티케', 로마에서는 '아우구리'라 불렀다. 새점을 뜻하는 또 다른 단어로 '오니서맨시(ornithomancy)'가 있는데, 짐승의 창자를 통해 미래를 점치는 '허러스피시(haruspicy)'나 '익스티스피시(extispicy)'와 혼동해서는 안 된다.

지듯 물었다.

칼카스는 몸을 사릴 줄 알았다. "물론 다른 해석도 가능하지요, 전하."

"좋아. 그럼, 다시는 그런 맥 풀리는 예측은 하지 말게."

"네, 그리하지요, 전하." 칼카스는 고개를 숙이며 말했다. 하지만 그에게도 자존심이 있어서 그냥 물러나지는 않았다. "그러나 제가 절대적으로 확신하는 한 가지 진실이 있습니다……."

"오, 그래?"

"현존하는 최고의 전사를 그리스군에 영입하지 않는다면 트로이를 상대로 승리할 수 없을 겁니다."

"음, 내가 그리스군 진영에 있지 않은가. 그뿐 아니라 사령관이기도 하지."

"송구한 말씀이지만, 전하, 전하보다도 더 뛰어난 전사가 있습니다."

"오. 그게 누구지?" 아가멤논은 싸늘하게 말했다.

"펠레우스와 테티스의 아들 아킬레우스입니다."

"아직 어리지 않은가?"

"아니, 아닙니다. 지금쯤 어엿한 에페보스†가 됐을 겁니다."

"실력은 아직 입증되지 않았지. 경기장에서는 빨리 뛰고 예쁘장한 원반을 잘 던질지 몰라도……."

칼카스는 가슴을 똑바로 펴고 결연한 표정으로 말했다. "전하,

---

† '에페보스'는 군사훈련을 본격적으로 시작할 수 있는 나이(일반적으로 17~18세)에 이른 남성 청소년을 말한다.

이보다 더 명확히 보인 적이 없습니다. 아킬레우스 왕자는 우리 군의 가장 위대한 전사가 될 것이고, 그가 없으면 우리는 승리하지 못합니다."

"좋아, 좋아. 젠장. 그 신동을 데려오게."

하지만 한 가지 문제가 있었다. 아킬레우스의 행방이 묘연했다. 그가 어디에 있는지 아무도 알지 못했다.

아킬레우스가 그들 진영에 꼭 필요하다는 칼카스의 예언은 아울리스에 모인 병사들의 귀에도 곧 들어갔다. 아가멤논은 아킬레우스 없이 트로이로 떠날 생각이었지만, 병사들은 미신을 믿어서인지 칼카스를 공경해서인지, 아킬레우스를 찾아서 합류시키자고 고집부리며 항명의 조짐까지 보였다. 하지만 그가 대체 어디 있단 말인가? 아가멤논은 오디세우스와 디오메데스를 불러 명령했다.

"아킬레우스를 찾아오시오. 필요한 만큼 병사들을 데려가되, 아킬레우스 없이 돌아올 생각은 마시오."

사랑스러운 피라

몇 해 전, 테티스가 프티아 궁에 찾아왔을 때 펠레우스는 적잖이 놀랐다. 그는 그녀가 갓난아기인 아킬레우스를 불길 위로 들고 있던 그 오싹한 광경을 한 번도 잊은 적이 없었다.

그랬던 그녀가 지금은 온순한 모습으로 다가와 그의 앞에 털썩 꿇어앉더니 그의 무릎을 붙잡고는 기다란 머리칼을 그의 발 위로 흔들며 눈물로 애원했다. 농민이나 노예가 그랬다면 그냥 과도하다 했겠지만, 불사신으로서는 전례 없는 파격적인 행동이었다.

"제발 그만. 이럴 필요 없어요." 펠레우스는 민망해하며 테티스를 일으켜 세웠다.

"오래전 그대에게 제대로 해명을 했어야 하는데. 그때는 그대가 너무 노한 나머지 내 말을 무시했지만 이번에는 끝까지 들어주어야 합니다." 테티스가 말했다.

먼저 태어난 여섯 명의 아들이 어떻게, 왜 불타 죽었는지 마침내 알게 된 펠레우스는 눈물을 흘렸다. "테티스, 처음부터 그대가 나를 믿고 말해줬더라면 얼마나 좋았겠소."

"나도 알아요! 침묵했던 걸 후회하지 않은 날이 하루도 없었답니다. 하지만, 펠레우스, 이제 모든 걸 털어놓을게요. 프로메테우스가 처음에 했던 예언은 누구나 알고 있지요……."

"그대의 아들이 아버지보다 더 위대한 인물이 될 거라는 예언 말입니까? 그 예언은 물론 알고 있어요. 그리고 내가 전혀 개의치 않았다는 걸 그대도 알고 있잖습니까. 그리고 그 예언은 사실이었어요. 경기장에서 날아다니는 아킬레우스를 그대도 봐야 하는데. 아킬레우스에 대적할 소년은 한 명도……."

"내가 모를 것 같아요? 난 여러 모습으로 변장해서 이곳에 자주 와요. 그 아이의 속도와 힘, 기술과 우아함을 보고 감탄하지요. 하지만 그대가 모르는 예언, 오직 나만이 본 환영이 있답니다." 테티스가 말했다.

"어떤 환영 말입니까?"

"아킬레우스에게 두 가지 미래가 있더군요. 하나는 고요히 행복을 누리는 삶입니다. 자식들을 키우면서 즐겁고 평온하게 장수할 거예요. 하지만 세상에 이름을 날리지는 못하지요. 그 아이가 죽으면 이름도 함께 사라질 겁니다."

"다른 미래는?"

"지금껏 세상에 없었던 빛나는 영광을 누리는 삶. 헤라클레스, 테세우스, 이아손, 아탈란타, 벨레로폰, 페르세우스…… 지금껏 존재했던 그 어떤 영웅보다 더 용맹하고 더 큰 업적을 이루는 영웅이 될 거예요……. 불멸의 명성과 명예를 얻을 거예요. 시인들은 영원토록 그 아이의 삶을 노래할 거예요. 그 대신 오래 살지 못해요, 펠레우스, 너무 일찍 세상을 떠나버린다고요……." 그녀의 눈에 또 눈물이 그득 고였다. "무명으로 장수하는 첫 번째 인생도 내게는 짧게 느껴질 거예요. 불멸의 존재에게 아흔 번의 겨울과 여름은 눈 깜짝할 새 지나가 버리지요. 하지만 두 번째 미래는……." 그녀는 몸서리를 쳤다. "눈 한 번 깜박이기도 전에 끝나버린다고요. 그건 용납 못 해요."

"아킬레우스에게 선택할 기회를 줘야 하지 않겠습니까?"

"그 아이는 이제 겨우 열네 살이에요……."

"그래도 선택은 자신이……."

"그리고 전쟁이 곧 일어날 거예요."

"전쟁?" 펠레우스는 테티스를 빤히 쳐다보았다. "하지만 세상이 이렇듯 평화로운데. 전운이 감도는 곳은 어디에도 없어요."

"그래도 전쟁은 일어나요. 느낌이 와요. 확실해요. 역사상 최악의 전쟁이 될 거예요. 그리고 군사들이 우리 아들을 데리러 올 거예요. 그러니까 내가 아킬레우스를 데려가서 숨길 수 있게 해 줘요."

"어디로 데려가겠다는 겁니까?"

"그대도, 그 누구도 모르는 게 최선이에요. 그래야 아이가 안전할 거예요."

아킬레우스는 친구 파트로클로스를 껴안았다. "미르미돈족을 잘 부탁해."

"그들은 네 말만 들을 거야. 너도 알잖아." 파트로클로스가 말했다.

사실이었다. 아킬레우스가 어린 나이임에도 프티아군은 그들의 왕인 펠레우스보다 그에게 더 충성을 바쳤다.

"헛소리 마, 난 그냥 마스코트라고. 그리고 금방 돌아올 거야." 아킬레우스가 말했다.

"왜 네가 떠나야 하는지 아직도 이해가 안 돼."

"어머니 말씀은 거역할 수 없거든. 어머니 귓속에서 이상한 벌이 윙윙거리기라도 하나 봐. 어머니 말씀으로는 곧 전쟁이 일어날 거고, 내가 거기 나가 싸우면 죽을 거래." 아킬레우스는 슬픈 미소를 지으며 말했다.

"그렇다면 네 어머니 말씀대로 해야지!"

"난 죽음 따위 무섭지 않아!"

"그래, 하지만 어머니는 무섭지."

아킬레우스는 씩 웃으며 친구의 팔을 주먹으로 툭 쳤다. "자기는 내 어머니 앞에서 벌벌 떠는 주제에."

테티스는 오랜 친구 리코메데스가 다스리고 있는 스키로스섬으로 아킬레우스를 데려갔다. 리코메데스가 지금까지 역사에 이름을 남긴 가장 큰 일은 영웅 테세우스를 죽인 것이었다.*

"테티스 님의 아들을 어떻게 숨겨야 할지 알 것 같습니다. 아시다시피 제게 열한 명의 딸이 있잖습니까.† 아킬레우스에게 여장을 시켜 내 딸들과 함께 지내게 합시다. 그럼 누구도 눈치 못 챌 겁니다." 리코메데스가 테티스에게 말했다.

아킬레우스는 아주 매력적인 소녀로 변장했다. 하지만 곧 왕의 딸 중 가장 아름다운 데이다메이아와의 사이에 아들까지 두며 남성성을 증명해 보였다. 아들의 이름은 아킬레우스가 소녀로서 사용한 이름인 피라('화염의 소녀'라는 뜻)에서 따와 피로스라고 지었다. 아이의 붉은 기 도는 금발과 잘 어울리는 이름이었다.‡

---

* 그는 스키로스섬의 한 절벽에서 테세우스를 밀어버렸다. 『스티븐 프라이의 그리스 신화』 2권을 참고하라.

† 리코메데스의 딸은 여덟 명에서 백 명까지 자료마다 다양하게 기록되어 있다.

‡ 어떤 문헌들에 따르면, 아킬레우스와 데이다메이아에게 오네이로스(그리스어로 '꿈'이라는 뜻)라는 또 다른 아들이 있었다고 한다. 사실이라면 신화 기록가들이 그의 형제 피로스(후의 이름은 네오프톨레모스)의 인생은 완벽하게 기록한 반면, 오네이로스는 외면한 모양이다. 이름에 관하여 더 얘기해보자면, 아킬레우스가 스키로스섬에서 사용한 이름은 한번 살펴볼 가치가 있을 정도로 흥미롭다. 토머스 브라운의 『호장론(Urn Burial)』(1658년)에서 자주 인용되는 구절이 하나 있다. "세이렌들이 어떤 노래를 불렀을까, 아킬레우스가 여자들 사이에 몸을 숨겼을 때 어떤 이름을 썼을까는 당혹스러운 문제이긴 하지만 전혀 짐작이 불가능한 것은 아니다." 로마의 전기 작가 수에토니우스의 추측에서 비롯된 의문들이었지만, 이를 통해 브라운은 비역사적인 신화의 세세한 내용을 포착하는 건 가능한 데 반해 실제 인생이 남긴 뼈와 유골함 뒤에 숨은 사연을 이어 맞추는 건 거의 불가능하다는 아이러니를 말하고자 했다. 에드거 앨런 포는 최초의 추리소설로 여겨지는 『모르그 가의 살인』에서 진실 이어 맞추기를 하며 이 구절을 비문으로 사용한다. 브라운의 말대로, 그 의문들의 답은 이런저런 추측이 가능하다. 대부분의 작가와 해설가는 아킬레우스가 피라(화염 빛깔의 머리를 가진 자)라는 이름을 선택했다는 데 동의한다. 하지만 수에토니우스의 저서 『열두

그로부터 몇 년 후 아가멤논은 펠레우스와 테티스의 행방불명된 아들을 찾기 위해 오디세우스와 디오메데스를 아울리스에서 파견하여 그리스 전역을 샅샅이 뒤지게 했다. 아킬레우스를 꼭꼭 숨기려 했던 테티스에게는 참으로 안타까운 일이지만, 스키로스 섬은 아울리스와 무척 가까웠다. 그래서 오디세우스는 그 섬을 제일 먼저 수색하기로 결정했다.

리코메데스왕의 궁에 도착하는 순간 약삭빠른 이타카 왕 오디세우스는 수상한 낌새를 챘다. 그는 웬만하면 잘 속아 넘어가지 않는 사람이었고, 리코메데스는 거짓말에 능숙하지 않았다.

"아킬레우스?" 리코메데스는 낯선 이름인 양 미심쩍은 투로 물었지만, 오디세우스의 눈에는 연기처럼 보였다. 아킬레우스는 어린 나이에도 그 명성이 널리 퍼져 있었다. "그런 이름을 가진 자는

명의 카이사르』에서 티베리우스 황제(헤카베의 혈통에 관해 얘기할 때 언급했듯이, 그는 이런 문제들로 학자들을 자주 놀려먹었다)는 피라 말고도 여러 다른 이름을 후보로 내세운다. 물레가락을 의미하는 그리스어에서 따온 '케르키세라'도 그중 하나였다. 물레가락(distaff)은 오랫동안 여성성의 상징이었던 만큼, 여기에서 'distaff side(모계, 외가)'나 'spinster(노처녀)' 같은 단어가 나왔다. 하지만 '케르코스(kerkos)'는 '꼬리'나 '남성의 성기'를 의미하므로, 이 이름은 나중에 우스갯소리로 거론되었을 가능성도 있다. 한 학자는 그 이름이 '꼬리로 오줌을 누는 자'라는 뜻의 '케르코우로스'에서 유래한다고 주장하기까지 했다(어두침침하고 역겹기로 악명 높은 티베리우스의 유머 감각을 생각하면, 그는 아마도 이 선택지를 마음에 들어했을 것이다). 또 다른 학자는 아킬레우스의 빠른 몸놀림에 어울리는 '이사' 혹은 '아이사'라는 이름이었을 거라고 짐작했다('아이소'는 '나는 전력 질주한다, 돌진한다, 혹은 날쌔게 움직인다'라는 뜻이다). 로버트 그레이브스는 다음과 같이 말했다. "아마도 아킬레우스는 스스로를 '다크리오에사(울고 있는 자)'라 불렀을 것이다. 아니면 '드로소에사(이슬 맺힌 자)'라는 더 나은 이름을 사용했을지도 모른다. '드로소스'는 눈물의 시적 동의어이다." '무한한' 혹은 '광대한'이라는 의미의 '아스페토스'를 주장하는 이들도 있지만, 이는 훗날 아킬레우스가 유명해진 뒤에 붙여진 별명인 것 같다.

이곳에 없소만."

"그렇습니까?" 오디세우스가 말했다. "펠레우스와 테티스의 아들 아킬레우스인데요. 그대의 친구 테티스 말입니다." 그는 의미심장하게 덧붙였다.

"얼마든지 둘러보시오." 리코메데스는 어깨를 으쓱하며 말했다. "이 궁에는 나의 사랑스러운 열두 딸밖에 없으니."

디오메데스와 오디세우스가 널찍하게 트인 안뜰로 들어갔더니 공주들이 그곳에서 낮때를 보내고 있었다. 몇몇은 목욕을 하고, 몇몇은 현악기를 뜯고, 몇몇은 베를 짜고, 몇몇은 머리를 빗고 있었다. 분수에서는 물줄기가 뿜어져 나왔다. 골풀로 만든 새장 안에서는 새들이 고운 소리로 노래를 지저귀고 있었다. 그야말로 평온함이 흘러넘치는 광경이었다. 디오메데스는 시선을 어디에 두어야 할지 몰라 문턱에 어색하게 서 있었지만, 오디세우스는 눈을 가늘게 뜨고서 안뜰을 찬찬히 살폈다. 그러다가 디오메데스를 돌아보며 말했다.

"우리 함선으로 돌아가서 가장 사납고 가장 추한 병사 스무 명을 데려오게. 녀석들을 데리고 여기로 쳐들어와. 궁을 기습하는 거야. 예고 없이 검을 뽑아 들고, 여자애들을 공격하는 척해. 겁을 잔뜩 주란 말이야. 고함도 지르고, 방패도 두드리면서."

"진심으로 하는 말인가?" 디오메데스가 물었다.

"진심이라네. 망설일 필요 없어. 다 잘될 테니까. 나만 믿게."

디오메데스가 자리를 뜨자 오디세우스는 앞으로 나가 석조 분수대의 테두리에 검을 조용히 내려놓았다. 그런 다음 뒤로 물러나 팔짱을 끼고 기다렸다.

디오메데스는 오디세우스의 요청에 곤혹스러워하기는 했어도 자신의 역할을 완벽하게 해냈다. 그는 털투성이 거구의 근육질 병사 스무 명과 함께 안뜰로 사납게 들이닥쳐 칼을 뽑으며, 간담이 서늘해지는 함성을 질러댔다. 공주들은 기겁해서 비명을 지르며 뒷걸음질을 쳤다. 하지만 그들 중 단 한 명, 붉은 머리의 아리따운 소녀는 분수대 가장자리에 놓인 검을 낚아채 휘두르며 쩌렁쩌렁한 소리로 으르렁거렸다.

오디세우스는 빙긋 웃으며 앞으로 나섰다. "반갑네, 아킬레우스. 펠레우스의 아들이여."

아킬레우스는 검을 손에 쥔 채 숨을 헐떡이며, 오디세우스와 디오메데스, 그리고 스무 명의 병사를 차례로 쳐다보다가 웃음을 터뜨리며 검을 내려놓았다.

"내가 맞혀볼게요. 라에르테스의 아들, 오디세우스?" 아킬레우스가 말했다.

오디세우스는 고개를 숙였다.

"어머니가 경고하셨죠. 나를 찾아낼 자가 있다면 바로 당신일 거라고."

"우리와 함께하겠는가? 프티아에 있는 자네의 미르미돈족을 이끌고 가서 그리스의 영광을 되찾아 오지 않겠는가? 우리의 명예가 걸려 있는 일이고, 자네가 함께해준다면 우리는 반드시 승리할걸세. 아가멤논, 메넬라오스, 그대의 사촌 파트로클로스, 그리고 위대한 해군이 아울리스에서 자네를 기다리고 있네." 오디세우스가 말했다.

아킬레우스는 빙긋 웃었다. "재미있겠는데요."

아울리스에 온 이피게네이아

아킬레우스와 그의 미르미돈족 병사들이 합류하자 원정군의 사기가 크게 올랐다. 그들 모두 예언을 알고 있었다. 아킬레우스가 승리를 가져다주리라. 연합군을 상징하는 신성한 존재로서 제일가는 투사가 되어주리라. 아킬레우스의 존재감이 가져다준 사기 진작이야말로 원정군에게 절실히 필요한 것이었다. 수만 명의 병사가 이제나저제나 출정 명령이 떨어질까 기다리며 괴로운 나날을 보내고 있던 참이었다.

아가멤논은 최대한 따뜻하게 아킬레우스를 맞았다. "이제 드디어 출항하여 이 일을 끝낼 수 있게 됐군."

하지만 그들은 출항할 수 없었다. 아무리 막강한 함선이라도 바람이 없으면 떠나지 못하는 법이거늘, 바람이 불지 않았다. 바람이라곤 한 점 스쳐 지나가지도 않았다. 연못에 띄운 장난감 배도 움직이지 못했다. 풀잎 하나 흔들리지 않았다. 식량과 무기, 참모진, 하인 등 전쟁에 필요한 모든 것이 실려 있는 함선들이 움직이려면 바람이 필요했다. 보급선들 없이 전사들이 펜테콘테로스를 저어 트로이까지 가는 건 말도 안 되는 어리석은 짓이었다.

"칼카스! 그 망할 예언자나 데려와." 아가멤논은 소리쳤다.

칼카스는 왕 앞에서 고개만 조아릴 뿐, 쉽게 입을 열지 못했다.

"왜 그러는가? 그냥 솔직히 말하게. 왜 바람이 불지 않지? 아니면 자네도 모르는 건가?"

"저는 이유를 알고 있습니다, 전하. 다만…… 나중에…… 전하를 독대하여 말씀드릴 수 없을까요?"

"독대?" 아가멤논은 주위를 둘러보았다. 그의 고위 참모진인 메넬라오스, 디오메데스, 아이아스, 오디세우스, 필로스의 네스토르왕이 모두 그 자리에 있었다. "이들에게는 비밀로 할 필요 없네. 그냥 말하게."

"제가…… 계시를 받았는데…… 그것이…… 아르테미스 님께서…… 말씀하시기를……."

"아르테미스 님?"

"아르테미스 님께서 바람의 지배자인 아이올로스에게 바람을 잠재우라 명하셨습니다, 인간들의 왕이시여."

"이유가 뭐지? 누가 감히 아르테미스 님의 심기를 건드렸는가?"

"그것이…… 제가 보기에는…… 그것이…… 그것이……."

"망할 물고기처럼 입만 벙긋거리지 말고 말을 해보게. 어느 정신 나간 작자가 거룩한 아르테미스 님의 심기를 건드렸느냔 말이야."

칼카스의 얼굴에 난처한 기색이 역력했고, 그 자리에 모인 사람 중 적어도 한 명은 그 의미를 명확하게 알아챘다.

"내가 보기엔. 칼카스가 차마 그대의 이름을 말하지 못해 힘들어하고 있는 것 같군요, 아가멤논." 오디세우스가 말했다.

"나? 감히 어떻게 나를……."

"그렇게 호통을 치시면 저이가 마음 놓고 말을 못 하지 않습니까. 저이가 입을 열게 하시든가, 아니면 겁을 주어 입 다물게 만드시든가. 둘 중 하나를 택하십시오." 오디세우스가 말했다.

아가멤논은 짜증스럽게 손을 흔들었다. "기탄없이 말해보게, 어서, 칼카스. 내가 말은 거칠어도 본심은 그렇지 않으니."

칼카스는 숨을 크게 한 번 쉬었다. "지난주 남서쪽의 수풀로 사냥 나갔던 일을 기억하십니까, 전하?"

"그게 왜?"

"제가 그때 말씀드렸지요, 인간들의 왕이시여, 그 수풀은 아르테미스 님에게 바쳐진 성스러운 곳이라고……."

"그랬나? 기억나지 않네만. 그게 어쨌다는 건가?"

"전하께서…… 전하께서 그날 수사슴 한 마리를 활로 쏘셨지요. 명중했지만…… 그 수사슴 역시 사냥의 신에게 바쳐진 성스러운 짐승인가 봅니다. 아르테미스 님께서 노하셨습니다, 전하."

아가멤논은 과장되게 한숨을 푹 내쉬었다. 지도자들은 자신이 이렇게나 어리석은 자들에게 둘러싸여 있다는 걸, 열등한 인간들은 견디지 못할 문제를 자신이 끊임없이 짊어진다는 걸 표현하고 싶을 때 그런 한숨을 짓는다.

"좋아. 알겠네. 그럼 제물을 좀 바쳐서 신을 달래면 되겠군?"

"옳은 말씀입니다."

"그렇다면 명령을 내리게! 모든 일에 내가 직접 나서야겠나? 무엇을 제물로 바치지? 무엇이 적절할까? 수사슴? 황소나 염소?"

칼카스는 망토 자락을 비틀며 이리저리 눈을 돌리면서도 왕의 시선만은 피했다. "아르테미스 님은 크게 노하셨습니다, 전하. 정말 크게 노하셨어요."

"황소 열 마리? 스무 마리? 아니면 백 마리*라도 바쳐야겠나?"

---

* 한 문헌에 따르면, 메넬라오스가 제비뽑기로 헬레네를 아내로 얻으면 아프로디테에게 황소 백 마리를 바치겠노라고 약속했지만 흥분한 나머지 약속을 잊고 말았다. 이때의 모욕을 갚아주기 위해 아프로디테는 파리스에게 줄 선물로 헬레네를 고른다.

"그…… 그 정도로는 안 됩니다, 전하……. 아르테미스 님이 원하시는 제물은 바로……." 예언자는 쉰 목소리로 낮게 속삭이며 눈물을 글썽였다. "전하의 따님입니다."

"내 딸? 내 딸이라고? 지금 우스갯소리를 하는 건가?"

칼카스의 고통스러운 얼굴은 그 질문에 대한 명확한 답이 되었다. 싸늘한 정적이 이어졌다. 아가멤논은 또 다른 질문을 던져 침묵을 깼다.

"어느 딸 말인가?"

칼카스는 망토의 천을 훨씬 더 세게 비틀었다. "전하의 맏딸만이 아르테미스 님을 달랠 수 있습니다."

메넬라오스와 오디세우스를 비롯한 참모진의 시선이 아가멤논에게로 향했다. 아가멤논의 아내 클리템네스트라는 세 딸을 낳았다. 엘렉트라와 크리소테미스는 아직 어렸지만, 이피게네이아는 성인기에 접어들고 있었다. 그녀는 총명하고 독실하며 온화한 인물로 알려져 있었다.

"안 돼. 절대." 긴 침묵 끝에 아가멤논이 입을 열었다.

"잠시만요. 우리 모두 이 전쟁에 사활을 걸기로 맹세하지 않았습니까." 메넬라오스가 말했다.

"그럼 네 딸을 제물로 바치지 그래!"

"트로이의 무뢰한이 이미 내 아내와 아들 니코스트라토스를 훔쳐 갔잖습니까. 난 이미 희생할 만큼 했어요. 형님의 서약을 잊지 마십시오."

"이피게네이아는 아무 잘못도 없거늘."

"어려운 부탁인 건 알지만, 형님, 아르테미스 님의 요구가 그렇다면······."

아가멤논은 고집을 꺾지 않았다. "다른 신들도 있잖은가. 아테나 님은 어떤가. 아테나 님은 오디세우스를 총애하시고, 오디세우스가 하는 일이라면 뭐든 미소 지으시지. 포세이돈 님도 우리 편이야. 그리고 헤라 님도. 이 신들께서 설득하면 제우스 님이 나서 주시겠지. 아르테미스 님이 영원히 우리 함대를 막을 순 없어. 참고 기다리다 보면 길이 열릴 걸세."

하지만 여러 날이 지나도록 바람 한 점 불지 않았다. 아울리스에 무덥고 퀴퀴한 공기가 계속 머물자 질병이 돌기 시작했다. 병사들 사이에 소문이 퍼지고, 많은 이들은 앙심을 품은 아르테미스가 군영에 역병의 화살을 쏜 것이라고 믿었다. 몇 주가 지나도 바람은 불지 않고, 전염병은 수그러들지 않았다.

사방에서 점점 거세어져 가는 압박에 마침내 굴복한 아가멤논은 오디세우스에게 말했다. "미케네로 가시오."

"어딜 갑니까? 바람이 없는데 어떻게 배를······."

"노를 저으면 되잖소! 미케네까지 노를 저으시오. 내 말이 무슨 뜻인지 잘 알잖소. 헤엄을 치든 무슨 수를 쓰든, 그곳으로 가시오. 가서 클리템네스트라에게 말하시오, 그대가 내 명에 따라 이피게네이아를 여기로 데려와 혼인시킬 거라고."

"행운의 남편은 누구라고 전할까요?"

"아킬레우스."

"네? 그 젊은 왕자가 가만히 있겠습니까?" 오디세우스는 한쪽 눈썹을 치켜세웠다.

"아킬레우스에게는 굳이 알릴 필요 없소." 아가멤논은 한 손을 휘휘 저으며 말했다. "정말 결혼할 것도 아니니. 이건 그저…… 그 저…… 그 단어가 뭐더라?"

"구실? 핑계? 속임수? 거짓말?"

"내 명령에 토 달지 말고 그냥 떠나시오."

"하지만 그랬다가는 일을 그르치기 십상일 텐데……."

"그르치다니?"

"음…… 따님을 여기로 데려올 더 나은 핑계가 있지 않겠습니까?"

"말도 안 되는 소리. 내 계획은 완벽하오. 아킬레우스와의 혼인보다 더 나은 이유가 어디 있겠소? 온 세상이 사랑하는 남자인데."

"그렇긴 하지만……." 오디세우스는 자신의 소신을 밝힐 적절한 방법을 궁리했다.

"그만 어물쩍대고 당장 떠나시오!"

배가 아티카 남부의 곶을 돌아 펠로폰네소스반도로 향할 때 오디세우스는 원정군 동료들의 별나고 변덕스러운 면모에 대해 곰곰이 생각해보았다. 아가멤논이 당대 최고의 군사령관이라는 사실에는 의심의 여지가 없었다. 그는 감탄스러울 만큼 빠른 속도와 배짱과 결단력으로 아르골리스의 여러 도시국가와 왕국과 지방을 정복하고 합병하여 미케네를 확실한 대국으로 키워놓았다. 그런데 그토록 유능한 장군이 사람의 성격과 감정과 기분에 관해서는 어쩜 이리도 무지할 수 있단 말인가? 아가멤논의 아내 클리템네스트라는 이피게네이아의 결혼식을 위해 아울리스로 함께 가겠다고 고집을 부릴 것이 뻔했다. 평범한 혼약이라도 그럴 텐데, 하물며 이토록 영광스러운 결합이라면 가만히 두 손 놓고 있을 어머니가 어디 있겠는가? 아무리 훌륭한 적군 지휘관과 맞붙어도 한 수 앞서 내다볼 줄 아는 아가멤논이 왜 이 자명한 사실은 보지 못할까? 자신과 딸이 거짓 핑계에 속아 입에 담기 무서운 목적을 위해 아울리스로 유인당했다는 걸 알면 클리템네스트라는 어떤 반응을 보일까? 그리고 그런 속임수에 자신의 이름이 이용되었다는 걸 알면 충동적인 아킬레우스는 무슨 짓을 저지를까?

아, 물론 오디세우스가 고민할 문제는 아니었다. 평소처럼 멀찍이 떨어져서 냉소적으로 지켜볼 수밖에.

미케네에 도착하자마자 오디세우스는 자신의 예감이 맞았음을 알았다. 그의 입에서 '혼인'과 '아킬레우스'라는 말이 나오는 순간, 궁의 모든 사람이 야단법석을 떨며 결혼식 준비에 돌입했다. 이피게네이아는 행복에 겨워했고, 클리템네스트라는 한껏 의기양양해졌다. 오디세우스는 이 당연한 잔치 분위기에 감히 찬물을 끼얹을 수 없었다. 억지웃음을 짓느라 얼굴 근육이 아플 정도였다. 하긴, 이만큼 완벽한 결혼이 또 있을까? 아킬레우스는 소문난 미남이었다. 신부와 신랑은 이 시대 최고의 행운아들이 아닌가? 미케네, 그리고 프티아와 테살리아 전체의 승리. 가엾고 사랑스러운 헬레네를 구하기 위한 원정에 앞서 이런 경사스러운 일로 가족을 속이려든 아가멤논은 얼마나 영악한가.

클리템네스트라가 특별한 결혼식에 걸맞은 수의 여자 노예와 악사, 요리사, 은식기, 고급스러운 천, 포도주를 선박에 전부 실을 때까지 시간이 좀 걸렸다. 그녀의 소함대가 떠날 준비를 마칠 때까지 오디세우스는 꼬박 두 주를 기다려야 했다.

아가멤논과 항구에 묶여 있는 그리스 함대에 합류하기 위해 오디세우스의 배를 뒤따라간 클리템네스트라는 아울리스 부두에 내리는 순간 뭔가 잘못됐다는 걸 알았다. 항구의 뜨겁고 정체된 공기는 끔찍한 악취를 풍겼다. 그녀에게 인사하기 위해 모인 병사들의 얼굴에는 두려움이나 적대감 혹은 이해할 수 없는 연민이 어려 있었다.

아가멤논은 아내를 보고는 깜짝 놀랐다. "이렇게 직접 올 필요는 없었거늘." 그는 아내의 양쪽 뺨에 입을 맞추며 말했다.

"올 필요가 없다니요? 말도 안 되는 소리 말아요. 오디세우스도 똑같은 말을 하더군요. 당치 않아요! 설마하니 이피게네이아가 자기 결혼식에 내가 빠지는 걸 원하겠어요? 대체 왜 다들 이렇게 심란한 얼굴을 하고 있는 거죠?"

반 시간도 지나지 않아 그녀는 모든 사실을 알았고, 실수를 깨달은 아가멤논은 제물에 대한 생각을 한 번 더 바꾸었다.

"소용없는 짓이오. 여왕의 말이 옳소. 그토록 순수한 아이를 죽인다면 저속한 죄를 저지르게 될 뿐. 신들께서 그걸 원하실 리 없지." 그는 참모진에게 말했다.

메넬라오스가 항의하기 위해 입을 열었지만, 무슨 말을 하기도 전에 아킬레우스가 회의에 불쑥 난입했다.

"그 불쌍한 여인을 죽음의 자리로 꾀는 데 감히 내 이름을 이용했어요?" 얼마나 격분했는지 목이 메어 있었다. "어떻게 감히 그런 짓을 합니까? 당장 그녀를 돌려보내요."

"한낱 꼬마가 내 결정을 문제 삼는 꼴은 못 보지." 아가멤논이 말했다.

두 남자는 씩씩대며 서로에게 다가갔지만, 그들이 한판 붙기 전에 오디세우스가 끼어들었다.

"자, 자……. 다들 진정합시다."

아킬레우스는 땅에 침을 탁 뱉고는 아무 말 없이 나가버렸다.

오디세우스는 자신이 이 원정군의 최고사령관이 아닌 것을 다행으로 여겼다. 수장의 자리는 두통과 속병만 뒤따를 뿐이었다. 이번 경우만 봐도 아가멤논은 어떤 결정을 내리든 고통받을 수밖에 없었다. 아버지와 남편으로서의 본능은 당연히 딸의 죽음에 격렬히 반발할 것이다. 하지만 이제 가장 비천한 노예까지 연합군 전체가 아가멤논의 성스러운 사슴 살상과 아르테미스의 요구 사항을 상세히 알고 있었다. 모두가, 심지어는 그의 동생 메넬라오스마저 아가멤논에게 신의 뜻에 굴복하라 요구하고 있었다. 이피게네이아가 죽지 않으면, 트로이로부터 헬레네를 구해 오려는 계획 자체가 실패로 돌아간다. 수많은 그리스 왕과 왕자의 명예가 달렸건만 한 사람의 목숨이 대수인가? 항구에 묶인 함대에 침투한 질병으로 수많은 사람이 죽어 나가고 있건만 한 사람의 목숨이 대수인가? 승전하면 트로이의 그 많은 보물을 손에 넣을 수 있건만 한 사람의 목숨이 대수인가?

이피게네이아를 아울리스로 꾀어 오는 수단으로 자기도 모르게 이용당했다며 노발대발하던 아킬레우스마저 그날 밤에는 마음을 바꾸고, 그녀의 죽음을 요구하는 동료들의 성화에 목소리를 보탰다. 이피게네이아에게는 정말 미안한 일이었지만, 아울리스에서 하루라도 더 지체했다가는 그의 미르미돈족이 견디지 못할 판이었다. 그날 오후 아킬레우스 휘하의 지휘관들인 에우도로스와 포이닉스가 그를 찾아와 미르미돈족 병사들 사이의 분위기를 전했다.*

"병사들은 그대를 사랑한다오, 아킬레우스 왕자여. 그러나 아가 멤논이 신의 뜻을 거스른다면 그들은 용납하지 않을 거요." 포이닉스는 이렇게 말했다.

"그렇소. 아르테미스 님은 냉혹한 신이오. 내 어머니 폴리멜레가 한때 그 신을 숭배했기에 잘 알고 있다오.† 용서를 모르는 분이시지. 신의 분노를 가라앉혀야 하오. 다른 방법이 없소. 이피게네이아를 제물로 바치지 않는 한, 이 원정 자체가 허사로 돌아갈 거요." 에우도로스가 말했다.

결국 돌파구를 연 것은 이피게네이아 자신이었다.

"그리스를 위해 돌 제단에 누워 기꺼이 제 목숨을 바치겠어요. 저의 이 희생은 앞으로 길이길이 기억될 거예요. 제게는 그것이 바로 결혼이고 모성이며 명성이에요. 그리고 그것이 옳은 일이에요, 어머니……."‡ 충격에 빠져 못 믿겠다는 표정을 짓는 클리템네스트라에게 그녀는 이렇게 말했다.

이리하여, 모든 이들이 지켜보는 앞에서 그녀는 돌 제단에 눕혀

---

* 에우도로스는 헤르메스의 아들이었다. 포이닉스 왕자는 프티아의 속국인 돌로피아를 다스렸으며, 케이론의 동굴에서 프티아로 돌아온 아킬레우스를 보살펴주었다. 그는 아킬레우스가 파트로클로스 다음으로 사랑한 사람이었다.

† 사실이었다. 헤르메스는 아르테미스를 위해 춤추는 폴리멜레를 보고 그녀의 우아함과 아름다움에 반했다. 그 둘의 결합으로 에우도로스가 태어났다. 신봉자를 잃은 아르테미스는 심기가 불편해졌다. 에우도로스가 헤르메스의 가호를 받지 않았다면, 분명 아르테미스는 그를 죽였거나 짐승으로 바꾸어버렸을 것이다.

‡ 에우리피데스의 비극 『아울리스의 이피게네이아』에서 따온 대사다. 콜린 패럴과 니콜 키드먼이 주연한 요르고스 란티모스 감독의 수작 〈킬링 디어〉는 이 희곡과 이피게네이아의 희생 이야기를 바탕으로 만들어졌다.

졌다.

칼카스가 은검을 높이 쳐들었다. 오디세우스에게는 그의 표정과 빠른 동작이 지나치게 열성적으로 보였다. 칼카스는 아르테미스에게 제물을 받아주십사 외쳤다.

클리템네스트라는 흐느껴 울었다. 아킬레우스는 고개를 돌려버렸다. 아가멤논은 두 눈을 질끈 감았다.

칼카스가 칼을 내리 찔렀다. 하지만 그는 이피게네이아를 찌르지 못했다. 그녀가 없어졌기 때문이다. 칼이 내려오는 순간 그녀는 연기처럼 사라졌다. 그녀가 누워 있던 자리에 수사슴 한 마리가 있었고, 칼날이 찌른 것은 이피게네이아의 흰 피부가 아니라 짐승의 가죽이었다.

수사슴의 피가 거대한 분수처럼 확 뿜어졌다. 피를 뒤집어쓴 예언자는 지체 없이 몸을 돌려 사람들에게 의기양양하게 외쳤다.

"사냥의 신께서 자비를 베푸시어 공주님을 살려주셨소! 신께서는 우리 편이오!"

조용한 환호가 터져 나왔다. 정말 신이 이피게네이아를 살려준 걸까, 아니면 아가멤논과 그의 사제가 모종의 수작을 부린 걸까? 사람들이 갈피를 못 잡고 있을 때, 칼카스는 제사 터를 둘러싼 나무들을 가리켰다.

"보시오! 아르테미스 님이 우리에게 바람을 보내주셨소!" 그가 외쳤다.

정말 그랬다. 주변의 공기가 갑자기 움직이고 있었다.

"제피로스 님이시여!" 칼카스가 절규했다.

그냥 바람이 아니라 서풍이라니…… 동쪽의 트로이까지 최고 속도로 항해하려면 꼭 필요한 바람.

"제피로스 님이시여! 제피로스 님! 제피로스 님!" 그리스인들이 외쳤다.

출항 준비의 흥분과 열기 속에 아가멤논은 클리템네스트라 일행이 떠난 사실도 알아채지 못했다.

"작별 인사도 없이 떠났다오. 걱정할 일은 아니오. 이 전쟁은 금방 끝날 테니. 조금만 생각해보면 왕비도 내게 선택의 여지가 없었음을 이해할 거요. 게다가, 아르테미스 님이 이피게네이아를 곧 집으로 보내줄 것 아니오. 궁으로 돌아오는 그들을 왕비가 맞아줄 거요. 그렇고말고. 그대의 함선들이 아무 문제 없이 준비되어 있기를 바라오, 오디세우스. 내일 새벽에 출항할 테니. 트로이를 향해!" 그가 오디세우스에게 말했다.

"트로이를 향해." 오디세우스도 그를 따라 말했다. 심드렁하게.

아카이아군

역사상 최대 규모의 함대가 에게해 북부를 건너 동쪽의 트로아스로 항해했다. 『일리아스』 제2권의 '함선 목록' 섹션에는 이 대함대의 면면이 266행에 걸쳐 상세히 설명되어 있다. 호메로스는 거침없는 강약약*의 6보격†(12~17음절로 이루어진 시행)을 사용해,

---

* 영시(英詩)에서 하나의 강 음절에 두 개의 약 음절이 이어지는 음보.—옮긴이
† 각운이 여섯 번 반복된다.—옮긴이

함선들이 어디에서 왔고 누구의 지휘하에 움직였는지 들려준다. 몇백 년 동안 고전주의자들과 역사가들은 이 목록을 분석하며 다른 문헌들과 비교하고, 호메로스의 말대로 과연 펜테콘테로스 한 척에 120명까지 탈 수 있었을까 그 가능성을 가늠해보았다.* 호메로스의 추측에 따르면, 원정군의 함선 수는 대략 1,190척, 전사의 수는 14만 2,320명이었다.† 학자들은 고고학적·역사적 자료와 기록을 이용해 저마다의 추정치를 내놓는다. 어떤 면에서는 열성적인 셜로키언들이 즐기는 게임과 다르지 않다. 그들은 홈스와 왓슨이 실존 인물인 양 논하고, 아서 코넌 도일이 이야기한 사건들을 실화로 취급한다. 이런 게임은 재미있기도 하거니와 유익하기도 하다. 그러니 트로이 전쟁으로도 위대한 게임을 해보자. 이 이야기에 얼마만큼의 역사적 진실이 담겨 있는가는 부록에서 검토할 것이다. 하지만 실제로 그런 일이 벌어졌다고 믿는다 해도, 처리해야 할 모순이 한두 가지가 아니다. 나는 일관성 없는 시간 관계에 대해서 이미 많은 불평을 늘어놓았다. 전해 내려오는 이야기

---

* 펜테콘테로스는 쉰 명의 선원이 노를 저어 움직이는 선박이었다. 하지만 호메로스의 이야기에 등장하는 함선들이 모두 그렇게 많은 선원을 태운 건 아니다. 스무 명이 노를 저은 함선도 있었다. 더 작은 함선이었거나, 아니면 나머지 서른 명의 자리를 비워뒀을지도 모른다. '함선 목록'에 따르면, 보이오티아에서 파견된 함선들에는 각각 120명이 타고 있었다고 한다. 그렇다면, 노를 젓지 않는 전사 일흔 명이 더 타고 있었다는 뜻이 된다. 『오디세이아』에는 이타카의 함선에 각각 쉰 명이 타고 있었다고 설명되어 있다. 계산 놀이를 좋아하는 사람은 이런 이야기가 재미있겠지만, 그것이 증명해주는 바는 아무것도 없다. 우리는 함대의 규모가 컸다는 사실만 알고 있으면 된다.
† 예를 들어, 아폴로도로스와 히기누스 같은 작가들은 좀 더 작은 숫자를 제시한다. 전사들의 총인원은 7~13만 명이었다는 게 일반적인 중론이다.

의 주된 줄기를 따라가 보면, 헬레네의 납치와 함대의 최종 출범 사이에 적어도 8년의 공백이 있다. 그러면 몇몇 인물의 나이에 심각한 오류가 생긴다. 책의 서두에서도 언급했듯이, 신들의 개입과 신비하고 초자연적 사건들을 감안하면, 전쟁과 그 후를 이야기할 때 일일이 연대순으로 정리하려는 시도는 피하는 것이 최선일 듯하다.

수십 개의 왕국과 지방에서 파견된 전사들을 실은 전례 없는 규모의 아카이아 원정군이 미케네의 아가멤논을 총사령관으로 삼아 그의 지휘하에 출정했다는 사실만 알고 있어도 충분하다.

하지만 일리움의 해변에 도착하기 전 그리스군에게 닥친 한 가지 이변은 짚고 넘어가야겠다. 당시에는 주요 인물 중 누구도 알아채지 못했겠지만, 전쟁의 최종 결과에 결정적인 영향을 미칠 만큼 중요한 사건이었다. 그리스군이 향하고 있는 위대한 도시와 문명의 기원과 마찬가지로, 이 사건 역시 그 기원을 따져보면 제우스의 가장 위대한 인간 아들인 헤라클레스에게까지 거슬러 올라간다.

버려진 필록테테스

아카이아군은 헬레스폰투스 해협 어귀에 가까워지자 테네도스섬에서 항해를 잠시 멈추었다.

"트로이에 도착하기 전 마지막 휴식이다. 병사들이 비장한 전쟁을 시작하기 전에 마음껏 즐길 수 있게 하라." 아가멤논이 말했다.

그리스 병사들은 섬으로 우르르 올라가 즉흥적으로 운동경기를 열고, 사냥을 하고, 섬의 여인들을 찾아 나섰다.

아킬레우스는 연못에서 목욕을 하고 있는 너무도 매혹적인 여인과 우연히 마주치고는 기뻐했다. 하지만 그가 그녀에게 수작을 걸기도 전에 한 남자가 수풀에서 뛰쳐나오더니 검을 휘두르며 매섭게 소리를 질렀다.

"자, 자. 왜 이러십니까?" 아킬레우스가 말했다.

"내 왕국을 무단 침입했잖느냐, 이 무례한 꼬마야."

"당신의 왕국이라고요?"

"나는 아폴론 님의 아들이자 이 섬의 통치자인 테네스다. 마땅히 허락을 구해야 하거늘, 너희 야만인들은 우리 땅을 휘저으면서 야생 동물을 뒤쫓고, 들판과 포도밭을 망쳐놓고 있다. 그런데 이제 감히 내 누이까지 넘보다니. 죗값을 치르게 해주마."

테네스는 발을 한 번 구르더니 또 한번 쩌렁쩌렁 고함을 내질렀다. 하지만 아킬레우스의 머릿속에서 울리는 다급한 속삭임이 그 포효를 삼켜버렸다. 그의 어머니 테티스의 목소리였다.

"아킬레우스, 조심하렴! 아폴론의 아들을 죽였다가는 아폴론의 손에 죽을 거야."

정말로 어머니가 그에게 말하고 있는 것인지, 아니면 오래전 어머니가 했던 말이 떠오르는 것인지 아킬레우스는 확신할 수 없었다. 아주 어릴 적부터 아킬레우스는 테티스에게 온갖 주의를 받았다. 위험, 복수, 덫, 선동, 금기, 금지된 것, 저주를 피하라고. 자식을 보호하려는 것이 어머니들의 본능임을 아킬레우스는 알고 있었다. 그렇다 해도 테티스는 대부분의 어머니보다 그 정도가 더

심했다. 그러니, 신의 아들을 죽이면 그 신의 손에 죽을 수도 있다고 아킬레우스에게 한 번은 경고했을 만도 했다. 그녀가 할 만한 말이었다. 아킬레우스는 두렵지 않았다. 머릿속에서 들리는 목소리를 억눌렀다. 그의 피가 뜨거워졌다. 이 거만한 섬사람이 그에게 호통치며 검을 휘둘러대는 꼴을 가만히 보고 있을 수가 없었다.

왼쪽으로 공격하는 척하다 오른쪽으로 사뿐히 움직인 다음, 앞으로 돌진하며 손목을 휙 비틀자 테네스의 검은 어느새 땅에 떨어져 있었다. 아킬레우스는 무기를 꺼낼 필요도 없었다. 그가 한 번더 손목을 휙 돌리자 테네스의 목이 부러지며 숨이 끊어졌다. 그의 누이는 비명을 지르며 달아났다.

한편, 아트레이데스*를 비롯한 왕족들은 테네도스섬을 떠나 이웃의 더 작은 섬 크리세에 가 있었다. 헤라클레스가 트로이의 라오메돈을 공격하기 전 제물을 태워 신들에게 바쳤던 그 섬에서 헤라클레스를 위한 제사를 지내기 위해서였다. 당시 헤라클레스와 함께 그 자리에 있었던 헤라클레스의 가장 충직한 추종자이자 멜리보이아의 포이아스왕의 아들인 필록테테스가 일행을 바로 그 장소로 안내했다.

필록테테스는 그 위대한 영웅이 죽어갈 때에도 곁을 지켰었다. 복수심에 불탄 켄타우로스 네소스의 셔츠에 묻은 독이 헤라클레스의 살을 파고들며 좀먹는 모습을 무력한 절망 속에 지켜보고만

---

* 아가멤논과 메넬라오스 형제의 통칭. '아트레우스의 아들들'이라는 뜻이다. 그리스의 귀족과 왕족은 서로를 그런 호칭으로 부르기를 좋아했다.

있었다.* 고통스러운 광기에 휩싸인 헤라클레스는 자신의 화장에 사용할 나무를 직접 뽑았다. 그가 장작더미에 불을 붙여달라고 간청했을 때 그의 친구들은 모두 뒷걸음질을 쳤다. 오로지 필록테테스만이 용기를 냈다. 죽어가던 헤라클레스는 고마워하며 자신의 활과 전설적인 화살들을 필록테테스에게 물려주었다. 필록테테스는 눈물을 글썽이며 횃불로 장작더미에 불을 붙이고, 헤라클레스의 거대하고 괴로운 영혼이 그의 거대하고 괴로운 육신을 떠나는 모습을 지켜보았다.†

일설에는 궁수의 신인 아폴론이 젊은 헤라클레스에게 직접 활을 하사했다고도 한다. 하지만 정말 중요한 건 화살이었다. 헤라클레스는 레르나 호수에 사는 머리 여럿 달린 물뱀 히드라의 독혈을 화살촉에 묻혔다. 그 후 여러 번의 대결에서 그 치명적인 화살들 덕분에 승리를 거두었다.‡ 헤라클레스가 죽은 후, 아니 올림포

---

* 『스티븐 프라이의 그리스 신화』 2권을 참고하라.
† 소포클레스의 비극 『필록테테스』에서는 필록테테스의 아버지 포이아스가 장작더미에 불을 붙인다.
‡ 그 대결이 너무도 잦았기에, 대체 화살이 얼마나 많았을까 하는 의문이 들게 된다. 헤라클레스는 몇 시간, 아니 심지어는 며칠 동안 히드라 옆에 무릎을 꿇고 앉아 화살촉에 독을 묻힌 모양이다. 그 뒤에 그 화살들로 해치운 적의 수가 어마어마하니 말이다. 흥 깨기를 좋아하는 일부 역사가와 해설가는 뱀의 독과 배설물을 섞어서 화살과 창에 발라 적을 빨리 죽이거나 천천히 그리고 악랄하게 전염시키는 것이 그리스인의 습관이었다고 주장한다. 그러니 헤라클레스도 히드라의 독을 바른 화살촉에만 의지한 것이 아니라 화살에 여러 번 독을 다시 발랐을 거라고 말이다. 나는 그렇게 믿고 싶지 않다. 치명적인 독혈은 히드라의 아버지 티폰(태초신 가이아와 타르타로스의 아들, 고대의 지하 괴물)과 직접 연관되어 있으며, 따라서 젊은 신 아폴론에게 살해된 뱀 피톤과도 연결되어 있다. 피톤이 살해된 장소인 피토는 후에 델포이라 불렸고, 그 신탁소의 여사제는 피티아라 칭해졌다. 헤라클레스에게 과업을 수행하도록 명한 것도 델포이의 신탁이었을 것이다. 티폰은 코스모스(우주)의 지배권을 놓고 제우

스의 불사신으로 승격한 후로 활과 화살을 엄격히 지켜오던 필록테테스는 헬레네를 아내로 삼기 위해 스파르타에 몰려든 지체 높은 구혼자들의 행렬에 이름을 올렸다. 그래서 다른 구혼자들과 함께 헬레네의 혼인을 지켜주겠노라고 맹세했었고, 그 맹세를 지키기 위해 함선 일곱 척을 끌고 아가멤논의 대규모 연합군에 합류했다.

그러나 필록테테스는 연합군에서 제대로 활약을 펼치기도 전에 화를 당하고 말았다. 오래전 헤라클레스가 제물을 바쳤던 곳으로 아가멤논 일행을 안내하다가 운 나쁘게도 독사를 밟아 그 송곳니에 발을 물린 것이다. 금세 발이 부어올라서 걷기도 힘들어진 그는 디오메데스의 부축을 받아 배까지 갔다. 그 배를 타고 함대로 돌아가야 했지만, 이때쯤엔 상처가 곪아서 끔찍한 악취까지 풍기고 있었다. 오디세우스는 아가멤논과 메넬라오스에게 저런 염증은 치료 불가능하며 함대 전체에 전염될 위험이 있다고 속삭였다. 아트레이데스는 필록테테스를 남겨두고 떠나기로 결정했다.

스와 맞붙은 적이 있었다. 제우스의 아들 헤라클레스는 가이아의 자식들인 거인족으로부터 올림포스와 신들의 파멸을 막는 숙명을 타고났으며, 티폰의 자식인 히드라의 독혈을 화살에 묻힘으로써 자신의 소임을 다했다. 비슷한 수법으로 티폰의 수많은 자식을 퇴치하고, 헤아릴 수 없이 많은 적을 무찔렀다. 그러고는 무슨 잔혹한 운명의 장난인지, 바로 그 독이 묻은 네소스의 셔츠로 그 자신도 고통스러운 죽음을 맞았다. 바로 그 화살의 운명이 트로이 전쟁의 향방도 결정하게 된다. 이처럼 히드라의 독은 그리스 신화라는 융단을 처음부터 끝까지 구불구불한 실처럼 누비고 다닌다. 그 마지막 쓰임으로 트로이 전쟁이 끝나고 올림포스 시대(신과 영웅의 시대까지)가 막을 내리게 되는 안타까운 대칭성은 자기 꼬리를 먹는 뱀 우로보로스를 상기시킨다. 어쨌든 티폰은 복수에 성공한 셈이다.

그리고 크리세섬은 너무 좁고 지내기 힘들다며,* 필록테테스를 배려한답시고 근처의 렘노스섬으로 그를 옮겼다. 인적 없는 황량한 섬†에 버려진 필록테테스는 다리를 절뚝거리며 울분을 터뜨렸다. 그가 끌고 왔던 일곱 척의 함선과 350명의 선원 겸 궁수는 소 아이아스의 이복형제 메돈의 휘하로 넘어갔다.

필록테테스는 그 후 10년 동안 렘노스섬에서 낫지 않는 상처로 고통받고 활과 독화살을 이용해 새와 짐승을 잡아먹으며 연명한다. 언젠가는 돌아올 테니, 그의 이름을 잊지 말기 바란다.

"자. 신호를 보내라. 내일 동이 트면 출발할 것이다." 아가멤논이 말했다.

갑판에서 갑판으로 함대 전체에 명령이 전해졌다.

"트로이!"

"트로이!"

"트로이!"

---

* 크리세섬('황금의 섬')은 로마 제국 시절에 해수면 상승으로 섬 전체가 물에 잠길 정도로 작았던 모양이다. 1960년대의 한 아마추어 고고학자는 바닷속에서 그 섬의 폐허와 신전을 찾았다고 주장했다.

† 소포클레스의 이야기에 따르면 그렇다. 이아손과 힙시필레 사이에 쌍둥이가 태어난 후 렘노스섬의 주민들은 다른 거주지를 찾아 떠났을지도 모른다(『스티븐 프라이의 그리스 신화』 2권을 참고하라).

일리움

그리스군의 도착

트로이의 높다란 탑들이 햇빛 속에 반짝이고 있다. 성벽에서 보초들이 소리를 지르고 뿔나팔을 분다. 아무리 용감한 자라도 공포에 떨게 만들 광경을 목격한 것이다.

저 멀리 서편에서, 바다와 하늘을 가르는 수평선이 검게 물들었다. 날마다 수평선에 감돌던 은은한 연무가 지금은 널따란 검은 띠가 되어 좌우로 끝 간 데 없이 뻗어 있다. 트로이 사람들이 지켜보는 사이 그 띠는 점점 더 두꺼워진다. 마치 포세이돈이 새로운 섬이나 새로운 대륙을 물 밖으로 밀어내고 있는 것처럼.

곧 그들은 그 검은 띠가 바닷물에서 솟아오르고 있는 거대한 절벽이 아니라는 사실을 깨닫는다. 믿기지 않을 만큼 어마어마한 수의 함선이 가로로 쭉 늘어서서 다가오고 있다. 몇 척이나 되는지 헤아리기도 어려울 정도다.

트로이인들은 언제든 전쟁을 치를 준비가 되어 있다. 달마다 방비를 철저히 해왔으니. 지독한 아카이아인들이 들이닥치리라는 건 트로이의 모든 이들이 알고 있었지만, 이런 규모의 함대에 이런 광경이라니…… 상상도 못 한 일이다.

뿔피리가 울리자마자 헥토르와 파리스가 성벽으로 올라온다.

"몇 척이나 될까요?" 파리스가 묻는다.

헥토르는 바다를 바라본다. 헬리오스가 전차를 끌고 나갈 수 있도록 그의 누이 에오스가 새벽의 문을 활짝 연 지 한 시간도 채 지나지 않았다. 이미 하늘 높이 올라간 태양의 신이 뿜어내는 햇살에 바닷물이 반짝거린다. 저 멀리 연무 사이로 햇빛을 받아 번득이는 뱃머리들과 돛대들과 선체들과 노들이 보인다.

"몇 척인지 셀 수 있을 만큼 곧 가까워지겠군." 헥토르가 말한다. "가자. 신들께 제물을 바친 다음…… 무장해야지."

그리스 함대가 도착할 때까지, 트로이인들이 제물을 준비해서 신들에게 바칠 때까지 기다리는 동안 우리가 생각해볼 문제가 한 가지 있다. 트로이인은 어떤 신들에게 제물을 바칠까? 그리스인과 같은 신들에게? 신들은 어느 진영의 편에 설지 결정했을까?

올림포스

신들은 전운이 짙어져가는 장관에 점점 더 흥분하기 시작했다. 아카이아인들이 전쟁 준비를 마치고 트로아스로 출항하는 모습은 흥미진진하고 신나는 구경거리였다.

올림포스 신들은 그들의 작은 인간 장난감들 사이에 벌어지는 거친 싸움을 즐긴다. 유한한 인간들의 전쟁에 전율한다. 곰 놀리기*의

---

* 쇠사슬로 묶어놓은 곰에게 개가 덤비게 했던 영국의 옛 놀이.—옮긴이

결과에 돈을 거는 엘리자베스 1세 시대의 귀족들이나 이스트 엔드의 격투장에서 제일 앞줄에 앉아 구경하는 섭정 시대의 귀족들이나 도심의 불법 케이지 격투기를 구경하는 월가의 은행가들처럼 신들도 인간들의 전쟁에 열광하고 몰입한다. 19세기의 젊은 귀족들은 진흙과 피 속에 구르는 평민들의 삶을 짧게나마 경험하는 그런 나들이를 '빈민굴 관광'이라 불렀다. 아찔한 폭력의 위협과 더러운 먼지의 오싹한 매력. 도박을 즐긴 귀족들처럼 신들도 각자 우승 후보를 점친다. 불멸의 존재들이 내기에 거는 것은 황금이 아니라 명예와 지위, 자존심이다. 또 도박꾼 귀족들과 마찬가지로 신들도 자기 마음에 들지 않는 자는 방해하고 자기가 응원하는 자는 편파적으로 돕는 것을 서슴지 않는다.

사냥과 활의 신 아르테미스는 바람을 잠재우고 아가멤논의 딸 이피게네이아의 희생을 요구함으로써, 그리스군을 아울리스 항구에 묶어두고 그들의 사기를 꺾었다. 이 신이 누구의 편인지는 쉽게 짐작할 수 있다. 아르테미스와 그녀의 쌍둥이 동생 아폴론은 트로이의 편에 서고, 그 후 수년 동안 트로이의 승리를 위해 애쓴다. 그들의 어머니인 고대의 티탄 신족 레토 역시 마찬가지다. 아프로디테는 파리스에게 불화의 사과를 받은 후로 쭉 당연히도 트로이의 편이었다(어쩌면 그전에 안키세스와 관계를 맺고 그의 아이 아이네이아스를 낳았을 때부터였는지도 모른다). 전쟁의 신이자 아프로디테의 연인인 아레스 역시 트로이의 편에 섰다.† 이 네

---

† 호메로스의 설명에 따르면, 아레스와 명백히 연관되어 있는 하급 신들도 트로이의 편에 선다. 예를 들면 포보스(공포)와 데이모스(불안)가 그렇다. 사실 그들은 전쟁에서 고조되는 인간 감정들이 의인화된 신에 불과하다. 황금 사과로 헬레네의 납치를

명의 올림포스 신은 트로이의 막강한 아군으로 활약한다.

아카이아군은 파리스에게 거부당한 앙금이 아직 남아 있는 헤라와 아테나의 지원을 기대할 수 있을 것이다. 아테나는 원래 디오메데스와 오디세우스를 각별히 아꼈으니 앞으로도 계속 그들을 지켜줄 것이다. 헤르메스 역시 오디세우스를 총애하지만,* 이 약삭빠른 전령 신이 가장 충성을 바치는 대상은 언제나 그의 아버지 제우스다. 바다의 통치자 포세이돈, 불과 대장장이의 신 헤파이스토스(그의 부정한 아내 아프로디테와 그녀의 연인 아레스가 트로이를 택했기 때문일 것이다)도 아카이아군의 편에 선다. 테티스는 당연히 아들 아킬레우스를 위해 그리스군을 지원한다.

하데스는 어느 쪽이 이기든 관심 없다. 새로운 망혼들이 그의 지하세계를 가득 채워준다면 그것으로 족하다. 그저 피비린내 진동하는 기나긴 전쟁이 되기를 바랄 뿐.

디오니소스는 적극적으로 간섭하지 않지만, 전쟁의 위기와 절정을 넘길 때마다 잔치가 흥청망청 벌어지고 병사들이 그를 위해 포도주를 쏟아붓고 광란의 춤을 추고 제물을 바치리라는 사실을 알고 있으니 흐뭇해한다.

풍요와 화로의 신 데메테르와 헤스티아는 어떤 종류의 전쟁이든 흥미도 없고 개입도 하지 않는다. 그들의 관심사는 집에 남겨

초래한 갈등과 불화의 신 에리스 역시 때때로 트로이 진영에 포함된다. 강의 신 스카만드로스는 당연히도 트로이의 편에 서서 가장 위대한 아카이아 전사를 처치하려 애쓴다.

* 앞서 언급했듯이, 오디세우스는 헤르메스의 아들 아우톨리코스의 딸인 안티클레이아의 아들이므로, 헤르메스의 증손자가 된다.

지는 여인과 아이들, 비통해하는 가족, 들판과 포도밭에서 힘들게 일하는 일꾼과 노예, 후방에서 가정을 지키는 이들이다.

하늘의 통치자이자 모든 신의 제왕인 제우스, 그는 어떨까?

제우스는 자칭 지혜롭고 인자한 방관자, 전쟁을 초월한 객관적 구경꾼이다. 심판이자 최고 중재자의 역할을 기꺼이 받아들인다. 그는 다른 올림포스 신들에게 전쟁에 개입하지 말라는 지시를 내리지만, 나중에 그들이 참견하는 것을 보고도 눈감아 준다. 그 자신도 주변의 설득에 넘어가 개입하고 만다. 그의 인간 딸인 헬레네는 전쟁의 도화선에 불을 붙인 장본인, 프로스케마proschema, 카수스 벨리casus belli†다. 그러니 제우스는 트로이의 편에 서지 않을까? 하지만 그는 아카이아 진영과도 인연이 있다. 그의 사랑하는 아들 헤라클레스는 틴다레오스를 스파르타의 왕위에 앉혔고,‡ 라오메돈 치하의 트로이를 약탈했다. 그의 또 다른 아들 아이아코스는 그리스 연합군의 가장 중요한 세 전사인 아이아스, 테우크로스, 아킬레우스의 할아버지다. 그 외에도 제우스의 수많은 후손이 그리스(그리고 트로이) 진영에 속해 있다. 하지만 그는 자신이 아주 훌륭하게 중립을 지키고 있다고 믿는다.

어떤 역사가들과 신화 기록가들은 제우스가 인류를 종말시키려고 고의로 트로이 전쟁을 개시했다는 주장을 펼치기도 했다. 세상에서 인류를 완전히 지워버리기 위해. 아니면, 점점 더 늘어나고 있는 인구를 줄이기 위해. 인간의 수가 많아지면서 그들을 통

---

† 전쟁의 원인이 된 행동이나 사건을 뜻한다.—옮긴이
‡ 『스티븐 프라이의 그리스 신화』 2권을 참고하라.

제하기가 어려워지고 있었으니 말이다. 야심만만하고 창의적이며 자기밖에 모르는 존재의 수가 무섭도록 불어나니, 불사신들조차 마음대로 그들과 관계를 맺거나 이종 교배를 하거나 운명을 휘두를 수가 없었다. 이런, 인간들은 신들만큼이나 제 권리를 누리는 교만한 존재가 되어가고 있었다. 그리고 신전 관리와 기도, 제사 같은 의무를 점점 게을리 했다. 그들은 제 분수를 잊고 있었다. 특히 제우스 자신이나 동료 올림포스 신들의 후손이 그랬다. 반신반인의 영웅들이 들끓는 세상은 위태롭고 위험하다. 헤라클레스는 올림포스를 구했지만, 또 다른 강한 영웅이 들고 일어나 주제 넘게 신들을 몰아내려 할지 모를 일이다.* 제우스는 할아버지 우라노스의 왕위를 찬탈한 아버지 크로노스를 추방했었다. 테티스가 낳은 아들이 위대한 인물이 될 거라는 예언이 폭로되자 그녀를 피하기도 했었다. 아킬레우스는 그 예언이 진실임을 증명해주고 있는 듯했다.

하지만 제우스에게는 그런 계획을 세우거나 추진해서 면밀히 계산된 성과를 얻어낼 만한 집중력이나 통찰력도, 세심한 관찰력도 없었다. 그는 개들을 화나게 만들어 서로 싸움을 붙이는 족속이나, 노예와 검투사를 업신여기며 모래에 스며드는 그들의 피에 흐뭇해하는 로마 황제 같은 타입이었다. 또한 꼭두각시 조종사도, 최고의 책략가도 아니었다. 배후에서 모든 것을 책동할 만한 인내심이 없었다. 형국을 살피고, 관자놀이를 꾹 누르며 깊이 분석하고,

---

* 벨레로폰도 올림포스로 올라가려 하지 않았던가. 『스티븐 프라이의 그리스 신화』 2권을 참고하라.

모든 공격과 역공을 내다보는 일은 그에게 전혀 즐겁지 않았다. 판을 크게 한 번 흔들어준 뒤 어떤 일이 벌어지는지 구경하는 것이 그의 방식이었다. 도화선에 불을 붙인 후 물러나버리는 것이다.

인간들이 서로 물고 뜯고 싸우도록 내버려둔 채.

트로이 진영

아카이아 원정군은 그리스 세계의 수많은 왕국과 섬과 지방에서 모여든 10만 명이 넘는 병사로 구성되었다. 그들에 맞서 트로이를 지키려는 적군은 어떨까? 이 전례 없는 위협을 상대할 자들은 성곽 도시 안의 백성밖에 없을까?

사실 트로이 연합군 병사의 면면도 아카이아군만큼이나 다양하다. 헥토르와 프리아모스는 북쪽의 마케도니아 파이오니아와 트라키아(오늘날의 불가리아)에서부터 남쪽의 아프리카 대륙에 이르기까지 트로아스와 그 너머의 이웃 국가들로부터 파견된 군대들로 연합군을 구성했다.『일리아스』제2권에는 좀 더 상세한 '함선 목록'과 함께 '트로이군 목록'도 등장한다. 전쟁이 진행되는 동안 아이네이아스 왕자가 다르다니아군†을 이끌고, 에티오피아의 멤논, 제우스의 아들인 리키아의 사르페돈, 아마존족의 여왕 펜테실레이아 역시 트로이 편에서 싸운다. 연합군의 다른 중요한

---

† 한 문헌에 따르면, 다르다니아인은 트로이 주변 시골에 살았던 원주민들로, 트로이 왕가의 작은 분가를 이룬 안키세스와 아이네이아스의 통치를 받았다.

전사들은 전쟁이 전개되면서 저절로 눈에 띌 것이다.

호메로스의 서사시를 보면 아카이아군은 모두 그리스어로 대화를 나누는 반면, 트로이군은 (그리스어를 알아듣고, 담판을 벌이거나 메시지를 주고받기 위해 적군과 몇 번 만날 때 그리스어로 말하긴 하지만) 수백 개의 언어로 '양처럼 매애 하고 울어대는' 동맹군들 때문에 곤란을 겪는 것처럼 보인다. 그래서 헥토르와 동료 장군들은 전장에서 명령을 전할 때 통역사들에게 의지할 수밖에 없다. 현대의 언어학자들은 트로이인들이 실제로는 히타이트족의 언어인 루비어를 사용했다고 주장한다. 나는 호메로스로부터 시작되어 그 후 셰익스피어와 거의 모든 극작가, 역사 소설가, 영화 제작가가 쭉 이어간 전통을 따를 것이다. 서로 다른 언어가 꼭 등장해야 하는 역사의 한 순간이 아니라면, 모든 인물이 서로의 말을 이해하고 똑같은 언어로 말하는 것이다.

사절단

그리스군의 지휘함은 미케네의 매끈한 검은색 펜테콘테로스로, 뱃머리가 화려한 색으로 칠해져 있었다. 이 지휘함에는 아가멤논의 고위 참모진이 타고 있었다. 이제 적국의 해안이 시야에 들어오자 아가멤논은 벌써부터 머리를 바쁘게 굴리며 상륙 거점을 궁리하고 첫 공격 계획을 세우고 있었지만, 필로스의 네스토르가 그를 자제시켰다. 더는 지체하고 싶지 않았던 총사령관은 방해받는 것이 언짢았지만, 그리스 세계에서 가장 지혜로운 인간으로 알려진 네스토르의 말이라면 언제든 귀를 기울일 필요가 있었다. 네스토르는 아가멤논의 측근 고문 가운데 가장 나이가 많았다. 아가멤논은 성질 급하고 충동적이고 완고한 면이 있기는 해도, 훌륭한 조언을 듣는 데 돈이 드는 것도 아니고 가끔은 큰 골칫거리가 해결되기도 한다는 사실을 알 만큼의 분별력은 있었다. 네스토르는 총공격을 개시하기 전에 해안에서 얼마간 떨어진 곳에 함대를 세워두고 배 한 척에 사절단을 태워 프리아모스왕에게 보내자고 아가멤논을 설득했다. 헬레네를 돌려보낼 마지막 기회를 주자는 것이었다.

"지금쯤은 저들도 봤을 거요. 그들을 향해 돌진하고 있는 전례 없는 규모의 군대를. 프리아모스왕은 분별 있는 자라 하니, 명예로운 양보의 가치를 잘 알 거요." 네스토르가 말했다.

메넬라오스와 오디세우스, 팔라메데스가 사절단을 이끌기로 했다.

"단, 헬레네를 돌려받는 것으로 끝내서는 안 되오. 우리가 전쟁을 준비하느라 쓴 비용도 있으니. 프리아모스는 우리에게 보물 창고를 열어줘야 할 거요." 아가멤논이 명령했다.

트로이의 망루에 있던 보초병들은 함대열에서 배 한 척이 떨어져 나와 홀로 해안을 향해 다가오는 것을 보았다. 그 돛대에는 평화의 신 에이레네의 흰 깃발이 펄럭이고 있었다. 트로이의 지혜롭고 믿음직한 고문 안테노르(아가멤논에게 네스토르가 있다면 프리아모스에게는 안테노르가 있었다)*가 이 사절단을 맞으러 나

---

* 호메로스 이후의 문헌에 따르면, 프리아모스왕의 먼 친척이기도 하다.

왔다.

새로운 소식을 기다리는 사이, 트로이 궁정에서는 의견이 분열되었다. 파리스가 분노하며 길길이 날뛰자 헥토르와 데이포보스는 아가멤논과 메넬라오스가 수작을 부리고 있는 거라고 프리아모스를 설득했다. 스파르타를 떠난 헬레네 때문에 격분한 척하지만, 실은 트로이를 공격하기 위한 구실에 불과하다고 말이다.

"아트레우스의 두 아들은 헬레네가 어떻게 되든 아무 관심도 없습니다. 그저 전리품을 원할 뿐이지요." 헥토르가 말했다.

"사절단의 말을 들어요! 그들의 말을 끝까지 들어봐요!" 카산드라가 말했다.

"형님의 말이 옳습니다. 오래전부터 그리스인들은 에게해 건너편에서 우리를 질투해왔으니까요." 데이포보스가 말했다.

"그들의 말을 들어요, 그러지 않으면 트로이는 멸망해요."

"저 작자들이 원하는 건 우리의 황금과 보물입니다."

"그들의 말을 들어요, 그러지 않으면 트로이는 불타버려요!"

"아무도 헬레네를 내게서 못 빼앗아가요." 파리스가 말했다.

카산드라는 눈물을 흘리기 시작했다. "헬레네를 돌려주지 않으면 우리 모두 죽어요! 이 방 안에 있는 사람들 전부 다."

"게다가 트로이만큼 방비가 잘되어 있는 도시는 없습니다. 트로이군만큼 전쟁 준비가 철저히 되어 있는 군대도 없습니다. 트로이는 난공불락입니다." 헥토르가 말했다.

"일단은 사절단을 맞아서 그들이 하는 말을 들어보자꾸나." 프리아모스가 말했다.

헬리오스가 서쪽 지평선 밑으로 사라질 무렵, 사절단을 태운 배가 트로이의 해안에 닻을 내렸다. 오디세우스와 메넬라오스, 팔라메데스는 시종들을 거느리고 작은 거룻배로 해안에 상륙했고, 안테노르는 가식 없는 정중함으로 예의를 차려 그들을 맞았다. 사절단은 호위를 받으며 일리움 평원을 가로질러, 스카만드로스강을 건너고, 높다란 스카이아 성문을 지나 도시로 들어간 뒤 프리아모스의 궁으로 안내받았다. 트로이인들이 거리 양쪽 가장자리에 죽늘어서서, 지나가는 그들을 말없이 지켜보았다. 메넬라오스의 뛰어난 용모가 눈에 띄었다.

"하지만 파리스 왕자님하고는 상대가 안 돼." 여인들은 숙덕거렸다.

"그나저나 대단한 비밀이라도 아는 것처럼 싱글거리고 있는 저 남자는 누구지?" 이타카의 오디세우스라고 속삭이는 소리가 퍼지자 어떤 이들은 픽 하며 야유를 보냈다. 그의 이중성과 교활함은 트로이에까지 알려져 있었다.

프리아모스와 헤카베는 위엄을 갖추어 엄숙하게 그리스 대표단을 맞았다. 트로이의 왕자들은 정중하면서도 차가웠다. 파리스와 헬레네는 나타나지 않았다. 연회와 연주와 형식적인 칭찬과 찬양 시를 대접받은 후 그리스 사절단은 안테노르의 집으로 자리를 옮겨 그곳에서 밤을 보냈다. 다음 날 아침 궁으로 돌아가 공식적인 논의를 시작할 예정이었다.

"내 집에 잘 오셨소. 단잠에 드시길 바라오. 내일 우리의 회담이 성공적으로 끝나기를 신들에게 기도합시다." 안테노르가 말했다.

한편 궁에서는 프리아모스가 헬레네의 방을 찾았다.

"파리스는 여기 없는가?"

"그이는 계획을 세우고 있답니다. 메넬라오스와 오디세우스가 전하에게 저를 넘겨달라고 할까 봐 걱정하고 있지요." 헬레네가 답했다.

"바로 그것을 물으러 왔다. 그대는 진정 이곳에 머물고 싶은가?"

"파리스는 제 남편이고 여기가 저의 집입니다."

"메넬라오스와 함께 스파르타로 돌아가고픈 마음은 추호도 없고?"

"전혀 없습니다."

"그렇다면 됐다."

사실 파리스는 궁에서 몰래 빠져나가 안티마코스의 집으로 갔다. 명문가 출신이지만 가난하기 짝이 없는 조신 안티마코스는 갚지도 못할 만큼 많은 빚을 파리스에게 졌다. 프리아모스는 트로이 협상단의 대표를 안티마코스에게 맡겼다.

파리스는 그의 손에 황금을 쥐어주었다. "그대가 내게 진 빚은 없었던 일로 합시다. 그뿐 아니라 앞으로 더 많은 황금을 주겠소."

"그 대신 왕자님이 제게 바라는 것은 무엇인지요?" 안티마코스가 물었다.

"아카이아인들의 거짓말과 헛된 약속에 속아 넘어가지 않도록 우리 트로이의 협상단을 잘 설득해주시오. 그리고 만약 지금 안테노르의 집에 잠들어 있는 아카이아의 개들이 그들의 배로 살아 돌아가지 못한다면, 그대는 지금껏 보지도 꿈꾸지도 못한 금을 만지게 될 거요."

메넬라오스는 트로이에 있는 것이 고역이었다. 헬레네를 지척에 두고도, 외교적 의례 때문에 어쩔 수 없이 입을 다물고 성질을 죽이고 있어야 했다. 잠을 청하며 침대에 누웠을 때, 그는 안테노르의 집을 몰래 빠져나가 궁으로 갈까 하는 생각도 했다. 꽤씸한 파리스가 그의 사랑하는 아내 옆에 누워 있는 꼴을 본다면 그 겁쟁이의 목을 따버리리라. 아니, 주먹으로 때려 죽이리라. 때리고 때리고 또 때려서…… 파리스의 예쁘장하고 건방진 얼굴을 무자비하게 두들겨 패서 곤죽으로 만들어놓는 달콤한 상상을 하고 있는데, 문을 다급하게 쾅쾅 두드리는 소리에 그는 움찔하며 깨어났다.

안테노르는 베테랑 조신이었다. 조신은 첩자와 정보원을 잘 활용하지 않으면 베테랑이 될 때까지 살아남지 못한다. 안테노르의 첩자들은 안티마코스의 집까지 파리스를 미행해, 그리스 사절단을 해치기 위한 그의 음모를 낱낱이 엿들었다.

"우리 사람들이 그런 짓을 꾸미다니 여러분을 볼 낯이 없구려." 안테노르는 메넬라오스 일행을 재촉해 복도로 데리고 나가며 말했다. "우리 모두 다 그렇게 표리부동한 인간은 아니랍니다. 하지만 여러분이 도시 안에 머무는 건 더 이상 안전하지 않소. 어서 나와 함께 갑시다."

어둠을 틈타 안테노르는 그리스인들을 그들의 배로 다시 데려갔다.

그들이 지휘함에 도착하여 파리스의 그리스 사절단 살해 음모를 전하자 아가멤논은 분통을 터뜨렸다. 그러나 내심으로는 쾌재를 불렀다. 트로이와의 전면전은 지금껏 어떤 인간도, 이아손도, 페르세우스도, 테세우스도, 심지어 그 위대한 헤라클레스도 누리지 못한 크나큰 영광을 그에게 가져다주리라. 황금과 보물과 노예와 불후의 명성. 어쩌면 신들이 그를 올림포스로 불러주지 않을까. 차마 그 자신에게도 솔직하게 인정할 순 없었지만, 만약 평화 협정이 성공했다면 그는 크게 실망했을 것이다.

사절단의 실패로 얻은 이득이 또 하나 있었다. 파리스가 흉계를 꾸몄다는 소식이 들불처럼 함선들 사이로 쫙 퍼져 나가면서, 모든 아카이아 병사들의 마음을 분노로 가득 채워놓았다. 끝이 보이지 않던 전쟁 준비와 처음부터 그들의 진영에 연이어 드리웠던 불길한 징조로 활력과 사기가 떨어져 있던 병사들은 트로이의 이 배신 행위를 확인하고는 전의를 불태우며 이 침공에 목숨을 바치리라 다시 한번 다짐했다.

트로이 해안에 상륙하다

다음 날 아침 동이 트자 아가멤논은 함대에 출발 신호를 내렸다. 병사들이 허리를 굽혀 노를 저었고, 함대는 앞으로 나아갔다.

각 함선의 뱃머리에는 밝은색으로 칠한 선수상이 조각되어 있었다. 아가멤논의 지휘함에는 하늘의 왕비 헤라의 머리가 도도한 냉소를 지으며 앞을 쏘아보고 있었다. 다른 함선들은 그들의 왕국이나 지방을 대표하는 신의 얼굴을 달고 있었다.

쉬익 하고 거품을 일으키며 모래밭으로 올라오는 1,000여 척의 배, 그 뱃머리에서 씩 웃거나 노려보거나 인상을 쓰고 있는 조각상들을 떠올려보라. 수만 명의 전사들이 검으로 방패를 두드리며 지르는 함성을 떠올려보라. 벌써부터 간담이 서늘해지지 않는가.

하지만 빛나는 갑옷을 입고 전차에 탄 헥토르는 늠름한 위용을 떨치며 트로이군을 도시 밖으로 이끌고 나갔다. 스카만드로스강에 걸쳐진 다리를 건너고, 그리스 침략군을 향해 돌진하며, 병사들에게 독려의 말을 외쳤다.

아가멤논의 지휘함이 해안으로 쭉 미끄러지며 멈춰 서더니 뱃고물에서 돌닻을 내렸다. 아킬레우스가 뱃머리의 꼭대기로 올라갔다.

"나를 따르라." 그는 이렇게 외치며, 검으로 모래언덕을 가리켰다. "해가 지기 전에 도시 안으로 들어간다."

그때 아가멤논은 갑옷을 챙겨 입던 중이었다. 적지에 상륙한 이 웅대한 순간 남이 선수 쳐서 주목을 받아버리다니 약이 올랐다. 그가 아킬레우스의 명령을 취소하려는 찰나, 예언자 칼카스가 아킬레우스에게 멈추라고 소리쳤다.

"트로이의 흙을 제일 먼저 밟는 자는 살해당할 것이오. 그자가 바로 그대라면, 펠레이데스여,* 우리는 전쟁을 시작하기도 전에 지고 말 거요." 그가 말했다.

"내 이름에 걸린 예언은 한 해의 날수보다 더 많답니다. 난 두렵지 않습니다. 게다가, 이건 흙이 아니라 모래밭 아닙니까." 아킬레우스는 예언자의 말을 무시했다.

---

* '펠레이데스'는 '펠레우스의 아들'이라는 뜻이다. 나는 이런 형식의 호칭을 자주 사용하지 않을 것이다. 호메로스를 비롯해 트로이 전쟁을 노래한 많은 시인은 모든 영웅을 그런 식으로 부른다. 그래서 디오메데스는 티데데스(티데우스의 아들), 오디세우스는 라에르티데스(라에르테스의 아들)가 된다. 앞서 말했듯이, 아가멤논과 메넬라오스는 아트레이데스다.

하지만 예언대로 그가 죽을지 아닐지 아킬레우스로서는 알 길이 없어졌다. 그가 배에서 뛰어내리기도 전에 뒤에서 어떤 이가 크게 부르짖었다. "내가 제일 먼저 나가 싸우겠다!"

한 청년이 배에서 휙 뛰어내렸다.

"저자는 또 누구지?" 아가멤논이 호통을 쳤다.

청년은 고개를 돌려 활짝 웃으며 손짓으로 나머지 병사들을 불렀다. 그는 필라케에서 파견된 부대를 이끄는 이올라오스*였다.

씩씩하고 자신만만한 청년의 모습은 다른 병사들의 마음을 움직였다. 그들은 이올라오스를 따라 함선에서 우르르 내리며 서로의 사기를 북돋았다. 눈 깜짝할 새 해안을 가득 메운 그리스 전사들은 방패를 두드리며 외쳤다. "헬라스! 헬라스! 그리스! 그리스!" 그들은 모래언덕을 줄지어 올라가 이올라오스를 따라서 평원으로 들어갔다. 전쟁이 시작되었다.

이올라오스는 그리스군 선발대를 막기 위해 평원에 모여 있던 트로이군 대열로 몸을 던졌다. 그는 네 명을 죽이고 십수 명에게 부상을 입혔다. 그런데 어느덧 주변의 적군들이 사라지더니, 그의 앞에는 키 큰 전사 한 명만 서 있었다. 투구로 얼굴을 가렸지만, 트로이 병사들이 "헥토르!"라고 외치는 소리를 듣고 이올라오스는 그의 상대가 누군지 확실히 알았다. 그는 맹렬히 싸웠지만 헥토르의 기량과 힘은 당해낼 재간이 없었다. 헥토르는 검을 몇 번 휘두르고, 거짓 동작으로 속이고, 공격을 받아넘기더니 순식간에

---

* 헤라클레스의 조카와 동명이인이다. '함선 목록'에는 그가 마흔 척의 배를 끌고 왔다고 기록되어 있다.

이올라오스를 쓰러뜨려 즉사시켰다. 트로이 땅을 제일 먼저 밟는 아카이아 병사는 죽는다는 칼카스의 예언이 이로써 실현되었다.

이올라오스의 휘하에 있던 필라케 병사 중 두 명이 그의 시신을 끌고 그리스군 진영으로 돌아가기 시작했다. 헥토르는 그들을 그냥 보내주었다. 그는 용기를 중시했고, 무엇보다 관습을 존중했다. 죽은 자의 주검을 고국의 사람들이 정화한 뒤 불태우거나 매장할 수 있도록 넘겨주는 것이 그리스인들에게도 트로이인들에게도 아주 중요한 관례였다. 주검이 땅 위에서 썩는 것만큼 전사들에게 불명예스러운 일은 없었다. 그런 신성모독은 양쪽 진영 모두에게 치욕이었다. 수년 동안 매섭게 몰아치는 전쟁이라도 입에 담지 못할 폭력적이고 야만적인 행위, 잔혹하고 무자비한 유혈 사태가 당연시될지언정 관습과 의례는 꼭 지켜졌고 그 중요성은 아무리 강조해도 지나치지 않다. 시간이 흐르면 그 이유를 자연스레 알게 된다.

이 순간부터 이올라오스의 이름은 프로테실라오스('제일 처음 나서는 자')가 되었다. 전쟁이 끝난 후에도 대로 오랜 세월 동안 그리스 세계 곳곳에 그를 기리는 사당과 조각상이 세워지고 사람들이 그를 숭배했다. 그의 동생 포다르케스†가 필라케의 함선 마흔 척에 대한 지휘권을 이어받았다.

프로테실라오스의 시신이 그리스 진영으로 안전하게 옮겨진 뒤 본격적인 전투가 시작되었다. 그 중심에는 아킬레우스와 헥토

---

† 포다르케스는 프리아모스의 원래 이름이기도 해서 헷갈리기 쉽다. '두 발로 돕다', '구하러 달려가다', '발이 빠르다'라는 뜻의 이름이다. 호메로스는 이 이름을 다양하게 변형하여, 그 누구보다 빨리 달렸던 아킬레우스의 별칭으로 사용한다.

르가 있었지만, 전장에서 가장 무시무시한 용사로 금세 두각을 나타낸 자는 키크노스라는 트로이인이었다. 그는 사나운 짐승처럼 포효하며 뛰쳐나가 왼손으로는 도끼를, 오른손으로는 검을 휘둘렀다.

"나는 포세이돈 님의 아들 키크노스다. 창으로도, 검으로도, 화살로도 내 몸을 뚫지 못한다." 그는 이렇게 외쳤다.

그의 활약으로 전세가 역전되기 시작했고, 그리스는 트로이와 제대로 붙어보기도 전에 패색이 짙어 보였다. 키크노스는 그야말로 천하무적 같았다. 테우크로스의 화살은 그의 몸에서 튕겨 나갔고, 아이아스의 창도 그를 스쳐 지나갔다. 겁이라고는 없이 그저 싸움 자체에 희열을 느낀 아킬레우스는 방패를 치켜든 채 와 하고 크게 소리 지르며 키크노스에게 곧장 달려들었다. 느닷없이 돌진해 오는 힘에 밀리고 얼굴을 방패에 강타당한 키크노스는 땅으로 쓰러졌다. 아킬레우스는 곧장 그의 몸을 타고 올라가, 쓰러진 남자의 투구 끈을 움켜잡고 점점 더 세게 비틀어서 그의 목을 졸라 숨통을 끊어놓았다. 그의 살갗은 뚫을 수 없을지 몰라도, 여느 인간처럼 그도 숨은 쉬어야 했다.

포세이돈은 아카이아군의 편에 서긴 했지만, 그의 아들인 키크노스를 잊지는 않았다. 키크노스는 몸에서 마지막 숨이 빠져나가자마자 흰 백조로 변해 전장 위로 높이 올라갔다. 그러고는 서쪽으로, 트로이를 떠나 저 멀리로 날아가 버렸다.* 트로이군은 이를

---

* 영어 단어 '시그닛(cygnet, 백조의 새끼)'에 그 흔적이 남아 있듯이, 키크노스는 '백조'라는 뜻이다. 파에톤의 연인도 키크노스라는 이름을 갖고 있었는데, 그 역시 백조로 변했다. 파에톤의 죽음을 슬퍼하는 그를 신들이 가엾게 여겼기 때문이다.

계시로 받아들이고 몸을 돌려 그들 도시의 성소로 달아났다.

아가멤논은 그들을 추격하지 말라는 명령을 내렸다. "시간은 충분하오. 이제 저쪽의 병력도 파악했겠다, 먼저 우리 전사자들을 잘 보내주고, 신들에게 제물을 바치고, 철저히 대비해둡시다."

전열을 갖추다

아카이아군 함대는 해안을 따라 드문드문 늘어선 성긴 대열을 계속 유지할 수는 없었다. 중앙의 지휘함들에서 양쪽이 잘 보이지 않았고, 트로이군의 기습 부대에 허를 찔리기 쉬웠다. 하지만 함선들끼리 가까이 붙어 있으면 훨씬 더 취약해졌다. 특히 불에. 해전 경험이 많은 아가멤논은 함선들이 줄지어 있으면 불타는 역청이나 기름에 쉽게 당할 수 있다는 사실을 잘 알고 있었다. 불은 무서운 속도로 번져 함선들을 차례차례 휩쓸어버릴 수 있다. 아가멤논은 각 파견 부대에게 안전한 작은 만을 찾아 최대한 깊숙이 들어가거나 아니면 바다로 멀리 나가 있으라는 지시를 내렸다. 계류 선박들에는 스물네 시간 파수병들이 서 있었다. 보초를 서다가 잠드는 병사는 처형당했다.

이제 방책을 칠 차례였다. 뾰족하게 깎은 말뚝들을 밖으로 향하도록 세워놓으면 그 뒤편에서 안전하게 야영할 수 있었다. 물론 임시방편이었다. 기껏해야 1~2주면 트로이를 함락할 테니까. 하지만 날림 공사를 할 이유는 없었다. 에게해의 물결은 대개 호수처럼 부드럽게 찰랑거렸지만, 동풍의 신 에우로스는 심사가 꼬이면 파괴적인 위력으로 휘몰아치기도 했다. 아가멤논의 지휘함과 중요한 수장들이 탄 함선들만 방책 가까이에 남아 있을 예정이었다. 노예와 하인, 종군 상인, 공예가, 사제, 요리사, 목수, 악사, 춤꾼 등 중요한 민간인들을 태운 보급선들은 필요에 따라 바다와 육지 사이를 오갈 수 있었다.

네스토르와 오디세우스는 함선에서 함선으로, 함선에서 해안으로, 해안에서 해안으로, 해안에서 선박으로 메시지를 전달할 때 사용할 박수, 뿔피리, 깃발, 불 등의 기본적인 신호 언어를 고안했다. 고위 장군과 그들의 수행원이 지낼 막사가 지어졌다. 이 작은 진지가 더 커질 필요는 없었다. 전쟁은 금세 끝나버릴 테니까.

아가멤논은 만족했고, 사기는 충만했다.

일리움 평원 건너편의 저 위대한 도시는 어떤 공격이든 격퇴하고 어떤 포위 작전이든 견뎌낼 준비가 되어 있었다. 지난 한 해 동안 프리아모스와 헥토르는 트로이의 강력한 성벽을 더욱 보강하고, 그물 조직 같은 비밀 터널들과 내륙 수로를 팠다. 강뿐만 아니라 터널을 통해서도 연안항과 교역소에 닿을 수 있었다. 그러므로 식량 보급이 차단되어 항복해야 할 위험은 없었다. 성곽 위의 감시병들은 360도의 시야를 확보해 주변의 땅을 살피고 적군의 도착을 경고할 수 있었다.

성벽 안의 모든 가정에는 사람 키만 한 대형 피토스(항아리)가 세 개씩 보급되었다. 곡식과 기름, 포도주를 채운 피토스 하나만으로도 소가족과 그 하인들과 노예들은 1년을 버틸 수 있었다. 상하 귀천 없이 투지와 유대감으로 똘똘 뭉친 트로이 시민들은 도시와 왕실에 흔들림 없는 충성을 바치고, 원수를 증오했다.

프리아모스는 만족했고, 사기는 충만했다.

교착상태

자신만만한 원정군과 자신만만한 수비군이 동등한 수준의 기술과 자원, 전술 정보로 무장하고 있을 때 전쟁의 양상이 금세 지독한 교착상태에 빠질 수 있음을 우리는 비교적 최근의 역사를 통해 잘 알고 있다. 양 진영이 금방 결판 나리라 믿는 전쟁도 수개월, 수년까지 늘어질 수 있음을 잘 알고 있다. 어쩌면 그리스군과 트로이군은 이 불쾌한 진실을 제일 먼저 마주한 사람들일지도 모른다.

아가멤논과 휘하의 장군들은 포위 공격을 하기에는 트로이의 영토가 너무 넓고 한 번의 대결전으로 꾀어내기에는 트로이군이 너무 현명하다는 사실을 곧 깨달았다.

그렇게 몇 달이 흘렀다. 병사들은 노래 부르고 제사를 지내고 경기를 하며 첫 해를 보냈다. 그런 다음 또 한 해가 지났다. 그리고 또 한 해. 프로테실라오스가 트로이 땅에 처음 발을 디딘 후 본격적인 교전이 시작될 때까지 무려 9년이나 교착상태가 지속되었다. 먼저 움직이면 약점이 생긴다는, 즉 체스에서 '추크츠방zugzwang'*이라 부르는 곤란한 상황에 직면하게 되리라는 두려움

---

* 자기에게 불리하게 말을 움직일 수밖에 없는 판국.—옮긴이

때문이었다.

이 시기를 지나며 아카이아군의 방책은 자연스레 점점 더 커지고 튼튼해졌다. 방책 안의 병영에는 비바람을 막아주는 막사나 보급로가 늘어나, 마치 하나의 마을이 새로 생겨난 듯했다. 임시변통으로 만든 시장, 술집, 사당은 그리스에서 보던 것들과 크게 다르지 않았다. 함선들과 방책 사이에 이어져 있는 통로는 때때로 방치되거나 회합 장소로 쓰이다가, 급기야 민간 도로와 거리, 광장을 닮아가기 시작했다. 곧 이름까지 붙었다. 코린토스 애비뉴. 테살리아 거리. 테베 도로. 이 상태가 영원히 끝나지 않을 것만 같은 분위기였다.

단 한 번의 의도적인 설계로 이 복잡하고도 거대한 병영이 건설된 것은 아니다. 병사들의 요구가 서서히 늘어나면서 그런 정교한 복합체가 탄생한 것이다. 그리스군 진영은 마치 신경중추, 정맥, 동맥, 배출구를 모두 갖춘 하나의 살아 있는 유기체 같았다. 그리고 여느 살아 있는 유기체처럼 지속적으로 자양분을 공급받아야 했다.

트로이 도시 자체는 난공불락일지 몰라도, 아킬레우스, 디오메데스, 오디세우스, 아이아스, 메넬라오스 같은 장수는 병사를 이끌고 나가 주변의 시골 지역을 습격하여 샅샅이 뒤지고 약탈했다. 포도주, 곡식, 가축, 여자 노예, 이 모두를 쉽게 손에 넣을 수 있었고 그 덕분에 대규모의 병영을 유지할 수 있었다. 9년 동안 트로이 전쟁은 약탈전에 더 가까웠다.

이런 습격은 미르미돈족의 특기였다. 호메로스는 9년 동안 미르미돈족이 아킬레우스의 집요하고 무자비한 지휘 아래 스무 곳이상의 도시와 해안 마을을 노략질했다고 이야기한다. 그중 한 건의 습격은 지대하고도 치명적인 결과를 불러오게 된다. 곧 그 일이 닥치겠지만, 우선은 이 정체기 동안 일어난 몇몇 중요한 사건부터 짚어보자.

팔라메데스

오디세우스의 거짓 광기를 꿰뚫어 봤던 아가멤논의 사촌 팔라메데스를 기억하는가? 두 남자 사이에는 증오의 감정밖에 없었다. 오디세우스는 앙심을 품고 찬찬히 복수의 기회를 엿보고 있었다. 아가멤논이 오디세우스를 북쪽의 트라키아로 파견하면서 배에 한가득 곡식을 실어 오라는 지시를 내렸을 때 둘의 갈등은 절정으로 치달았다. 오디세우스가 초라한 양의 올리브유와 시큼한 포도주만 싣고 돌아오자, 팔라메데스는 오디세우스의 부하들 앞에서 그를 조롱했다.

"위대한 이타카인, 최고의 지략가, 총명한 오디세우스, 지혜롭고 경이로운 오디세우스여. 참으로 믿음직하군요. 역시 수완이 대단하시오."

오디세우스는 치밀어 오르는 울화를 애써 누르며 차갑게 답했다. "지력과 기발함으로 치자면 그대를 따를 자가 없지 않소. 그대라면 나보다 더 잘해냈을 거요."

팔라메데스로서는 예상치 못한 반격이었다.

"당연한 소리. 누구나 그럴 거요. 창을 흔들어대는 트라키아의 야만인들이 무서워서 도망치지만 않는다면."

"증명해보시오."

오디세우스에게는 무척 유감스럽게도 팔라메데스는 정말로 자신의 능력을 증명해 보였다. 배 한 척을 몰고 나가서는 단 몇 주만에 양질의 곡식과 과일을 넘칠 듯이 실어 왔다.

그 후 수개월 동안 오디세우스는 겉으로는 유쾌한 태도를 유지하면서도 속으로는 애를 태우며 복수의 방법을 궁리하고 또 궁리했다. 팔라메데스는 일반 병사에게 인기가 많았다. 특히 모든 부대에 열풍을 일으킨 주사위와 보드 게임을 발명했기 때문이었다.

어느 날 저녁, 미케네 병사 한 무리가 아가멤논을 찾아왔다. 그리스 진영에서 트로이군 첩자의 시신이 발견되었다는 것이었다. 시신을 뒤졌더니, 프리아모스왕이 팔라메데스에게 쓴 것처럼 보이는 편지가 발견되었다.

"그대가 일러준 정보는 우리 트로이에게 대단히 큰 도움이 되었소. 그대에게 보낸 황금은 약소하지만 감사의 표시라오."

팔라메데스는 두 손을 묶인 채 아가멤논 앞으로 끌려왔다. 편지를 보자 그는 웃으며 모든 내용을 부인했다.

"참으로 천박하고 뻔한 함정입니다. 우리 진영에 혼란을 야기하려는 트로이의 책략이거나, 나의 적들이 나를 모함하려 꼴사나운 수작을 부리고 있는 거예요."

"동감이오." 오디세우스는 동정하듯 고개를 끄덕이며 말했다. "우리 사이가 썩 좋지는 않지만 말이오, 팔라메데스, 난 그대가 이런 비열한 배신을 저지를 자라고 생각한 적은 단 한 번도 없소."

팔라메데스는 고개를 숙였다. 뜻밖의 사람으로부터 지지를 얻다니, 조금 놀랍고 당혹스러웠다.

"그건 그렇소만, 인장은 분명 프리아모스의 것이오." 아가멤논이 말했다.

"후, 그거야 쉽게 위조할 수 있지요. 설령 프리아모스의 인장이 맞는다 해도 트로이의 속임수일 수 있으니, 팔라메데스가 배신했다는 증거는 될 수 없습니다. 아마 우리의 벗은 결백할 겁니다. 설마 황금을 받고 기밀을 팔았겠습니까." 오디세우스가 말했다.

"그야 곧 밝혀지겠지. 팔라메데스의 막사를 수색하면 될 일." 메넬라오스가 말했다.

오디세우스는 불만스러운 표정으로 고개를 저었다. "그렇게 동료를 의심하는 듯한 조치를 취했다가는……."

"실컷 뒤져보라 하시오. 난 숨길 것이 하나도 없으니." 팔라메데스가 말했다.

팔라메데스의 막사 바로 뒤편에 잔뜩 묻힌 트로이의 황금이 발견되자 모든 이들이 충격과 혐오감에 빠졌고, 특히 오디세우스는 무척 고통스러워했다.

아가멤논은 돌팔매 처형을 선고했다. 팔라메데스는 결백을 주장하며 죽어갔는데, 생애 마지막으로 목격한 광경은 그에게 더 큰 고통을 안겨주었다. 오디세우스가 고개를 저으며 못마땅한 듯 슬픈 표정으로 입술을 오므리고 있다가, 다른 이들에게는 들키지 않도록 팔라메데스에게만 몰래 활짝 웃으며 의기양양하게 한쪽 눈을 찡긋하는 것이 아닌가.

에오비아섬으로 소식이 날아들었고, 팔라메데스의 아버지인 나우플리오스왕은 자신의 아들이 극악무도한 반역죄를 저질렀을지도 모른다는 생각에 몸서리를 쳤다. 하지만 그의 또 다른 아들 오이악스는 팔라메데스가 모함에 당한 거라고 아버지를 설득했다. 그의 인기와 뛰어난 재주는 아가멤논, 메넬라오스, 오디세우스, 디오메데스와 같은 오만한 일당에게 눈엣가시였을 거라고 말이다.* 그 추악한 음모의 중심에는 분명 오디세우스가 있었으리라. 이타카에서 미친 척 얄팍한 수작을 부리다가 팔라메데스에게 간파당한 것을 잊지 않고 앙심을 품었을 테니까. 아니면, 트라키아 습격에 성공하여 그에게 무안을 준 팔라메데스가 미웠거나.

드넓은 에게해 건너 저 멀리 트로아스에서 벌어진 일이니, 나우플리오스도 오이악스도 팔라메데스의 죽음에 보복할 방법이 없었다. 지금 당장은. 하지만 포세이돈의 아들인 나우플리오스는 오디세우스만큼이나 참을성 있게 때를 기다릴 줄 알았다.

트로일로스와 크레시다

교착상태가 이어지던 이 기간에 벌어진 또 다른 사건의 주인공 트로일로스와 크레시다의 이야기는 호메로스나 베르길리우스뿐만 아니라 훨씬 더 후대에 살았던 두 명의 위대한 영어권 시인도 불후의 작품으로 남겨놓았다. 바로 초서와 셰익스피어다. 그들은 고대와 중세의 문헌들에 그들 자신의 상상력을 결합했다.

---

* 이후 사람들은 팔라메데스가 주사위와 보드 게임뿐만 아니라, 베타(b)와 타우(t)를 제외한 그리스 문자의 모든 자음을 '발명'했다고 믿었다. 수학을 싫어하는 학생들은 파이와 시그마를 만들어낸 그가 미울 수도 있겠다.

최초의 가장 단순한 버전에서 트로일로스는 프리아모스와 헤카베의 막내아들이다. 외모가 아주 뛰어난 이 10대 소년은 전쟁 초반의 소규모 전투에 적극적으로 참여하고 싶어 하지만, 트로일로스가 스무 살까지 살면 트로이는 절대 그리스에 패하지 않는다는 예언 때문에 가족의 만류로 전장에 나가지 못한다. 트로이인들은 어떻게든 트로일로스를 그 나이까지 지켜 도시의 안전을 확보하려 애쓴다.† 그들에게는 안타까운 일이지만, 아테나가 이 예언의 내용을 아킬레우스의 귀에다 속삭여주고, 아킬레우스는 누나 폴릭세나와 함께 밖으로 나와 말을 타고 있던 트로일로스를 기습 공격한다. 남매는 아폴론 신전으로 달아난다. 아킬레우스는 성소의 예절 따위는 무시하고 신전 안까지 뒤쫓아 들어가 트로일로스의 목을 벤 후 광기 어린 살의로 시신을 마구 훼손한다. 폴릭세나는 살려둔다. 그들은 서로의 눈을 들여다본다. 그들 사이에 통하는 무언가가 있는 듯하다. 이 감정 때문에 아킬레우스는 훗날 위기를 맞는다.

트로일로스의 잔혹한 죽음은 아폴론이 더욱더 확고하게 그리스를 적대하고, 특히 아킬레우스를 증오하게 되는 결정적인 계기가 되었다. 올림포스 신들은 자신들의 성지에서 그런 신성모독이 범해지는 꼴을 그냥 보아 넘기지 못한다.

---

† 트로일로스라는 이름은 트로이를 창건한 왕들의 이름인 트로스와 일로스의 결합으로 볼 수 있다. '작은 트로이'를 뜻하는 약칭, 혹은 '트로이'와 동사 '루오'의 결합으로 해석하는 이들도 있다. '루오'는 '파괴하다', '녹이다', '해체하다' 등의 의미를 지니고 있으며, 중간태(그리스어 특유의 동사 형태로, 능동과 피동의 중간에 있는 태를 말한다)로는 '몸값을 지불하다'라는 뜻이다.

좀 더 나중에 나온 이야기들에는 낭만적인 요소가 더해진다. 여기서도 트로일로스는 여전히 어리고 아름다운데, 아가멤논의 예언자인 칼카스*의 딸 크레시다와 사랑에 빠진다. 원수와의 금지된 사랑은 트로이의 조신인 판다로스의 격려와 도움으로 꽃을 피운다. 호메로스는 판다로스를 지조 있고 용감한 지도자로 그린다(신들의 개입에 쉽게 휘둘리는 면이 있기는 하지만). 초서의 작품에서 그는 삼촌처럼 상냥한 사랑의 중개자로 등장하지만, 셰익스피어는 그를 소문 내기 좋아하는 아첨꾼, 지독하게 음탕한 뚜쟁이이자 포주로 묘사한다.†

칼카스는 그의 딸을 돌려보내도록 트로이에 요청해달라고 아가멤논을 설득한다. (적어도 셰익스피어의 희곡에서) 이때 그리스군은 메넬라오스와 그리스 사절단을 구해주었던 트로이의 원로 귀족 안테노르를 인질로 붙잡고 있다. 그리하여 크레시다와 안테노르를 서로 교환하기로 협상이 타결된다. 하지만 디오메데스가 크레시다에게 반하고, 그녀도 그에게 반한다. 트로일로스는 이 배반의 소식을 듣고는 디오메데스에게 복수하리라 맹세한다. 이상하게도, 셰익스피어의 희곡(『트로일로스와 크레시다』는 그의 작품 중에 가장 묘한 매력을 지닌 문제작으로 여겨진다)에서는 트로일로스도 크레시다도 불운한 연인의 일반적인 운명을 겪지

---

* 이 버전에서의 칼카스는 그리스인이 아니라, 조국을 배신하고 그리스 편에 선 트로이인이다.

† 판다로스라는 이름은 영어 단어 'pander(뚜쟁이, 포주)'에 그 흔적이 남아 있다. 동사로는 '누군가의 취향에 맞추어주다', '누군가의 욕망을 충족시켜주다'라는 의미를 갖고 있다.

않는다. 희곡은 헥토르가 죽고 판다로스가 포주의 운명을 한탄하며 관객들에게 자신의 성병을 물려주겠다고 말하는 장면으로 끝을 맺는다. 트로일로스와 크레시다는 살아남고 그들의 이야기는 여전히 미해결로 남는다.

아이네이아스, 아킬레우스, 아이아스, 아가멤논의 트로이 약탈

아킬레우스와 그의 미르미돈족은 여러 곳으로 출격했는데, 그중에는 트로이인들의 어머니 산이라 할 수 있는 이다산도 있었다. 아킬레우스 일당이 그곳의 짐승들을 지독하게 약탈하기 전까지 아이네이아스는 전쟁에 직접 관여하지 않고 있었다. 가축을 잃고 초토화된 목초지를 본 아이네이아스는 아버지 안키세스와 트로이로 향했고, 그곳에 남아 사촌들인 헥토르, 데이포보스, 파리스 등과 함께 전쟁의 마지막 순간까지 싸웠다.

아이아스도 가축 노략질과 습격에 가세했다.‡ 한번은 트로아스의 남쪽과 동쪽에 걸쳐 있던 프리기아 왕국을 공격하여 왕의 딸인 테크메사를 잡아오고, 그녀와 사랑하는 관계로 발전하여 많은 자식을 얻는다. 아이아스와 아킬레우스가 보드 게임에 심취한 나머지 트로이군 부대의 침입도 눈치채지 못하는 재미있는 에피소드

---

‡ 소(小) 아이아스라고 지칭하지 않는 이상, 앞으로 등장하는 아이아스는 텔라몬의 아들인 대 아이아스를 의미한다.

도 있다.* 그들은 아테나의 개입 덕분에 목숨을 부지한다. 이런 상황에서 신들은 보통 짙은 안개를 드리워 자기가 총애하는 자들이 달아날 수 있도록 돕는다.

아킬레우스는 트로아스 남부의 실리시아에 있는 도시국가 리르네소스도 습격하는데, 이 일은 전쟁의 양상에 지대한 영향을 미친다. 그는 리르네소스의 왕과 왕자들을 모조리 죽였지만, 브리세이스라는 공주는 살려두었다. 그녀는 아카이아군이 소아시아 지역을 약탈하고 불태우는 내내 수많은 다른 포로와 함께 끌려다녔다. 아킬레우스는 크리세라는 도시도 완전히 쑥대밭으로 만들어놓고, 아폴론을 모시는 사제 크리세스의 딸인 크리세이스를 포로로 잡았다.†

노략질 부대는 아카이아군 병영으로 돌아오자, 약탈해 온 전리품들(인간도 포함)의 수를 세고 서로 나누어 가졌다. 여자를 선택할 수 있는 우선권을 가진 아가멤논은 크리세이스를 자신의 몸종으로 골랐다. 아킬레우스는 브리세이스를 차지했다. 나머지 보물과 남녀 노예는 우선 왕과 왕자와 장군에게, 그다음엔 그들의 부하에게 배분되었고, 남은 물품과 사람은 제비뽑기로 일반 병사에게 돌아갔다.

---

* 보드 게임은 페소이 혹은 페테이아 같은 다양한 이름으로 불린다. '페소이'는 체스 말 같은 '말'을 의미하는 그리스어다. 가끔 이 게임은 체커판을 이용하는 것으로 묘사되며, 체커의 전신으로 여겨져왔다. 사람들은 팔라메데스가 이 게임을 발명했다고 믿는다.

† 여기 등장하는 이름들의 앞에 붙는 '크리스(Chrys)-'는 '황금'을 의미하는 그리스어에서 나온 것이다. 예를 들어, 크리샌서멈(chrisanthemum, 국화)은 문자 그대로 해석하자면 '황금 꽃'이라는 뜻이다.

전쟁 10년째 접어든 그때까지 양쪽 진영은 아무런 수확도 거두지 못했다. 트로이는 아카이아군을 몰아내는 데 실패했고, 아카이아군은 프로테실라오스가 전투 첫날 목숨을 잃은 후로 헬레네에게 조금도 가까워지지 못했다.

이제 전세에 변화가 찾아오려 하고 있었다. 뜨뜻미지근하던 전쟁에 불이 붙을 참이었다.

크리세이스와 브리세이스

아가멤논의 사령부에서 조금 떨어져 있는 미르미돈족의 함선들과 막사가 브리세이스의 주된 생활 공간이 되었다. 이제 아킬레우스의 소유물이 된 그녀는 리르네소스에서 알고 사랑했던 모든 것과 모든 이를 상실한 슬픔에 젖은 채 병영을 돌아다녔다. 아킬레우스의 벗이자 한때 연인이었던 파트로클로스는 그 어린 공주를 좋아하고 흠모하여, 최선을 다해 그녀를 위로해주었다.

"아킬레우스는 그대를 아주 좋아한답니다." 그는 이렇게 말하곤 했다. "전쟁이 끝나면 아킬레우스가 그대를 프티아로 데려가 아내이자 왕비로 삼을 겁니다. 그러면 좋지 않겠어요?"

그러면 브리세이스는 그저 슬픈 표정으로 미소 지으며 고개를 저었다.

한편, 아름다운 크리세이스를 몸종으로 삼은 아가멤논은 약탈과 노략질의 결실을 만끽하고 있었다.

아폴론의 사제이자 크리세이스의 아버지인 크리세스는 폐허가 되어 연기가 피어 오르는 크리세를 떠나 배를 타고 그리스군 진영으로 갔다.* 경계가 삼엄한 방책 입구에서 크리세스는 아카이아군 사령관과 만날 수 있게 해달라고 간청했다. 보초병들은 그를 아가멤논의 막사로 데려갔다. 크리세스는 왕좌 앞의 땅바닥에 넙죽 엎드리고서 아가멤논의 두 무릎을 붙잡았다. 권력자에게 선처를 구할 때의 관습이었다.

"우리 도시는 한때 우리를 풍요롭게 해주었던 황금으로 유명하지요. 제 딸만 돌려주십시오, 위대한 아가멤논이여. 그러면 제가 가지고 있는 보물을 모두 드리겠습니다."

아가멤논은 노인의 손을 치워버렸다. "우리가 마음만 먹으면 그대가 가진 건 뭐든 취할 수 있소. 그리고 크리세이스로 말할 것 같으면, 그녀는 내 사람이오. 합법적으로 손에 넣은 전리품이란 말이지. 그녀는 나를 즐겁게 해주고 있고, 내 시중을 들며 늙어갈 거요. 낮에는 베틀기 앞에, 밤에는 내 침대에 있는 거지."

보초병들과 수행원들이 킬킬거렸다. 크리세스는 고개를 떨구고 아가멤논의 무릎을 다시 꼭 붙들었다.

"제발 자비를 베푸소서, 지엄하신 왕이여……."

"그만 좀 하시오, 영감!" 아가멤논은 그를 멀리 차버렸다. "끈적끈적한 콧물이 역겨우니. 당장 떠나시오. 그러지 않으면 그대도 포로가 될 거요."

크리세스는 개들에게 쫓겨 해안에 있는 그의 배로 돌아갔다. 진

---

* 호메로스의 『일리아스』는 크리세스가 사절로서 고통스러운 여정을 떠나는 이 장면으로 시작된다.

영의 사나운 아이들이 그를 뒤쫓아 오며 돌을 던지고, 그의 측은한 처지를 비웃었다. 그는 모래밭에 무릎을 털썩 꿇고 앉아 하늘을 올려다보며 그의 수호자인 신에게 울부짖었다.

"아폴론 스민테우스여, 쥐와 인간의 신이시여! 궁술과 점술의 황금 신이시여! 저의 섬김과 헌신이 마음에 드셨다면, 저를 위해 이 짐승 같은 다나오이에게 복수해주십시오. 제가 흘리는 눈물 한 방울마다 한 대의 화살을 날려주소서."

아폴론은 그의 기도를 듣고 바로 답했다. 전동 한가득 역병의 화살을 챙기고서 폭풍우가 휘몰아치듯 올림포스에서 내려왔다. 그는 먼저 노새, 말, 개 등의 짐승에게 화살을 쏜 다음, 아카이아의 남자들, 여자들, 아이들에게 활을 돌렸다.† 아홉 날 동안 치명적인 화살들이 함선과 병영 전체로 비처럼 쏟아져 내렸다.

군영에서 전염병은 불이나 매복, 그 어떤 공격 위협보다 큰 공포였다. 무섭게 번져나가는 질병은 막을 도리가 없어 보였다. 태워야 할 아카이아인의 시체가 점점 더 높이 쌓여가기만 했다. 천지에 죽음의 악취가 진동했다.

열흘째 되는 날, 미르미돈족 부대 내에서 약탈이 벌어지고 아카이아군 전체의 사기가 뚝뚝 떨어지는 상황에 불안해진 아킬레우스는 주요 장군들(그 자신과 아가멤논, 메넬라오스, 오디세우스, 디오메데스, 이도메네우스, 네스토르, 아이아스)의 회의에 예언자

---

† 아폴론이 인간보다 짐승들에게 먼저 역병의 화살을 쏘는 것은 호메로스의 작품에 등장하는 재미있는 디테일이다. 사실 역병이 마멋에서 벼룩으로, 쥐로, 인간으로 옮겨가는 것은 흔한 일이다. 쓰라린 경험을 통해 우리도 알고 있듯이, 이런 유의 인수(人獸) 공통 감염은 오늘날에도 일어나고 있다.

칼카스를 불렀다.

"칼카스여. 그대는 불사신들의 음흉한 목적과 우리에게 예정된 운명을 들여다보는 눈을 가지고 있지요. 우리가 왜 이런 죽음의 비로 벌을 받고 있는지 이유를 알려주십시오. 우리가 어느 신의 심기를 건드렸으며, 어떻게 하면 잘못을 바로잡을 수 있습니까?" 아킬레우스가 말했다.

칼카스는 두 손을 움켜쥐었다가 폈다.

"어서 말해요!" 아킬레우스가 다그쳤다.

칼카스는 침울한 표정으로 고개를 저었다.

"그대도 모른다는 말입니까?"

"펠레우스의 아들이여, 내게는 모든 것이 너무도 잘 보인다오. 하지만 진실을 듣고 싶어 하지 않을 자들이 여기에 있소. 내가 아는 바를 솔직하게 말했다가 힘 있는 자의 분노를 사 목숨을 잃을까 두렵구려."

"감히 그대의 은빛 머리칼 한 올이라도 해치려 드는 자가 있다면 우선 나부터 상대해야 할 겁니다. 맹세하지요. 내가 그대를 지켜드리겠습니다. 그러니 마음 놓고 말씀하십시오."

칼카스는 그의 말에 용기를 얻었다. "그럼 좋소. 어떤 일이 일어났는지는 명백하다오. 빛나는 아폴론 님께서 그의 종인 크리세스의 기도에 답하신 거요. 아가멤논왕이 크리세스의 딸을 돌려주기를 거부하지 않았소. 우리는 아폴론 님에게 중요한 자를 홀대한 죄로 역병이라는 벌을 받고 있는 거요." 그는 초조한 표정으로 아가멤논을 돌아보았다. "몸값은 요구하지 말고 크리세이스를 아버지에게 돌려주십시오, 인간들의 왕이시여. 그런 뒤에 아폴론 님에게 제물을 바치셔야 합니다. 그래야 역병이 물러날 겁니다."

아가멤논은 믿을 수 없다는 듯 그를 빤히 쳐다보았다. "뭐라고?"

"크리세이스가 전하의 몸종으로 남아 있는 한, 전염병은 계속 창궐할 겁니다."

아가멤논은 얼굴을 붉히며 말했다. "자네에게 예언을 청할 때마다. 매번 침울하고 비관적인 답만 주는군. 자네가 해주는 조언이라고는 그저 무언가를, 내 딸을, 내 황금을, 내 시종을 제물로 바치라는 것뿐. 항상 내 것을 내놓으라지. 다른 왕이나 왕자가 아닌, 항상 내 것을. 내가 왜 크리세이스를 잃어야 하는가? 아름답고 현명하고 똑똑하고 유능한 그녀를. 미케네에 있는 내 아내 클리템네스트라보다 내게 더 중요한 여인이거늘. 나는 그녀를 가질 자격이 있어. 그녀를 갖는 건 내 권리란 말일세. 게다가 지금 내게 그녀를 거저 포기하라는 건가? 한 푼의 보상도 없이? 몰염치한 자네의 목을 조르고 싶군."

칼카스는 차분하게 답했다. "그러시겠지요, 전하. 하지만 방금 아킬레우스가 나를 지켜주겠노라 약속하는 걸 전하께서도 듣지 않으셨습니까. 홧김에 손을 들어올리시기 전에 잘 생각해보십시오."

아킬레우스는 팔짱을 낀 채 칼카스의 앞을 막아섰다.

이제 아가멤논왕은 언짢은 기색이 역력했지만, 직접 붙어봐야 승산 없는 몸싸움을 피할 정도의 분별력은 있었다. 게다가 칼카스의 말이 옳을 수도 있다는 걸 내심으로는 알고 있었다. 칼카스는 항상 옳으니 말이다. 하지만 크리세이스를 포기해야 하는 상황과 아킬레우스의 거만한 눈빛은 도무지 견딜 수가 없었다. 군대의 모든 왕자와 장군뿐만 아니라 그들의 호위병과 참모 앞에서까지 망신당하다니, 자존심과 품위에 금이 가는 참을 수 없는 모욕이었다. 이 소식은 분명 그를 훨씬 더 어리석고 무능한 인간으로 보이게끔 과장되어 산불보다 더 빨리, 망할 역병보다 더 빠른 속도로 병영에 퍼져 나가리라.

"좋소." 그는 마침내 입을 열었다. 차분하게, 심지어는 심심해서 아량을 베푸는 듯한 투로 들리기를 바라면서. "오디세우스, 그 여인을 배에 태워 아버지에게 돌려주고 오시오. 하지만 그 대신 다른 여인을 내 몸종으로 취해야겠소. 그것이 옳지 않겠소?"

다른 이들이 동의의 뜻으로 고개를 끄덕였다.

"그래야 공평하지요." 메넬라오스가 말했다.

"좋아. 그렇다면 아킬레우스가 아끼는 여인으로 하지. 브리세이스라고 했던가?" 아가멤논이 말했다.

"아니요. 그건 절대 안 됩니다." 아킬레우스가 말했다.

"내가 아카이아군의 총사령관 아니던가? 왜 항상 우리 모두를 위한 일에 내 보물을 내놓아야 하지? 내가 브리세이스를 가질 것이다. 그렇게 결정했어."

아킬레우스는 분통을 터뜨렸다. "돼지 눈깔을 한 이 파렴치한 인간!" 그는 검을 뽑아 들고, 아가멤논의 얼굴에다 침을 튀겨대며 분노를 퍼부었다. "이 잡종견의 자식…… 어떻게 감히 이럴 수 있지? 당신 동생의 아내를 구해주자고 여기까지 온 내게? 트로이인들은 내게 아무런 해도 끼치지 않았지만, 나의 미르미돈족과 나는 당신과 당신 동생을 위해 매일 목숨을 걸고 있어. 그런데 정작 당신은 직접 전장에 나가 목숨 걸고 싸우지도 않지. 비겁한 개처럼 징징거리고 악취를 풍기는 사기꾼. 당신을 끝장내 주겠어."

그리고 아킬레우스는 바로 그 자리에서 아가멤논에게 치명타를 날릴 수도 있었을 것이다. 마음속 깊은 곳에서 아테나의 목소리가 들리지 않았다면 말이다.

"아킬레우스여, 그대와 아가멤논을 똑같이 아끼는 나를 위하여, 하늘의 왕비를 위하여 칼을 거두어라! 어떤 인간도 누리지 못한 영광이 그대의 차지가 될 날이 꼭 오리니. 지금은 한 발 물러설 용기가 필요하다."

아킬레우스는 숨을 크게 한 번 쉬고 칼을 칼집에 집어넣었다. 그러고는 더 낮지만 더 격하고 무서운 목소리로 말했다. "브리세이스를 가지시오. 그리고 앞으로 당신이나 연합군은 아킬레우스나 그의 미르미돈족을 다시는 보지 못할 거요."

아가멤논의 안에서는 차분하고 이성적인 신의 목소리가 들리지 않았다.

"떠날 테면 떠나라, 꼬마야!" 그는 고함을 질렀다. "겉만 번지르르한 너의 허영심과 가식은 우리도 필요 없다. 너나 고 귀여운 미르미돈족이나 있어도 그만, 없어도 그만이거늘. 너는 황금이고 우리 가련한 범인들은 청동일지도 모르지. 하지만 밖에 나가 아무 병사나 붙들고 물어봐. 칼날이나 창 끝으로 어떤 걸 쓰고 싶은지. 귀한 황금일까, 천한 청동일까. 너는 떠나라. 이 전쟁은 진짜 남자들에게 맡겨두고."

격분한 아킬레우스가 뭐라 답하기 전에 네스토르가 두 팔을 들어 올리며 앞으로 나섰다.

"자, 자, 그만들 하시오! 프리아모스와 헥토르가 지금 이 대화를 들었다면 기뻐하며 승리의 함성을 질렀을 거요! 웃으며 환호했을 거란 말이오! 우리 군의 가장 위대한 두 장수가 서로 으르렁대다니, 우리가 맹세한 대의에 독이 되는 재앙이오. 내 말을 들으시오. 두 사람이 산 세월을 합친 것보다 더 오래 산 이 노인의 말을. 나는 페이리토오스, 테세우스와 함께 산속의 거친 켄타우로스들과 싸웠소. 칼리돈에서 마구 날뛰는 멧돼지를 사냥하고, 황금 양피를 찾으러 콜키스로 떠났소. 그대들이 아는 모든 영웅과 함께.* 내 말을 믿으시오. 이런 내분은 아폴론 님의 역병보다 훨씬 더 위험하다오. 아가멤논, 위대한 왕이여! 그대의 힘과 지혜를 보여주시오. 크리세이스를 내어주고……."

"그렇게 하겠다고 이미 말하지 않았소?"

"아킬레우스의 전리품을 대신 갖겠다는 말을 취소하시오. 아킬레우스여, 총사령관 앞에 무릎을 꿇으시게. 그의 손에 쥐어진 저 신성한 왕홀은 아가멤논이 제우스 님의 기름 부음을 받은 왕 중의 왕임을 말해주고 있잖나.† 이 점을 명심하시오. 그대들이 힘을 합친다면 우리는 반드시 승리할 거요."

"그래요, 그래. 다 좋소이다." 아킬레우스가 뭐라고 입을 떼기 전에 아가멤논이 선수를 쳤다. "하지만 저 건방진 녀석이 내게 대

---

* 『스티븐 프라이의 그리스 신화』 2권을 참고하라.
† 신 중 최고의 장인인 헤파이스토스가 만든 왕홀이었다. 그가 제우스에게 전한 왕홀은 헤르메스, 펠롭스, 그의 아들인 아트레우스(아가멤논과 메넬라오스의 아버지), 아트레우스의 쌍둥이 형제인 티에스테스의 손을 차례대로 거쳐 마지막엔 아가멤논의 차지가 되었다. 2세기의 여행가인 파우사니아스에 따르면, 이 왕홀은 그의 시대까지 살아남아 카이로네이아 사람들에게 신으로 추앙받았다고 한다. 사제의 집에 보관되었고, 사람들은 날마다 빵을 가져가 제물로 바쳤다. 카이로네이아의 사제들은 다들 통통하지 않았을까?

들지 않았소. 자기가 트로이의 문을 열고 헬레네를 구해 올 열쇠라도 되는 줄 아는 모양이지. 군대에서 항명은 절대 안 될 일이오. 어린애처럼 떼쓰는 저런 자식은 없는 편이 더 낫소."

"그럼 나 없이 해보시든가! 잘 들어라, 티폰의 궁둥이에서 태어난 이 역겨운 인간아. 지금 이 순간부터 나는 전쟁에서 빠지겠다. 신들께서는 나를 설득하셨지만, 당신 동생의 소중한 아내를 트로이에서 데리고 나오든 말든 나는 손가락 하나 까딱하지 않으리라. 그녀는 내게 아무것도 아니니까. 그리고 돼지들의 왕인 당신은 그보다 더 못하지. 언젠가 당신이 역겨운 점액을 질질 흘리는 달팽이처럼 무릎으로 설설 기면서 내게 싸워달라 울며 매달릴 날이 올 것이다. 그날이 오면 나는 당신 면전에 대고 웃어주리라." 아킬레우스가 말했다.

아킬레우스는 고개를 높이 쳐든 채 성큼성큼 나가버렸다. 남은 자들 사이에 정적이 내려앉았다. 아가멤논은 경멸스럽다는 듯 새된 소리로 고함을 질렀다. "속이 다 시원하군. 자, 이제 할 일이나 합시다."

칼카스의 지시대로 오디세우스는 크리세이스를 배에 실어 아버지의 도시 크리세로 돌려보냈다. 제물로 바칠 소들과 양들도 함께였다. 다음으로 아가멤논은 그의 전령인 탈티비오스와 에우리바테스를 불렀다.

"아킬레우스 왕자의 막사로 가서 브리세이스를 넘겨달라고 하거라. 안 넘겨주면 내가 몸소 가서 그녀를 데려올 거라고 전하라."

전령들은 고개 숙여 절하고는, 미르미돈족의 함선들이 정박해 있는 곳으로 향하며 두려움에 벌벌 떨었다. 그들 앞에는 아킬레우스와 그의 참모들이 지내는 천막들과 오두막들이 모여 있었다.

아킬레우스는 따뜻하게 느껴질 만큼 그들을 반갑게 맞아주었다. "어서들 오시오. 무슨 일로 여기 왔는지 알고 있소. 겁낼 거 없어요. 그대들에게는 아무 불만도 없으니. 파트로클로스, 브리세이스를 데려와. 그대들은 나와 함께 포도주나 마십시다."

전령들은 안도의 미소를 지었다. 아킬레우스는 마음만 먹으면 자연스러운 매력으로 사람들을 홀릴 줄 알았다.

파트로클로스는 브리세이스를 발견해 그녀에게 닥친 운명을 알려주었다. 그녀는 고개를 떨구었다.

"유감이에요, 공주님. 피할 수 없는 운명이라면 따를 수밖에요. 아킬레우스도 공주님을 보내고 싶어 하지 않아요. 공주님을 다시 데려올 수 있는 방법이 있나 우리가 찾아볼게요. 아킬레우스는 공주님을 그리워할 겁니다. 나도 그렇고요." 파트로클로스가 말했다.

파트로클로스는 탈티비오스와 에우리바테스가 브리세이스를 아가멤논의 막사로 데려가는 모습을 지켜보았다. 전령들이 떠나는 순간, 무심해 보이던 아킬레우스의 표정이 싹 변했다. 그는 파트로클로스에게 행선지를 알리지도 않고 불쑥 천막에서 나갔다. 밖으로 나가자마자 그는 달리기 시작했다. 한 줄로 늘어선 함선들을 따라 축축한 모래밭을 날듯이 가로지르고, 어떤 인간도 따라잡을 수 없는 놀라운 속도와 우아한 동작으로 배를 묶고 있는 밧줄들을 뛰어넘었다. 해안의 한적한 곳에 이르러서야 멈춰 선 그는 무릎을 꿇고 주저앉아 바다를 향해 외쳤다.

"어머니, 제게 와주세요! 이 불쌍한 아들을 도와주세요."

철벅하는 소리가 들리고 섬광이 번쩍이더니 테티스가 바다에서 걸어 나와 사랑하는 아들을 덥석 안았다.

테티스에게 모성애는 감당하기 어려운 감정이었다. 자신은 영원히 살고 아들은 짧디짧은 유한한 시간을 살다 죽으리라는 사실을 아는 것만으로도 고통이 그칠 줄을 몰랐다. 아들의 불행한 모습에 그녀 자신까지 불행해지는 이런 경험은 쉽게 받아들이기가 힘들었다. 공감 능력을 타고나지 못한 불사신들이 다른 이에게 공감할 경우 그 감정은 고통으로 찾아왔다.

"무슨 일이냐, 아킬레우스, 내 아들아?"

아킬레우스의 입에서 그 모든 괴로움과 절망이, 불의와 배신과 모욕과 부당한 취급에 대한 분노가 쏟아져 나왔다. 작은 일로 너무 예민하게 군다고 생각했을지 몰라도 테티스는 그런 기색을 전혀 내비치지 않았다. 원래 어머니들이 그렇다. 그녀의 눈에는 오로지 아들의 고통과 절망밖에 보이지 않았다.

"참으로 터무니없고, 사악하고, 극악무도한 자로구나." 테티스는 아킬레우스의 황금빛 머리칼을 쓰다듬으며 중얼거렸다. "내가 어떻게 해주면 될까?"

"제우스 님이 어머니에게 빚을 지셨잖아요. 제우스 님에게 가세요. 그리고 아카이아군 진영에 트로이군을 벌 떼처럼 보내서 아카이아인들을 무자비하게 죽이고 또 죽이라 청하세요. 아카이아군이 함선으로 몰려서 소 떼처럼 도살되는 꼴을 보고 싶어요. 감히 아킬레우스를 모욕하면 어떤 재앙이 닥치는지 아가멤논에게 본때를 보여주세요. 그리스인들은 모든 걸 잃어야 해요. 그 인간들이 톡톡히 망신당했으면 좋겠어요. 끝장나 버렸으면 좋겠어요. 완전히 망했으면 좋겠어요. 어떻게 감히 내게서 브리세이스를 빼앗아 갈 수 있어요? 어떻게? 감히? 그리스군을 바다에 빠트리고 함선들을 불태워주세요. 그럼 나는 환호성을 지를 거예요. 그 인간이 훌쩍이면서 내게 용서를 구하면, 나는 그 턱수염에다 침을 뱉어줄 거예요."

아가멤논의 꿈

흥분한 아들을 달래며 노래를 불러주던 테티스는 아들이 화를 자초하지 않으리라는 확신이 서자 그제야 자리를 떴다. 제우스의 도움을 청하기 위해 올림포스로 올라간 그녀는 왕좌 앞에 덥석 엎드려 그의 무릎을 붙잡은 채 애원했다.* 신들의 왕은 그녀의 이야기를 끝까지 들었다. 그는 테티스를 무척 아꼈을뿐더러, 아킬레우스의 말대로 그녀에게 진 빚이 있으니 그녀의 부탁을 들어주고 싶었다.† 하지만 아내인 헤라의 노여움을 살까 두려웠다.

"헤라는 아프로디테에게 사과를 준 파리스를 아직 용서하지 않

* 호메로스의 이야기에는 제우스와 나머지 신들이 에티오피아까지 가서 연회를 즐기고 오느라 테티스가 12일을 기다리고 나서야 제우스를 알현할 수 있었다는 재미있는 에피소드가 등장한다.
† 테티스는 신들이 일으킨 반란에서 제우스를 구하는 데 중요한 역할을 했다. 신들은 제우스를 쇠사슬로 묶어두고 왕위를 찬탈하려 했다. 테티스는 사슬을 끊고, 백 개의 손을 가진 거인 삼형제 헤카톤케이레스 중 가장 사나운 브리아레오스(혹은 아이가이온)를 타르타로스에서 불러내 제우스의 옥좌 옆에 앉혔다. 그러자 반역자들은 겁을 집어먹고 제우스에게 가까이 다가가지 못했다. 이 일로 제우스는 테티스에게 큰 빚을 졌다.

았소. 헤라가 트로이와 트로이인을 얼마나 증오하는지 그대도 알고 있지 않은가. 내가 트로이에게 한 번이라도 승리를 안겨준다면, 설령 아킬레우스의 간청대로 아가멤논을 굴복시키고 최종적으로는 그리스군이 승리에 가까워지도록 만든다 해도, 귀에 딱지가 앉도록 잔소리를 들을 거요."

"그래도 도와주실 거죠?"

"내가 이렇게 고개를 숙이고 있지 않은가. 이 약속을 절대 깨지 않으리라는 뜻으로 말이지. 내가 방법을 찾아보겠소. 이 일은 내게 맡기시오." 제우스는 고개를 숙이며 말했다.

테티스는 그를 떠나 바다로 뛰어들었다. 제우스는 옥좌에 앉은 채 생각에 빠져들었다. 그가 생각해낸 계책은 극도로 교활했다. 그날 밤 그는 아가멤논에게 네스토르의 모습을 띤 꿈을 보냈다.

"인간들의 왕이여. 하늘 아버지께서 내일이 바로 그날임을 알리시려 나를 사자로 보내셨다오. 그 오랜 세월 끝에 드디어 그리스의 승리가 가까워졌소. 내일 군대를 일으켜 총력전을 펼친다면, 트로이의 성벽은 무너질 거요. 제우스 님의 말씀임을 명심하시오." 꿈속의 네스토르가 말했다.

잠에서 깨어난 아가멤논은 연합군 전체에 이 소식을 알리며, 무장하고 위대한 승리를 준비하라 일렀다. 자기도 모르게 아가멤논의 꿈에 등장한 네스토르는 놀라고 당황스러웠을지 몰라도 아무런 내색을 하지 않았다.‡

---

‡ 『일리아스』 제2권에서 아가멤논은 먼저 그리스군에게 고향으로 돌아가도 좋다고 말해 그들을 시험한다. 남아서 싸우겠다고 이구동성으로 외치리라 기대하면서 말이다. 하지만 실망스럽게도 병사들은 곧장 함선에 올라타 탈주하려 했고, 오디세우스와

한편, 트로이군 역시 공격을 준비하고 있었다. 그리스 진영에 파견된 첩자들이 아킬레우스의 그리스 연합군 탈퇴 소식을 전해온 것이다. 헥토르와 프리아모스는 그리스군의 사기가 떨어졌을 이때야말로 공격의 적기라고 생각했다.

파리스는 자신의 모습에 감탄하며 거울 앞에서 무장을 마쳤다. 이제 그는 스카만드로스 강변에 모여 있는 트로이군의 최전방으로 성큼성큼 나아가 강 건너편의 적군을 바라보았다.

마치 벌집에서 나오는 벌 떼처럼, 그리스 병사들이 함선들과 천막들에서 우르르 몰려나오고 있었다. 수만 명이 방책을 지나 평원에서 대형을 이루었다.

10년 만에 처음으로 전열다운 전열이 갖추어지고 있었다. 아가멤논은 네스토르의 조언을 받아들여, 지역과 부족, 씨족에 따라 줄지어 서라는 명령을 내렸다. 동지들, 친척들, 이웃들이 어깨를 나란히 맞대고 싸우면 투혼과 사기가 뜨겁게 불타오를 거라고 네스토르는 말했다.*

아카이아군 최전방의 우측은 오디세우스가 이끌었고, 네스토르의 아들 안틸로코스가 그의 부관으로 지명되었다. 소 아이아스†

네스토르(꿈속의 네스토르가 아닌 진짜 네스토르)의 언변과 설득력에 넘어가 겨우 되돌아왔다.

* 1914~1918년의 제1차 세계대전에서도 똑같은 원칙이 고수되었다. 키치너 경도 네스토르와 똑같은 맥락의 생각을 했다. 병사들이 친숙한 자들의 곁에서 함께 싸운다면 더욱 신나게, 더욱 결연하게 싸우리라는 논리였다. 하지만 청동기시대와 철기시대의 결정적인 차이가 곧 자명하게 드러났다. 세계대전에서 지역군이 섬멸당하면 사상자의 소식을 알리는 전보가 이웃집들과 거리, 마을, 카운티로 전해졌다. 공동체 전체에 어두운 그림자가 드리워졌고, 후방의 사기도 덩달아 떨어졌다.

† 호메로스에 따르면 소 아이아스는 키는 작았을지 몰라도, 그리스군 전체에서 그의

와 크레타의 이도메네우스가 좌측의 선두에 섰다. 중앙은 디오메데스와 대 아이아스가 지휘했다.

전장에 직접 나가 싸우지 않는다는 아킬레우스의 비난에 망신당하고 뜨끔해진 아가멤논왕은 완전 무장한 채 그리스 병사들 앞을 위풍당당하게 지나갔다. 그의 위용을 의심할 자는 아무도 없었다. 한 치의 틈도 없는 총사령관의 모습이었다. 아가멤논과 특히 우뚝 솟은 아이아스를 본 파리스는 몸을 돌려 병사들 사이로 되돌아가기 시작했다. 그의 형 헥토르가 스카이아 성문에서 그를 막았다.

"무슨 짓이냐, 파리스, 우리 모두 너 때문에 이곳에 있건만." 헥토르가 소리쳤다. "손님으로서의 예를 어기고 메넬라오스에게서 헬레네를 빼앗아온 건 바로 너다. 네가 그녀를 우리에게 데려왔어. 그녀가 이곳에 머물 수 있도록 해달라는 너의 요구를 우리는 들어주었지. 지난 10년 동안 너의 명예와 자존심을 지켜주느라 트로이인들이 많은 피를 흘렸다. 그런데 겁먹은 새끼 고양이처럼 꽁무니를 빼시겠다?"

많은 트로이군이 헥토르의 이 말을 들었다. 일반 병사들은 헥토르를 추앙했지만, 오만하고 허영심 강하며 무례한 파리스는 싫어했다. 병사들의 눈에 그는 겉만 번지르르할 뿐 너무 옹졸하고 너무 예쁜장해서 신뢰가 가지 않았다.

파리스는 얼굴을 붉히며 억지웃음을 지었다. "형님의 말씀이 옳

창술을 능가할 자가 없었다고 한다. 그리고 그의 작은 키는 용맹함으로 만회하고도 남았다.

습니다. 당연히 달아나면 안 되지요. 저는 우리 아버지인 왕을 뵙고 제 계획을 알려드리려 했을 뿐입니다."

"계획이라니?"

바로 그 순간 파리스의 머릿속에 한 가지 묘안이 떠올랐다. "형님 말씀대로 이 전쟁은 순전히 저와 메넬라오스 간의 일이지요. 그러니 우리가 결판 짓도록 하겠습니다."

"그게 무슨 소리냐?"

"그러니까, 제가 트로이 대표로 나가서 메넬라오스와 일대일 결투를 하겠다는 겁니다. 제가 이기면, 헬레네는 이곳에 머물고 그리스군은 떠나야 합니다. 제가 패하면, 저들이 헬레네를 스파르타로 데려가고요. 내가 그녀와 함께 가져왔던 보물들도 전부 다 가지고요." 그는 대단한 아량을 베푸는 척 덧붙였다.

헥토르는 그의 어깨에 한 손을 얹었다. "내가 너를 오해했구나, 동생아."

대담해진 파리스가 상기된 얼굴로 트로이 병사들 앞을 점잔 빼며 지나가자 그들의 야유는 환호로 변했다. 그는 과거의 위대한 영웅들을 상기시키려는 의도로 한쪽 어깨에 표범 가죽을 걸치고 나왔다. 황금 양피를 걸치고 이올코스로 향했을 이아손처럼, 혹은 네메아의 사자 가죽을 특유의 복장으로 입고 다녔던 헤라클레스처럼.

일대일 결투를 하자는 제안이 그리스 진영으로 전달되자 메넬라오스는 기꺼이 도전을 받아들였다. 트로이와 그리스의 병사들은 안도감과 흥분에 환호성을 질렀다. 그들은 마치 나들이를 나온 행락객처럼 평원에 쭉 늘어섰다.

방에 홀로 남겨져 있던 헬레네는 도시의 분위기가 달라졌음을 감지했다. 아래 거리에서 기쁨의 함성과 팡파르가 울렸다. 그녀는 무슨 일이 벌어지고 있는지 보기 위해 방을 나서 성벽으로 갔다. 이미 성곽에 올라와 있던 프리아모스가 그녀에게 계단을 올라와 그의 곁에 앉으라고 외쳤다. 그는 안테노르처럼 전장에 나가기에는 너무 늙은 조신들과 함께 있었다. 성곽으로 올라오는 헬레네를 본 조신들은 고개를 숙이며 서로에게 속삭였다.[*]

"그야말로 심장을 꿰뚫는 미모 아니요?"

"눈에서 멀어지면 저 얼굴을 잊게 되지요. 하지만 눈에 보이는 순간, 어이구, 아프로디테 님이시여! 인간에게 저런 미모가 가능하다니."

"그렇다 해도 나는 그녀가 트로이를 영원히 떠나 저 미모의 저주와 함께 사라졌으면 좋겠구려."

프리아모스가 일어나 헬레네를 맞자, 조신들은 자리를 비켰다. 늙은 왕은 며느리를 아꼈고, 그녀의 존재가 백성들에게 가져온 죽음과 재앙을 한 번도 그녀의 탓으로 돌린 적이 없었다.

"이리 앉거라. 파리스와 메넬라오스가 둘이서 결판을 지으려는 모양이구나."

"아!"

남자들이 자기 때문에 싸운다고 생각하면 기뻐할 여자들도 있겠지만, 헬레네는 그렇지 않았다.

"저기 그리스군을 보거라. 참으로 웅대한 장관임에는 틀림이 없

---

[*] 호메로스는 그들이 "메뚜기들처럼 찍찍거렸다"라고 말한다.

군. 투구에 주황빛 깃털 장식을 단 저기 키 큰 자는 누구더냐? 아주 힘이 넘치고 위풍당당해 보이는구나. 필시 왕이겠지?" 프리아모스가 말했다.

헬레네는 눈을 내리깔았다. "아, 아가멤논왕입니다. 마지막으로 봤을 때보다 조금 늙어 보이는군요."

"그러니까 저자가 '인간들의 왕'이군?"

"제 시숙이었죠." 헬레네는 낮은 목소리로 말했다. "신들이여, 저를 용서하소서."

"쉿. 가슴이 넓은 저자는 눈에 익는구나. 전에 본 적이 있었던가?"

"아, 라에르테스의 아들 오디세우스예요."

"맞아. 기억나는구나. 처음에 화평을 청하러 메넬라오스와 함께 왔었지…… 벌써 10년 전 일이던가? 그리고 거대한 나무처럼 우뚝 솟은 저자는?"

헬레네는 웃었다. "살라미스의 아이아스입니다."

헬레네는 아래의 그리스군을 쭉 훑어보며, 두 얼굴을 찾았다. "오빠들은 어디에 있을까." 스파르타에서 마지막으로 본 그녀의 형제들, 카스토르와 폴리데우케스. 파리스의 운명적인 방문 동안 그들은 다른 볼일로 스파르타를 떠나 있었다. 소 떼 때문에 아르카디아의 사촌들과 지저분한 싸움에 휘말린 탓이었다. 헬레네는 이 일의 배후에도 아프로디테가 있을까 궁금해졌다. 크레타에서 열린 장례식 때문에 메넬라오스가 갑자기 떠나고 그녀의 형제들도 자리를 비우는 바람에 파리스가 저항 없이 궁을 약탈하고 아주 수월하게 그녀를 트로이로 데려올 수 있었으니.

프리아모스는 답하지 않았다. 헬레네가 자기 형제들에게 벌어진 일을 모르고 있다니, 충격적이었다. 두 형제가 사촌들과 소 문제를 담판 지으러 북쪽으로 갔고, 카스토르가 배신당해 죽었다는 건 온 세상 사람들이 알고 있는 사실이었다. 슬픔을 가누지 못한 폴리데우케스는 사랑하는 쌍둥이 형제와 함께 죽게 해달라고 제우스에게 빌었다. 기도에 답하여 제우스는 폴리데우케스가 망자의 세계까지 카스토르와 동행할 수 있게 허락해주었다. 밤에는 두 형제가 쌍둥이자리의 카스토르와 폴룩스로 하늘에서 빛나며 꼭 붙어 있었다. 그들은 밤하늘의 길잡이별이 되어 선원들에게 꼭 필요한 도움을 주었다.*

프리아모스는 이 소식이 트로이에 닿았을 때 파리스가 헬레네에게 알려줬을 거라 생각했었다. 아마도 파리스는 그녀가 어떻게 받아들일지 걱정이 됐던 모양이다. 그녀는 자신의 형제들을 진심으로 사랑했으니까.

프리아모스와 헬레네는 그렇게 나란히 앉아 있었다. 헬레네는 기억나는 그리스 장수들을 가리키며, 그들의 목소리와 그 아내들의 버릇을 흉내 내기까지 했다. 프리아모스는 미소 지으며 온화하게 고개를 끄덕였다.

예전에 아프로디테가 그녀에게 어떤 마법을 걸었는지 몰라도 이제 환상에서 완전히 깨어난 헬레네는 파리스에게 아무 감정도 없었다. 남아 있는 감정이 있다면 오로지 경멸뿐. 그는 그녀를 전

---

* 어부들은 성 엘모의 불(폭풍 때 대기 속의 정전기에 의해 뾰족한 물체의 끝 부분에 생기는 밝은 빛—옮긴이) 현상 또한 디오스쿠로이의 현시라고 믿었다.

리품으로 취급하고, 강제로 취했으며, 자기 마음에 들면 전시하듯 사람들 앞에 내세우며 그 미모의 주인임을 뽐냈다. 하지만 친밀한 애정을 표현하기는커녕 그녀를 사랑하는, 하다못해 존중하는 기색조차 없었다. 그의 동생인 데이포보스도 마찬가지였다. 근처에 다른 사람이 없으면, 음탕한 눈빛으로 그녀를 지켜보다가 마치 매춘부를 상대하듯 그녀에게 말을 걸었다. 프리아모스와 헤카베, 그리고 헥토르는 달랐다. 그들은 항상 그녀에게 예의 바르고 친절했다.

헬레네와 프리아모스가 성곽 위에서 지켜보는 가운데, 메넬라오스와 파리스가 서로의 진영에서 앞으로 나왔다. 수만 명의 병사가 함성을 지르며 무기로 방패를 두드려댔다. 헬레네는 이렇게 큰 소리는 들어본 적이 없었다. 성벽을 흔들 정도로 강한 진동이 느껴졌다.

일대일 결투

메넬라오스와 파리스는 멋진 무장을 뽐냈다. 두 사람은 꼭대기에 말총이 달린 투구를 쓴 채, 억센 가죽을 덧댄 거대한 청동 방패를 들고 있었다. 물푸레나무로 만든 창의 촉은 갓 갈아서 햇빛 속에 번득였다.

헥토르 왕자가 자신의 투구를 쭉 내밀며 앞으로 나왔다. 그리고 그 안에다 흰 돌 하나와 검은 돌 하나를 떨어뜨렸다. 그는 투구를 높이 치켜들며 외쳤다. "흰 돌은 파리스 왕자, 검은 돌은 메넬라오스왕이다!"

그가 투구를 사납게 흔드는 동안 좌중은 물을 끼얹은 듯 조용해졌다. 흰 돌이 밖으로 튀어나왔다.

"파리스 왕자가 먼저 창을 던진다."

거칠고 추악한 싸움이 아니라 의식을 갖춘 결투가 벌어질 참이었다. 아가멤논과 프리아모스는 각자 황소와 염소를 신들에게 제물로 바쳤었다. 그들과 사제들은 어떤 식으로든 전쟁의 끝을 보게 될 이 순간을 최대한 품위 있고 명예롭게 맞기로 결심했다.

양쪽 진영의 병사들은 흥분을 감추지 못했다. 마치 축제라도 벌어지는 듯한 분위기였다. 드디어 고향으로 돌아갈 수 있게 된 것이다. 결과가 어떻게 되든 집으로 돌아갈 수 있다. 지금 서로 등진 채 반대 방향으로 성큼성큼 걸어가고 있는 두 남자에게 이 모든 것이 달려 있었다. 헬레네의 남편 메넬라오스와 그녀의 연인 파리스. 일반 병사들은 누가 이기든 별로 관심이 없었지만, 전리품의 행방은 사소한 문제가 아니었다. 파리스가 자신이 패한다면 헬레네뿐만 아니라 막대한 양의 보물도 함께 넘겨주리라 약속했기 때문이다. 그중 대부분은 왕과 왕자에게 돌아가겠지만, 일반 병사도 적지 않은 보물을 챙길 수 있을지 몰랐다.

파리스와 메넬라오스가 적절한 걸음 수를 채우자 헥토르가 멈추라고 소리를 질렀다. 그들은 몸을 돌렸다. 정적이 감돌았다. 파리스가 팔을 들어 올려 뒤로 젖힌 다음 창을 던졌…….

기다란 창 그림자가 표적을 향해 질주하자 사람들은 헉하고 크게 숨을 몰아쉬었다. 메넬라오스가 들고 있는 방패의 한가운데를 창끝이 쾅 찌르며 요란한 소리를 냈지만, 방패에 덧대어진 억센 가죽 때문에 창끝이 휘어졌다. 잘 던졌지만, 상대에게 부상을 입히지는 못했다. 그리스군은 안도의 한숨을 내쉬고, 트로이군은 실망감에 탄식했다.

이제 메넬라오스의 차례였다. 그는 창을 들어 그 무게와 균형감을 느꼈다.

파리스는 기특하게도 뒷걸음질 치거나 움츠러들지 않았다. 꿋꿋이 제자리에 서 있었다. 메넬라오스는 표적을 겨냥하고 창을 날렸다. 그 역시 방패의 정중앙을 맞혔지만, 이번에는 창끝이 방패를 뚫었다. 파리스는 마지막 순간 운동신경을 발휘해 몸을 틀었다. 창은 그의 몸을 뚫지 못했지만, 옆구리를 스치고 지나갔다. 파리스가 무의식적으로 새된 비명을 내지르고 피까지 보이자 메넬라오스는 승리를 감지했다. 거친 기합과 함께 빠르게 달려가 파리스의 투구로 검을 휘둘렀다. 시끄러운 꿍음이 울렸지만, 박살난 건 투구가 아니라 검이었다.

깜짝 놀란 파리스가 뒤로 휘청거리자, 메넬라오스는 투구의 말총 장식을 움켜잡아 세게 당겼다. 파리스는 흙바닥에 무릎을 털썩 꿇었고, 메넬라오스는 투구의 턱끈을 붙잡은 채 그를 땅으로 질질 끌기 시작했다. 수년 전 아카이아군이 처음 상륙했을 때 아킬레우스가 키크노스를 목 졸라 죽였듯이, 메넬라오스도 파리스를 질식시켜 죽일 수 있었을 것이다. 아프로디테가 파리스를 위해 끼어들지 않았다면 말이다. 그녀가 투구 끈을 끊자, 메넬라오스는 텅 빈 투구를 거머쥐고서 뒤로 비틀거렸다. 이제 아프로디테는 먼지바람을 일으켜 혼란한 틈을 타 파리스를 사라지게 했다. 메넬라오스는 그의 이름을 외쳐 불렀지만 그가 보이지 않았다. 아무도 그를 보지 못했다. 그는 트로이 성벽 뒤, 궁전의 자기 침실로 안전하게 옮겨져 있었다.

군중은 좌절하고 실망하여 야유를 퍼부었다.

궁 안에서는 아프로디테가 헬레네 앞에 나타나, 파리스에게 가서 그를 돌보고 그와 사랑을 나누라는 명령을 내렸다.

"저의 진정한 남편 메넬라오스가 이겼군요. 제가 왜 겁쟁이 파리스에게 가야 하죠? 그를 그토록 사랑하신다면 아프로디테 님이 직접 가세요. 그의 이마를 어루만져주고, 그와 사랑을 나누세요. 저는 그 사람을 보기도 싫으니까요." 헬레네가 말했다.

아프로디테의 얼굴이 분노로 일그러졌다. "감히 날 거역하다니! 내 심기를 건드렸다간 트로이인과 그리스인 모두에게 미움받게 되리라. 이 세상의 어떤 여인도 당해본 적 없는 학대와 멸시와 형벌이 너에게 쏟아지리라. 당장 가거라!"

헬레네는 아프로디테의 격렬한 분노에 몸서리를 쳤다. 성스럽게 빛나던 아름다운 얼굴이 고르곤처럼 험악하고 추악한 표정으로 꽥꽥 소리를 질러대다니, 아이아스 같은 장수라도 겁을 집어먹으리라. 헬레네는 반짝이는 흰 숄을 어깨에 단단히 두른 채 파리스의 방으로 향했다.

그는 침대에 앉아 옆구리의 긁힌 상처를 조심조심 만지며 움찔대고 있었다.

"용맹한 전사께서 위대하고 영예로운 승리를 거두고 오셨군요. 피가 철철 흐르는 무시무시한 상처를 안고서. 그대의 창에 메넬라오스를 오리 구이처럼 꿰어버리겠다, 그렇게 호언장담하시더니. 그대가 훨씬 더 강하고, 훨씬 더 빠르고, 훨씬 더 약삭빠르고, 훨

썬 더 용맹하다 하시더니…… 지금 그대의 꼴을 보니…… 한심하기 그지없군요." 헬레네는 경멸 어린 목소리로 말했다.

"메넬라오스는 아테나 님의 도움을 받았단 말이오!" 파리스는 투덜거렸다. "내일 내가 그자를 해치울 거요. 지금은 사랑이나 나눕시다……. 이리, 침대로 오세요."

한편, 메넬라오스는 트로이의 흉벽을 올려다보며 소리를 지르고 있었다.

"이것으로 끝인가, 파리스? 그런가? 그렇다면 승리는 우리의 것이다! 바로 오늘 헬레네와 나의 아들 니코스트라토스를 데리고 이 역병 도는 땅에서 영원히 떠나리라! 영원히!"

헬레네는 양쪽 진영의 병사들이 지르는 환성을 들었다. 세상이 시작된 후 인간들이 이토록 큰 소리를 낸 적이 있었던가.

저 아래 평원에서 어느 편이랄 것도 없이 모든 병사가 환희에 휩싸여 미쳐 날뛰고 있었다.

'집으로!' 그리스군은 생각했다. '집으로!'

'평화!' 트로이군은 생각했다. '평화!'

하지만 트로이를 증오하는 헤라는 이대로 끝낼 생각이 없었다. 이 도시가 철저히 무너지고 파괴되기를 원했다.

올림포스에서 헤라와 아테나는 제우스를 들볶았다.

"아직 문제가 해결되지 않았어요. 당신도 알잖아요." 헤라가 말했다.

"이대로 끝낼 순 없잖아요, 아버지?"

"말도 안 되지."

"해결된 건 아무것도 없고, 양쪽 모두 망신만 당했어요."

"신들에게도 망신이지. 우리 모두, 특히 당신이요, 제우스."

아내와 딸의 협공에 제우스는 결국 두 손을 들고 고개를 숙였다.

"그럼 가보시오. 꼭 그래야겠거든." 그가 말했다.

아테나는 트로이 성벽으로 가서 안테노르의 전사 아들인 라오도코스로 둔갑하여 트로이의 궁수 판다로스에게 접근했다. 그리고 메넬라오스를 화살로 맞히면 불멸의 영광을 얻게 되리라 속삭였다. 메넬라오스는 여전히 이리저리 걸어다니며, 남자답게 대결하자고 큰 소리로 파리스를 불러대고 있었다.

판다로스는 신중하게 표적을 겨냥하고 활시위를 당겼다. 화살은 메넬라오스의 갑옷을 뚫고 중요한 장기에 닿았지만, 아테나가 전광석화처럼 움직여 화살을 휘었다.* 화살촉은 메넬라오스의 다리에 꽂혔고, 그는 치명상은 입지 않았지만 피를 흘리며 땅으로 쓰러졌다.

그리스군은 이 노골적인 휴전 협정 위반에 격노하여 소리를 질렀고, 양쪽 군은 본격적으로 맞붙기 시작했다. 아홉 해 만에 처음으로 일리움 평원에서 전투다운 전투가 벌어졌다. 때때로 크산토스(누런 강)라 불리기도 하는 스카만드로스강이 곧 붉은색으로 물든다.

---

* "잠든 아이에게서 파리를 쫓아내는 어머니처럼"이라고 호메로스는 썼다.

디오메데스와 신들의 대결

아스클레피오스의 아들 마카온이 켄타우로스 케이론의 고약으로 메넬라오스의 부상을 치료했다.*

그사이에 전투는 걷잡을 수 없이 격렬해졌다. 화살에 맞은 동생 때문에 진정한 지도자로서의 면모가 깨어나기라도 했는지, 아가멤논은 전장을 누비고 다니며 장군들인 오디세우스와 대 아이아스, 소 아이아스와 디오메데스를 독려했다.

이들 가운데 아르고스의 왕이자 티데우스의 아들인 디오메데스는 유독 사납고 용맹하게 싸우며 최고의 공훈을 세우고 있었다. 그는 사이클론처럼 트로이 병사들 사이를 뚫고 거침없이 돌진했다. 트로이 성벽 위에서 판다로스가 화살을 쏘아 그에게 부상을 입혔다. 하지만 디오메데스는 신음 한 번 내지 않고, 그의 벗이자 전우인 스테넬로스에게 화살을 뽑아달라 청했다.

"고작 이 정도 실력이더냐, 비겁한 판다로스여." 그는 이렇게 소리 지르고는 다시 종횡무진 전장을 누비고 다녔다.

올림포스 신들은 느닷없이 불타오르기 시작한 전쟁에 깜짝 놀랐다. 그 오랜 세월 지지부진하더니 이제 두 진영의 병사가 서로 죽일 듯이 싸우고 있었다. 검이 획획 허공을 가르고, 전차가 굉음을 내며 달리고, 화살과 창이 날아다니고, 부상당하고 죽어가는

---

* 마카온은 아스클레피오스의 아들 중 한 명이었다. 아킬레우스와 마찬가지로 이 신성한 치유자도 케이론의 가르침을 받았다.

병사의 비명과 함성이 천지에 진동했다. 그리고 맹위를 떨치는 디오메데스의 모습은 전쟁의 신마저 탄복시켰다. 하지만 처음부터 트로이 편에 섰던 아레스는 전장의 한가운데로 뛰쳐 들어가 그리스 병사들을 옆으로 집어던지며 거침없이 디오메데스에게 다가갔다. 그를 쓰러뜨릴 작정이었지만 아테나가 그만두라고, 인간들을 내버려두라고 소리쳤다. 아레스는 부루퉁하니 스카만드로스 강변으로 터벅터벅 걸어갔다.

그날 디오메데스만큼 무서울 정도로 완전히 자기 몸을 불살라 싸운 전사는 없었다. 그는 신의 기운으로 충만한 듯, 마치 신이 된 듯 보였다. 여기서 문제의 신은 바로 아테나였다. 아테나는 그에게 불멸의 존재들을 알아보는 능력까지 주었다.

"필요하다면 그들과 싸워도 좋다." 아테나는 그의 귀에 대고 속삭였다. "하지만 아프로디테는 안 돼. 아프로디테는 전쟁과 무관한 신이니 건드려서는 안 된다."

디오메데스는 프리아모스의 두 아들을 죽였다. 그리고 자신감이 넘친 나머지 성벽 위에서 지상으로 내려왔던 판다로스도 처치했다. 디오메데스의 무용 앞에 10여 명의 트로이 상급병들이 쓰러졌다. 사기가 잔뜩 오른 이 아르고스인은 이제 다르다니아의 수장인 아이네이아스 왕자를 눈독 들였다. 디오메데스는 장정 두 명도 들기 힘든 바위를 머리 위로 들어 올려 아이네이아스에게 내리쳤다. 아이네이아스는 몸을 옆으로 틀었고, 머리는 피했지만 엉덩이를 바위에 맞고 말았다. 디오메데스가 검을 뽑아 그를 끝장내려는 순간, 아이네이아스의 어머니 아프로디테가 끼어들었다. 걷잡을 수 없는 살의와 광기에 휩싸인 디오메데스는 그녀의 손목을 베었다. 은빛 도는 황금 영액 이코르가 상처에서 쏟아져 나왔고, 아프로디테는 비명을 지르며 강변으로 달아났다. 그곳에서는 그녀의 연인 아레스가 여전히 뚱하니 골을 내고 있었다.

"디오메데스라는 저 작자는 정신이 나갔어! 이런 기세라면 제우스한테도 대들겠어! 당신 말들을 빌려줘. 올림포스로 날아가서 상처를 치료해야 하니까." 아프로디테가 아레스에게 말했다.

그사이 아이네이아스는 아폴론이 드리운 안개에 감싸인 채, 아폴론의 쌍둥이 남매인 아르테미스와 그들의 어머니인 티탄 신족 레토에게 치료를 받았다. 치료가 끝나자 아폴론은 아레스에게 꽁한 사춘기 아이처럼 강만 노려보고 있지 말고 전투에 가담하라고 말했다.

"디오메데스가 트로이 최고의 용사들을 쓰러뜨리고 있지 않은가! 당장 엉덩이를 떼고 싸우게."

뜨끔하고 창피해진 아레스가 트로이 진영에 합세하자 전세가 역전되기 시작했다. 디오메데스가 트로이군을 아무리 많이 죽였어도, 아레스가 그 두 배의 그리스군을 도륙하기 시작했다.

아테나는 올림포스로 날아가 제우스에게 그녀와 헤라도 전투에 가담할 수 있게 허락해달라고 간청했다. "아레스가 트로이군을 돕는다면, 우리도 아카이아군을 도울 수 있어야지요."

제우스는 체념한 듯 혀를 차고는 고개를 저었다. 그가 우려했고 가장 피하고 싶었던 바로 그 상황이 찾아온 것이다. 순수한 인간사에 신들이 전면적으로 개입하는 것. 하지만 그는 이번에도 고개를 끄덕여 허락해주었다.

아테나는 고르곤의 얼굴이 박힌 아이기스를 번득이며 트로이군을 공격했다.

"어이, 디오메데스!" 아테나는 그를 큰 소리로 불렀다. "그대는 전사인가, 아니면 졸제비인가? 보아라, 저기 아레스가 전장의 중심에서 싸우고 있다. 그를 잡아보겠느냐? 전쟁의 신과 감히 겨루어보겠느냐?"

디오메데스는 간담이 서늘해질 만큼 무서운 괴성을 지르며 창으로 아레스의 배를 푹 찔렀다.

상처를 입은 전쟁의 신은 고통스러워하며 울부짖었다. 이 세상의 것 같지 않은 그 소리에 양쪽 진영의 병사들은 몸서리를 쳤다. 물론 디오메데스만이 불사신을 알아보는 능력을 가지고 있었다. 다른 병사들에게 아레스의 비명은 무시무시하면서도 신비롭게 들렸다. 모두가 공포와 놀라움에 휩싸여 주위를 둘러보느라 아주 잠깐 전투가 멈추었다.

아레스는 새된 소리로 절규하며, 상처를 치유하기 위해 올림포스로 날아갔다. 제우스는 냉담했다. 전쟁의 신은 그의 자식이지만 처음부터 정이 가지 않았다. 그는 마지못해 아레스가 상처를 치료할 수 있게 해주었다. 하지만 아테나와 헤라 역시 올림포스로 돌아오자 제우스는 앞으로 신들의 개입을 절대 용납하지 않겠다고 선언했다.

"참으로 가관이더군. 그대들이 올림포스 신들이오, 아니면 천방지축 아이들이오? 창피스러워서 원. 이제부터는 절대 싸움에 끼어들지 마시오. 우리의 도움 없이 인간들이 알아서 해결하도록 내버려둡시다. 다들 알겠소?"

지친 데다 당장은 부끄러운 마음이 들었던 신들은 순순히 고개를 숙였다.

하지만 제우스는 테티스에게 한 약속을 잊지 않았다.

헥토르와 아이아스의 결투

이제 아레스가 전투에서 빠졌으니, 그리스군은 곧장 트로이 성벽으로 돌격할 수 있게 되었다. 디오메데스가 진두지휘를 하고, 아이아스와 오디세우스, 아가멤논, 메넬라오스, 소 아이아스가 그 뒤를 받쳐주었다. 늙은 네스토르마저 검을 앞뒤로 흔들면서 적군 사이를 뚫고 나가 노익장을 과시했다.

헥토르는 전세가 트로이에게 불리하게 돌아가고 있으며 금방이라도 도시가 함락될 수 있다는 걸 알았다. 다른 사람이 아닌 그가 이 흐름을 끊어야 했다. 아이네이아스가 바로 그의 곁에서 싸우고 있으니, 그가 트로이군을 도시 안으로 불러들여 성문을 닫고 반격을 준비할 시간은 충분했다.

왕궁에서 헤카베는 헥토르와 포옹하고는 포도주 한 잔과 휴식을 권했다. 헥토르는 술잔을 밀어냈다.

"고맙습니다, 어머니. 하지만 포도주를 마시면 머리가 둔해지고 결심이 흔들릴 겁니다."

그는 계단을 올라 파리스와 헬레네의 방으로 갔다.

"갑옷에 광을 내고 있었어? 그래, 참으로 너답구나."

파리스는 얼굴을 붉혔다. "조롱하지 마세요, 형님. 형님처럼 능숙하고 용맹하지는 못하지만 나도 싸울 수 있고 싸울 겁니다. 이제 검과 창끝을 날카롭게 갈아야겠어요. 금방 형님을 뒤따라 가겠습니다."

파리스가 자리를 뜨자 헬레네가 헥토르에게 말했다. "아주버님은 목숨을 걸고 그 누구보다 열심히 싸우고 계시죠. 하지만 무엇을 위해서요? 저 같은 쓸모없는 여인 때문이지요. 그리고 물론, 아주버님의 한심한 동생 파리스와 그의 허영심 때문이고요. 아주버님에게 이런 짐을 지워드리느니 차라리 내가 태어나지 말았어야했어요."

헥토르는 이 세상에서 가장 아름다운 인간의 얼굴을 들여다보며 말했다. "부디 스스로를 괴롭히지 마시오. 난 할 일을 했을 뿐이니. 우리 가족은 절대 그대를 탓하지 않소, 헬레네. 그대가 고국을 떠나온 후 어떤 고통을 겪었는지 아니까. 내 아버지와 어머니는 그대를 따뜻하게 맞으셨소. 그대는 트로이의 왕자비요. 그대는 내 누이나 마찬가지요. 우리는 그대의, 그리고 우리의 명예를 위해 싸우는 거요. 자부심을 갖고 기꺼운 마음으로."

스카이아 성문에서 헥토르는 어린 아들을 품에 안고 있는 그의아내 안드로마케를 발견했다.

"안녕, 우리 스카만드리오스. 참으로 아름답구나. 별처럼." 헥토르는 잠든 아이를 내려다보며 말했다. 트로이의 다른 사람들은 모두 이 아기를 아스티아낙스, 즉 '도시의 군주'라 불렀다.

"오, 헥토르! 당신이 꼭 전장에 나가야겠어요? 내 아들이 아버지 없이 자라는 건 원치 않아요. 아킬레우스가 제 아버지를 죽였잖아요. 그나 디오메데스가 당신마저 죽이면 어떡해요?" 안드로마케가 말했다.

"우리의 운명은 정해져 있고 누구도 그것을 피할 수 없어요. 게다가, 수많은 내 형제들과 동포들이 목숨을 걸고 싸우고 있는데, 나만 집에 숨어 있는다면 무슨 면목으로 살아갈 수 있을까? 불명예스럽게 사느니 죽는 편이 나아요. 나는 당신과 스카만드리오스를 위해서도 싸우는 겁니다. 지금 우리가 항복하면, 다나오이가 도시를 약탈하고 우리 모두를 죽일 테니까. 그리고 당신은 어느 그리스인 가정에 노예로 끌려가겠지요. 그런 일은 절대 용납할 수 없습니다." 헥토르가 말했다.

헥토르의 투구에 햇빛이 비쳤다. 윤이 나도록 닦은 청동이 번득이자 아스티아낙스가 눈을 뜨며 잠에서 깨어났다. 투구 꼭대기에 달린 거대한 깃털 장식이 자신의 얼굴 쪽으로 까딱이자 아기는 겁에 질려 악을 쓰며 울었다. 안드로마케와 헥토르는 웃음을 터뜨렸다. 헥토르는 투구를 벗고 아기를 안아 들어 입을 맞추었다.

"네 아버지보다 더 훌륭한 남자로 자라거라, 스카만드리오스." 그는 아기를 하늘 높이 휙 들어 올린 다음 아내의 품으로 되돌려 주었다. "그리고 걱정할 것 없어요, 내 사랑하는 아내 안드로마케. 난 죽지 않을 테니까. 오늘만큼은."

문지기에게 고개를 끄덕이며 헥토르는 성큼성큼 밖으로 걸어 나갔다. 파리스는 반짝이는 갑옷을 입은 채 달려와 그를 따라잡았다.

"자, 왔습니다, 형님. 금방 올 거라고 말씀드렸잖아요? 많이 기다리지 않으셨기를 바랍니다." 파리스가 말했다.

헥토르는 씩 웃었다. "너한테는 오래 화를 낼 수가 없구나. 난 네가 싸울 의지도, 능력도 있는 용맹한 전사라는 걸 알고 있다만

남들이 널 조롱하는 소리를 들을 때마다 가슴이 찢어져. 사람들이 오래도록 우리 둘의 이름을 노래할 수 있도록 오늘 멋지게 싸워보자꾸나."

형제는 서로 팔짱을 끼고 성문을 지나, 치열한 전투가 벌어지고 있는 평원으로 나갔다.

두 사람은 곧장 공격에 나서 각자 중요한 아카이아 전사를 한 명씩 쓰러뜨렸다.

전장을 지켜보고 있던 아테나와 아폴론은 곁눈질로 서로를 힐끔 쳐다보았다.

"당장에 휙 내려가서 그대의 사랑하는 아르고스인들에게 승리를 안겨주고 싶겠지. 나도 트로이인들을 도와주고 싶은 마음이 굴뚝같거든." 아폴론이 말했다.

"아버지께서 금지 명령을 내리셨으니…… 그럼 우리가 유혈 사태를 멈추고 뭔가 현명한 일을 해봅시다."

"예를 들면?"

아테나가 그녀의 계획을 들려주자 아폴론은 고개를 숙였다. "그대의 뜻대로……."

프리아모스의 아들로 예언자이자 점술가였던 헬레노스는 그의 귀에 대고 속삭이는 어떤 목소리를 들었다. 그는 전장의 한가운데에서 적들을 베고 있는 형을 찾으러 급히 나갔다.

"헥토르 형님!" 그는 헥토르를 옆으로 잡아당기며 말했다. "잘 들으십시오. 제가 신들의 말씀을 들었어요. 피를 그만 보려면, 양쪽 진영을 대표해 싸울 전사를 한 명씩 정해야 한답니다."

"뭐?" 헥토르는 숨을 헐떡이며 물었다. "이미 한 번 그렇게 해봤지만······."

"한 번 더 해보는 게 어때요? 메넬라오스와 파리스의 대결로는
아무것도 결정 나지 않았잖아요. 그리스 진영이 선택하는 대표 전
사와 형님이 맞붙으면 어떻습니까? 일대일로?"

헥토르는 잠깐 생각해보고는 소음 위로 목소리를 높여 도전장
을 던졌다.

"내 말을 들어라, 헬라스의 병사들이여!" 그가 외쳤다. "너희의
최고 용사를 내게 보내라. 내가 패한다면, 그가 내 갑옷과 무기를
가지되 내 시신은 정화하여 태울 수 있도록 트로이로 보내줘야 할
것이다. 그가 패한다면, 내가 그의 병기와 갑옷을 벗길 테지만 그
의 주검은 너희가 가져가 정화할 수 있게 해주겠다. 이 결투로 완
전히 승부를 결정 짓자. 내 생각이 어떠한가?"

메넬라오스는 이번에도 자기가 나가겠다며 곧장 나섰지만, 아
가멤논이 그를 말렸다.

"넌 싸울 만큼 싸웠다, 동생아. 다리의 상처도 아직 다 낫지 않
았잖느냐. 게다가 네가 아무리 뛰어난 전사라고 한들 헥토르의 상
대는 되지 않는다. 키 하나만으로도 네가 이길 수가 없어."

아가멤논, 디오메데스, 이도메네우스, 대 아이아스와 소 아이아
스, 오디세우스를 비롯한 아홉 명의 대표적인 그리스 장수가 모두
일어섰다. 각각 돌에 자신의 이름을 휘갈겨 쓴 다음, 그 돌을 아가
멤논의 투구 속으로 던져 넣었다. 아가멤논이 투구를 흔들자, 텔
라몬의 아이아스(대 아이아스)의 이름이 적힌 돌이 밖으로 튀어
나왔다.

엄청난 환호가 터져 나왔다. 아카이아 병사들은 거인 같은 이

남자가 천하무적이라 믿고 있었다. 그의 체구와 힘을 능가할 전사는 양쪽 진영 어디에도 없었다. 아이아스는 무장을 마치고, 망치로 두드린 청동에 두툼한 가죽을 일곱 겹이나 덧댄 거대한 방패를 치켜들었다. 산만큼이나 묵직한 방패였다.

다시 한번 양군이 갈라져 결투장을 만들었다.

아이아스와 헥토르의 결투가 시작되었다. 헥토르가 먼저 창을 던질 우선권을 얻었고, 그의 창은 아이아스의 방패에 덧대어진 가죽 여섯 겹을 뚫었지만 마지막 한 겹을 통과하지 못했다. 다음은 아이아스의 차례였다. 그의 창은 헥토르의 방패를 완전히 뚫었고, 헥토르가 제때 몸을 틀지 않았다면 그의 살도 뚫릴 뻔했다.

양쪽 진영의 병사들은 결투에 몰입한 나머지 응원도 잊고 있었다. 그들은 역사적인 대결을 목격하고 있다는 사실에 전율했다. 전설로 남을 아주 중요한 역사적 사건. 품위 있고 몸놀림이 재빠른 헥토르와, 힘과 체력이 넘치는 아이아스의 대결.

이번에도 그들은 접전을 벌였다. 아이아스의 창은 한 번 더 헥토르의 방패를 뚫은 뒤 그의 목을 스쳐 지나가며 여린 피부에 자국을 남겼다. 헥토르가 거대한 돌을 던지자, 아이아스는 그 두 배 되는 크기의 바위로 응답해 헥토르를 무릎 꿇렸다.

아이아스는 헥토르에게 다가와 하늘을 올려다보았다.

"해가 지고 있군." 그는 헥토르에게 한 손을 내밀어 그를 일으켜 세웠다. 그들의 결투는 중단되었다. 헥토르는 왕자다운 용맹함을 발휘하여 아이아스에게 자신의 은검을 선물했고, 아이아스는 무릎을 꿇고 그의 허리띠를 헥토르에게 건넸다. 그들은 몰랐지만, 헥토르의 은검과 아이아스의 허리띠는 곧 닥쳐올 극적 사건에서 엄청나고도 비극적인 역할을 하게 된다.

이렇듯 그들의 일대일 결투는 명예롭게 끝을 맺었다. 이날의 치열한 전투 역시 끝났지만, 9년 전의 그 첫날이나 지금이나 전쟁의 끝은 전혀 보이지 않았다.

전세 역전

그날 밤 트로이 왕궁에서 참모 회의가 열렸을 때, 안테노르는 헬레네를 돌려보내야 한다고 주장했다. 파리스는 이를 딱 잘라 거부했다.

"내가 스파르타와 미케네에서 가져온 보물에 내 보물을 더해 돌려주겠습니다. 하지만 헬레네는 포기할 수도 없고, 포기하지도 않을 겁니다."

휴전 중에 전령들이 아카이아 진영에 전달한 이 제안은 거절당했다.

다음 날 전쟁은 평원에서 계속되었다. 제우스는 아가멤논을 벌하겠다는 약속을 지켜달라는 테티스의 거듭된 요청에 답해 그리스 진영에 벼락을 내렸다.

아카이아 병사들이 우왕좌왕하는 와중에도 네스토르만은 꿋꿋이 전차를 몰고 트로이군 대열을 뚫고 또 뚫었다. 두 번째로 고령인 지휘관보다 나이가 두 배나 더 많은 이 남자의 모범적인 활약에 그리스 병사들은 새로이 결사 투쟁을 다짐하며 용기를 불태웠다. 하지만 전차를 모는 말이 파리스의 화살에 머리를 맞는 바람에 네스토르는 전투력을 상실하고 말았다. 디오메데스가 그를 구해 자신의 전차에 태웠다. 아카이아 병사들은 실망감과 두려움에 크게 탄식했다. 아카이아군 전체가 평야를 가로질러 그들의 함선으로 꽁무니를 빼기 시작했다. 이런 퇴각을 받아들일 수 없었던 아가멤논은 눈물을 주르륵 흘리며 하늘을 올려다보았다.

"정녕 우리를 버리시는 겁니까, 제우스 님? 우리가 승리하리라 믿게 만들었던 그 모든 계시와 징조는 무엇이란 말입니까? 적어도 저의 용맹한 병사들은 죽음을 면하게 해주십시오. 우리가 이 전쟁에서 패해야 한다면, 좋습니다, 그렇게 하십시오. 하지만 이런 대패는 부당합니다. 부당하다고요. 부당해."

헤라와 아테나의 눈치도 봐야 하고, 테티스의 부탁도 들어줘야 하고, 그 와중에 양쪽 진영의 영웅들에게 탄복하느라 이모저모로 갈등에 휩싸여 있던 제우스는 인간들의 왕 아가멤논이 아이처럼 흐느끼는 모습을 보고는 안타까운 마음이 들었다. 그는 거대한 독수리를 한 마리 보냈다. 독수리는 새끼 사슴을 발톱으로 붙든 채 전장 위로 높이 날아올랐다. 그리스군은 이를 길조로 해석하고 다시 기운을 차렸다.

이제 양쪽 진영을 통틀어 최고의 궁수인 살라미스의 테우크로스가 활약할 차례였다. 그는 이복형제 아이아스의 방패로 몸을 가린 채 적군들을 한 명씩 노리기 시작했다. 여덟 명의 트로이 왕족 혹은 귀족이 그의 화살에 쓰러졌지만, 헥토르는 걸려들지 않았다. 대신에 테우크로스는 헥토르의 전차를 몰고 있던 아르케프를 해치웠다. 분개한 헥토르는 전차에서 뛰어내려서 돌을 들고 테우크로스에게 덤벼들어, 궁수가 활시위를 당기기도 전에 그의 가슴을 돌로 마구 때렸다. 아이아스가 이복동생을 구하러 달려왔다. 그는 헥토르를 밀쳐낸 뒤 테우크로스를 일으켜 세워 어깨에 짊어진 채 아카이아군 대열로 달려갔다. 노호하는 헥토르와 거의 모든 트로이 병사들이 그 뒤를 쫓아갔다.

강력한 그리스 원정군 전체가 방책 뒤에 몸을 웅크리고 있었다. 날카롭게 깎은 말뚝들이 트로이군을 막아줄 최후의 필사적인 방어선이었다. 아가멤논은 여전히 눈물을 흘리고, 그들의 대의를 저버린 제우스를 여전히 원망하며 일어섰다.

"이제 고향으로 돌아갑시다." 그는 울부짖었다. "우리는 패배했소. 우리는 절대 트로이를 이길 수 없을 거요. 저들이 우리를 바다로 내몰았소. 이제 불을 던질 수 있을 만큼 가까워졌잖소. 어서 함선을 타고 떠납시다."

디오메데스가 일어나 말했다. "우리의 지휘관이 자기 자신도 우리도 이렇게 믿지 못하다니 기가 막히는군. 신들께서는 인간들의 왕에게 모든 것을 주셨소. 프리기아의 미다스왕조차 누리지 못한 부를. 영광스러운 이름을. 최고의 땅과 최고의 가족을. 이 모든 것을 평생 누려놓고 이 한 번의 퇴각에 아이처럼 징징거리면서 집으로 돌아가자고 빌다니. 좋소. 그대는 고향으로 돌아가시오, 아가멤논. 하지만 나는 여기 남겠소. 스테넬로스,* 자네도 나와 함께하겠지?"

"물론!" 스테넬로스는 창 자루 끝을 땅에다 탕탕 두드리며 외쳤다.

---

* 아르고스의 유서 깊은 왕족 가문 출신으로, 디오메데스의 충성스러운 벗이었다.

"또 누가 우리와 함께하겠소?" 디오메데스가 물었다.

네스토르가 일어났다. "나도 여기 남겠소. 인간들의 왕이여, 눈물을 닦고 잘 생각해보시오! 트로이군의 사기가 다시 오른 것은 그들의 가장 위대한 전사이자 가장 고귀한 왕자, 가장 뛰어난 투사인 헥토르가 무용을 떨쳐 본보기가 되어주고 있기 때문이오. 우리에게는 그보다 더 빠르고, 더 건장하며, 더 강하고, 모든 면에서 더 뛰어난 용사가 한 명 있잖소. 하지만 그는 갑옷을 입고 우리와 함께 싸우기를 거부한 채 부루퉁하니 자신의 막사에 처박혀 있지. 그 이유가 무엇이었소? 그대가 브리세이스를 빼앗아 그를 모욕했기 때문이오. 이 일을 바로잡아야 하지 않겠소?"

아가멤논은 고개를 숙이고 두 주먹으로 가슴을 때리며 소리쳤다. "내가 어리석었소! 테티스와 펠레우스의 아들이 한 부대의 몫을 하거늘. 자존심과 불같은 성질에 내가 지고 말았소. 하지만 바로잡을 것이오. 올림포스 12신에게 맹세컨대, 꼭 바로잡겠소!"

갑자기 그는 후회와 결의와 투지가 뒤범벅된 감정에 도취한 듯 보였다. 예전엔 아킬레우스에게 굴욕감을 안겨주려 그토록 애쓰던 사람이 지금은 그에게 후한 인심을 베풀고 싶어 안달 난 것 같았다.

"황금과 명마 수십 마리, 여자 노예 일곱 명, 그리고 물론 그가 그토록 아끼는 브리세이스까지 그에게 보내야지. 나는 그녀와 동침하지 않았으니, 사실대로 전하시오. 그리고 또한." 이제 아가멤논의 목소리는 강하고 자신만만하게 울려 퍼졌다. "우리가 트로이를 함락하면, 아킬레우스는 자신이 원하는 보물을 마음껏 고를 수 있소. 그리고 고향으로 돌아가면 그에게 내 제국의 일곱 도시를 주고, 내 딸 중 한 명을 그의 신부로 선택할 수 있게 하겠소."

아카이아 병사들은 환호했다. 이토록 너그러운 양보라니. 그런 제안을 거절할 이는 아무도 없었다. 그리스의 신성한 예법에 따라 아킬레우스는 받아들일 수밖에 없으리라.

아킬레우스에게 사절단을 보내다

오디세우스, 아이아스와 더불어 늙은 포이닉스도 아가멤논의 대변인으로 지명되었다. 포이닉스까지 포함한 것은 오디세우스의 교활한 꾀였다. 어린 아킬레우스가 케이론의 동굴을 떠난 후, 펠레우스는 포이닉스를 아들의 새로운 스승으로 선택했다. 아킬레우스가 파트로클로스만큼이나 그 노인을 끔찍이 아낀다는 건 잘 알려진 사실이었다. 세 명의 사절이 미르미돈족 사령부 막사로 갔더니, 아킬레우스가 은 리라를 연주하며 오래전 위대한 전사 영웅들의 공적을 노래하고 있었다. 노래를 듣고 있던 파트로클로스는 일어나 사절단을 맞았다. 아킬레우스는 그들에게 먹고 마실 것을 권하며 할 말이 있으면 해보라고 했다.

사절단이 아가멤논의 후회와 사과와 찬사와 후한 제안을 전하자, 아킬레우스는 불만스러운 듯 얼굴을 찌푸렸다.

"그래." 오디세우스가 얼른 말했다. "이렇게 아량을 베푸는 아가멤논이 더 역겹게 느껴지겠지. 나도 이해하네. 하지만 아가멤논은 잊게. 그가 어리석고 형편없는 왕이라는 데에는 나도 동감이야. 대신 이 점을 명심하게. 자네가 헥토르를 쓰러뜨리고 트로이가 우리의 것이 되면, 자네는 헤라클레스마저 누리지 못했던 영광과 명성을 얻을 거야."

아킬레우스는 빙긋 웃었다. "내가 트로이와 대적해 싸운다면, 천하제일의 영웅으로 내 이름이 영원히 남으리라는 건 나도 전부터 알고 있었습니다, 오디세우스. 제 어머니가 그렇게 말씀해주셨으니까요. 또 이런 말씀도 하셨지요. 이 전쟁을 외면하면 행복하고 풍요롭게 오래오래 살 거라고."

"하지만 무명의 삶이겠지. 아무도 노래하지 않는 무명의 인생." 오디세우스가 말했다.

"아무도 노래하지 않는 무명의 인생." 아킬레우스가 그의 말에 동감했다. "내 앞에 열린 두 개의 미래 중 내가 선택한 미래죠. 그러니 아가멤논에게 돌아가서, 난 이제 화도 풀렸고 그의 사과를 받아들이겠지만 그의 전쟁에서는 싸우지 않을 거라고 전해주십시오. 만약 헥토르가 우리 미르미돈족의 함선에 가까이 온다면, 그땐 우리 동포들을 지키기 위해 무기를 들 겁니다. 내가 약속할 수 있는 건 그것밖에 없어요."

세 명의 사절은 이 마지막 제안이 그리스군에게 딱히 쓸모가 없다는 사실을 알고 자리를 떴다. 미르미돈족의 함선들은 상륙 거점의 중심에서 아주 멀리 떨어져 있었다.

사절단은 지휘 사령부로 돌아갔고, 오디세우스는 아킬레우스가 그들의 제안을 거절했다고 전했다. 아가멤논은 암울한 미소를 지었다.

"그래. 그럴 줄 알았소. 우리는 관습과 예법에 묶여 있지만, 아킬레우스는 자기 자존심에 따라 행동하는 인간이니까. 자, 자. 실망할 것 없소."

'분노와 실망감에 눈물을 흘리다가 갑자기 결의에 차다니' 하고 오디세우스는 속으로 생각했다. '인간들의 왕께서는 참 대단한 양반이시군.'

야간 정탐*

그날 밤 아가멤논과 메넬라오스는 잠을 이루지 못하고, 다른 지휘관들을 깨웠다.

"트로이 진영 내부로 침투해서 저들의 내일 계획을 알아 오는 것이 좋겠소. 디오메데스, 함께 갈 자를 고르시오." 아가멤논이 말했다.

디오메데스는 오디세우스의 어깨를 가볍게 쳤고, 두 남자는 밤의 어둠 속으로 사라졌다. 트로이군은 스카만드로스 강변의 아카이아 진영에서 쟁취해낸 땅의 여기저기에 야영하며 잠들어 있었다. 디오메데스와 오디세우스는 배를 깔고 엎드려 앞으로 조금씩 조금씩 트로이 진영을 향해 조용히 기어갔다. 발소리가 들리자 그들은 멈추었다. 한 남자가 다가오고 있었다.

---

* 많은 학자들은 『일리아스』 제10권의 이 에피소드를 호메로스가 아닌 다른 누군가가 썼을 거라고 짐작하고 있다. 다른 권들과 달리, 이 에피소드는 빠진다 해도 이야기의 흐름에 큰 영향이 없다. 무심한 듯하면서도 다소 유쾌한 잔인성을 띠고 있어서, 학문적 소양이 떨어지는 청중들을 위해 나중에 덧붙여진 부분으로 생각할 수도 있다. 여기에 그 내용을 소개할 테니 여러분이 직접 판단해보시길.

"죽은 척하게." 오디세우스가 디오메데스에게 속삭였다. 그들은 그 자리에 얼어붙은 채 움직이지 않았다.

늑대 모피를 입고 족제비 털 모자를 쓴 남자가 옆으로 지나가자 그들은 벌떡 일어나 그를 붙잡았다.

"제발, 제발. 해치지 마시오." 늑대 모피를 입은 남자가 낑낑거리며 말했다.

"쉿! 넌 누구냐?"

그는 더듬더듬 이름을 말했다. "돌론이오. 난 그대들에게 아무런 악의도 없소."

오디세우스가 그의 목에 칼을 댔다. "말해."

"살려만 준다면 뭐든 다 말하겠소."

"죽이지 않겠다, 약속하지. 대신에 빨리, 그리고 조용히 말하도록 해. 네가 명확하고 간결하게, 빨리 말하지 않으면 네 목에 댄 이 칼날이 미끄러져서 네 숨통을 파고들지도 모르니까. 난 수전증이 있거든." 오디세우스는 낮은 목소리로 매섭게 말했다.

"그러겠소, 그러겠소!" 돌론은 겁에 질려 쉰 목소리로 속삭이기 시작했다. "이게 다 헥토르 탓이오. 그리스 진영을 염탐하고 오면 값을 매길 수 없을 만큼 귀중한 보물을 준다고 했단 말이오."

오디세우스는 혼자 웃었다. 그러니까 헥토르도 아가멤논과 똑같은 생각을 했군? 적진에 첩자를 보내기로.

"'값을 매길 수 없을 만큼 귀중한 보물'이란 게 뭐지?"

"아킬레우스의 말들과 황금 전차를 주겠다고 했소."

"발리오스와 크산토스? 포세이돈 님이 아킬레우스의 부모에게 줬다는 말들? 아킬레우스 말고는 어떤 인간도 그 말들을 마음대로 움직이지 못해. 너 같은 조무래기는 몇 초 만에 전차 바퀴에 깔려 죽을걸. 게다가, 헥토르는 자기가 무슨 수로 그 말들을 가질 수 있을 거라 생각하는 거지?" 오디세우스가 말했다.

"헥토르가 날 속인 거요. 이젠 알겠소. 하지만 내 아버지인 전령 에우메데스는 부자라오. 내 몸값을 주실 거요. 그러니 제발…… 나를 해치지만 말아요." 돌론은 애처로운 목소리로 징징거리듯 말했다.

"오늘 밤 트로이 막사에서 무슨 중요한 작전을 짜고 있는지 말해주기만 하면 돼."

"저, 저, 레소스왕이 백마들을 끌고 왔소."

"백마? 그게 무슨 대수라고?"

"트라키아의 레소스왕이 키우고 있는 말들이 트로이에 오면, 우리 도시는 절대 멸망하지 않는다고 했소. 내일 레소스왕이 그 말들을 몰고 전장에 나가면 우리가 승리할 거요."

"트라키아의 막사는 어느 쪽이지?"

"저, 저쪽이오."

"아주 좋아." 오디세우스는 흡족한 듯 말했다. "내가 너를 붙들고 있는 동안 나의 벗 디오메데스가 네 목을 냉큼 따서……."

"하지만 나를 죽이지 않겠다고……."

"그래서 너를 죽이지 않았지. 5분 동안. 네 목숨은 딱 그만큼의 가치가 있으니까."

디오메데스가 단 한 번 칼을 잽싸게 휘둘러 깔끔하게 목을 베자, 피가 부글부글 끓는 듯한 소리와 함께 돌론은 땅으로 픽 쓰러졌다.

"참 이상하군. 그 칼이 우리 생각보다 훨씬 더 날카로운 모양이야. 저것 좀 보게, 목이 댕강 잘려나갈 뻔하지 않았나." 오디세우스가 말했다.

그들은 트라키아 막사로 잠입해, 잠들어 있는 레소스왕과 10여 명의 호위병을 죽인 다음, 백마들을 끌고 돌아가 아카이아 병사들의 환호를 받았다.

아가멤논 대 헥토르

동이 트자 헥토르는 말을 타고 트로이 병사들 앞을 이리저리 오가며 격려의 말을 외쳤다.

"저들의 목숨은 우리 손에 달려 있다, 나의 벗들이여! 이제 그 무엇도 우리를 막을 수 없다!"

헥토르가 이끈 맹공격으로 수백 명의 그리스군이 목숨을 잃었지만, 아가멤논 역시 그에 못지않게 전사로서의 무시무시한 면모를 드러냈다. 왕이자 수장으로서는 결점이 있을지 몰라도, 이날 아침 그는 자신이 비범한 용사임을 최고의 무용으로 화려하게 증명해 보였다. 거침없이 돌격하여 트로이군을 스카만드로스강 너머로 물리치며, 프리아모스의 두 아들과 수많은 트로이 병사를 죽였다. 헥토르는 주력군에게 스카이아 성문으로 후퇴해 전열을 가다듬어 즉각적인 반격을 준비하라고 명령했지만, 그의 동생 헬레노스가 기다리라며 그를 만류했다.

"제우스 님께서 내게 알려주시기를, 아가멤논이 부상을 입어 전투력을 상실하면 그때 반격하라 하셨습니다. 그 일이 일어날 테니 조금만 참으십시오."

헬레노스가 말하는 사이, 아가멤논이 안테노르의 아들 이피다모스를 창으로 꿰뚫어 죽였다. 그가 허리를 굽혀 주검에서 갑옷을 벗겨내자, 지켜보고 있던 그리스 병사들이 환호를 질렀다. 아카이아 왕은 갑옷을 의기양양하게 높이 쳐들었고, 그때 어디선가 갑자기 이피다모스의 형제 코온이 절규하며 뛰쳐 나와 아가멤논의 팔뚝을 검으로 베었다. 아가멤논은 움찔하거나 눈 한 번 깜박이지 않고 검을 빼들더니 단칼에 코온의 목을 잘라버렸다. 이제 기고만장해진 아가멤논은 싸우고 또 싸웠지만, 부상당한 팔의 출혈 때문에 비틀거리며 물러날 수밖에 없었다.

헥토르는 이를 보고 때가 왔음을 알았다. 큰 소리를 내지르며 그리스군 대열로 돌격해 들어가, 눈 깜짝할 사이에 그리스 병사 여섯 명을 무자비하게 처치했다. 디오메데스와 오디세우스가 반격을 이끌었지만, 디오메데스는 파리스가 쏜 화살에 발을 맞아 그날의 전투에서는 이만 퇴장해야 했다. 그다음엔 오디세우스가 부상을 입었는데, 메넬라오스와 아이아스가 구해주지 않았다면 전장에서 그대로 죽었을 것이다. 아이아스는 마치 신들린 사람처럼 싸웠다. 크레타의 황소처럼 우렁차게 포효하며 트로이군 대열을 뚫고 들어가 적을 도륙했다. 일리움 평원의 땅은 그리스군과 트로이군의 붉은 피에 흠뻑 젖었다.

헥토르는 아이아스와 그리스군을 방책과 참호까지 퇴각시켰다. 헥토르와 파리스, 헬레노스, 아이네이아스, 사르페돈이 지휘하는 트로이군의 다섯 분대는 이제 최후의 일격에 나서, 방책 뒤의 그리스 함선들을 공격했다.

대부분의 일반 병사들과 마찬가지로 부상을 입은 그리스의 고위 장군들은 황급히 회의를 열었다. 그날 하루를 아주 좋게 시작했던 아가멤논은 또다시 공포에 질려, 함선들이 불타기 전에 어서 떠나야 한다고 주장했다. 오디세우스는 일갈하며 그의 입을 다물렸다.

"함선들은 제자리를 지켜야 합니다. 함대가 흩어지는 걸 보면 평야와 참호에서 싸우고 있는 병사들의 사기가 떨어져요."

트로이군은 함선들을 향해 계속 밀고 들어왔고, 이제는 거의 아이아스 혼자 적군을 막고 있었다. 10년 전쯤 프로테실라오스가 뛰어내렸던 함선까지 트로이군 선봉대가 진격해 왔다. 아이아스는 거대한 창을 휘두르며, 가까이 다가오는 트로이 병사는 모조리 창에 꿰어버렸다. 하지만 아무리 아이아스만큼 강력한 전사라도, 파도처럼 계속 밀려드는 수많은 병사를 상대할 수는 없었다.

상황은 그리스에 아주 불리하게 흘러가고 있었다. 헥토르는 기세가 오를 만큼 올라 있었다. 아무도 그를 막을 수 없었다. 이제 무슨 수로 트로이군을 막을 수 있을까?

가짜 아킬레우스

함선 옆에서 벌어지는 전투를 본 파트로클로스는 아킬레우스에게 호소하러 달려갔다.

"울면서 엄마한테 달려가 앞치마를 잡아당기는 아이 같은 꼴하고는. 설마 고향에서 나쁜 소식이 날아온 건 아니겠지?"

"뭐라도 해야 해! 이러다 지겠어."

"오, 그게 다야? 난 또 네 아버지나 내 아버지가 프티아에서 돌아가신 줄 알았네."

"제발 좀, 아킬레우스. 우리도 나가 싸워야 해. 그러지 않으면 트로이가 이길 거야."

"내가 끼어들면 그 인간이 이기겠지. 그 인간이 나한테 한 짓을 생각해봐. 나를 무시하고, 고의로 굴욕감을 안겨줬지. 절대 용서할 수 없어."

"하지만 아킬레우스……."

"난 헥토르가 여기까지 진격해 온다면 우리 미르미돈족의 함선들을 지키겠다고 했지. 하지만 오지 않았잖아."

"그럼 적어도 내가 네 대신 싸우게 해줘. 부탁이야, 내가 네 갑옷을 입고 아카이아군 대열의 선두에 서 있을게. 그럼 병사들은 내가 너인 줄 알고 다시 힘을 낼 거야." 파트로클로스가 간청했다.

아킬레우스는 그를 빤히 쳐다보았다. "맙소사, 진심이구나."

"맞아. 네 갑옷을 입든 내 갑옷을 입든, 어쨌든 난 싸우겠어. 달라지는 건 없어. 난 전장으로 나갈 거야."

아킬레우스는 진지하게 고집을 부리는 친구를 보며 픽 웃었다.

바로 그때 헥토르는 녹초가 된 아이아스의 기다란 창에서 촉을 부러뜨리며 마침내 그를 제압했다. 아이아스는 뒤로 물러났고, 헥토르는 프로테실라오스의 함선으로 횃불을 던지라고 외쳤다. 아카이아군의 초조한 외침과 트로이군의 의기양양한 함성이 들려오자 아킬레우스는 마음을 정했다.

"좋아. 내 갑옷을 입어. 하지만 내 검이나 창은 안 돼. 그리고 쉰 척의 함선에 각각 쉰 명씩 타고 있는 미르미돈족 병사들을 데려가. 그동안 싸우지 못해 다들 몸이 근질거릴 거야. 하지만 함선을 지키기만 해야 돼, 명심해. 감히 트로이로 들어갈 생각은 하지도 마. 아폴론 님 때문에 무사하지 못할 거야. 트로이의 성벽을 지키는 궁수들이 쏘는 화살은 아폴론 님의 뜻대로 움직이니까. 교두보를 벗어나지 마. 알겠지?"

"알았어!" 파트로클로스는 신나게 외친 후 뛰쳐나가, 느슨하게 풀어져 있던 미르미돈족 병사들을 일으켜 세우고 자신도 무장을 갖추었다.

그리하여, 아킬레우스의 빛나는 갑옷과 투구로 무장한 파트로클로스가 2,500명의 용맹하고 팔팔하며 사나운 미르미돈족 병사들 앞에 나타났다. 그 효과는 즉각적이고도 극단적이었다.

"아킬레우스! 아킬레우스!" 아카이아군은 승리감에 젖어 외쳤다.

"아킬레우스! 아킬레우스!" 트로이군은 두려움에 떨며 울부짖었다.

주위의 환호에 대담해지고, 어린 시절의 벗이자 친구이자 연인의 갑옷을 입어 자신만만해진 파트로클로스는 딴 사람이 되었다. 회오리바람처럼 몰아치며 적군들을 처치해나가는 그의 모습은 그리스 병사들의 전의에 뜨거운 불을 지폈다. 전세가 다시 역전되면서 수많은 적군이 난도질당했고, 트로이군은 그리스군의 상륙 거점에서 달아나 스카만드로스강 너머의 안전한 도시로 돌아가려 애썼다. 하지만 파트로클로스가 방책과 바다 사이에 그들을 붙잡아두었고 그와 미르미돈족 전사들, 그리고 활력을 되찾은 아카이아군 전체가 트로이군의 피로 땅을 물들이기 시작했다.

제우스는 그의 아들인 리키아의 사르페돈왕(영웅 벨레로폰의 손자이자 헥토르의 동맹자들 중 가장 강하고 용맹한 전사)이 파트로클로스의 창에 가슴을 뚫리는 모습을 참담한 심정으로 무력하게 지켜보고 있었다.

"계속 싸워라, 나의 사랑하는 리키아인들이여! 하지만 그리스 놈들이 내 시신을 훼손하지 못하도록 막아라." 사르페돈은 죽어가며 외쳤다.

그러자 그의 주검을 두고 야만적인 싸움이 벌어졌다. 미르미돈족은 사르페돈의 갑옷을 벗겨내려 애썼고, 리키아군을 비롯한 트로이군은 주검을 되찾으려 필사적으로 몰려들었다. 헥토르는 미르미돈족 전사인 에페이게우스의 머리를 박살 냈고, 파트로클로스는 헥토르의 절친한 친구인 스테넬라오스를 죽였다.* 전투가 치열해지면서 사르페돈의 시신 위에는 부러진 검과 버려진 갑옷, 그리고 다른 시신이 쌓여갔다. 더 이상은 압박감을 견디지 못한 트로이군은 또다시 겁에 질려 성벽으로 줄줄이 달아나기 시작했다. 그리스군은 사르페돈의 갑옷을 허공에 흔들어대며, 동요한 리키아군을 크게 비웃었다.

최고의 순간을 맞이한 파트로클로스는 살의에 도취되고 환희와 승리감에 젖어 포효했다. 다른 사람들의 눈에 그는 마침내 각성하고 혈투를 벌여, 그의 타고난 권리인 듯한 승리를 쟁취해낸

---

* 디오메데스의 아르고스 동료인 스테넬로스와 혼동해서는 안 된다.

위대한 아킬레우스였다.

이제 파트로클로스의 손에 트로이가 무너질 차례였으나……
아폴론이 있었다. 그가 수호하기로 맹세했던 도시와 백성들이 평
범한 인간 한 명에게 위협당하는 광경에 분노한 아폴론은 파트로
클로스의 공격을 한 번, 두 번, 세 번 격퇴했다. 네 번째 공격에 아
폴론은 더 이상 참지 못하고 경고했다.

"너는 트로이를 함락할 운명이 아니다. 너의 사랑하는 아킬레
우스마저도 그 영광을 누리지 못하리니. 물러나거라, 파트로클로
스여."

파트로클로스가 그의 말에 굴복하자, 아폴론은 헤카베의 형제
아시오스로 둔갑하여 헥토르에게 지금 진격하여 주도권을 되찾
으라고 설득했다. 헥토르는 전차에 올라타 적진을 향해 질주하며,
그의 앞길을 막는 아카이아군을 흩뜨려놓았다.

파트로클로스가 헥토르의 전차를 몰고 있던 케브리오네스에게
돌을 던져 그를 즉사시켰다. 그 주검을 두고 필사적인 다툼이 벌
어졌고, 이 다툼은 헥토르와 파트로클로스 간의 무시무시한 줄다
리기로 변했다. 파트로클로스와 미르미돈족 병사들이 주검을 차
지하고 갑옷을 벗겼다. 트로이군은 주검을 되찾기 위해 세 차례
공격을 감행했고, 그때마다 파트로클로스는 적군을 아홉 명씩 죽
였다. 아무도 그를 꺾지 못할 것처럼 보였다. 하지만 이제 인내심
을 잃은 아폴론이 파트로클로스를 공격하고 또 공격했다. 그를 쓰
러뜨려 창을 산산조각 내고, 그의 팔에서 방패를 벗겨낸 다음, 흉
갑을 비틀어 떼고, 머리에서 투구를 획 쳐냈다.

그 유명한 아킬레우스의 투구가 땅에 데굴데굴 굴러가고, 파트

로클로스의 얼굴이 드러났다.

순간 아연한 침묵이 흐르다가 트로이군 진영에서 거대한 함성이 일어났다. 새끼 양을 도살하듯 그들을 죽인 용사는 아킬레우스가 아니라 파트로클로스였다. 이 사실을 깨달은 트로이군은 곧장 움직이기 시작했다. 어린 에우포르보스가 파트로클로스에게 창을 던졌다. 창은 표적을 제대로 맞혔다. 옆구리에 창을 맞은 파트로클로스는 휘청휘청 병사들 사이를 누비며 그리스군 대열로 돌아가기 시작했다. 헥토르가 그를 찌른 창이 배를 뚫고 등으로 빠져나왔다.

"헥토르 당신이 나를 죽인 것 같아?" 파트로클로스는 숨을 헐떡이며 말했다. "아니, 아폴론 님이었어. 그다음은 에우포르보스. 명성 높은 헥토르, 고귀한 헥토르, 당신은 세 번째였어. 당신은 마무리를 했을 뿐이야. 당신의 운명은 그 누구보다 위대한 자가 정할 것이다……. 나의 아킬레우스가."

헥토르는 죽은 파트로클로스의 가슴을 군화로 밟아 창을 빼낸 다음 시신을 발로 차서 뒤집었다.

사르페돈과 케브리오네스의 시신을 두고도 치열한 다툼이 있었지만, 파트로클로스의 주검을 차지하기 위한 싸움은 흡사 맹수들의 야만적인 난투와도 같았다.

메넬라오스가 단연 두각을 나타냈다. 그는 파리스와의 결투와 그 후에 이어진 소전투들에서도 충분히 용감하게 싸웠다. 그 첫 교전들은 아주 오래전의 일처럼 느껴졌다. 판다로스의 화살에 입은 부상으로부터 완전히 회복한 그는 이 주검 쟁탈전에서 마치 광분한 호랑이처럼 싸웠다. 그는 파트로클로스에게 제일 처음 타격을 입혔던 에우포르보스의 목을 창으로 꿰뚫어 보복에 성공했다. 하지만 헥토르가 앞으로 나서자 물러나며 아이아스에게 도움을 청했다.

헥토르가 파트로클로스의 갑옷(아킬레우스의 갑옷)을 벗기기 시작하자, 사르페돈의 사촌이자 벗인 리키아의 글라우코스가 그를 저지했다.*

"이 주검은 그리스 쪽에 돌려주고 대신 사르페돈의 시신을 돌려달라고 합시다."

헥토르는 고개를 저었다. "그런 예의를 차릴 시간은 이미 끝났소. 이놈은 우리 병사들을 너무 많이 죽였잖소. 우리의 동포를. 그대의 왕을. 모든 트로이인이 복수를 원할 거요."

"그렇게 한번 해보시오, 왕자. 그러면 리키아 병사들을 모조리 이끌고 트로이에서 나갈 테니. 그대의 도시는 그대가 알아서 지키시오."

여기서 잠깐, 전사자에게 적절한 장례를 치러주는 것이 양쪽 진영 모두에게 얼마나 중요한 일이었는지 다시 한번 짚고 넘어가는 것이 좋겠다. 용맹무쌍함으로 '클레오스(명성과 영광)'를 얻는 자는 자손 대대로 역사에 그 이름을 영원히 남기게 된다. 이 클레오스를 실현시키는 첫 단계로, 적절한 노래와 기도와 장례식과 함께 주검을 정화하고 성스러운 장작으로 태워야 했다. 또한, 주검을 흙으로 덮어주지 않으면 영혼이 몸을 평화롭게 떠나 지하세계로

---

* 사르페돈과 마찬가지로 글라우코스도 천마 페가수스를 길들여 타고 다녔던 위대한 영웅 벨레로폰의 손자이다.『스티븐 프라이의 그리스 신화』2권을 참고하라.

들어갈 수 없다는 믿음도 있었다. 질병처럼 전쟁으로 인한 부상 외의 원인으로 죽는 자들은 아무리 위대한 인생을 살았다 해도 시신을 정화하는 의식은 기대할 수 없었지만, 적어도 한 줌의 흙을 뿌려 시신의 존엄성은 지킬 수 있었다. 죽은 병사의 난도질된 송장을 차지하기 위한 다툼이 우리 눈에는 꼴사납고 야만적인 개싸움처럼 보일지 몰라도, 그리스인들과 트로이인들에게 전사의 주검이란 그 안에 머물렀던 숭고한 영혼의 사그라지지 않을 명예를 담고 있는 살아 있는 상징이라는 사실을 이해해야 한다. 전우들은 전사한 벗들의 시신을 지키고 되찾아 경의를 표하기 위해 싸웠고, 적군은 시신을 가져가서 훼손하고 모독하기 위해, 그리고 갑옷을 탈취하기 위해 싸웠다. 갑옷은 전리품으로 삼거나 전사자의 가족과 친구들에게 돈을 받고 돌려주었다.

글라우코스와 리키아 병사의 입장에서는 그들의 동포이자 왕인 사르페돈의 시신을 되찾아 오지 못하면, 그들의 명예에 끔찍한 오점이 생기는 것이었다.* 그래서 사르페돈의 주검을 되찾아 올 협상 카드로 파트로클로스의 시신이 꼭 필요했다. 그들은 무슨 수를 써서라도 파트로클로스와 사르페돈의 시신을 교환해야 한다고 헥토르에게 당부했다. 트로이에게 너무도 중요한 리키아의 동맹을 위태롭게 만들 수 없기에 헥토르는 파트로클로스의 시신을 그리스군에게 넘겨주자는 의견에 찬성했다. 하지만 창과 투구, 흉갑, 방패, 정강이받이 등의 무장은 헥토르 자신이 마땅히 차지해

---

* 안티고네의 이야기가 떠오르는 대목이다. 『스티븐 프라이의 그리스 신화』 2권을 참고하라.

야 할 전리품이니 돌려주지 않으리라 마음먹었다. 그래서 자신의 갑옷을 벗고 파트로클로스, 그러니까 아킬레우스의 갑옷을 입었다. 투구는 안전하게 보관하기 위해 부하에게 맡겼다. 그 투구를 썼다가는 아킬레우스로 오인받아 아군에게 공격을 받을 수도 있을 테니.

그 뒤에 이어진 파트로클로스 주검 쟁탈전은 트로이 전쟁 10년 전체를 통틀어 가장 폭력적이고 살벌한 싸움이었다. 호메로스가 이 피비린내 나는 살육의 현장을 무자비할 정도로 오래 이야기하는 것만 봐도 양쪽 진영에게 얼마나 중요한 사안이었는지 알 수 있다. 이 다툼이 앞으로 닥칠 일의 리허설 혹은 기껏해야 평온한 서막에 불과하다는 사실을 알았다면, 그들 모두 자포자기한 심정으로 단념했을 것이다.

소 아이아스와 이도메네우스가 와서 대 아이아스와 메넬라오스에게 합류했고, 그들은 관대 옆을 지키는 조문객들처럼 파트로클로스의 주검을 에워쌌다. 하지만 인정사정 봐주지 않는 잔인한 조문객들이었다! 죽음의 신이라도 된 듯 몇 번이고 자기 몸을 내던지는 헥토르를 필두로 물밀 듯이 밀려드는 결연한 표정의 난폭한 트로이 병사들을 그들은 차례대로 격퇴해나갔다. 이렇듯 치열한 싸움이 벌어지는 가운데, 트로이의 히포토오스는 몸을 바짝 낮추고 기어가 파트로클로스의 주검을 가죽 끈으로 감았다. 그러고 나서 주검을 트로이 쪽으로 끌고 가다가 아이아스에게 들켜 투구를 그의 창에 꿰뚫렸다. 히포토오스의 머리에서 터져 나온 뇌수가 구리 잔을 가득 채운 포도주처럼 투구 밖으로 흘러 넘쳤다. 그의 벗인 프로키스는 그의 시신을 되찾으려 나섰다가, 곧장 아이아스의 창에 창자를 뽑히고 말았다. 한편, 헥토르는 수많은 아카이아 군을 공격하며 그들의 두개골을 쪼개고, 거대한 낫처럼 팔다리와 머리를 잘라냈다. 더 많은 그리스군이 다가와 주검을 둘러싸자, 아이아스는 그들에게 한 치도 물러서지 말라고 외쳤다. 가차없는 헥토르의 지휘에 따라 트로이군이 죽음의 파도처럼 끊임없이 밀려들었다. 높이 쌓인 긴장감, 좌절된 희망, 상실감, 배신감, 두려움과 불만이 너무도 거세게, 너무도 매섭게 터져 나오자 그 광경을 지켜보던 신들도 전율할 정도였다.

아킬레우스는 방책 너머로 뿌옇게 피어나는 먼지구름을 보고, 무기들끼리 쨍쨍거리며 시끄럽게 부딪치는 소리를 들었지만, 무슨 상황인지는 알지 못했다. 그때 네스토르의 아들 안틸로코스가 눈물을 흘리며 모래밭을 달려오더니, 파트로클로스가 죽었으며 그의 주검이 이 전투의 원인이라는 소식을 알려주었다.

아킬레우스는 완전히 무너져 내렸다. 감당할 수 없는 절망에 휩싸였다. 그는 흙을 긁어모아 그의 아름다운 얼굴에 문질렀다. 머리칼을 쥐어뜯으며, 절대적이고도 걷잡을 수 없는 슬픔에 울부짖었다. 안틸로코스는 그 옆에 무릎을 꿇고 그의 두 손을 꼭 붙잡았다. 애도와 공감의 뜻을 보여주기 위해서였지만, 아킬레우스가 자해하지 못하도록 막으려는 의도도 있었다.

테티스는 아들의 통곡을 듣고는 바다에서 나와 그를 위로했다. 하지만 그의 슬픔을 달래줄 방법이 없었다.

"계속 살아갈 의지를 잃었어요. 이제 내 인생의 목표는 단 하나예요. 헥토르를 죽여서 파트로클로스의 복수를 해주는 것."

"오, 하지만 나의 아들아, 예언에 따르면 헥토르가 죽은 후에 너도 곧 뒤따라 죽을 거야."

"그러라죠 뭐!"

"그럼 아가멤논은?"

"그 인간은 그냥 잊으세요. 내가 가장 사랑하고 가장 아꼈던, 나의 하나뿐인 파트로클로스가 이 세상에 없는데 보물이든, 브리세이스든, 체면이든 다 무슨 소용이겠어요? 파트로클로스, 오 파트로클로스!"

아킬레우스는 땅에 엎드려 절망 어린 소리로 울부짖었다.

한편, 파트로클로스의 주검을 쟁탈하기 위한 싸움은 여전히 치열하게 이어지고 있었다. 헥토르는 대 아이아스와 소 아이아스의 방어에 세 번 물러났지만, 네 번째 공격은 헤라의 개입이 없었다면 성공했을 것이다. 헤라는 올림포스 신들의 무지개 전령인 이리스를 아킬레우스에게 보내, 그가 다시 싸울 준비가 되었음을 전장에 알리라고 재촉했다. 아킬레우스는 갑옷을 입지 않았지만, 그가 강둑에 서서 성스러워 보이는 빛을 받으며 귀청이 찢어질 듯 큰 목소리로 포효하는 광경만으로도 트로이 병사들은 뿔뿔이 흩어졌다. 아킬레우스의 무시무시한 포효가 세 번 이어졌다. 트로이군과 그들의 말들마저 공포에 질려버렸다. 의기양양해진 아카이아군은 파트로클로스의 시신을 그들의 진영으로 옮겨갔다.

하지만 이렇게 끝낼 생각이 없던 헥토르는 그리스군을 끝까지 쫓아가려 했다. 그의 친구 폴리다마스가 그를 말렸다.*

---

* 우연히도 헥토르와 생일이 같았다. 호메로스의 작품에서 늘 빛나는 매력적인 디테일들 중 하나다.

"아킬레우스가 돌아왔습니다, 왕자님. 성벽 안으로 퇴각해야 합니다."

"안 돼. 우리가 승기를 잡았잖나, 폴리다마스! 겁먹은 포로처럼 성벽 뒤에 숨을 수는 없어. 강 건너편까지만 퇴각한다. 평야에서 야영하고, 내일 그리스 함대에 최후 공격을 개시해야지. 우리가 대승을 거둘 거야! 확실해."

그날 밤 내내 아카이아군은 파트로클로스의 죽음을 애도했고, 슬픔에 정신이 나간 아킬레우스가 조가를 선창했다.

한편, 올림포스에서는 아킬레우스의 어머니 테티스가 헤파이스토스를 찾아가 아들을 위한 새 갑옷을 만들어달라고 부탁했다.

"아킬레우스는 내일 기필코 나가 싸울 거예요. 그러니 부탁해요, 헤파이스토스. 그 아이에게 최고의 갑옷을 만들어줘요. 밤새도록 그대의 대장간에서 일해주겠어요? 나를 위해서?"

물론 헤파이스토스는 트로이 편에 선 아프로디테의 남편이었지만,* 제우스와 마찬가지로 그 역시 테티스를 아꼈고 그녀에게 큰 빚을 졌다. 헤라는 제우스와의 사이에 첫아들인 헤파이스토스를 낳았을 때, 그녀가 기대했던 성스럽게 빛나는 아이가 아닌 가무잡잡하고 추한 털북숭이 몸을 보고는 그를 올림포스산 아래로 던져버렸다.†

불사의 몸이긴 했지만, 테티스와 바다의 님프인 에우리노메가

---

* 호메로스에 따르면, 이때쯤 헤파이스토스에게는 새 아내가 있었다. 삼미신 가운데 가장 어린 카리스(일명 아글라이아)이다.

† 그는 산비탈에 떨어져 몸이 튕겨 나가는 바람에 다리를 다쳤고, 그래서 영원히 절뚝거리게 되었다. 『스티븐 프라이의 그리스 신화』 1권을 참고하라.

갓난아기였던 그를 구해서 렘노스섬으로 데려가 키우지 않았다면 헤파이스토스는 성숙한 신으로 자라지 못했을 것이다. 바로 그 섬에서 그는 금속을 다루고 이런저런 물건을 만드는 독보적인 기술을 익혔다.

그는 테티스를 따뜻하게 안아주고는 발을 질질 끌며 대장간으로 향했다. 그는 밤새도록 용광로를 열심히 돌렸다. 하늘이 아침 노을로 물들기 전에, 많은 이들이 그의 대표작으로 인정하게 될 '아킬레우스의 방패'가 탄생했다. 두 겹의 청동판과 두 겹의 주석판, 그 중심에는 순금판이 끼워져 있는 다섯 겹의 두툼한 방패. 테두리에는 청동과 금은을 둘렀고, 반짝이는 표면은 플레이아데스성단과 히아데스성단, 큰곰자리, 오리온자리가 수놓인 밤하늘이었다. 헤파이스토스는 모든 도시와 그곳의 결혼 피로연, 시장, 음악과 춤을 섬세하게 표현했다. 군대와 전쟁을, 가축들과 포도밭과 추수, 하늘 아래에서 펼쳐지는 모든 인간사를 경이로울 정도로 상세하게 묘사했다. 동이 틀 무렵 그는 작업을 끝냈고, 테티스에게 방패뿐만 아니라 다른 무구도 선물했다. 네 장의 금속판을 겹치고 꼭대기에 금장식을 단 투구, 빛나는 흉갑, 그리고 가볍고 유연한 주석으로 만든 반짝이는 정강이받이. 인간을 위해 이토록 아름다운 무구가 만들어진 적은 이제껏 한 번도 없었다.

그날 아침 아킬레우스는 해안에 서서 귀청이 찢어질 듯 쩌렁쩌렁 울리는 소리로 포효하며, 미르미돈족 동료들과 아카이아 연합군의 모든 전사를 깨웠다.

바로 이곳에서 오디세우스를 비롯한 그리스 장군들이 지켜보는 가운데 그는 마침내 아가멤논과 대면했다.

"그럴 만한 가치가 있었을까요, 위대한 왕이시여? 우리의 자존심 싸움 때문에 수많은 용사가 목숨을 잃었습니다. 더 이상은 안 돼요. 내가 화를 삼키겠습니다." 아킬레우스가 말했다.

아가멤논은 고개를 숙이고 아킬레우스를 안아주는 대신, 장황한 변명을 늘어놓기 시작했다. 제우스가 그를 실성하게 만들어 판단력이 흐려졌다고. 그의 잘못이 아니라고. 그러고는 아킬레우스가 이미 거절한 제안을 다시 내놓았다.

"자, 이제 브리세이스는 자네가 가지게. 원하는 보물은 전부 다 가져. 이 전쟁이 끝나면 내 딸들 중 하나를 자네 아내로 주겠네."

"내가 원하는 건 살인과 복수뿐입니다. 파트로클로스의 죽음에 대해 복수하고, 헥토르가 흙바닥에 쓰러져 피 흘리는 꼴을 보기 전까지는 먹지도 마시지도 않겠다고 맹세했어요."

"그것도 아주 훌륭한 생각이지. 하지만 자네는 먹지 않더라도, 자네의 미르미돈족 전우들은 배가 든든해야 더 잘 싸우지 않겠는가?" 오디세우스가 말했다.

낭만적이진 않지만, 아주 현실적이고 타당한 제안이었다.

아가멤논에게서 풀려난 브리세이스는 아킬레우스의 막사로 향했다. 그곳에 난도질된 채 눕혀진 파트로클로스의 주검을 본 그녀는 그 위로 쓰러져 흐느꼈다.

"그대만큼 내게 잘해준 이가 없었는데. 오, 파트로클로스. 다정하고 다정했던 파트로클로스. 그대는 날 지켜줬죠. 오직 그대만이 나를 존중하고 인정을 베풀었어요."

오디세우스, 네스토르, 이도메네우스, 포이닉스는 아킬레우스에게 앞으로의 전투에 대비하여 음식을 먹어 체력을 길러두라고 간청했지만, 그는 거부했다. 그의 마음은 고향으로 향했다. 지금쯤 그의 아버지 펠레우스는 세상을 떠났을까? 아니라면, 조카 파트로클로스의 사망 소식을 감내해야 할 텐데?

"그리고 내 사망 소식도 곧 들으실 텐데. 스키로스에 있는 내 아들 피로스는 어쩌지요? 내가 그 아이를 다시 또 볼 수 있을까요?"

이 말에 모든 이들이 고향에 두고 온 가족을 떠올렸고, 병영에 정적이 흘렀다.

"이제 됐습니다." 아킬레우스는 이렇게 말하고는 무장하기 위해 자신의 막사로 성큼성큼 들어갔다. 헤파이스토스의 무구가 그를 기다리고 있었다.

아킬레우스가 무장을 끝낸 모습으로 등장하자 아카이아 병사들은 탄복하며 함성을 질렀다. 신묘한 방패는 반짝반짝 빛나고, 투구는 강렬하게 번득였다.

모든 그리스 전사가 그토록 고대했던 바로 그 광경이었다. 그의 아버지 펠레우스의 거대한 물푸레나무 창과 은자루 검*을 든 아킬레우스. 전차에 올라타는 아킬레우스. 불같은 기운을 내뿜으며 그들을 영광의 승리로 이끌 준비를 하는 아킬레우스. 함성이 더욱 크게 울렸다. 아카이아군은 기대감으로 전율했다. 이제 그들의 승리는 이미 정해졌다. 헥토르와 트로이는 파멸할 운명이었다. 아

---

* 제우스가 펠레우스에게 하사했던 바로 그 검이다. 아카스토스는 펠레우스가 켄타우로스 무리에게 살해당하도록 그 검을 퇴비 속에 숨겨두었고, 펠레우스는 케이론의 도움으로 검을 되찾았다. 훗날, 펠레우스가 결혼할 때 케이론은 신기한 힘을 가진 창을 손자에게 선물했다. 이 검과 창은 신마들인 발리오스와 크산토스와 마찬가지로 아킬레우스가 물려받았다.

킬레우스는 인간이 아니었다. 신도 아니었다. 그들 모두를 뛰어넘는, 그들의 아킬레우스였다.

미르미돈족 장군인 알키모스와 아우토메돈은 콧바람을 불며 껑충거리는 발리오스와 크산토스를 마구로 연결해 전차에 맸다. 포세이돈이 펠레우스와 테티스에게 결혼 선물로 준 신마들이었다. 손에 피를 묻혀야만 잠재워질 분노에 불타오른 아킬레우스는 전차 안에 서서 한 번 더 큰 소리로 포효한 뒤, 채찍을 휘둘러 트로이를 향해 진격했다. 그의 뒤로 아카이아군이 홍수처럼 밀려들었다.

아킬레우스의 무훈

그런 전투는 일찍이 없었다. 그런 영광스러운 순간은 여태 없었다. 그토록 광기 어리고 피비린내 진동하는 살육은 일찍이 없었다.

신들은 이날이 역사에 길이 남으리라는 걸 알았다. 제우스는 천둥을 던지고, 아테나와 아레스는 맞붙어 싸웠으며, 포세이돈은 땅을 흔들어 강력한 진동을 일으켰다.

아킬레우스는 한판 붙자며 헥토르를 큰 소리로 불렀다. 제일 처음 나와 그를 대적한 이는 아이네이아스였다.

"아이네이아스! 양치기 소년." 아킬레우스는 코웃음을 쳤다. "그대가 나를 죽이면 프리아모스가 그대를 트로이의 왕으로 앉혀 줄까? 그에게는 아들이 여럿 있다. 그대는 아무것도 아니야."

아이네이아스는 두려움 없이 창을 획 던졌다. 아킬레우스가 거대한 방패를 들어 올렸고, 창끝은 청동판과 주석판을 뚫었지만 중심의 부드러운 순금판에 박히고 말았다. 아이네이아스가 큼직한 바위를 들어 올리자, 아킬레우스는 검을 뽑아 들고 돌진했다. 그때 흙바람이 크게 일어 그 소용돌이 속에 아이네이아스가 사라지지 않았다면, 둘 중 한 명은 분명 그 자리에서 죽었을 것이다. 포세이돈의 계략이었다. 그는 그리스군을 돕고 있었지만, 아이네이아스가 중대한 운명을 타고난 인간임을 알았기 때문에 그를 구해 주었다.

"하." 아킬레우스는 주위를 둘러보며 외쳤다. "신들의 사랑을 받는 자가 나만은 아닌 모양이군. 상관없다, 내가 죽일 트로이군은 아직 많이 남아 있으니까."

정말 그랬다. 아킬레우스는 트로이군 대열로 돌진하여 종횡무진하면서 이피티온, 히포다마스, 그리고 안테노르의 아들 데몰레온을 순식간에 죽였다.

프리아모스의 막내아들 폴리도로스는 아버지에게 참전을 금지당했지만, 참지 못하고 전장에 나갔다. 그러다 모르는 새 가장 위대한 그리스 전사와 마주친 그는 몸을 돌려 달아났다. 하지만 너무 느렸다. 아킬레우스가 그의 등을 창으로 찔렀다.

동생의 새된 비명을 들은 헥토르는 아킬레우스에게 창을 던졌지만, 갑작스러운 돌풍으로 표적까지 날아가지 못했다. 호메로스의 말대로 아테나의 농간이었을까?

드디어! 헥토르가 아킬레우스의 시야에 잡혔다. 아킬레우스는 무시무시한 비명을 잇따라 지르며 헥토르를 향해 달려갔지만, 이번에도 신들이 개입했고 헥토르는 자욱한 안개 속에 사라졌다. 이번에 아킬레우스의 표적을 빼앗은 신은 아폴론이었다.

격분한 아킬레우스는 더 많은 트로이 병사를 처치했다. 인정사정없이 적을 도륙한 아킬레우스처럼, 호메로스도 무자비하고 가차 없이 그 장면을 묘사한다. 드리옵스는 목을 창으로 꿰뚫린다. 데무코스는 무릎이 박살 나고 몸통이 토막 난다. 형제인 라오고노스와 다르다노스는 창에 찔리고 난도질당한다. 알라스토르의 어린 아들 트로스는 간을 뽑히고 죽는다. 물리오스는 한쪽 귀에서 다른 쪽 귀로 창을 관통당해 죽는다. 아게노르의 아들 에케클로스는 머리가 쪼개져 얼굴로 피를 줄줄 흘리며 죽는다. 데우칼리온은 창에 찔리고 꿰이고, 머리를 잘린다.

절정의 순간을 맞은 아킬레우스는 냉혹한 피의 향연을 벌인다. 누구도 막을 수 없는 회오리바람, 맹렬하게 타오르는 들불 같았다. 피로 얼룩진 그의 전차가 주검들 위를 달렸다. 그가 트로이 병사들을 스카만드로스강으로 밀어붙이는 사이, 땅은 거뭇한 피로 축축하게 물들었다. 테르실로코스, 미돈, 아스티킬로스, 므네소스, 트라시오스, 아이니오스, 오펠레스테스가 연달아 아킬레우스의 손에 목숨을 잃었고, 프리아모스의 또 다른 아들 리카온도 그에게 처치당해 강물로 던져졌다. 강물이 인간과 말의 사체로 가득 차자 스카만드로스는 아킬레우스에게 멈추라고 간청했다. 아킬레우스는 그저 웃고는 더 많은 트로이 병사들을 죽여 시신을 강물로 던졌다. 스카만드로스는 분노하여 부글부글 거품을 일으키면서, 아폴론에게 아킬레우스를 죽이고 트로이에게 승리를 안겨달라고 부탁했다. 아킬레우스는 강의 신이 괴로워하며 간청하는 소리를 듣고는 발끈하여 강물 속으로 뛰어들어 그를 공격했다.

순간 스카만드로스는 감히 강과 대결하려는 인간의 광기에 놀라 멍하니 있었다. 하지만 곧 강물을 흔들어 거품 이는 거센 급류를 일으켰다. 아킬레우스는 물살에 휩쓸려 떠내려갔다. 강 위로 드리워진 느릅나무 가지를 붙잡고 물 밖으로 나가려 했지만, 스카만드로스가 가만두지 않았다. 아무리 날쌘 아킬레우스라도 앞지를 수 없는 거대한 급물살을 다시 한번 일으켜 그를 덮쳤다. 익사하기 직전 아킬레우스는 허우적거리며 절망 속에 외쳤다.

"여기서 이렇게 죽을 순 없습니다. 이기든 지든 헥토르와 대결하게 해주십시오. 적어도 그의 손에 영웅답게 죽을 수 있도록."*

신들은 그의 외침을 들었다. 헤라는 그녀의 아들 헤파이스토스에게 강둑에 불을 지르라 이른 다음, 바람으로 그 불에 부채질을 했다. 강물은 쉿쉿거리고 김을 뿜으며 뜨겁게 끓어올랐고, 급기야 스카만드로스는 괴로워 비명을 내지르며 아킬레우스를 풀어주었다. 아킬레우스는 평야로 허겁지겁 돌아가 다시 살육을 시작했다.

트로이 성벽 위에 있던 프리아모스는 아킬레우스와 미르미돈족 군대뿐만 아니라 다시금 사기가 오른 아카이아군에게 트로이군이 궤멸당하는 모습을 내려다보고 있었다. 그는 퇴각하는 트로이 병사가 들어올 수 있도록 성문을 열라고 명령했다. 아킬레우스는 미친개처럼 울부짖으며 성문을 향해 질주했다. 안테노르의 아들 아게노르는 두려움에 떨면서도 그에게 창을 던졌다. 겨냥은 잘했지만, 창은 아킬레우스의 다리를 감싸고 있던 새 주석 정강이받

---

* 호메로스의 서사시에서는 절박한 심정이 된 아킬레우스가 개울을 힘겹게 건너는 농민의 모습을 떠올리며 이렇게 절규한다. "돼지들과 함께 범람한 강을 건너려 애쓰는 농장 소년처럼 물에 휩쓸려 떠내려가지 않게 해주십시오."

이에 맞고 튕겨 나가고 말았다. 잠깐 멈칫하던 아킬레우스는 쏜살같이 그를 뒤쫓았다. 아폴론은 아게노르를 딴 곳으로 옮겨놓고 그의 모습으로 둔갑한 뒤, 아킬레우스를 조롱하며 일리움 평원 여기저기로 끌고 다녔다. 퇴각 중인 트로이 병사가 도시로 우르르 몰려 들어갈 시간을 벌어주기 위해서였다.

그러고 나서 아폴론-아게노르는 껄껄 웃으며 사라졌고, 분노한 아킬레우스는 그 노여움을 트로이에 풀기로 했다.

아킬레우스와 헥토르

프리아모스왕은 격분한 아킬레우스가 무서운 기세로 도시를 향해 바람처럼 달려오는 광경을 지켜보았다. 헥토르가 스카이아 성문 밖에 서서 최후의 대결을 준비하고 있었다. 프리아모스와 헤카베는 아들에게 안으로 피하라고 외쳤다. 헥토르가 전사할 경우 이도시와 백성들에게 닥칠 운명이 머릿속에 떠오르자 늙은 왕은 머리칼을 쥐어뜯었다.

하지만 헥토르는 부모의 말을 들을 생각이 없었다. 전날 밤 폴리다마스가 성벽 안으로 피하자고 설득했을 때 그의 말을 듣고 도시로 퇴각해야 했다. 헥토르가 자존심을 세우느라 거부한 탓에 위대한 트로이 전사들뿐만 아니라 그의 형제들과 소중한 친구들까지 많이도 죽어 나갔다. 그가 자신의 경솔함을 만회할 수 있는 유일한 길은 그 책임자를 죽이는 것이었다. 아킬레우스.

그리고 지금 저기 헥토르의 철천지원수가, 그의 골칫거리이자 재앙이 복수의 사자처럼 끔찍한 포효를 내지르며 달려오고 있었다. 맹렬히 타오르는 도깨비불처럼 변해버린 아킬레우스를 본 헥토르는 피가 차갑게 식어 내렸다. 꺼지지 않는 살의로 활활 타오르는 황금빛의 아킬레우스가 돌진해 오고 있었다.

헥토르는 몸을 돌려 달아났다. 그가 아무리 위대하고 고귀하며 용감한 전사라 해도, 이 죽음의 사자는 그가 당해낼 수 없을 정도로 무시무시했다. 그래서 그는 몸을 돌려 달아났다.

아킬레우스는 그를 뒤쫓았다. 그들은 트로이 성벽을 세 바퀴 돌았다.

제우스는 헥토르가 측은했다. 그가 마음에 들었고, 그를 도와주고 싶었다. 그런데 아테나가 제우스에게 발끈했다.

"아버지, 헥토르의 운명은 이미 정해져 있어요. 아버지도 아시잖아요. 아버지께서 먼저 우리에게 인간사에 끼어들어 그들의 운명을 바꾸지 말라 하시더니, 이제 직접 헥토르의 운명을 바꿔놓으시게요?"

제우스는 두 손을 들었다. "네 말이 옳다. 네 말이 옳아."

"제가 내려가서 모든 일이 제대로 돌아가고 있는지 확인하고 와도 될까요?"

제우스가 슬픈 표정으로 고개를 끄덕여 승낙하자 아테나는 트로이로 날아갔다. 헥토르의 동생 데이포보스의 모습으로 둔갑한 그녀는 그에게 다가가, 옆에서 함께 싸우겠다고 약속했다.

아킬레우스가 바짝 뒤쫓아 왔을 때 헥토르는 몸을 돌려 그에게 외쳤다.

"좋다, 펠레우스의 아들이여, 더 이상 달아나지 않겠다. 이제 죽이든 죽든 둘 중 하나다. 다만, 한 가지만 약속하지. 내가 이긴다면 너의 주검에 예를 다하겠다. 너의 영광스러운 갑옷만 벗긴 다음, 너의 주검을 그대로 네 전우들에게 돌려주마. 네가 이긴다면 내게도 똑같이 해줄 수 있겠나?"

아킬레우스는 야멸차게 소리쳤다. "거래 따위는 집어치워. 사냥꾼이 사자와 거래를 하더냐? 늑대가 양과 거래를 하더냐?"

이 말과 함께 아킬레우스는 창을 세게 던졌다. 헥토르는 몸을 홱 웅크렸고, 창은 그의 머리 위로 날아가 뒤의 땅에 꽂혔다. 헥토르의 눈에는 보이지 않았지만, 아테나가 창을 뽑아 아킬레우스에게 돌려주었다.

이제 헥토르의 차례였다. 그는 표적을 겨눈 다음 창을 던졌다. 그 평생 최고로 강한 투창이었다. 창은 아킬레우스의 방패의 정중앙을 향해 날아갔다. 하지만 방패는 거뜬히 버텨냈고, 창은 튕겨 나갔다.

"창을 다오." 헥토르는 재무장하기 위해 데이포보스에게 손을 내밀었지만, 데이포보스는 어디에도 없었다.

헥토르는 최후의 순간이 왔음을 바로 직감했다. 검을 뽑으며 그는 아킬레우스에게 달려들었다. 아킬레우스는 고개를 낮추고 돌진했다.

헥토르는 파트로클로스의 주검에서 벗겨낸 갑옷을 입고 있었다. 아킬레우스의 옛 갑옷. 아킬레우스는 그 갑옷을 속속들이 알고 있었다.

두 전사 간의 거리가 좁혀졌을 때 아킬레우스의 머리는 몸보다 더 빨리 움직였다. 방패를 앞으로 내밀고 검을 치켜들며 다가오는 헥토르의 움직임이 실제보다 느려진 것처럼 똑똑히 보였다. 아킬레우스는 가죽과 청동이 겹쳐지지 않아서 목의 맨살이 드러나는 부분으로 창을 겨누었다. 쇄골과 목이 만나는 지점이었다.

아킬레우스는 창을 푹 찔렀고, 트로이 백성들의 희망이자 축복인 헥토르 왕자는 치명상을 입고 쓰러졌다.

마지막 숨을 간신히 이어가며 헥토르는 다시 한번 아킬레우스에게 간청했다. "내 주검은…… 불태울 수 있게 우리 도시에 돌려다오. 너희 함선으로 끌고 가 개의 먹이로 삼지 말고…… 몸값이라면 내 부모님이 섭섭지 않게 지불할 테니…… 제발……."

아킬레우스는 잔인한 웃음을 터뜨렸다. 그의 안에는 존경심도, 자비도, 다정함도, 어떤 인간적인 감정도 남아 있지 않았다.

"너를 개들과 새들의 먹이로 줄 것이다!"

"나를 조롱하는 것은 곧 신들을 조롱하는 것이다." 헥토르는 숨을 헐떡이며 말했다. "너의 최후도 그리 멀지 않았다. 네가 스카이아 성문에서 아폴론 님과 파리스의 손에 쓰러지는 모습이 보이는구나……."

헥토르는 죽었다.

아킬레우스는 허리를 굽혀 주검에서 갑옷을 벗겨냈다. 그의 옛 갑옷. 파트로클로스가 입고 싸우다 죽은 갑옷.

트로이 최고의 전사가 죽은 채 흙바닥에 쓰러져 있는 모습을 목격하고 대담해진 아카이아 병사들은 위대한 헥토르의 시신에 직접 칼을 찔러보려는 욕심에 우르르 몰려들기 시작했다. 30년 후에는 손주들에게 그들의 창과 검 끝에 묻은 피를 보여주며, 위대한 트로이 왕자의 죽음에 그들이 일조했다고 자랑스럽게 말할 수 있으리라.

아킬레우스는 주검에서 허리띠도 풀었다. 아이아스와 헥토르가 결투를 벌인 후 서로 선물을 교환했을 때 아이아스가 헥토르에게 주었던 허리띠. 얼마나 정중하고 신사다운 대결이었던가. 그리고 얼마나 머나먼 옛날의 일이던가.

아킬레우스는 허리띠의 한쪽 끝으로는 헥토르의 두 발목을 묶고, 다른 쪽 끝은 전차에 연결했다. 그는 고삐를 잡고 전차를 함선으로 다시 몰았다. 뒤에 매달린 헥토르를 질질 끌면서.

아르고스 함대 쪽으로 향하며 일리움 평원의 바위와 돌멩이에 이리저리 무참하게 치이는 아들의 주검을 바라보는 프리아모스와 헤카베의 슬픈 표정은 전쟁의 그 어떤 광경보다 참혹했다. 아름답게 빛나던 아들이 죽은 것도 모자라, 그의 주검이 저런 수모를 당하다니. 시신을 정화하여 고귀한 화장과 매장을 준비할 기회도 없이.

헤카베의 고통 어린 흐느낌이 헥토르의 아내 안드로마케의 귀에까지 닿았다. 그 소리의 의미를 이해한 그녀는 소스라치며 성곽으로 달려갔다. 남편의 피투성이 시체가 흙바닥으로 끌려가고 있었다.

그녀는 어린 아들에게 울부짖었다. "오, 아스티아낙스. 이제 더이상 나는 헥토르의 아내가 아니고, 넌 헥토르의 아들이 아니구나. 우리는 평생 과부와 고아로 살게 될 거야."

트로이의 여인들은 그녀와 함께 눈물을 흘렸다.

파트로클로스와 헥토르의 장례식

아킬레우스는 맹세했던 대로 파트로클로스의 죽음에 대한 복수를 끝냈지만, 사랑하는 친구를 잃은 슬픔은 아직 끝나지 않았다. 그리고 헥토르에 대한 증오 역시 전혀 누그러지지 않았다.

먼저 그는 엄청나게 거대한 화장용 장작더미를 쌓도록 명령했다. 이는 충분히 예상 가능한 일이었다. 하지만 그가 다음에 한 일은 그렇지 않았다. 열두 명의 트로이군 포로를 장작 앞으로 불러내서는, 제물로 바칠 양과 염소의 목을 자르는 사제보다 더 냉담하게, 훨씬 더 태연하게 그들의 목을 베어버렸다. 전사의 무도, 결투의 예법, 종교적 계율을 모조리 깨버린 이 범죄에 신들마저 충격을 받았다.

이제 아킬레우스는 여전히 그의 전차에 매여 있는 헥토르의 시신을 땅으로 엎은 채 질질 끌고 파트로클로스의 무덤을 세 바퀴 돌았다.

파트로클로스의 주검이 장작더미 위에 눕혀졌다. 미르미돈족은 그들의 머리칼을 잘라, 반짝이는 수의처럼 주검 위에 뿌렸다. 아킬레우스는 눈물을 흘리며 자신의 황금 머리칼을 잘라 파트로클로스의 생기 없는 손에 다정히 올려놓았다. 그리고 꿀과 기름을 담은 항아리들을 시신 옆에 두었다. 장작더미에 불이 붙여지고, 그의 사랑하는 벗의 혼은 마침내 엘리시온 들판으로 날아갔다.

장제 경기가 열렸다. 흥분한 아카이아군이 긴장을 풀고, 파트로클로스의 영웅적 업적을 기리며, 갑작스럽고 통쾌한 전세 역전을 축하할 수 있는 기회였다. 바로 하루 전만 해도 함대가 불타고 금방이라도 대패할 것처럼 보였다. 이제 적군의 최고 용사는 죽었고, 그들의 최고 용사는 천하무적의 기세로 의기양양하게 맹위를 떨치고 있었다. 승리는 이미 정해진 것이나 마찬가지였다.

아킬레우스가 헥토르에게 품은 앙심은 아직 풀리지 않았다. 날이면 날마다 그는 복수의 사자처럼 채찍을 들고 전차 안에 서서, 뒤에 주검을 매단 채 트로이 성벽을 빙빙 돌았다. 그토록 무자비한 분노, 그토록 비상식적인 잔혹함, 그토록 노골적인 멸시에 신들은 눈을 돌려버렸다. 이 참사가 열이틀이나 이어지자, 보다 못한 제우스는 불경한 행위를 끝내라는 명을 내렸다.

그날 밤 프리아모스는 몸값으로 지불할 보물을 마차에 가득 싣고서 도시를 떠났다. 그의 늙은 하인 이다이오스가 노새들을 채찍질하며 아카이아군 진영으로 마차를 몰았다. 한 청년이 그들을 막아섰다.

"정신 나가셨소? 마차에 금을 잔뜩 싣고 적진 한가운데로 들어오다니. 내가 대신 마차를 몰아드리지요. 당신……." 그는 이다이오스를 가리키며 말했다. "저리 비켜봐요."

미르미돈족처럼 보이는 이 청년이 프리아모스는 왠지 마음에 들고 믿음직스러웠다.

잘생긴 용모에 이제 갓 턱수염이 나기 시작했지만, 강인함과 유쾌한 차분함을 풍겨 신뢰가 갔다.

"아들 헥토르 때문에 오셨군요?" 청년이 말했다.

"개들한테 먹히고 남은 송장이라도 가져가려고 왔네. 그런데 자네가 그걸 어떻게 알았지?" 프리아모스가 말했다.

"힘내요, 영감. 믿기지 않겠지만, 걔들은 시신을 건드리지도 않았답니다. 새들도, 벌레들도, 파리들도, 구더기들도. 심지어 상처 하나 안 보여요. 살은 하나도 안 썩어서 아침 이슬만큼 생생하고요. 영감님이 성벽 위에서 마지막으로 봤던 모습보다 더 나을 겁니다."

"신들께 감사드려야겠군." 프리아모스는 놀라며 말했다.

"구체적으로 말하자면, 아폴론한테 감사해야겠지요." 청년은 씩 웃으며 말했다.

그 순간 프리아모스는 그의 옆에 앉아 차분하게 혀를 차며 그리스 진영의 중심으로 노새들을 몰고 있는 이 청년이 필멸의 존재가 아니라는 사실을 깨달았다. 그는 신이었다.

미르미돈족의 막사에 도착하자, 헤르메스(제우스의 아들인 전령의 신이 아니라면 누구겠는가?)는 고삐를 잡아당기고는 날개 달린 지팡이로 중앙에 있는 천막을 가리켰다.

"저기 들어가서 그의 잔인한 마음을 녹여봐요."

트로이의 왕 프리아모스가 천막 안으로 들어와, 의자에 앉은 아킬레우스 앞에 푹 쓰러져서는 가여운 거지처럼 그의 무릎을 꼭 붙잡자, 미르미돈족 장군인 아우토메돈과 알키모스는 아연실색했다. 프리아모스는 자신의 아들들을 참 많이도 죽인 바로 그 손에 입을 맞추었다.

"아킬레우스, 오 아킬레우스여." 그는 흘러내리는 눈물도 닦지 않고 말했다. "그대의 아버지 펠레우스를 생각해보시오. 그이도 나 같은 노인이니 인생의 낙은 단 한 가지뿐일 게요. 자신의 영광스러운 아들을 생각하고 그 모습을 머릿속에 그리는 것. 우리에게 자식들은 왕좌와 땅과 황금보다 더 중요하니까. 프티아의 궁에 계신 펠레우스왕을 생각해보시게. 누군가가 배를 타고 가서 그대의 사망 소식을 전한다면 어떻겠소. '전하의 영광스러운 결실이신 아킬레우스 왕자님께서 전사하셨습니다'라고 전령이 울부짖는다면. '왕자님의 주검은 개들의 먹이로 던져졌습니다. 왕자님은 더럽혀지고 유린당했으며, 왕자님을 죽인 자들은 시신을 불태워 땅에 묻어주지도 않을 겁니다. 용맹하고 고귀하신 왕자님께서는 받아 마땅한 경의도 존중도 누리지 못할 겁니다.' 이런 일을 상상이나 할 수 있겠소, 아킬레우스? 그대의 아버지 펠레우스왕의 심정이 어떻겠소?"

아킬레우스는 숨을 죽였다. 아우토메돈은 그의 눈에 차오르기 시작하는 눈물을 보았다.

프리아모스는 아킬레우스의 무릎을 계속 부여잡은 채 말을 이었다. "복수를 원했던 그대의 마음은 이해하오. 그대에게 줄 보물을 가져왔소. 그대에게 그토록 소중했던 파트로클로스를 잃은 슬픔을 보상하기에는 어림도 없겠지만, 내 성의를 보여주고자 가져온 몸값이니 받아주시오. 희망과 사랑을 담은 선물이오. 이 늙은 이를 가엾게 봐주지 않겠소? 내게는 아들이 쉰 명 있었다오. 알고 있소? 헤카베 왕비나 다른 아내들과의 사이에 둔 아들들이었지. 쉰 명. 그런데 이제 몇 남지 않았소.

트로이의 꽃이 꺾였소. 마지막엔 헥토르가. 자기가 그토록 사랑하던 땅과 백성들을 지키다가. 승리는 그대의 것이었고……."

아킬레우스는 프리아모스의 두 손을 살며시 밀어냈다.

"앉으시지요." 그는 의자를 가리키며 말하다가 쉰 목소리가 나자 헛기침을 했다. "용감하게도 여기까지 찾아왔군요. 그리고 이리도 허심탄회하게……."

두 남자가 서로 끌어안고 어린아이처럼 울자, 알키모스와 아우토메돈은 경외감 속에 그 광경을 지켜보았다. 눈물이 말랐을 때 그들은 함께 먹고 마시며, 헥토르의 몸값과 주검 반환에 관한 거래를 조용히 마무리 지었다. 그리고 헥토르의 장례를 치를 수 있도록 열이틀 동안 휴전하기로 합의했다.

헤르메스가 말한 그대로였다. 오랜 시간이 흘렀는데도, 뜨거운 햇볕 속에 누워 있었는데도, 평원의 흙바닥과 날카로운 돌들 사이로 수없이 거칠게 끌려 다녔는데도, 헥토르의 주검은 아주 깨끗하고 아름다웠다.

헤카베, 헬레네, 안드로마케를 비롯한 트로이의 여인들은 찬가를 부르며 헥토르를 애도했다. 헬레네는 안드로마케만큼이나 큰 충격을 받았다. 그녀는 헥토르의 용기와 기사도를 사랑했다. 그리고 무엇보다, 트로이에 죽음과 슬픔만 가져온 그리스 여인인 그녀에게 헥토르는 한없이 정중하고 친절했다. 허영심 강하고 속이 텅 빈 파리스와는 정반대였다.

트로이인들은 헥토르의 시신을 화장하면서 그 불길에 포도주를 붓고, 그가 목숨 바쳐 지키려 했던 도시가 내려다보이는 언덕에 그의 재를 묻었다. 이렇게 그들은 그들의 가장 위대한 전사인 헥토르에게 작별을 고했다.*

---

* 그리고 호메로스의 『일리아스』도 이렇게 끝을 맺는다.

트로이의 새로운 지원군

이제 헥토르도 없으니, 든든한 아킬레우스를 가진 아카이아군이
이 기세를 몰아 금세 전쟁을 끝낼지도 모른다. 하지만 트로이가
속절없이 밀리기만 하고 도시가 곧 함락될 것처럼 보이던 바로 그
때, 동쪽에서 새로운 동맹군이 달려왔다. 무시무시한 펜테실레이
아 여왕이 이끄는 아마존족이었다.*

　아마존족은 말을 타고 싸운 최초의 전사들이었다. 지중해 세계
의 나머지 지역에서 말들은 전차를 끌었으며, 당나귀와 교접하여
물품 수송에 꼭 필요한 노새를 낳았다. 하지만 흑해의 여성 전사
들인 아마존족은 말에 직접 올라타 싸우는 기마 전투의 선구자들
이었다.† 펜테실레이아는 아레스의 딸이었고, 같은 아버지에게서
태어난 그녀의 동생 히폴리테는 테세우스와 결혼했거나 혹은 아
홉 번째 과업을 수행 중이던 헤라클레스에게 살해당한 위대한 아
마존족 여왕이었다.‡

---

* 〈스타워즈〉에 등장하는 레아 공주의 이름이 펜테실레이아에서 영감을 받아 지어
진 것이라고 믿는 사람이 많다.
† 아마존족에 대한 좀 더 상세한 설명을 보고 싶다면 『스티븐 프라이의 그리스 신
화』 2권을 참고하라.
‡ 많은 위대한 작가들은 히폴리테가 테세우스와 결혼하는 내용의 서사를 좋아했다.
『스티븐 프라이의 그리스 신화』 2권에서는 안티오페가 테세우스와 결혼하고, 히폴리
테는 발끈한 헤라클레스에게 살해당한다. 테세우스와 안티오페(혹은 '아마존족')는
에우리피데스의 『히폴리토스』와 세네카의 『파이드라』(와 라신의 『페드르』)에서 부부
로 언급되고, 초서의 「기사의 이야기」와 셰익스피어의 『한여름 밤의 꿈』에서는 테세
우스 '공작'과 히폴리테가 함께 등장한다.

펜테실레이아는 열두 명의 용맹한 아마존족 전사들을 데려왔고,§ 전장에 나간 첫날 그녀 혼자서 불운한 아카이아 병사 여덟 명을 처치했다. 아마존족의 존재 자체로 충격에 휩싸인 그리스 병사들은 공포와 불안감에 떨었다. 그들은 말등에서 화살을 쏘아대는 전사는커녕 인간 여성과 전투에서 맞붙어본 적도 없었다.¶ 그들은 남성 전사들을 상대하듯 이 여성들을 창과 검으로 공격할 용기를 끌어냈다. 소 아이아스, 디오메데스, 이도메네우스가 전투에 뛰어들어 열두 명의 아마존족 전사 중 여섯 명을 처치했다.

높은 성벽에서 지켜보고 있던 트로이의 여인들은 그들과 같은 여성들이 혐오스러운 아르고스군을 물리치는 모습에 감격해, 그들 자신도 전투에 참여하기로 결심했다. 하지만 아테나를 모시는 무녀 테아노가 그들에게 경고했다. 펜테실레이아와 그녀의 동족은 전사로 태어나고 자랐지만, 전투 훈련이라고는 한 번도 받은 적이 없는 그들은 분명 목숨을 잃을 테고, 상실과 비탄만 더할 뿐 트로이에 아무런 도움도 되지 않을 거라고 말이다.

무서운 기세로 전장을 누비던 펜테실레이아는 트로이군에게

---

§ 코인토스 스미르나이오스는 『일리아스』의 후속편 격인 『트로이의 몰락』에서 그들의 이름을 열거한다. 알키비에, 안탄드레, 안티브로테, 브레무사, 클로니에, 데리마케이아, 데리노이, 에반드레, 하르모토이, 히포토이, 폴레무사, 테르모도사.

¶ 아마존족 같은 기마 전사와 켄타우로스 같은 신화 속 전사가 어디에서 유래했는지 암시해주는 고고학적·역사적 증거가 있다. 말과 한몸이 될 정도로 말을 잘 타는 사람들이 전설이나 설화에서 켄타우로스 같은 반인반마, 혹은 아마존족처럼 유례없이 사납고 전투 능력이 뛰어난 여성 기마족으로 묘사되는 것이 자연스러워 보일지도 모른다. 그리스인들은 트로이보다도 더 먼 동방에 그런 사람들이 살고 있다고 믿었다. 물론 이제 우리는 전자가 극동의 몽골인들, 후자가 마자르족(말을 탄 여성 궁수라는 개념을 서구에 처음 소개한 기마민족)이라는 사실을 알고 있다.

아카이아군을 함선 쪽으로 밀어붙이도록 설득했다. 그리스 최고의 전사들인 아킬레우스와 아이아스는 여전히 파트로클로스의 무덤 곁을 지키며 전투에서 빠져 있었다. 하지만 아군이 심하게 밀리며 고전하는 모습을 보고는 가만있을 수 없었다. 아킬레우스는 혼자서 아마존족 다섯 명을 죽였다. 펜테실레이아는 아이아스에게 창을 던졌고, 그는 강한 방패와 은 정강이받이 덕분에 간신히 목숨을 부지했다. 이를 본 아킬레우스는 분노의 고함을 내지르며 자신의 창으로 그녀를 푹 찔렀다. 그녀의 죽음에 겁을 집어먹은 트로이군은 몸을 돌려 성벽 안으로 달아났다.

아킬레우스는 펜테실레이아의 갑옷을 거칠게 벗겨냈지만, 투구를 벗겼을 때 드러난 그녀의 얼굴을 보고는 놀라움에 말문이 막혀 버렸다. 그가 상상해왔던 아르테미스의 모습과 똑같았다. 그는 이토록 아름답고 용맹하며 고결한 이의 죽음을 애도했다. 그녀를 잃은 것을 슬퍼하며 눈물을 흘렸다. 그녀를 죽일 것이 아니라, 그녀에게 구애하고 그녀를 프티아로 데려가 그의 왕비로 삼았어야 했다.

어느 군대든, 회사든, 사무실이든, 교실이든, 스포츠 팀이든, 잔인한 말을 농담이랍시고 아무렇지도 않게 던지거나 쉽게 남을 조롱하고 비난하는 사람이 꼭 있다. 그리스군에는 테르시테스가 있었다. 아카이아 병사 가운데 용모가 가장 추했으며(헤르메스의 주장대로라면) 잔인하게 비꼬는 말을 서슴지 않기로 유명했다.*

---

* 호메로스에 따르면, 그는 발육부전에 안짱다리였다. 칼리돈의 멧돼지를 사냥할 때 그가 비겁한 태도를 보였다가 멜레아그로스에게 절벽에서 떠밀려 부상을 입는 바람에 그렇게 되었다는 설도 있다. 테르시테스(실제로는 '대담하고 용감한'이라는 의미

예전에 오디세우스는 아가멤논의 왕홀로 그를 때리며, 입조심하지 않으면 발가벗겨서 더 때리겠다고 위협한 적이 있었다. 하지만 그런 유형의 사람들은 아무리 혼이 나도 정신을 차리지 못한다.†펜테실레이아의 죽음을 애도하는 아킬레우스를 보고 테르시테스는 도를 넘고 말았다.

"여자 때문에 넋을 잃은 우리의 영웅 펠레이데스를 좀 보시오. 그대들 위대한 전사들은 어찌 이리도 한결같은지. 아름다운 얼굴을 보는 순간 물렁물렁한 진흙이 되어버리지." 그는 펜테실레이아의 시신에 침을 뱉었다. "이년은 죽음의 신처럼 우리 병사들을 도륙했소. 이렇게 가버리다니 속이 다 시원하군."

격분한 아킬레우스는 테르시테스의 머리를 후려쳤다. 어찌나 세게 때렸던지, 테르시테스의 이들이 빠져 밖으로 튀어나올 정도였다. 그는 그 몸과 이들이 땅으로 떨어지기도 전에 죽었다. 그리스 병사 중 누구도 신경 쓰지 않았지만, 그의 사촌 디오메데스는 달랐다. 전우들이 말리지 않았다면 아킬레우스에게 덤벼들었을지도 모른다. 아킬레우스는 그리스 귀족을 죽인 것을 속죄하는 뜻으로 레스보스섬으로 가서 죄를 씻기로 했다.‡

의 이름인 것 같다)는 셰익스피어의 『트로일러스와 크레시다』에서 자신의 악의적인 욕설에 시달리는 사람의 입장을 전혀 생각하지 않는 인물로서 중요한 역할을 맡는다. 로열 셰익스피어 극단이 무대에 올린 인상적이고 유쾌한 연극에서는 사이먼 러셀 빌이 테르시테르를 연기했다.

† 어떤 이들(특히 로버트 그레이브스)은 테르시테스가 기형의 추한 용모로 묘사되는 이유가 권력자들에게 진실을 말하는 배짱이 있었기 때문이라고 주장한다. 물론 역사를 쓰는(혹은 써달라고 의뢰하는) 자들이 권력자다.

‡ 셰익스피어의 희곡에서 아킬레우스는 테르시테스를 너그럽게 봐주고 오히려 재미있어하는 몇 안 되는 인물들 중 하나로 등장한다.

한편, 사르페돈, 파트로클로스, 헥토르의 주검을 두고 벌어졌던 참상을 잊지 않고 있던 아트레이데스(아가멤논과 메넬라오스)는 펜테실레이아의 시신을 넘겨달라는 트로이의 간청을 받아들였다. 시신이 트로이로 실려 오자, 프리아모스는 그녀의 재를 선왕 라오메돈의 유해 옆에 묻으라는 명령을 내렸다. 같은 시간, 아카이아군은 펜테실레이아의 창에 찔려 죽은 포다르케스를 애도하기 시작했다. 그는 트로이 전쟁에서 제일 처음 목숨을 잃은 그리스 전사 프로테실라오스의 사랑하는 형제였고, 전우들은 그의 죽음을 몹시 슬퍼했다.*

이제, 트로이를 위해 싸워줄 또 다른 영웅이 도착했다. 에티오피아의 왕이자 프리아모스의 조카인 멤논이었다.† 아킬레우스와 마찬가지로, 그의 몸에도 신의 피가 흐르고 있었다. 그의 어머니는 새벽의 신 에오스, 그의 아버지는 불사의 생을 얻었지만 영원한 젊음은 얻지 못한 불행한 인간 티토노스였다.‡ 또한 아킬레우스와 마찬가지로, 멤논도 헤파이스토스가 만들어준 갑옷을 입었다. 트로이 연합군에 새로이 합류한 멤논과 그의 에티오피아 병사들은 네스토르의 아들 안틸로코스를 비롯한 그리스의 유명한 장

---

* 이와 대조적으로, 코인토스 스미르나이오스의 『트로이의 몰락』에서 '겁쟁이 테르시테스의 흉물스러운 시체'는 구덩이로 던져진다.

† 멤논이라는 이름은 '확고한', '단호한'이라는 뜻이지만, '참을성 있는'이라는 의미도 있어서 당나귀의 이름으로 자주 쓰인다. 접두사 '아가'는 '아주' 혹은 '완전히'라는 뜻의 강조어다. 그러니 아가멤논은 그의 조급한 성질과 심한 변덕을 생각하면 이름을 잘못 지은 것 같기도 하다.

‡ 나이 들고 시들고 허약해지면서도 죽지 않는 티토노스의 비참한 모습을 견디다 못한 에오스가 그를 메뚜기(혹은 매미)로 만들어버린다. 『스티븐 프라이의 그리스 신화』1권을 참고하라.

수들을 죽여 아카이아군에 실직적인 피해를 끼쳤다. 비탄에 잠긴 네스토르는 또 다른 아들 트라시메데스를 보내 시신을 회수하게 했다. 늙은 왕은 직접 무장하고 전장에 뛰어들려 했지만, 멤논이 그에게 나이를 생각해 빠지라고 외쳤다. 절망에 빠진 네스토르는 죄를 씻고 레스보스섬에서 막 돌아온 아킬레우스를 찾아갔다. 안틸로코스를 좋아했던 아킬레우스는 자신이 직접 멤논에게 복수하기로 마음먹었다. 기억할지 모르겠지만, 파트로클로스가 사망했다는 끔찍한 소식을 아킬레우스에게 알려주려 눈물을 흘리며 모래밭을 달려왔던 이가 바로 안틸로코스였다. 그는 슬픔과 분노, 죄책감에 시달리던 아킬레우스의 두 손을 잡아주며 곁을 지켰었다. 이런 일을 함께 겪은 사이라면 유대감이 생기기 마련이다.

흑빛의 멤논과 황금빛의 아킬레우스는 하루 종일 싸웠고, 이 대결은 트로이 전쟁에서 가장 긴 일대일 결투가 되었다. 결국 체력과 속도에서 우위였던 아킬레우스가 지친 멤논을 검으로 꿰뚫었다.

아카이아군은 환호하며 트로이 성벽으로 줄줄이 달려갔다. 아킬레우스도 그 대열에 합류해 스카이아 성문으로 향하며 트로이 병사들을 도륙했다. 그는 헥토르가 죽어가며 남긴 말이 기억났을까?

"네가 스카이아 성문에서 아폴론 님과 파리스의 손에 쓰러지는 모습이 보이는구나……."

포이보스 아폴론의 목소리가 직접 아킬레우스에게 돌아가라 일렀건만, 흥분한 영웅의 귀에는 들리지 않았다. 아킬레우스는 아폴론이 트로이의 편이라는 걸 알았지만, 화살의 신이 그를 증오할 만한 중요하고도 개인적인 이유가 있다는 사실을 잊고 있었을지도 모른다. 아폴론은 아킬레우스가 아폴론 신전의 신성한 제단에서 어린 트로일로스를 무참히 살해했던 그 경멸스럽고 불경한 행위를 눈감아줄 수 없었다.

파리스는 높은 성벽 위에 앉아 광기 어린 살육의 현장을 내려다보고 있었다. 그는 누구도 부인할 수 없는 트로이 최고의 궁수 중한 명이었다. 그의 화살은 표적을 벗어난 적이 없었으며, 활의 상태만 좋으면 그 누구보다 더 멀리 화살을 날려보낼 수 있었다. 아카이아군 편에서 싸운 그의 사촌 테우크로스만 빼면 그를 당해낼자가 없었다.

하지만 저 밑은 정신없는 아수라장이라, 한 사람만 골라서 맞히기가 여간 어렵지 않았다. 그러다 파리스는 아킬레우스를 보았다. 눈에 띌 수밖에 없었다. 그의 주위로 수많은 병사가 쓰러지고 있었고, 게다가 저 갑옷은…….

파리스는 시위에 독화살을 걸고 활을 들어 올렸다.

이제 곧 날아갈 이 화살은 누가 쏘는 걸까. 파리스 자신? 아니면 아폴론? 아폴론은 궁술의 신이기에, 목표물을 명중시킨 사람은 "아폴론 님이 내 손을 이끄신 거야"라고 말하곤 한다. 작가들이 "그날은 뮤즈가 나와 함께했어"라고 자주 말하듯이.

파리스는 화살의 깃털을 자신의 눈높이로 당겼다. 아킬레우스의 움직임을 따라가는 동안 그 사이에 수많은 병사가 끼어들었다. 파리스는 천천히 숨을 들이마시고 뱉었다. 저격 궁수의 첫 번째 요건은 인내심이었다.

아킬레우스가 겁에 질린 한 젊은 트로이 병사의 뒤로 다가갔다.

트로이 병사가 쓰러졌다. 아킬레우스는 파리스의 시선에 그대로 노출된 채 서 있었다. 파리스는 화살을 날렸다.

아킬레우스의 발뒤꿈치

화살이 활을 떠났을 때 아킬레우스는 이미 몸을 돌리고 있었다. 파리스에게 계속 새 화살을 건네주던 시종은 아래를 내려다보고는 화살이 표적에 못 미치고 땅에 꽂힐 거라 생각했다. 하지만 파리스가 승리의 함성을 질렀고, 시종이 보니 과연 화살이 아킬레우스의 발 뒤쪽에 꽂혀 있었다. 화살이 그의 왼발 뒤꿈치를 파고들었다. 테티스가 아기였던 그를 스틱스강에 담글 때 잡고 있던 바로 그 발꿈치였다. 그의 몸에서 유일하게 취약한 곳.

아킬레우스는 비틀거렸다. 그는 최후의 순간이 왔음을 알았다. 하지만 그의 손에는 여전히 창이 쥐여 있었고, 독이 온몸으로 퍼져나가는 와중에도 그는 자신을 에워싸기 시작한 적군들을 찌르고 또 찔렀다. 상처 입은 사자의 주위를 빙빙 돌며 공격하는 자칼들처럼, 트로이 병사들은 잰걸음으로 움직이며 그를 쿡쿡 찔러댔다. 아킬레우스는 네 번, 다섯 번, 여섯 번 창으로 적을 찌르고 난도질하다 두 다리가 꺾이고 말았다. 숨을 거두는 마지막 순간까지 트로이 병사들을 몇 명 더 죽였다.

치명상을 입은 인간에게 이토록 무시무시한 힘과 의지라니. 대부분은 겁을 집어먹고 뒷걸음질을 쳤다. 이런 인간이 정말 죽기나 할까. 하지만 그의 귀중한 무구가 너무나 탐났기에 병사들은 조심

조심 다가가기 시작했다. 그때 매서운 포효가 쩌렁쩌렁 울리자 정말 용감한 자들 빼고는 모두 흩어져 달아났다.

탑처럼 우뚝 솟은 거구의 아이아스가 슬픔과 분노로 울부짖으며 돌진해 왔다. 그는 시신 옆을 지키고 서서, 감히 가까이 다가오는 자는 누구든 갈가리 찢어버렸다. 그의 매서운 방어 앞에 쓰러진 자들 중에는 리키아의 왕 사르페돈의 부관인 글라우코스도 있었다. 아이네이아스가 그의 주검을 무사히 회수했다.

파리스는 아이아스에게 연달아 화살을 날렸다. 아이아스와 아킬레우스를 동시에 해치운다고 생각하자 온몸에 전율이 흘렀다. 감탄한 트로이 백성들이 그를 아폴론 신전으로 실어 나르며 내지르는 환호가 들리는 것만 같았다. 하지만 각도가 문제였다. 아이아스가 성벽에 너무 가까이 서 있었기 때문에 파리스는 성곽의 가장 높은 부분에 서서 조심스럽게 아래를 겨냥해야 했다.

저 위에서 번뜩이는 빛을 본 아이아스는 옆으로 휙 피했고, 화살은 아슬아슬하게 그를 비껴 횡 날아갔다. 화살을 쏜 자가 누구인지 본 아이아스는 우렁찬 기합을 내지르며 거대한 화강암을 휙 던졌다. 바위는 위로 날아가 파리스의 투구를 맞혔다. 파리스는 단단한 청동 덕분에 목숨은 구했지만, 머리가 멍해지고 귓속이 시끄럽게 울려댔다. 오늘은 이만하면 됐다고 생각하며 그는 물러났다.

오디세우스는 아이아스를 도와 아킬레우스의 주검을 그리스 병영으로 옮겨왔다. 이제 양쪽 진영 모두 슬픔과 비탄에 잠겨 있었다. 트로이군과 그들의 에티오피아·리키아 동맹군은 멤논과 글라우코스의 죽음을 애도했고, 아카이아군은 아킬레우스를 위해 눈물을 흘렸다.

이번에도 미르미돈족은 그들의 머리카락을 잘라 시신에 수의를 만들어주었다. 브리세이스는 자신의 삼단 같은 머리칼을 잘라 장작더미 위에 올려놓고, 슬픔을 가누지 못해 자신의 피부를 쥐어 뜯으며 울부짖었다.

"그대는 나의 하루, 나의 햇살, 나의 희망, 나의 수호자였어요."

장작더미 위에 향과 백단, 향유, 꿀, 호박琥珀, 황금, 그리고 갑옷이 올려졌다. 트로이군 포로들이 처형되었다. 아가멤논, 네스토르, 아이아스, 이도메네우스, 디오메데스는 모두 괴로워하며 애끓는 소리로 통곡하고 가슴을 쳤다. 오디세우스마저 눈물을 흘렸다.

연기가 하늘로 피어 올랐고, 병사들과 하인들과 노예들의 울음소리가 뒤섞이자 소란스러운 전장보다 더 시끄러웠다. 연기와 소리가 올림포스에까지 닿아 신들도 눈물을 흘렸다.

펠레우스와 테티스의 아들, 황금빛의 아킬레우스가 세상을 떠났다. 그저 아카이아군이 최고의 전사이자 투사를 잃은 사건만이 아니었다. 인류가 가장 찬란하게 빛나던 인간을 잃은 것이다. 거칠고 성마르고 고집스럽고 완강하고 감정적이며 잔인한 구석도 있었지만, 그의 퇴장은 인간 세상에 변화를 일으켰다. 그 누구도 대체할 수 없는 위대한 인물이 사라졌다.

아킬레우스의 발꿈치는 모든 인간이 가지고 있는 결점인 취약함을 상징하게 되었다. 그 후로 등장한 모든 위대한 전사와 스포츠 선수는 마치 아킬레우스의 미니어처처럼 우리에게 진짜 영광이란 무엇인지 상기시켜주었다. 아킬레우스는 평온한 안락함 속에 장수를 누리는 무명의 삶을 선택할 수도 있었지만, 짧고도 눈부신 영광의 불길 속으로 뛰어들었다. 그 보답으로 그가 얻은 것은 둘도 없이 귀중하지만 쓸모는 전혀 없는 영원한 명성이었다. 세상의 모든 운동선수가 자신의 전성기가 짧다는 사실을 알고 있다. 우뚝 올라서서 불후의 명성을 얻으려면, 간사하고 열정적이고 무자비하고 가차 없어야 한다는 것도 알고 있다. 아킬레우스는 앞으로도 영원히 그들의 수호신이 되어줄 것이다.

아킬레우스의 불꽃을 속에 품고 있는 사람들이 있다. 우리는 그들을 사랑하고 증오했다. 그들을 찬미하고, 가끔은 수줍게 숭배했으며, 때로는 그들을 필요로 했다.

그런 무시무시한 능력을 가진 반신반인 아킬레우스와 실제로 마주친다면 우리는 그를 두려워하고, 그의 불같은 성질을 증오하며, 그의 오만함과 야만성을 경멸하지 않을까. 하지만 그를 사랑하지 않고는 배기지 못하리라.

아킬레우스의 무구

아카이아군이 아킬레우스의 주검을 태우고 영웅의 죽음을 애도할 때, 테티스도 바다에서 나와 그들과 함께 눈물을 흘렸다. 장제 경기가 열렸고, 아킬레우스의 방대한 보물이 우승자들에게 상품으로 돌아갔다. 마지막 경기가 끝난 후, 테티스는 그리스군 원로들에게 이렇게 말했다.

"최고의 상품은 아직 수여되지 않았소. 헤파이스토스가 만든 방패와 흉갑, 정강이받이와 투구. 그 아이의 아버지 펠레우스의 검과 창. 가장 용맹한 최고의 전사만이 이 위대한 선물들을 가질 수 있을 터. 내 사랑하는 아들의 주검을 지키기 위해 싸운 전사들 중 가장 공이 큰 자를 여러분이 결정해주시오."

모두의 시선이 본능적으로 두 남자에게 향했다. 아이아스와 오디세우스. 그들은 아킬레우스의 주검을 둘러싼 싸움의 중심에 있었다.

아이아스가 일어나서 말했다. "미케네, 크레타, 필로스의 왕들께서 결정해주십시오."

오디세우스는 아가멤논, 이도메네우스, 네스토르를 바라보며 고개를 끄덕였다. "완벽한 선택이오."

"나도 동의하오만." 아가멤논이 말했다.

하지만 네스토르가 한 손을 들어 올렸다. "아니, 나는 동의하지 않소. 그대도, 이도메네우스왕도 그래서는 안 되오. 이런 무거운 짐을 우리에게 지우다니, 안 될 말이지. 우리가 그토록 아끼는 이 귀중한 두 전우 가운데 어떻게 한 명을 고른단 말이오? 너무도 대단한 선물이 걸린 일이잖소. 우리에게 선택된 자는 세상에서 가장 귀한 보물을 얻어 기쁘겠지만, 선택받지 못한 자는 분통이 터질 테지. 우리를 증오하고 원망할 것이오. 아니, 오디세우스. 그렇게 어깨를 으쓱해도 상관없소만, 나는 인간의 본성을 잘 안다오. 전리품인 크리세이스와 브리세이스를 두고 아킬레우스와 아가멤논 왕 사이에 터졌던 그 파멸적이고 광기 어린 싸움을 잊었소?"

그들은 테티스의 도움을 받고자 그녀 쪽으로 고개를 돌렸지만, 그녀는 사라지고 없었다. 그녀가 떠나는 것을 아무도 보지 못했지만, 어쨌든 그녀는 없었다.

아가멤논은 한숨을 내쉬며 네스토르에게 물었다. "그럼 어떡하자는 겁니까? 테티스 님은 무구를 유물로 남기고 상속자의 조건을 밝히셨습니다."

"우리가 결정하는 대신 트로이 병사들에게 물어보는 것이 어떻소?" 네스토르가 말했다.

"뭐라고요?"

"여기 붙잡혀 있는 포로들이 많잖소. 우리 전사들의 용맹함과 힘을 평가할 기회가 많았을 거요. 우리의 적군에게 전장에서 마주치기 가장 두려운 이가 누구인지 물어보면 우리의 최고 용사가 누구인지 알 수 있지 않겠소?"

아가멤논은 미소 지었다. "기발하군. 그렇게 합시다."

트로이군 포로들이 오디세우스를 가장 두려운 적수로 꼽자, 그리스군은 다 함께 신음을 뱉었다. 아이아스가 깨끗이 승복하고 물러날 것 같지 않았기 때문이다.

그들의 염려가 옳았다. 아이아스는 곧장 분통을 터뜨렸다.

"헛소리 작작 해! 오디세우스가? 나보다 더 위대한 전사라고? 그 말을 믿는 거요? 아킬레우스의 주검을 지키려고 내가 어떻게 싸웠는지 모두 보지 않았소? 트로이 병사들을 열 명 넘게 죽였소. 오디세우스가 주검을 몰래 빼내긴 했지. 내가 적들을 다 물리쳐서 안전해진 후에야. 저자는 오로지 말뿐이오. 음모를 꾸미고 계략을 짜지. 전사가 아니란 말이오. 비겁한 족제비…… 쥐새끼…… 낑낑거리는 개 같은 작자……."

"온갖 짐승이 다 나오는군." 오디세우스는 빙긋 웃으며 말했다. "하지만 아이아스, 나도 싸우는 법을 안다오. 파트로클로스의 장례식 때 열린 레슬링 경기에서 우승했던 기억이 있소만.* 수년간 수많은 트로이 병사를 죽여 한 명 이상의 몫을 한 기억도 있고 말이오."

"여기에 올 생각도 없었으면서!" 아이아스는 고함을 질렀다. "당신이 서약을 안 지키려고 실성한 척한 것을 우리 모두 알고 있어. 팔라메데스가 당신의 속임수를 꿰뚫어보지 못했다면…… 아, 그렇지. 팔라메데스를 모함한 작자가 누군지 우리 모두 알고 있지 않소? 어떤 작자가 그의 막사 근처에 금을 숨겨서 반역죄를 뒤집어……."

"이런, 아이아스. 나더러 말뿐이라니! 아킬레우스를 찾기 위해 수개월을 항해했던 이가 누군였소? 과연 그대가 아킬레우스를 찾아서, 그의 정체를 밝히고, 우리와 함께 싸우자고 설득할 수 있었을까? 글쎄. 아이아스, 그대가 거구의 몸에 아주 강한 전사인 건 사실이오. 하지만 우리의 가장 귀중한 재산? 그건 아니지."

실실 웃으며 점잖게 말하는 오디세우스를 아이아스는 더는 견딜 수 없었다. 그는 뛰쳐나가 버렸고, 그가 떠난 자리에는 먹먹하고 슬픈 정적만 감돌았다.

"이런 어쩌나. 참 딱한 일입니다. 아이아스는 내가 항상 아끼는 전우였건만. 내 부관 에우릴로코스가 들러서 무구를 내 함선으로 옮겨갈 겁니다. 다들 저녁식사 시간에 봅시다." 오디세우스가 말했다.

---

* 오디세우스의 사기꾼 기질이 확연히 드러나는 대목이다. 호메로스에 따르면, 아카이아군의 최고 전사들이 서로를 갈가리 찢어버릴까 봐 염려한 아킬레우스가 둘 사이에 끼어들었고, 결국 시합은 무승부로 끝났다.

한편 아이아스는 자신이 고의적으로 무시당하고 모욕당했다고 생각하며, 자신의 막사로 쿵쿵거리며 돌아갔다.* 질투 어린 분노에 실성한 그는 아가멤논과 메넬라오스, 오디세우스 모두 자신의 적이라는 비이성적인 결론을 내렸다. 그래서 그들의 함선에 불을 지르기 위해 밤에 일어나 병영을 살금살금 누볐다. 그들의 막사에 도착한 그는 그들과 그 수행단을 칼로 찔러 죽이며 광기 어린 살육을 벌였다.

문득 정신을 차려보니 그는 병영의 가축 우리에 있었고, 목이 잘린 양들의 사체에서 피가 강물처럼 흘러나오고 있었다.

광기에 졌다는 괴로움과 소중한 전우들을 죽일 뻔했다는 두려움에 휩싸인 아이아스는 해안의 한적한 구석으로 비틀비틀 걸어갔다. 그리고 헥토르에게 선물받았던 은검을 모래밭에 꽂아놓고는 그 위로 몸을 던졌다.†

---

* 코인토스 스미르나이오스의 『트로이의 몰락』에는 다음과 같이 쓰여 있다.

> 고뇌가 맹렬한 심장을 찌른 듯
> 괴로운 아이아스, 미친 듯 고통스럽게 절규하는구나.
> 입술에는 거품이 일고, 그의 목구멍에서는
> 짐승 같은 포효가 터져 나온다.

† 그리스와 트로이의 영웅들 간에 두 번째로 벌어진 공식적인 결투는 헥토르와 아이아스의 대결이었다(파리스와 메넬라오스 사이에 성사된 첫 결투는 결론을 내지 못하고 중간에 무산되었다). 그들의 결투는 정중한 선물 교환으로 마무리되었다. 아이아스는 헥토르에게 허리띠를, 헥토르는 아이아스에게 검을 선물했다. 그 검은 결국 아이아스의 자살 도구가 된다. 헥토르가 결투 이후 차고 다녔던 아이아스의 허리띠는 아킬레우스가 헥토르의 주검을 전차에 매단 채 잔인하게 흙바닥으로 끌고 다니는 데 사용된다. 이 멋진 증표들이 전쟁의 가장 비극적인 사건들을 상징하는 증거가 되어버렸다. 파트로클로스와 헥토르가 입었던 아킬레우스의 첫 갑옷, 헤파이스토스가 만든 경이로운 두 번째 무구, 아이아스의 허리띠, 헥토르의 검. 이 모두에 불운이 스며들었

그의 시신을 발견한 이는 포로로 잡혀 아이아스와 함께 살며 그의 아들 에우리사케스를 낳은 프리기아 공주 테크메사였다.‡ 아이아스의 창자가 밖으로 흘러나와 있는 끔찍한 광경을 본 그녀는 자신의 옷을 벗어 그 상처를 가렸다. 모든 그리스 병사는 그들이 사랑했던 거구의 장수가 그토록 가련한 죽음을 맞았다는 사실을 알고는 슬픔에 잠겼다. 오디세우스도 충격을 받았는지, 아이아스가 그 일을 그리도 불쾌하게 받아들일 줄 알았다면 그 불쌍한 친구에게 무구를 양보했을 거라고 말하고 다녔다. 하지만 뼈저리게 후회한다던 그는 테크메사와 에우리사케스에게 무구를 넘겨줄 생각은 하지 않았다. 머지않아 더 큰 문제가 닥치면 그것이 필요하리라는 계산에서였을 것이다.

아가멤논과 메넬라오스는 아이아스의 자살이 안타깝긴 하지만 전사다운 죽음은 아니라는 결론을 내렸다. 정화 의식도, 거대한 장작더미도, 화장 의식도 허락되지 않았다. 그들의 풍습과 전투 규율에 따르면 시신은 노천의 땅에 남겨져야 했다.

아이아스의 이복형제인 테우크로스는 들개들이 시신을 먹어치울 거라는 생각에 오싹해져 병사들에게 항명을 부추겼고, 결국 아트레이데스는 뜻을 굽힐 수밖에 없었다. 아이아스는 큰 사랑을 받은 전사였을 뿐만 아니라, 아킬레우스의 사촌이기도 했다는 사실

던 모양이다. 트로이 이야기에는 저주가 차고 넘치며, 이 상징들은 전쟁과 관련된 모든 것에는 본질적으로 저주가 깃들어 있음을 암시한다.

‡ 에우리사케스는 아이아스가 사용하던 거대한 방패의 이름이었다. 훗날 에우리사케스는 살라미스섬을 다스리게 된다. 소포클레스가 그에 관한 희곡을 한 편 썼는데, 지금은 분실되고 없다. 하지만 아이아스의 광기와 자살을 다룬 소포클레스의 비극 『아이아스』는 무사히 전해내려와 지금도 가끔 공연과 번역, 각색이 이루어지고 있다.

을 잊어서는 안 된다.*

그리하여 텔라몬의 아이아스, 대 아이아스의 시신은 완전한 예를 갖추어 화장되었다. 그의 그을린 뼈는 황금 관에 밀봉되었고, 병사들은 로이테이온의 시모에이스강의 기슭에 거대한 무덤을 만들어 관을 묻었다. 그 무덤은 바닷물에 씻겨 내려가기 전까지 수백 년 동안 지중해 사람들의 인기 있는 순례지였다.† 아이아스는 아킬레우스와는 다른 용맹함으로 다른 업적을 남겼다. 아킬레우스의 찬란한 영광도 경이롭지만, 아이아스의 절대적인 충성심과 꺾이지 않는 용기, 확고한 결의 또한 존경받을 만하다.

예언

"아킬레우스에 이어 아이아스까지! 그들이 우리의 검이자 방패였거늘! 내 탓입니다, 내 탓. 전부 다 내 잘못입니다." 메넬라오스는 두 손을 비틀며 말했다.

"자, 자. 아무도 너를 탓하지 않는다." 그의 형이 말했다.

"자책감이 드는 걸 어쩝니까, 형님! 내가 너무 무리한 것을 부탁한 탓입니다. 헬레네 한 명 때문에 너무 많은 이들이 목숨을 잃었

---

* 두 사람 모두 텔라몬과 펠레우스의 아버지인 아이아코스의 손자였다.
† 역사가이자 지리학자인 스트라보에 따르면, 마르쿠스 안토니우스가 무덤에 있던 아이아스의 조각상을 약탈해 클레오파트라에게 주었다고 한다. 반면 파우사니아스는 한 미시아인에게 전해 들은 다른 이야기를 기록했다. 아이아스의 무덤은 바닷물에 씻겨 내려갔으며, 회수된 그의 뼈 중에는 '소년들의 5종 경기에 쓰이는 원반 크기의' 슬개골도 있었다는 것이다.

어요. 이제 우리 함선에 올라타 떠납시다. 고국으로 돌아갈 시간입니다."

디오메데스가 발끈하며 검을 뽑으려는 순간, 아가멤논이 칼카스를 돌아보며 호통을 쳤다.

"10년이라 하지 않았는가. 10년. 이제 꼬박 9년이 흘렀고, 10년째인 이번 해도 거의 끝나가고 있는데 우리는 여전히 트로이를 함락하지 못했어."

"위대한 왕이시여, 우리가 승리할 겁니다, 그렇게 예정되어 있습니다." 칼카스가 말했다. "하지만 아킬레우스의 아들이 우리와 함께 있어야 합니다. 그러지 않으면 승리할 수 없어요."

"아킬레우스의 아들?"

"원래 이름은 '피로스'였고, 지금은 '네오프톨레모스'라고 불리지요. 아직 수염도 안 났지만 이미 위대한 전사랍니다. 어머니 데이다메이아와 함께 스키로스섬에 살고 있습니다. 그 아이가 없으면 우리는 결코 승리할 수 없을 겁니다."

아가멤논은 짜증스럽게 발을 굴렀다. "또 '한 가지 더' 필요하다는 건가? 갑자기 계시가 내려왔나 보지? 왜 지금까지 그 아이를 한 번도 언급하지 않았나?"

칼카스는 차분하게 답했다. "이 전쟁에서 그 아이가 어떤 역할을 할지, 오늘 아침에야 그 환영이 보였으니까요. 계획을 한꺼번에 밝혀달라고 신들께 명령을 내릴 수는 없는 노릇 아닙니까. 그분들에게도 나름의 이유가 있겠지요."

아가멤논은 한숨을 내쉬었다. "좋아. 오디세우스, 이도메네스, 지금 당장 스키로스섬으로 가서 이 피로스인지 네오포타모스인지 하는 아이를 데려오시오. 그나저나, 저 시끄러운 소리는 대체 뭐지?"

다시 기운을 차린 트로이군이 검으로 방패를 두드려대는 소리였다. 그들에게 또 다른 강력한 동맹군이 생겼다. 미시아의 에우리필로스가 팔팔한 전사들을 데리고 지금 막 도착했고, 트로이군의 사기는 다시 한번 높아졌다.

트로이 전쟁이 발발하기 전, 한 가지 기묘한 사건이 일어났었다. 그리스 원정군이 북서쪽에 있는 미시아를 트로이로 오인해 그 도시국가를 침공한 것이다. 아킬레우스는 헤라클레스의 아들이자 에우리필로스의 아버지인 텔레포스왕을 창으로 찔렀다. 부상은 치명적이지 않았지만 악화되었다. 아킬레우스는 한 예언에 따라 똑같은 창(아버지 펠레우스의 창)을 사용하여 그의 상처를 치료해주었다. 이에 대한 답례로 텔레포스는 다가올 전쟁에 가담하지 않겠다고 약속했다. 그런데 그의 아들인 에우리필로스가 그 약속을 깨고 자신의 모험심을 충족시키기 위해 트로이의 원조군으로 달려왔다. 파리스와 데이포보스, 헬레노스 등 살아남은 트로이 왕자는 에우리필로스를 더없이 따뜻하게 맞아주었다. 궁정의 모든 이들이 한 명씩 에우리필로스의 전설적인 방패를 구경하고 만져보았다. 수레바퀴만큼이나 큼직하고 무거운 그 방패는 그의 할아버지 헤라클레스의 열두 과업을 하나씩 묘사한 열두 부분으로 나뉘어 있었다. 한가운데에는 몽둥이를 들고 그 유명한 네메아의 사자 가죽을 입고 있는 위대한 영웅 헤라클레스가 돋을새김으로 장식되어 있었다.

에우리필로스는 혈통이 남달랐을 뿐만 아니라 용모도 파리스보다 뛰어났다. 미시아를 공격할 때 그와 마주친 적이 있는 오디세우스는 지금까지 본 남자 중 가장 아름다운 사람이라고 그를 묘사했다. 아름답건 아니건 그는 확실히 싸울 줄 알았다. 테우크로스와 소 아이아스의 실력과 용기가 아니었다면, 아카이아군은 아킬레우스의 아들 네오프톨레모스가 트로아스에 도착하기도 전에 완패했을 것이다.

수년 전 오디세우스와 디오메데스가 여장을 하고 숨어 있는 어린 아킬레우스를 찾은 곳도 리코메데스왕의 스키로스섬이었다. 이제 아킬레우스의 아들을 찾기 위해 이 섬에 두 번째로 발을 딛은 그들은 어린 시절의 아킬레우스와 꼭 빼닮은 아이를 보고는 깜짝 놀랐다. 화염빛 머리칼, 거만한 태도와 번득이는 눈동자. 어린아이가 방문자들에게 용건을 밝히라고 당당하게 요구하는 그 도도하고 자신만만한 모양새가 오디세우스의 눈에는 위압적이기보다는 우스워 보였다.

"아킬레우스의 어린 아드님인 피로스와 얘기할 수 있는 영광을 우리에게 주겠나?" 오디세우스가 물었다.

소년은 얼굴을 붉혔다. "난 어리지도 않고 이제 그 바보 같은 이름은 쓰지 않습니다. 네오프톨레모스 왕자라고 부르십시오."

"뭐. 그건 앞으로 두고 볼 일이고. 지금 당장은 자네 어머니를 뵀으면 하는데."

오디세우스의 조롱 섞인 말투에 발끈한 네오프톨레모스는 칼자루로 휙 손을 뻗었다. 디오메데스는 얼른 앞으로 나가 그의 손목을 붙잡았다.

"오디세우스 대신 내가 사과하지. 악의는 없으니 개의치 말게."

네오프톨레모스는 놀라서 입을 떡 벌렸다. "오디세우스? 당신이 라에르테스의 아들인 이타카의 오디세우스라고요?"

건방진 태도를 순식간에 버리고 소년답게 잔뜩 들뜬 네오프톨레모스는 영웅을 숭배하는 눈빛으로 오디세우스를 바라보았다. 그는 당장에 두 사람을 어머니에게 데려갔다.

아킬레우스의 죽음을 아직 애도하고 있던 데이다메이아는 남편을 빼앗고 그녀를 과부로 만든 전쟁에 아들이 참전하는 것을 완강히 반대했다.

"절대 안 돼! 네 할아버지도 반대하실 거다."

리코메데스왕은 무거운 표정으로 고개를 끄덕였다. "넌 아직 너무 어리다. 몇 년 후라면 모를까."

"걸음마를 뗀 후로 날마다 용병술을 훈련했어요." 이 섬에서 저를 능가하는 자는 없잖아요. 게다가 제가 트로이로 가서 위대한 영광을 얻으리라는 신탁도 여러 번 있었고요." 네오프톨레모스는 열을 올리며 말했다.

"아직 일러!"

"전 준비됐어요. 아무에게나 물어보세요."

오디세우스가 스키로스섬에 와서 느낀 점은 네오프톨레모스가 모든 면에서 자기 아버지와 판박이라는 것이었다. 기량과 힘, 속도뿐만 아니라 성마른 성격과 지독한 살인 욕구도 아버지에 뒤지지 않았다.

"네오프톨레모스 왕자가 자기 몸 하나 지킬 수 없다고 생각했다면 우리는 여기 오지도 않았을 겁니다." 오디세우스가 말했다.

"이 아이가 떠나면 내 가슴이 찢어질 거예요." 데이다메이아가 말했다.

네오프톨레모스는 괴로워하는 어머니를 보고 마음이 흔들리는 모양이었다.

오디세우스는 곧장 상황을 파악했다. "자네 아버지의 무구가 내 것이 되었다네. 헤파이스토스 님이 직접 만드신 바로 그 무구 말이야. 그걸 가져왔어. 우리와 함께 가겠다고 약속하면 자네에게 주지."

"미르미돈족은 언제나 자네를 따를걸세. 자네가 그들의 수장이 되어주기만을 기다리고 있어." 디오메데스가 덧붙였다.

네오프톨레모스가 너무도 간절하고 애타는 표정으로 어머니를 바라보자, 마음이 약해진 그녀는 더 이상 반대하지 못했다. 그녀는 신음을 뱉고는 고개를 숙였다. 네오프톨레모스는 환하게 미소 지었다.

"금방 돌아올게요." 그는 어머니를 꼭 껴안으며 말했다.

기묘한 방문

한편 트로이에서는 에우리필로스와 그의 미시아군이 기세등등한 아이네이아스의 도움을 받아 아카이아군을 스카만드로스강 너머로 퇴각시켰다. 이제 아카이아군은 까딱하다간 함대가 줄지어 있는 곳까지 밀려날 판이었다. 전에 헥토르가 맹위를 떨칠 때와 똑같은 상황이었다. 아가멤논과 메넬라오스, 이도메네우스, 소 아이아스는 반격에 나서 데이포보스에게 부상을 입혔지만, 소 아이아스는 아이네이아스가 던진 돌에 맞아 전장에서 물러날 수밖에 없었다.

평원에서 벌어지고 있는 전투의 소음이 왕궁 높이 있는 헬레네의 방에까지 들려왔다. 그녀는 매일 하던 것처럼 베틀 앞에 앉아 쉴 새 없이 베를 짜고 있었다. 테세우스의 어머니이자 헬레네의 늙은 시녀인 아이트라는 한 방문자가 알현을 기다리며 밖에 서 있음을 알리기 위해 살짝 기침을 했다.

"이름이 뭐래요?"

"말을 안 해주는군요. 알현하고 싶다는 말만 되풀이할 뿐. 마님을 꼭 뵈어야겠답니다."

"들여보내세요."

아이트라가 기껏해야 열다섯 살 정도로 보이는 소년을 데리고 들어오자 헬레네는 깜짝 놀랐다.

"넌 누구냐?"

"제 이름은 코리토스입니다." 소년은 새빨개진 얼굴로 답했다. "드릴…… 드릴 말씀이 있는데…… 저는…….."

"앉아서 뭐라도 좀 마시지 그러느냐?" 헬레네는 의자를 가리키며 아이트라에게 고개를 끄덕였다. 아이트라는 포도주를 따랐다. "생각이 정리되고 준비가 되거든 말하거라. 이 방이 불편할 정도로 덥긴 하지?"

소년은 앉아서 고마운 표정으로 포도주를 꿀꺽꿀꺽 마시더니 초조한 눈빛으로 아이트라를 올려다보았다. 그의 불편한 기색을 눈치챈 헬레네는 고개를 살짝 까딱여 아이트라를 물렸다.

"자, 이제, 우리 둘뿐이다. 내게 전할 말을 해보거라."

"보여드릴 것이 있습니다." 코리토스는 자작나무 껍질로 싼 작은 꾸러미를 건넸다.

헬레네는 조금 놀라며 꾸러미를 열고, 안에 들어 있는 징표들을 한참이나 물끄러미 바라보았다.

"오이노네가 보낸 것이냐?"

코리토스는 고개를 끄덕였다.

"그리고 넌 파리스의 아들이고?"

그는 또 고개를 끄덕이고는 수줍게 바닥을 내려다보았다.

헬레네의 머릿속에서는 지난 10년이 주마등처럼 지나갔다. 파리스가 오기 전 스파르타에서 메넬라오스와 함께 보냈던 시간이 떠올랐다. 대체 그녀는 무슨 광기에 휩싸였던 걸까? 고향도 부모도 버리고 무엇보다 그녀의 아름다운 딸을 뒤로한 채 떠나온 건 정말 파리스에게 끌렸기 때문일까, 아니면 아프로디테의 농간이었을까? 지금쯤 헤르미오네는 열세 살이 되었겠지. 자기를 버린 어머니를 증오하고 있을까? 헬레네는 자신이 버리고 떠나온 모든 것과 자신이 초래한 모든 일을 생각하며 눈물을 흘렸다. 너무도 많은 이들이 목숨을 잃었다. 지금도 저 아래 평원에서 병사들이 죽어가며 내지르는 비명과 무기들이 쩽쩽거리며 부딪치는 소리가 들려왔다. 너무도 많은 용사가 죽고, 훌륭한 여자들은 과부가 되었다. 너무도 많은 부모가 자식을 잃고, 수많은 아이가 고아가 되었다. 순전히 그녀 때문에. 그녀만 아니었다면 헥토르는 살아 있었을 테고, 안드로마케에게는 남편이, 아스티아낙스에게는 아버지가 있었겠지. 대체 왜 이 지경이 된 걸까? 허영심 많은 사기꾼에 거짓말쟁이인 파리스 같은 인간 하나 때문이었다. 그는 그녀와 스파르타에 남겨진 가족의 인생을 망가뜨렸을 뿐만 아니라, 첫 아내 오이노네와 아들을 버리기까지 했다. 그녀 앞에서 어색하게 발을 이리저리 움직이며 침을 꿀꺽꿀꺽 삼키고 있는 이 가여운 아이를. 하지만 그녀도 솔직해져야 하리라. 파리스와 그녀가 저지른 모든 일. 그녀는 저주받은 존재였다. 그녀가 죽음을 몰고 왔다…….

격렬한 슬픔과 고통을 이기지 못한 헬레네는 바닥으로 혼절했다. 코리토스는 소리를 질러 도움을 청하려 했지만, 목이 턱 막혀 목소리가 나오지 않았다. 어쩔 수 없이 그는 그녀 곁으로 가서 맥을 짚어보았다.

바로 그 순간 파리스가 방으로 들어왔다. 웬 젊은 남자가 자신의 아내에게 딱 붙어 있는 모습을 본 그는 질투에 눈이 뒤집혔다. 그래서 검을 빼들어 소년의 목을 베어버렸다. 코리토스는 그 자리에서 죽었다. 파리스는 분을 삭이지 못하고 헬레네까지 죽일 뻔했으나, 옆에 있는 자작나무 껍질 꾸러미로 먼저 시선이 갔다. 그것이 무엇인지 바로 알아보고 자신이 죽인 소년이 아들이라는 사실을 깨달은 그는 슬픔과 후회에 무너져 내렸다.*

---

* 내가 여기 실은 코리토스의 이야기는 로저 랜슬린 그린의 『트로이 이야기』와 19세기의 다작 민속학자인 앤드루 랭의 시 『트로이의 헬레네』 제4권에만 언급되어 있다. 아마도 랜슬린 그린은 랭의 시를 참고 자료로 삼았을 테고, 랭은 좀 더 잘 알려진 파르테니오스의 서사에 살을 붙였을 것이다. 니케아의 파르테니오스가 기원전 1세기에 집필한 『에로티카 파테마타(사랑의 슬픔)』라는 멋진 제목의 이야기는 그전 시대의 트로이 역사가들인 게르기타의 케팔론(기원전 3세기 말~기원전 2세기 초에 활약한 알렉산드리아 트로아스의 헤게시아낙스의 필명)과 레스보스의 헬라니코스(기원전 5세기)의 저작을 결합한 것이다. 『에로티카 파테마타』에는 다음과 같이 쓰여 있다.
　"오이노네와 알렉산드로스[즉, 파리스]의 결합으로 코리토스라는 아들이 태어났

헬레네는 더 이상 파리스와 함께하고 싶지 않았다. 그녀와 트로이와 그리스에게 고통만 안겨준 그에게 단 한 마디 말도 걸지 않았다. 둘의 관계는 마침내 돌이킬 수 없이 완전한 파국을 맞고 말았다.

파리스는 아킬레우스에게 거둔 승리로 큰 영광을 얻지도 못했다. 독화살을 아킬레우스에게 겨눈 건 결국 아폴론이었다고 사람들은 말했다. 파리스가 아무리 뛰어난 궁수라 한들, 위대한 영웅의 왼발 뒤꿈치처럼 작은 표적을 명중시킬 수는 없었을 거라고 말

다. 그는 트로이군을 돕기 위해 트로이로 왔고, 그곳에서 헬레네와 사랑에 빠졌다. 그녀는 엄청난 미남인 그를 아주 따뜻하게 받아주었지만, 그의 아버지는 그의 목적을 알아채고 그를 죽였다. 그러나 니칸드로스는 코리토스가 오이노네의 아들이 아니라 헬레네와 알렉산드로스의 아들이었다고 말하며, 그에 대해 다음과 같이 이야기한다.

'헬레네가 결혼과 겁탈의 결실로
쓰라린 비애 속에 낳은 양치기의 사악한 자식
코리토스가 죽어 묻힌 무덤이 있었나니.'"

('양치기'는 물론 파리스를 뜻한다.)

하지만 랜슬린 그린의 저서에서는 헬레네가 메시지를 '읽고', 랭은 '징표들'과 (다소 엉뚱하게도) '신비적 상징들'에 대해 얘기한다. 만약 오이노네가 그 편지를 썼다면, 선형문자 B(호메로스의 시대에는 사어가 되었지만, 호메로스 사후의 그리스 문자의 전신이 되는 미케네의 음절문자)와 비슷한 이오니아 문자를 사용했을 것이다. 혹은 선형문자 B의 전신인 미노스의 선형문자 A(아직 해독되지 않음)로 쓴 편지였을지도 모른다. 선형문자 B는 랭이 사망하고 나서 10년이 지난 1920년대에 마이클 벤트리스와 존 채드윅에 의해 판독되어 화제가 된 바 있다. 호메로스의 작품에는 문자를 읽거나 쓰는 것과 관련된 내용은 전혀 언급되지 않는다. 급보를 전하는 사자들이나 두루마리를 읊는 전령들, 혹은 병사들이 고향 사람들과 주고받는 편지 같은 건 우리 머릿속에서 지워야 한다. 그러나 앤드루 랭 버전의 코리토스 이야기에서는 모종의 메시지가 중요한 역할을 하며, 헬레네가 이 '징표들'을 어떤 방법으로 해석했는지는 알 길이 없다. 어쨌든 랜슬린 그린과 마찬가지로 나도 징표들이나 신비적 상징들이 등장하는 랭의 버전이 더 마음에 든다.

이다.

신들도 친자식을 죽인 파리스에게서 등을 돌렸다. 수년 동안 그를 비호했던 아프로디테와 아폴론은 그토록 끔찍한 혈족 범죄를 간과할 수 없었다. 이제 파리스의 최후도 얼마 남지 않았다.

황금빛 소년

성벽 너머에서 아카이아군은 중요한 전사들을 계속 잃어가고 있었다. 치유의 신 아스클레피오스의 아들인 마카온은 에우리필로스의 창에 찔려 죽었다. 그의 형제 포달레이리오스는 시신을 대열 뒤로 옮겨와서, 모든 의술을 동원하여 어떻게든 그를 되살리려 애썼다. 하지만 수많은 그리스 병사를 치료했던 마카온은 그 어떤 약초에도, 고약에도, 주문에도 되살아나지 않았다. 격분한 포달레이리오스는 전투에 뛰어들었다. 그의 분노에 이도메네우스와 소 아이아스의 전투 기술이 더해지자 에우리필로스는 방책에서 뒤로 밀려났지만, 미시아군은 재빠른 측면 공격으로 아가멤논과 메넬라오스를 서로 갈라놓고 포위했다. 적군들 사이에 갇힌 채 고립된 왕족 형제는 포로가 되거나 살해당할 위기에 처했지만, 테우크로스가 뛰어들어 그들을 구해주었다.

바로 그 순간 해안에서 엄청난 환호가 들려왔다. 오디세우스와 디오메데스의 함선이 돌아온 것이다. 인상적인 광경을 연출할 줄 아는 오디세우스는 네오프톨레모스에게 아버지의 갑옷을 입고 뱃머리 높이 서 있으라는 지시를 내렸다. 그 장관을 계획한 이가 아테나였는지, 이리스였는지, 아니면 다른 어떤 신이었는지는 알 수 없지만, 네오프톨레모스가 뱃머리에 올라서는 순간 구름 사이로 찬란한 햇살이 그에게 내리 비쳤다. 방패의 청동과 은과 황금이 번쩍였다. 그 광경을 처음 본 아카이아 병사들의 거대한 함성이 방책에서 평야의 전장으로 번져 나갔다. 트로이 병사들은 고개를 돌렸다가, 부활하여 돌아온 그들의 숙적을 보고는 겁에 질렸다.

네오프톨레모스는 할아버지 펠레우스의 거대한 창을 흔들며, 아버지 아킬레우스처럼 등골이 오싹해지는 포효를 내질렀다. 그 소리를 알아들은 미르미돈족은 기쁨의 함성을 외치며 검으로 방패를 두드렸다. 그 떠들썩한 소리는 아카이아군에게는 전율을, 트로이군에게는 공포를 안겨다 주었다.

네오프톨레모스는 함선에서 훌쩍 뛰어내려 미르미돈족을 전장으로 이끌었다. 다시 기세등등해진 아카이아군은 트로이군의 전진을 막아내기 시작했다. 네오프톨레모스는 아킬레우스의 뛰어난 운동신경과 우아함뿐만 아니라 폭력성과 잔인함까지 그대로 물려받았다. 그가 몸을 비틀고, 적을 덮치고, 펄쩍 뛰어오르고, 몸을 홱 숙이고, 날쌔게 돌진하고, 검과 창으로 적들을 베고 찌르며 에우리필로스를 향해 적장을 누비는 동안, 트로이군은 정말로 아킬레우스가 부활했다고 믿으며 후퇴했다. 마침내 만난 네오프톨레모스와 에우리필로스는 땅을 힘껏 짓밟으며 두 개의 거대하고 둥근 방패를 맞부딪쳤다. 네오프톨레모스는 더 어리고 더 생기 넘쳤다. 에우리필로스는 더 강하고 더 노련했다. 그는 며칠 동안 힘들게 싸웠지만, 결코 비틀거리거나 뒷걸음질 치지 않았다. 박빙의 결투가 길고도 필사적으로 이어졌지만, 결국 젊은 혈기와 속도가 이겼다. 네오프톨레모스는 황소를 괴롭히는 사냥개처럼 이리저리 뛰어다니다 마침내 창으로 에우리필로스의 목을 꿰뚫었다.

에우리필로스가 땅으로 쓰러지자 미시아군은 탄식을 뱉었다. 승리의 냄새를 맡은 아카이아군은 트로이군을 성벽까지 밀어붙였다. 네오프톨레모스는 닫히는 성문 사이로 재빨리 들어가지 못한 적군들을 굶주린 독수리처럼 덮쳤다.

"지금이다! 성벽을 타고 올라가 내 아버지의 원수를 갚자!" 그가 외쳤다.

미르미돈족은 그 이름이 유래된 개미 떼들처럼 서로 몸을 엮은 채 우르르 벽을 타고 오르기 시작했다. 성벽 위에서 내려다보던 백성들은 당황하여 돌멩이, 청동 솥, 돌항아리 등 눈에 보이는 건 무엇이든 밑으로 던졌다. 이 결정적인 순간 자욱한 안개가 담요처럼 도시 전체를 뒤덮지 않았다면, 그리스군은 성벽 꼭대기까지 올라가 오랜 시간 이어져 온 포위를 드디어 끝장낼 수도 있었을 것이다. 안도한 트로이인들은 그리스군을 내려다보며 기세등등하게 함성을 질렀다.

"제우스 님! 제우스 님!" 그들은 신들의 제왕, 하늘의 아버지, 구름을 불러오는 자가 자신들을 구해준 거라고 확신했다. 확실히 그 안개는 절묘한 시간에 급습해 결정적인 역할을 했다.

뻗은 팔 너머로는 아무것도 보이지 않자 낙담한 아카이아군은 구시렁거리면서 서로의 어깨를 붙잡은 채 일렬종대로 줄을 지어 함선으로 돌아갔다.

헤라클레스의 화살

다시 한번 괴로운 교착상태가 시작될 분위기였고, 이번에도 아가멤논은 좌절감 속에 예언자 칼카스를 불렀다.

"그놈의 제비들과 참새들이 이번에는 자네에게 뭐라고 하던가, 이 사기꾼 양반?"

칼카스는 온화하고 서글픈 미소를 지었다. "오로지 어리석은 수장만이 자신의 사자를 탓하는 법이지요. 그리고 제가 모시는 위대한 수장, 인간들의 왕께서는 결코 어리석은 분이 아닙니다."

"그래, 그래. 아무도 자네를 탓하지 않네, 칼카스." 아가멤논은 이를 악물고 말했다. "그러나 자네가 10년째에는 우리 그리스군이 반드시 승리할 거라 하지 않았나. 이제 몇 주 남지 않았어. 우리의 앞길을 인도해줄 지혜가 필요하네."

"제가 지금 알고 있는 사실은, 우리가 승리하려면 헤라클레스의 화살이 필요하다는 것입니다."

"뭐라고?"

"영웅 헤라클레스가 그의 벗 필록테테스에게 강력한 활과 함께, 히드라의 독혈이 묻은 화살을 물려주었지요."

"그래, 그래. 아이들도 다 아는 사실이지. 하지만 우리에게 그 화살이 '필요하다'니 그게 무슨 소린가?"

"전하께서도 기억하실 겁니다. 10년 전 우리가 트로이로 오는 도중에 렘노스섬에 들렀을 때 필록테테스가 독사에게 발을 물렸지요."

"물론 기억하네. 그게 어쨌다는 거지?"

"상처가 악화되는 바람에 우리 모두에게 감염될까 봐 그를 섬에 남겨두고 오지 않았습니까. 전하, 지난밤 모래밭에서 날아오른 두루미 떼가 제게 말해주더군요. 필록테테스와 그의 화살이 있어야 우리가 트로이를 이길 수 있다고 말입니다."

"하지만 그 가여운 자는 지금쯤 죽지 않았을까? 그런 상처를 입고 그런 섬에 홀로 있었으니……."

"신들께서 그를 살려주셨지요. 그는 아직 살아 있습니다."

아가멤논은 직책의 무게, 밉살스러운 운, 아랫사람의 끝없는 무능함에 짓눌려 큰 한숨을 터뜨렸다.

"좋아. 알겠네. 그렇게 하지." 그는 참모진을 둘러보다 말했다. "오디세우스. 그자를 섬에 남기고 떠나자고 나를 설득한 이가 바로 그대였소. 그대와 디오메데스가 렘노스섬으로 가서 그자를 데려오시오. 왜 아직도 내 앞에 서 있는 거요? 당장 떠나시오!"

렘노스섬에 도착한 오디세우스와 디오메데스는 낫지 않는 상처로 여전히 괴로워하고 있는 필록테테스를 발견했다. 그는 자신이 직접 만든 굴에서 살고 있었다. 그곳에는 그가 활을 쏘아 잡은 새들의 깃털과 뼈가 어지럽게 흐트러져 있었다. 이 비참하고 고립된 인생을 살게 한 장본인인 오디세우스를 보자 필록테테스는 활을 들어 올렸다. 표적을 겨냥하는 그의 앙상한 두 팔이 바르르 떨렸다.

"자. 어서 쏘시오. 난 당해도 싸니까. 그대보다 전쟁을 우선시했잖소. 우리에게 그대가 필요 없다고 생각하고, 그대가 썩어가도록 내버려 뒀소. 하지만 이제 우리에게는 그대가 필요하오. 그래서 감히 그대의 용서와 도움을 구걸하러 이곳에 왔소. 하지만 어찌 그대가 나를 용서할까? 그러니 여기서 사람들에게 잊힌 채 함께 죽읍시다. 어차피 트로이에 가봐야 죽음만이 우리를 기다리고 있을 터, 영광과 명예를 선택할 이유가 뭐요? 전장에서 죽으나 이 악취 풍기는 굴에서 죽으나 매한가지잖소. 동상과 노래와 이야기로 후세에도 영원히 살아남느냐, 아니면 사람들의 기억에서 잊힌 존재가 되느냐, 둘 중 하나요. 하지만 그게 무슨 대수겠소? 후세가 우리에게 뭘 해줬다고?"오디세우스가 말했다.

"미쳤군, 오디세우스. 여기서 함께 죽는다면, 저승에서도 네 녀석이 끊임없이 지껄이는 그 지긋지긋한 소리를 들어야겠지."필록테테스가 숨을 헐떡이며 말했다.

"오, 그래요. 이 친구는 망령이 돼서도 절대 입을 다물지 않을 거요. 시시포스와 탄탈로스가 받고 있는 고문을 합친 것보다 더 괴로운 내세가 되겠지. 그러니 우리와 함께 갑시다."디오메데스가 맞장구를 쳤다.

그들의 검은 함선이 아카이아군의 교두보에 돌닻을 내리자마자, 필록테테스는 포달레이리오스의 천막으로 바로 옮겨졌다. 포달레이리오스는 형제 마카온을 잃은 슬픔을 잊을 만한 일거리가 생긴 것을 기뻐하며 필록테테스의 곪은 발에 찜질용 연고를 발라주었다. 상처에 닿자마자 연고는 지글지글 거품을 일으켰다. 필록테테스는 비명을 지르며 기절했다. 그가 깨어났을 때 통증은 사라졌고 발은 멀쩡했다.*

---

* 소포클레스의 비극『필록테테스』에서 오디세우스는 렘노스섬에 (디오메데스 대

아가멤논은 곧장 필록테테스를 전장으로 내보냈다. 그의 독화살은 트로이의 일반 병사를 수십 명 처치했지만, 나머지 병사를 모두 합친 것보다 더 가치 있는 한 명의 적이 있었다. 빛나는 갑옷 차림의 한 위풍당당한 전사가 전혀 몸을 사리지 않고 그리스군을 도륙하고 있었다. 필록테테스는 그를 겨누었다. 그의 화살이 트로이 전사를 향해 날아갔고, 그 전사의 몸이 한쪽으로 기울었다. 화살촉이 그의 목을 스치고 지나갔다. 전사는 투구를 벗고 따끔한 목을 만졌다. 피 한 방울 나지 않았다. 아무것도 없었다.

"파리스!" 디오메데스는 필록테테스의 어깨를 찰싹 때리며 외쳤다. "그대가 파리스를 맞혔소!"

빛나는 갑옷의 전사는 정말 파리스였다. 그날 아침, 파리스는 오해로 인한 질투에 눈이 멀어 죽었던 자신의 아들 코리토스의 시신을 불태웠다. 회환과 비통함과 분노가 그를 무자비할 정도로 대범한 용사로 만든 것이다. 지금도 그는 화살에 긁힌 상처를 무시하고 다시 전투에 몸을 던졌다. 하지만 목의 피부가 불편하게 욱신거리기 시작했다. 이마에서 땀이 비오듯 쏟아지고 귓속이 윙윙거리자 그는 비틀거렸다. 전우들이 그를 부축해 스카이아 성문으로 데려가며, 아킬레우스가 파리스의 화살에 맞고 쓰러졌던 바로 그곳을 지나갔다. 그가 궁의 침대에 눕혀졌을 때쯤엔 온몸이 불덩

신) 네오프톨레모스를 데려가, 속임수와 기만으로 점철된 어마어마한 심리 게임을 펼친다. 필록테테스는 그리스군을 돕기를 거부하지만, 헤라클레스가 데우스 엑스 마키나(극이나 소설에서 가망 없어 보이는 상황을 해결하기 위해 동원되는 힘이나 사건—옮긴이)로 무대에 내려와 필록테테스에게 트로이에 가면 상처를 치료하고 위대한 승리를 얻을 수 있다고 말한다.

이처럼 뜨거웠다. 열이 펄펄 끓었고, 그는 끔찍한 고통 속에서 헬레네를 외쳐 불렀다. 헬레네는 오지 않았다. 그러자 그는 이다산으로 데려가달라고 소리쳤다.

"오이노네…… 나의 아내…… 그녀만이 나를 치료할 수 있다. 나를 그녀에게 데려가다오."

오이노네는 들것에 누워 몸부림치는 파리스를 봤지만, 이미 얼어붙은 그녀의 마음은 꿈쩍도 하지 않았다.

"당신은 나를 배신하고 당신 아들을 죽였어. 살 가치가 없는 인간을 구하라니, 난 손가락 하나 까딱하지 않겠어."

파리스는 트로이로 돌아갔고, 그 후 사흘 동안 환각 상태에 빠져 비명을 질러댔다. 그의 불운한 영혼이 마침내 괴로운 육체를 떠났다.

그리스군은 축하했고, 몇몇 트로이인은 슬퍼했다. 프리아모스와 헤카베가 장례식을 이끌었다. 파리스의 살아남은 두 형제 데이포보스와 헬레노스는 의무를 지켜 화장용 장작더미에 약간의 보물을 올려놓았다. 카산드라는 울부짖었다. 헬레네는 궁의 자기 방에서 나오지 않았다. 늙은 목자 아겔라오스는 파리스에게 작별을 고하기 위해 찾아왔다. 이다산 꼭대기에 죽게 내버려두었던 갓난아기, 그가 이름을 지어주고 친아들처럼 키웠던 아이, 산의 모든 사람에게 사랑받았던 명랑한 소년, 초록빛 산비탈에서의 삶과 사랑스러운 오이노네와의 축복받은 결혼에 행복해하며 미소 짓던 청년 파리스. 그 다정하고 맑게 빛나던 파리스가 무정하고 무례하며 음흉한 인간으로 퇴색해버렸다. 아프로디테와 헬레네, 지위와 보물과 허식이 그의 머리와 마음을 나쁜 쪽으로 변질시켜버렸다.

그리고 그 결과 이토록 측은한 최후가 찾아왔다. 만약 그 곰이 산 꼭대기에서 발견한 아기를 젖 먹여 살려주지 않고 잡아먹었다면, 세상은 얼마나 달라졌을까.

파리스의 시신 주위로 불길이 확 솟아오르는 순간, 오이노네가 몇 안 되는 조문객들 사이를 뚫고 나오더니 장작더미 위로 몸을 던져 그와 함께 불타올랐다. 파리스는 천박하고 어리석으며 허영심 강한 인간이었지만, 오이노네는 진심으로 그를 사랑했었다.

파리스가 죽었으니, 이제 헬레네가 트로이에서 풀려나고 그녀에게 딸려 왔던 모든 보물과 함께 스파르타로 돌아가 전쟁을 종식시키는 것이 당연한 수순이었다. 하지만 그녀의 미모에 완전히 홀려버린 데이포보스와 헬레노스는 그녀를 풀어줄 생각이 없었다. 헬레네가 두 사람 중 한 명과 결혼해야 한다는 결정이 내려졌다. 당연히 헬레네에게는 선택권이 없었다. 데이포보스는 헬레노스보다 많은 나이를 앞세워 그녀를 차지했고, 분노한 헬레노스는 쓰라린 가슴을 부여안고 상처 입은 자존심을 치유하기 위해 이다 산으로 갔다.

아카이아군을 이끌고 양과 소를 사냥하러 나갔던 오디세우스는 헬레노스를 발견해 아가멤논의 막사로 데려왔다. 데이포보스에게 품은 깊은 앙심 때문에 헬레노스는 자기가 아는 모든 사실을 그리스군에게 알려주었다.

"트로이인의 가슴을 찢어놓고 싶다면, 우선 도시 안으로 들어갈 방법을 찾아야 하오. 내가 비밀 입구를 가르쳐주겠소. 위험한 인물처럼 보이지만 않으면 한두 명은 쉽게 통과할 수 있을 거요. 도시 안으로 들어가면, 아테나의 신전으로 가서 팔라디온이라는 목각상을 훔쳐 오시오. 트로이의 행운이라고 불리기도 하는 그 조각상은 하늘에서 내 고조부의 발밑으로 떨어졌소. 그것이 성벽 안에 있는 한, 트로이는 절대 멸망하지 않을 거요."

아가멤논은 오디세우스를 바라보았고, 오디세우스는 체념한 척 어깨를 으쓱하며 말했다. "자, 디오메데스. 또 우리가 나설 때가 왔나 보군."

팔라디온을 훔치다

바로 그날 밤, 오디세우스와 디오메데스는 더러운 누더기를 덮어쓰고 평원을 가로질러 도시 뒤편으로 향했다. 헬레노스가 설명한 대로 과연 비밀 문이 있었다. 그들은 외벽 밑에 뒤엉켜 있는 잡초와 기다란 풀 속에 검을 숨긴 후, 문을 슬그머니 통과해 어둑한 골목길을 따라갔다. 거지 행색을 한 덕에 아무런 방해도 받지 않았다. 단 한 번, 아이들이 던지는 돌멩이에 맞았을 뿐이다.

"냄새가 고약해!"

오디세우스는 '진짜 거지 냄새'를 내기 위해 말똥을 몸에 바르자고 고집했었다.

미로처럼 복잡하게 얽힌 좁은 길들과 축축한 통로들로 들어가자마자 디오메데스는 헬레노스의 꼼꼼한 지시 따위는 다 잊고 말았다. 오디세우스는 자기만큼 당황하지 않았기를 바라는 수밖에 없었다.

"여기가 어디지?"

"아마 궁 뒤편 즈음일 걸세."

"아마? 즈음?"

"달이 북쪽에 떠 있고, 우리 오른편에······."

"쉿! 저기 누가 오고 있어!"

한 여인의 형체가 다가오자 디오메데스는 오디세우스를 어느 문간 안으로 끌어당겼다. 더 가까워진 그녀는 달빛 줄기를 지나쳐 갔다. 찰나의 순간이었지만 그것만으로도 충분했다. 오디세우스는 앞으로 나섰다. 여인은 멈춰 서서 그를 가만히 바라보았다.

"오디세우스? 맙소사, 오디세우스가 맞나요?"

"아름다운 밤입니다, 헬레네 왕비님."

디오메데스도 밖으로 나와, 깜짝 놀란 표정으로 입을 떡 벌린 채 헬레네를 물끄러미 쳐다보았다. 그녀도 똑같이 놀란 얼굴로 그를 빤히 쳐다보았다.

"디오메데스까지? 그런 건가요? 드디어 끝난 건가요?" 그녀는 주위를 둘러보았다. "아카이아군 전체가 도시 안에 들어와 있어요? 내 남편은요? 메넬라오스도 이곳에 있나요?"

오디세우스는 입술에 손가락을 대고는 그녀를 어둑한 그늘 속으로 끌어당겼다. 술 취한 병사 한 무리가 시끄럽게 노래를 부르며 아주 가까이 지나갔다.

"우리뿐입니다." 오디세우스가 속삭였다. "팔라디온을 훔치러 왔어요."

"그런데 길을 잃었지 뭡니까." 디오메데스가 덧붙였다.

"테세우스가 된 우리에게 왕비님이 아리아드네처럼 이 미로를 통과하는 방법을 알려주시겠습니까?" 오디세우스가 말했다.

헬레네는 이 우스꽝스러운 상황에 참지 못하고 웃음을 터뜨렸다. "팔라디온이요? 아가멤논이 기세등등하게 시작했던 전쟁이 어쩌다 이 지경까지 된 거죠?"

"웃을 일이 아닙니다. 헬레노스가 말하기를, 팔라디온이 없으면 트로이가 멸망할 거라 하더군요." 디오메데스가 말했다.

"뭐, 다들 그렇게 믿고 있기는 하지요. 도와드릴게요. 따라오세요." 헬레네가 말했다.

그녀는 앞장서서 모퉁이를 돌고, 안뜰을 지나고, 위태위태한 나무다리를 건너 어느 널찍한 광장까지 그들을 데려갔다. 광장의 한쪽에 웅장한 대리석 계단이 펼쳐져 있고, 그 꼭대기에는 채색된 기둥들이 늘어서 있었다.

"저곳이 아테나 님을 모시는 신전이에요. 저 안에 팔라디온이 있고요." 헬레네가 속삭였다.

오디세우스와 디오메데스는 신전 안으로 들어갔고, 헬레네는 밖에서 망을 보았다. 사방은 쥐 죽은 듯 고요했다. 지나가는 사람 한 명 없었다. 예전의 삶에서 알았던 두 절친한 벗을 보고 그녀는 큰 충격을 받았다. 전혀 예상하지 못한, 너무도 갑작스러운 만남이었다. 마치 꿈을 꾸는 것 같았다. 하지만 훨씬 더 허황된 현실에서 그녀를 깨워준 꿈이었다. 마침내 그녀는 아프로디테가 씌웠던 미망에서 완전히 벗어났다. 데이포보스는 역겨웠으며 트로이는 그녀에게 아무런 의미도 없었다. 프리아모스와 헤카베에게는 악감정이 없었지만, 그저 메넬라오스와 함께 스파르타로 돌아가고픈 마음뿐이었다. 그가 허락한다면.

오디세우스와 디오메데스가 신전에서 나왔다. 팔라디온은 디오메데스가 입고 있던 망토에 돌돌 감싸여 있었다.

"아주 작군요. 조각된 모양새도 아주 조잡하고." 그는 꾸러미를 옆구리에 끼며 말했다.

"그래요. 정말 귀중한 성물은 수수한 법이죠. 불경한 것들만 아름다워요." 헬레네가 말했다.

오디세우스는 헬레네를 바라보았다. 마지막 한 마디에 스며들어 있는 모진 자책을 그는 놓치지 않았다.

"왕비님이 우리를 도와주셨다는 사실을 알면 아트레이데스가 아주 기뻐할 겁니다."

"메넬라오스는 내게 화가 나 있나요?"

"물론 그렇지 않습니다. 걱정 마십시오. 이 모든 것이 곧 끝날 테니."

"그이에게 내가 얼마나 불행한지 전해줘요. 돼지 같은 데이포보스와 함께해서 정말 불행해요. 파리스와 함께였을 때도 마찬가지였죠. 그이에게 그렇게 전해줘요."

오디세우스는 그녀의 손을 꼭 쥐었다. "메넬라오스도 알고 있어요. 자, 이제 어떻게 비밀 문으로 돌아가지요?"

"나도 함께 가겠어요! 내 아들 니코스트라토스를 데려올 테니 잠깐만 기다려요. 우리가 그리스 진영까지 함께 가면, 이 전쟁도 완전히 끝나는 거예요!" 헬레네가 말했다.

오디세우스와 디오메데스는 시선을 주고받았다. 과연 그렇게 간단히 끝날까? 그들은 가장 귀한 전리품을 호위하며 방책에 도착할 때 아가멤논과 메넬라오스가 어떤 표정을 지을지 상상해보았다. 그때 어떤 목소리가 울려 퍼졌다.

"헬레네 왕자비님!"

그들이 고개를 돌려보니, 궁의 호위병들이 다가오고 있었다. 그들의 대장이 황급히 나서더니 고개를 숙였다.

"데이포보스 왕자님이 왕자비님을 찾아보라며 저희를 보내셨습니다. 이자들은 누굽니까? 감히 왕자비님께 말을 붙이던가요?"

"아테나 님은 걸인에게 친절한 자들에게 친절을 베푸시지." 헬레네가 말했다. "너희는 너희가 왔던 곳으로 돌아가거라." 그녀는 신전 광장에서 뻗어 나가는 다섯 골목길 중 한 곳을 가리키며 오디세우스와 디오메데스에게 말했다.

오디세우스와 디오메데스는 허리를 굽혀 절하고는 감사 인사를 중얼거리며 뒷걸음질 쳤다.

"그리고 여물통을 찾아 몸을 씻거라. 그리스놈들처럼 악취가 심하니까." 그녀는 그들의 등에 대고 소리쳤다.

그들은 골목이 끝날 때까지 달리고 또 달렸다. 오디세우스는 주변을 둘러보며 방향을 파악했다. 비밀 문 밖으로 나가자마자 그들은 풀밭을 뒤져 검을 찾았다.

그들이 그리스군 병영으로 돌아가는 동안 팔라디온이 그 어두운 마력을 발휘하기 시작했다. 아니, 아마도 오디세우스 자신의 비뚤어진 야망 때문이었을 것이다. 몇 발짝 떨어져 디오메데스를 따라가고 있던 오디세우스는 자기 혼자 아가멤논의 막사에 도착하면 훨씬 더 좋지 않을까 하는 고민에 빠졌다. 인간들의 왕의 전략 테이블에 무심한 듯 팔라디온을 툭 떨어뜨리는 모습을 상상해보았다. "그래요. 놈들이 도시 밖까지 우리를 추격해왔습니다. 디오메데스를 쓰러뜨리고 팔라디온을 빼앗아 달아나버렸지요. 나는 뒤쫓아 가서 놈들을 죽이고 이걸 되찾아왔습니다. 아니, 아니, 별거 아닙니다. 가여운 디오메데스를 구하지 못해 안타까울 뿐. 좋은 사람이자 소중한 친구였는데."

빈틈 하나 없이 완벽한 계획이었다.

오디세우스는 숨을 들이마시고 침을 꿀꺽 삼킨 다음, 검을 들어 올리며 디오메데스에게 다가갔다. 디오메데스는 달빛에 번득이는 칼날을 곁눈으로 언뜻 보았다. 그는 제때에 몸을 돌려 사악한 일격을 피했다.

그 순간 마력이 사라지고 오디세우스는 털썩 무릎을 꿇었다.

"자네를 친구로 생각했건만." 디오메데스가 말했다.

"다 저것 때문이야! 저주받은 물건이 분명해." 오디세우스는 디오메데스가 옆구리에 끼고 있는 꾸러미를 가리키며 말했다.

디오메데스는 동의의 말을 중얼거렸지만, 그리스군 진영으로 돌아가는 내내 오디세우스를 앞세운 채 뒤에서 검을 들고 있었다.* 병영에 도착하자, 약삭빠른 오디세우스는 자신이 디오메데스를 공격하려 했던 일을 먼저 털어놓았다. 팔라디온의 무시무시한 위력을 보여주는 사례라며, 경탄과 공포가 어린 당혹스러운 목소리로 이야기를 전했다. 그래서 그 불길한 물건을 가까이 두기보다는 이다산 언덕에 있는 아테나 사당에 보관하고, 트로이군이 되찾

---

* 디오메데스는 오디세우스가 표리부동하고 사기꾼 기질이 있기는 하지만 아카이아군에 꼭 필요한 존재라는 걸 알고 있었다. 실제로 수세기 동안 아테네와 그리스 세계 전역에서는, 원하지 않는 일을 공공의 이익을 위해 어쩔 수 없이 해야 하는 상황을 묘사할 때 '디오메데스의 선택' 혹은 '디오메데스의 숙명'이라고 표현했다. 디오메데스는 그리스의 대의라는 더 큰 목적을 위해, 사사로운 복수를 하지 않고 오디세우스를 살려주었다.

아가지 못하도록 보초를 세워두자는 결정이 내려졌다.

"저 망할 물건이 트로이 밖으로 나왔으니 됐어." 아가멤논은 이렇게 말하며 칼카스를 돌아보았다. "이제 우리의 승리가 확실해졌군. 그렇지 않나, 칼카스?"

칼카스는 상냥한 미소를 지으며 어깨를 으쓱했다. "그것이 신들께서 우리에게 써주신 운명입니다, 전하. 운명요."

"가끔은 말입니다." 이대로는 모든 이들의 신뢰를 회복할 수 없다고 생각한 오디세우스가 말했다. "신들이 써준 운명을 인간이 고쳐 써야 할 때도 있지요."

"그게 무슨 뜻이오?" 아가멤논이 물었다.

"내게 한 가지 생각이 떠올랐습니다. 내 입으로 말하긴 좀 그렇지만, 꽤 괜찮은 묘안이지요. 아테나 님이 내 머릿속에 불어넣어 주신 건 아닐까 싶을 정도로 괜찮단 말입니다." 오디세우스가 말했다.

트로이 목마

여명

태양의 신 헬리오스와 달의 신 셀레네의 여형제인 에오스는 매일 아침 동쪽 궁전의 진주문을 활짝 열 때마다, 이 새로운 날이 트로이에게 승리의 날이 되기를 기도한다. 그녀의 남편인 티토노스는 프리아모스의 형제로 트로이의 왕자였었다. 아카이아군의 검은 함선들이 10년 동안 주저앉아 있는 저 모래밭은 그녀와 눈부시게 아름다운 인간이 사랑을 시작하면서 거닐었던 곳이었다. 그리고 바로 그 해안에서 멀지 않은 곳에서 그들의 아들 멤논이 트로이를 위해 싸우다 잔인한 아킬레우스의 손에 전사했다. 에오스는 그리스인들을 증오한다. 악한 자에게든 선한 자에게든 산홋빛과 복숭앗빛의 아름다운 아침놀을 똑같이 드리워야 하는 것이 그녀의 운명이지만, 저 그리스인들에게는 허락하고 싶지 않은 심정이다.

매일 아침, 트로이 성벽 위에서 망을 보는 게슴츠레한 눈의 보초병들은 새로운 교대 시간이 찾아왔음에 안도한다. 매일 아침, 근무를 시작하는 경비대장이 퇴근하는 경비대장에게 간밤에 수상한 움직임이 있었느냐고 묻는다. 매일 아침, 대답은 한결같았다.

이날 아침까지는.

이날 아침은 다른 아침들과 다르다.

에오스가 아직 일을 시작하지 않아 세상이 여전히 어둠에 잠겨 있을 때, 교대 보초병들이 성벽 위로 올라온다. 놀랍게도 야간 보초병들이 흉벽 가장자리로 우르르 몰려가 평원을 바라보고 있다.

"뭐야? 뭘 보고 있는 거야?"

"아무것도 안 보여."

"아무것도?"

"정말 아무것도 안 보여. 아무것도 없다니까."

"아직 어두우니까."

"아까 불이 보였어. 거대한 불길이. 그러다가 사라져버리더군."

하늘에 햇빛이 스며들기 시작하자, 희미한 윤곽이 드러난다. 서서히 드러나는 형태가 뭔지 이해하려 애쓰며 빤히 쳐다보고 있으려니 눈이 따갑다. 하지만 매 순간 점점 더 선명해진다.

"왜 함선들의 윤곽이 안 보이지?"

"저 커다란 건 뭐야?"

"전에는 없었는데."

동쪽 끝에서 새벽의 문이 활짝 열리고, 희미한 빛줄기가 도시 위의 하늘을 가로지른다. 환각에라도 빠진 건가 싶을 정도로 서서히, 너무도 서서히 놀라운 진실이 드러난다.

야간 경비대장이 거대한 청동 종으로 급하게 달려가서 나무 기둥을 흔들어 경보를 울린다.

트로이 시민들은 병사들만큼이나 훈련이 잘 되어 있다. 거대한 종이 울리자 사람들은 약속된 집합 장소에 모이기 시작한다. 당황한 말처럼 비명을 지르거나 날뛰는 사람 한 명 없고, 두려움에 얼어붙은 사람 한 명 없다. 오래전 이런 절차를 만들고 백성들을 훈련시킨 헥토르가 처음으로 종이 울린 이 순간 아주 질서정연하고 차분한 백성들의 모습을 봤다면 자랑스럽게 여겼으리라.

왕가에서는 데이포보스와 카산드라가 제일 먼저 성벽 위로 올라온다. 잠시 후 프리아모스가 부스스한 모습으로 숨을 헐떡이며 도착한다. 여전히 평원을 내다보느라 여념이 없는 경비대는 궁정 고관들과 전령들의 경고를 듣고서야 왕실 사람들이 도착했음을 알아챈다.

"무슨 일이냐?" 프리아모스가 묻는다. "공격이라도 받고 있는 게야? 불? 사다리?"

"와서 보십시오, 아버지!" 데이포보스가 외친다.

프리아모스는 부축을 받아 가장 높은 곳으로 올라간다.

저 아래로 일리움 평원이 쭉 펼쳐져 있다. 한때 비옥했던 땅이 10년의 전쟁으로 여기저기 쑤셔지고 파헤쳐졌다. 프리아모스는 두 눈을 들어 올린다. 아침 햇살을 받은 스카만드로스강이 반짝이고 그 너머에……

프리아모스는 믿기지가 않아 눈을 깜박이고 다시 본다.

아무것도 없다.

그리스군의 방책이 무너져 있다.

오두막도 막사도 말뚝 울타리도, 병영 전체가 불태워졌다.

기묘하고 거대한 무언가의 윤곽이 보이지만, 그 정체는 알 수가 없다.

하지만 적군의 함선들이 모조리 사라지고 없다.

함선들이 쭉 늘어서 있는 해변의 광경에 익숙해져버린 탓에, 그

빈자리가 마치 심한 흉터처럼 보인다. 함선들이 사라진 해안선은 텅 빈 채 그대로 노출되어 있다.

프리아모스는 말문이 턱 막혀 그저 바라보기만 한다. 놀라움과 함께 다른 어떤 감정도 밀려든다. 두려움인가? 그가 느끼고 있는 건, 실낱 같은 희망에 대한 작은 의혹이다. 감히 희망을 가져도 될까? 희망적인 상황을 생각하기만 해도 두려움이 밀려든다. 희망을 믿기에는 너무도 많은 일을 보고 겪은 그이기에.

그는 데이포보스를 획 돌아본다.

"저들이…… 다 어디로 간 것이냐……?"

데이포보스는 씩 웃으며 감히 왕의 어깨를 찰싹 때린다. "집으로 돌아간 겁니다, 아버지! 그리스놈들이 고향으로 돌아갔어요!" 그는 멍한 표정의 노인 옆에서 춤을 추기 시작한다. 프리아모스는 아들을 밀쳐버리고 다시 평원을 바라보다가 고문이자 친구인 안테노르에게 묻는다.

"저건 무엇인가? 저기, 해안에 잿더미 너머로 우뚝 솟아 있는 저것 말이네. 내 늙은 눈으로는 알아볼 수가 없군. 저것이 무엇이겠는가?"

카산드라가 앞으로 나오더니 아버지의 옷을 잡아당기며 울부짖는다. "죽음이에요! 죽음이라고요!"

안테노르가 경비대장에게 소리친다. "아카이아군 진영에 병사 몇 명을 보내게. 철저히 수색하고 와서 보고하라고 해."

프리아모스는 성벽 위에 모여 놀라운 광경을 함께 지켜보고 있는 사람들에게 말한다.

"여기 위는 아주 쌀쌀하구나. 다 같이 내려가 아침 식사나 하면서 소식을 기다리는 게 좋겠어."

프리아모스는 차분한 표정으로 아침 식사를 하며, 헤카베에게 꿈은 아닐까 의심스럽다고 말한다.

"이상하지 않소? 그 오랜 세월을 버텨놓고 이렇게 그냥 떠나버리다니."

"우리가 기도한 대로 됐잖아요. 신들께서 이제야 우리 기도를 귀담아들어 주셨나 봐요." 헤카베가 말한다.

"왜 지금일까?"

"지금이 아닐 이유도 없잖아요? 이 전쟁으로 트로이가, 우리가 어떤 수모를 겪었는지 신들께서도 아시는 거예요. 당신은 좋은 사람이에요, 프리아모스. 악한 자들이 우리보다 더 행복한 인생을 누리는 동안, 우리는 그 많은 아들을 잃어야 했죠. 너무 부당하잖아요. 신들께서 이제야 우리 편에 서주셨지만, 우린 신들의 사랑을 누릴 자격이 있어요."

바로 그때, 정찰대의 귀환을 알리듯 바깥 통로가 떠들썩해진다. 정찰대장이 안으로 뛰쳐 들어온다.

"전하, 놈들이 떠났습니다! 정말 떠났어요. 그리스인은 한 명도 남아 있지 않습니다. 저기, 아니요, 전하, 정확히 그런 건 아니고…… 저희가 우연히 발견한 것이……."

"젊은이, 먼저 숨부터 고른 다음, 아카이아군 진영에서 뭘 발견했는지 말해보게."

"아카이아군 진영은 진영이 아닙니다. 더 이상은 아니에요. 파헤쳐지고, 불태워지고, 버려졌습니다. 그곳에 한 사람이 있더군요. 그자에게 병사를 한 명 붙여두고 왔습니다. 왜냐하면 저희가 발견한 것이 그자뿐만 아니라⋯⋯." 정찰대장은 참지 못하고 씩 웃는다. "전하, 저희가 뭘 발견했는지 상상도 못 하실 겁니다."

"전하께 허튼수작 부리지 말고 그냥 말해!" 데이포보스가 쏘아붙인다. "뭘 발견했는지 숨김없이 고하게."

"숨김없이요, 왕자님." 정찰대장은 무엇이 그리 재미있는지, 데이포보스의 거친 말투에도 아랑곳하지 않는다. "저희가 발견한 건⋯⋯ 말 한 마리입니다."

"글쎄, 그것이 뭐가 그리 이상한 일인지 나는 모르겠구나." 헤카베가 말한다.

"이상한 일이지요!" 정찰대장은 미소를 멈추지 못한다. "왕비님이 이제껏 한 번도 보지 못하셨던 말이니까요." 그가 천장을 가리킨다. "그 말은 이 지붕만큼이나 키가 커요. 그리고 나무로 만들어졌다고요!"

계획

오디세우스가 자신의 계획을 상세히 설명했을 때, 아가멤논의 작전 참모 가운데 여럿, 특히 네오프톨레모스와 필록테테스는 크게 반대했다.

"그런 작전이 먹힐 리 없어."

"놈들이 바로 불태워 버릴 거요."

"어린아이도 속지 않을걸."

"서른 명? 그대라면 거기 끼시겠소?"

"말도 안 되는 소리!"

"어리석기 그지없는……."

"…… 터무니없고…… 무모하고…… 자멸적인……."

아가멤논이 왕홀을 들어 올리자 좌중이 조용해졌다. "아테나 님이 알려주신 책략이오?"

"처음부터 끝까지 전부 다요." 오디세우스가 말했다. "나도 여러분만큼이나 놀랐습니다. 하지만 반드시 성공하리라 아테나 님이 약속하셨답니다." 그는 나머지 사람들에게로 고개를 돌렸다. "그리고 물론 그 안에 들어갈 서른 명 중에 나도 있을 겁니다. 이 묘안을 믿지 않은 겁쟁이로 역사에 남고 싶지 않으니까요. 우리의 승리를 보장해줄 유일한 계획에 반대한 반역자로 기억되고 싶지 않으니까요. 나는 영원한 명성을 누릴 서른 명 중의 한 명이 될 겁니다. 지원자들끼리 다툼이 치열할 것 같군요."

그의 힘 있고 자신감 넘치는 연설은 설득력이 있었다.

"저는 적군과 싸우기 위해 여기 왔습니다. 나무 인형 배 속에 갇혀 있으려고 온 것이 아니라." 네오프톨레모스가 말했다.

"자네와 필록테테스는 겨우 몇 주 전장에 나갔으니, 무력만이 유일한 길이라고 믿을 만도 하지. 하지만 우리는 전투에 지쳤다네. 살육보다는 간계를, 무력보다는 기지를, 도륙과 피보다는 배짱과 두뇌를 시험해보고픈 마음이 굴뚝같단 말이지." 오디세우스가 말했다.

동감을 표하는 우울한 수군거림이 일자 반대자들은 입을 다물었다.

"그건 어떻게 만들 생각이오?" 메넬라오스가 물었다.

"에페이오스에게 맡깁시다. 방책을 세웠던 자 말입니다. 모두 알다시피, 우리 진영에서 가장 견고한 최고의 오두막과 건물은 모두 그의 작품이잖습니까. 포키스에서 신전과 선박, 마을도 지었다 하더군요." 오디세우스가 말했다.

에페이오스가 참모진 앞에 불려 왔다. 그는 그리 인기 있는 전사는 아니었다. 가장 위험한 최전선에서 그의 모습은 찾아볼 수가 없었다. 하지만 그는 일대일 대결에 아주 능했다. 파트로클로스를 위한 장제 경기의 권투 시합에서 디오메데스의 벗인 에우리알로스를 이겼다. 그 후 얼마 지나지 않아 아킬레우스를 추모하기 위해 열린 장제 경기에서는, 레슬링의 창시자인 위대한 테세우스*의 아들 아카마스마저 그를 꺾지 못했다. 아카이아 원정군의 위대한 수장들끼리 모인 자리에 불려 왔지만 그는 놀란 기색을 내비치지 않았다.

에페이오스는 10분 동안 이어진 오디세우스의 설명을 귀 기울여 들으며 고개를 끄덕였다.

"기발하군요." 오디세우스의 말이 끝나자 에페이오스는 중얼거렸다. "그러니까, 나무로 말을 만들라는 거지요? 코끼리가 아니라?"

이 말에 몇몇이 웃음을 터뜨렸다. 오디세우스도 웃었다.

"아니, 서른 명이나 되니……. 어쨌든 숨은 쉬어야 할 거 아닙니까." 에페이오스가 말했다.

---

* 테세우스가 판크라티온을 창시한 사연에 관해서는 『스티븐 프라이의 그리스 신화』 2권을 참고하라.

"서른 명은 작전 성공에 필요한 최소한의 인원이지. 자네를 믿네, 에페이오스."

"트로이군과 첩자들에게 들키지 않도록, 먼저 높은 벽을 쌓아서 가려야 합니다."

"그래야지. 나무 울타리를 대충 지어서 방책의 연장선처럼 보이게 해야 하네. 자네가 하는 작업을 가릴 만큼 높아야겠지만, 튼튼한 벽을 세우면 저쪽에서 의심할 거야."

에페이오스는 고개를 끄덕였다. "좋습니다. 바로 작업에 들어가야겠군요. 우선, 이다산의 서쪽 비탈로 가서 소나무를 베어 제 작업장까지 옮겨 와야 합니다. 노새와 인력이 필요할 겁니다. 함께 일할 사람을 제가 직접 골라도 되겠습니까?"

아가멤논은 손을 흔들며 말했다. "사람이든 물건이든, 필요한 건 전부 다 가져가게."

에페이오스와 오디세우스가 자리를 뜨자 아가멤논은 칼카스에게 말했다. "우리가 실수하는 건 아니겠지? 너무 무모한 모험이잖은가."

"대담한 계획이긴 하지요, 전하." 칼카스도 동의했다. "그러나 제가 어제 오후 늦게 보았던 기묘한 광경과 상통하는 면이 있습니다. 매가 비둘기를 내리 덮치는 장면이었지요. 겁에 질린 비둘기는 바위틈 속으로 달아났습니다. 매는 몸집이 너무 커서 먹잇감을 따라갈 수 없으니 좌절하여 바위 주위를 맴돌기만 했고요. 그 모습을 보고 있자니, 트로이 주변을 헛되이 맴돌기만 하는 우리 군대가 떠오르더군요. 그런데 매가 비행을 멈추더니 바위틈 맞은편의 덤불 속에 몸을 숨기는 것이 아니겠습니까. 그곳에 숨은 채 조용히 기다렸지요. 그러다 비둘기가 머리를 내밀어 주위를 둘러보고 밖으로 나오자마자, 덤불에서 튀어나와 비둘기를 덮치는 겁니다. 저는 이 광경의 의미를 곧장 알아차렸습니다. 트로이는 속도와 힘이 아닌 간계로 무너져내릴 것입니다, 전하. 그런데 바로 다음 날 아침 오디세우스가 우리에게 그 전략을 말해주는 게 아니겠습니까……." 그는 헤아릴 수 없이 신비로운 섭리와 운명이 경이롭다는 듯 손바닥을 위로 들어 올렸다.

"흠." 아가멤논은 메넬라오스와 함께 눈알을 굴렸다.

에페이오스는 마치 헤파이스토스가 되기라도 한 듯 생기 넘치고 빛나는 모습으로 열심히 일했다. 그가 거대한 나무 짐승에 보석과 귀금속을 마구 쏟아붓고 있다는 소문이 진영에 돌았다.

"우리 모두의 전리품인데 말이야!" 몇몇은 이렇게 투덜거렸다.

대부분은 이 계획을 기대하며 응원했다. 하지만 제대로 보지 못하는 것을 아쉬워했다. 에페이오스가 공사 현장에 세워놓은 비계는 가림막 역할을 톡톡히 해서, 거대한 나무 울타리에 막힌 트로이인과 마찬가지로 그리스 병사도 진행 상황을 알 수 없었다. 톱질하고 망치질하는 소리가 들렸지만, 작업 과정은 전혀 보이지 않았다.

한편, 오디세우스는 아가멤논과 고위 지휘관들에게 계획을 좀 더 상세히 설명하고 있었다.

"우리가 목마 하나만 남겨둔 채 진영 전체를 버리고 사라지면, 트로이 쪽에서는 분명 경계할 겁니다."

"하지만 바로 그것이 핵심 아니었습니까? 우리가 완전히 사라져버리는 것?" 소 아이아스가 말했다.

"그래요. 하지만 누군가는 남아서 말에 대해 설명을 해줘야 합니다. 트로이인들이 안심하고 그 말을 도시 안으로 들여가도록."

아가멤논은 얼굴을 찌푸렸다. "그게 무슨 소리요?"

"그리고 내가 딱 맞는 인물을 찾았지요." 오디세우스는 옆으로 비키며 자기 뒤의 장막으로 손가락을 탁 튕겼다. 이 신호에 맞추어, 다부진 체격에 어깨가 떡 벌어진 한 남자가 들어오더니 빈정거리는 표정으로 살짝 고개를 숙였다. 그의 등장에 모두가 놀라움과 의혹의 탄성을 질렀다.

"시논? 두 사람은 서로 앙숙 아니었소?" 아가멤논이 말했다.

오디세우스는 미소 지었다. "사이가 좋은 편은 아니……."

"내 사촌 오디세우스는 거짓말만 일삼는 사기꾼이오. 꼴도 보기 싫은 인간이지." 시논이 말했다.

"그거야 다들 아는 사실이고." 오디세우스는 맞장구를 치고는 얼른 덧붙였다. "아니, 시논이 나를 꼴도 보기 싫어한다는 부분 말입니다. 나머지는 시기심에서 비롯된 비방일 뿐이지요. 왜 여러분이 웃고 있는지 모르겠소만, 중요한 건, 시논과 내가 철천지원수라는 사실을 트로이인들도 안다는 점입니다. 그러니 시논이 반역을 했다고 해도 그럴싸하게 들리겠지요."

"시논이 뭘 했다고? 해명해보시오."

오디세우스는 자신의 계획을 설명했다.

"그대는 참으로 교활한 자요. 이 넓은 세상에 당신의 절반만큼이라도 간사한 꾀를 낼 자가 과연 있을까." 오디세우스의 설명을 다 듣고 난 아가멤논이 말했다.

칭찬보다는 비난처럼 들리는 말이었다.

"내가 아니랍니다, 위대한 왕이시여." 오디세우스는 충격받은 표정으로 항변하듯 두 손을 들어 올렸다. "아테나 님이지요. 꿈에서 나를 찾아와 세세하게 알려주셨답니다. 나는 아테나 님의 꼭두각시, 아테나 님의 뜻을 전하는 말 없는 그릇에 불과합니다."

목마

프리아모스와 수행원들은 텅 빈 아카이아군 진영으로 향했다. 스카만드로스강을 건너 가까이 다가갈수록, 눈부시게 흰 하늘을 배경으로 거대한 목마의 검은 윤곽이 점점 더 높이 솟아올랐다.

정찰대를 이끌었던 경비대장이 최초로 대발견을 한 사람 특유의 뿌듯한 표정을 지으며, 목마의 거대한 왼쪽 앞다리에 마치 주인처럼 기대어 있었다. 왕이 다가오자 그는 몸을 똑바로 폈다.

지금껏 세상에 이런 건 없었다. 에페이오스가 이끄는 작업반이 단 사흘 만에 그들 자신의 능력을 능가하는 작품을 만들어냈다. 구석구석 세세하게 신경 쓰지 않은 부분이 없었다. 면적이 넓은 등과 옆구리, 배는 겹판 선박처럼 나무판들이 포개어져 있었다. 모든 널빤지가 참으로 매끄럽게 구부러지고 휘어지고 대패질되어 있었다. 목에 붙은 자줏빛 갈기에는 얇은 금속 장식들과 황금 술이 달려 있었다. 말의 눈구멍에 박힌 녹주석과 자수정이 서로 대조적인 빛깔을 발산하여, 녹색 테가 둘린 짙붉은 눈동자가 빙글빙글 돌아가고 있는 것처럼 보였다. 눈에 보이지 않는 마부가 이제 막 고삐를 당긴 듯 반쯤 돌아간 위풍당당한 머리에는 상아와 은도금한 청동이 별처럼 총총히 박힌 굴레가 아른아른 반짝였다. 살짝 벌어진 입술 사이로 들쭉날쭉 험악한 흰 이빨들이 보였다.

충격과 놀라움 속에 목마를 올려다보고 있는 프리아모스와 트로이인들은 말의 거대한 입이 벌어져 있는 이유가 야만성과 무시무시한 힘을 과시하기 위해서라고 생각했을 것이다. 하지만 진짜 목적은, 입에서 목을 지나 배 속까지 쭉 이어진 비밀 통풍관으로 신선한 공기가 흐를 수 있도록 하기 위함이었다.

발굽들에는 청동 고리들이 붙은 거북딱지가 씌워져 있었다. 쫑긋 세워진 귀부터 힘차게 휘날리는 땋은 꼬리까지 너무도 생생하여, 마치 날쌔고 위풍당당한 말이 살아 있는 듯 느껴졌다.

프리아모스와 조신들은 감탄하여 아무 말도 못 한 채 눈앞의 광경을 바라보기만 했다.

데이포보스는 경이로워하면서도 얼떨떨한 표정으로 말의 다리를 쓰다듬었다.

"저것을 망가뜨려야 해요! 망가뜨려서 불태워요. 저것이 우리 모두를 파멸시키고 불태워버리기 전에." 카산드라가 외쳤다.

"대단하군. 정말 대단해. 언제라도 아레스 님이 이 준마를 타고 전장으로 뛰어드실 것만 같잖소." 마침내 프리아모스가 입을 열었다.

"이게 대체 뭘까요? 아니, 이런 걸 왜 만들었을까요?" 헤카베가 말했다.

"트로이를 멸망시키기 위해서예요." 카산드라가 울부짖었다.

폴리다마스가 말의 배 밑에서 큰 소리로 왕을 불렀다. "오셔서 여기를 좀 보십시오, 전하. 꼭 보셔야 할 것이 있습니다."

오른쪽 옆구리를 따라 황금색의 글자들이 쓰여 있었다.

"라오콘, 자네라면 이 기호들을 읽을 수 있겠지. 이리 와서 그 의미를 알려주게." 프리아모스는 아폴론을 모시는 사제를 가리키며 말했다.

두 아들인 안티판테스, 팀브라이오스와 함께 왕의 곁에 서 있던 라오콘은 앞으로 나가 글자들을 살폈다. "'그리스인들이 귀향하며 아테나 님에게 이 제물을 바친다'라고 쓰여 있습니다."

"아, 그럼 신에게 바치는 선물인가?"

"전하, 그리스놈들을 믿어서는 안 됩니다. 선물을 남겨놨다 해도 말입니다."

"이 목마가 두려운가?"

라오콘은 한 병사의 검을 빼앗더니 검날의 평평한 면으로 말의 배를 세게 때렸다. "이걸 태워버려야. 태워…… 태……."

하지만 라오콘은 말을 잇지 못했다. 그의 입이 열렸다가 닫혔다. 그는 거품을 물고 온몸에 경련을 일으키기 시작했다. 안티판테스와 팀브라이오스는 얼른 그를 부축했다.

"자, 아버지, 여기 앉으세요." 안티판테스가 말했다.

"별일 아닙니다, 전하." 팀브라이오스는 왕을 안심시켰다. "가끔 이렇게 발작을 일으키신답니다."

"흠. 아마도 신들께서 이 감사 선물을 의심하는 라오콘의 입을 막고 싶으셨나 봅니다." 데이포보스가 말했다.

"그리스인들이 남겨둔 이곳에 그대로 두어야겠구나." 프리아모스가 말했다.

"트로이 안으로 옮겨가고 싶어도 못 할 거요." 누군가가 툴툴거렸다.

프리아모스가 돌아보니, 작고 탄탄한 체격의 남자가 흠씬 두들겨 맞아 피투성이가 된 채로 두 병사에게 붙들려 있었다.

"닥쳐, 이 그리스놈아! 어느 안전이라고." 한 병사가 그의 입을 세게 때리며 말했다.

"그자는 누구인가?"

"시논이라는 자입니다, 전하. 모래언덕 뒤의 늪지대에 숨어 있었습니다. 달아나려는 놈을 저희가 잡아 왔습니다."

"그자를 이리 가까이 오게 하라. 신들 앞에 진실만을 말한다면, 그 무엇도 두려울 것이 없겠지. 미안하네, 시논. 우리 병사들이 그대를 좀 험하게 다룬 것 같군." 프리아모스가 말했다.

"저희가 발견했을 땐 이미 만신창이가 되어 있었습니다, 전하. 그리스놈들한테 맞았다고 합니다."

"전우들에게?"

왕의 발밑으로 밀쳐진 시논은 자신에게 쏟아지는 질문(과 때때로 날아드는 주먹)에 코를 훌쩍이고 흐느껴 울며 답했다.

서서히 자초지종이 밝혀졌다. 그 밉살스럽고 사악하며 교활한 오디세우스(시논은 그의 이름을 말할 때마다 침을 뱉었다)가 아가멤논에게 이르기를, 아테나에게 바치는 말을 만들어 해안에 남겨두어야 한다고 했다. 불경스럽게도 아테나의 신전에서 팔라디온을 훔쳐 아테나를 진노하게 했기 때문이다. 그 신성모독의 죄로 아카이아군은 자멸의 운명을 맞았다. 승리는 물 건너가고 말았다. 신에게 말을 바치지 않으면 귀향조차 보장할 수 없으리라.

"그리스군의 승리가 물 건너갔다고? 저들이 그렇게 믿었단 말인가?" 프리아모스가 말했다.

"예언자 칼카스가 그렇게 말했으니까요. 고향으로 돌아갈 때라고. 트로이인들은 명예롭고 독실한 행동으로 신들을 기쁘게 했고, 우리는 신들을 진노시켰다나?"

"내가 말했잖아요! 내가 뭐랬어요, 여보? 신들께서도 우리 도시의 건재를 바랄 거라고 했잖아요. 그럴 줄 알았어요!" 헤카베가 말했다.

프리아모스는 헤카베의 손을 꼭 쥐며 시논에게 물었다. "그래서 그리스군이 정말로 전쟁을 포기했더냐?"

"주위를 둘러보십시오, 왕이시여. 막사도 방책도 불탔잖습니까. 함대가 짐을 싣고 그리스로 떠난 지 이미 몇 시간이나 지났습니다. 물론 가엽기 그지없는 이 시논만 빼고 말이지요."

프리아모스는 얼굴을 찌푸리며 시논에게 물었다. "왜 그대는 여기 남아 있는가?"

"아가멤논 총사령관의 사촌인 팔라메데스 장군을 기억하십니까?"

"기억하고말고."

"음, 수년 전 오디세우스가…… 컉!" 시논은 또 한번 거세게 침을 뱉었다. "이타카에서 미친 척 연기했을 때 그 수작을 간파한 이가 바로 팔라메데스였지요. 무슨 수를 써서든 서약을 어기려다 들켜버린 그 겁쟁이는 팔라메데스에게 한을 품었습니다. 그리고 9년인가 10년 전의 어느 날…… 이 지독한 전쟁이 시작될 무렵…… 한 트로이 병사의 시신이 발견되었는데, 전하께서 보내신 것이 분명한 서신을 품고 있었지요. 트로이를 도와줘서 고맙다고 팔라메데스에게 인사하는 내용의 서신이었습니다."

"나는 그런 서신을 보낸 적이 없건만. 그자를 잘 알지도 못했어."프리아모스가 말했다.

"물론 그러시겠지요. 오디세우스가, 캭! 시체에 서신을 몰래 숨기는 걸 제 눈으로 직접 봤으니까요. 그리고 바로 그날 그 작자를 미행했더니 팔라메데스의 막사 근처에 트로이의 황금을 묻더군요. 황금이 발견되자 팔라메데스는 결백을 주장했지만 아무도 믿어주지 않았고, 결국 그는 반역죄로 돌팔매 처형을 당했습니다. 내가 사실을 밝혔어야 했지만, 아가멤논과 그 일당이 교활한 이타카 놈을 어찌나 좋아하는지…… 그런데 그 못된 자식이 내 눈빛을 보지 않았겠습니까. 내가 안다는 걸 자기도 안 거죠. 그래서 내 살날이 얼마 안 남은 줄 알았습니다. 하지만 몇 년이 지나도록 아무 일도 없더군요. 놈이 나를 용서했구나 싶었지요. 오, 그것이 아니라 호시탐탐 기회를 엿보고 있었던 겁니다! 내가 다른 병사들과 함께 고향으로, 내 아내와 아이들에게로 돌아갈 수 있겠구나 하며 안심할 때, 놈이 한 방 먹이지 뭡니까. 오디세우스가, 캭! 칼카스를 꼬드겨서 아가멤논에게 이렇게 고하도록 만든 겁니다. 아테나 님에게 말을 선물할 때 다른 제물도 함께 바쳐야 한다고. 인간 제물 말입니다. 칼카스는 관심받기를 좋아하고, 은검 휘두르기를 좋아하는 인사지요. 전에 아울리스에서 바람이 불지 않아 발이 묶였을 때, 아가멤논에게 그의 딸 이피게네이아를 제물로 바치라고 했던 작자니 이런 일쯤이야 아무것도 아니었습니다. 그 인간이 얼마나 열성적으로 동의했는지 상상이 가실 겁니다. 역시나 인간들의 왕은 홀러덩 속아 넘어갔지요. 제물로 바칠 사람은 제비뽑기로 정했습니다. 그리고 그 제비뽑기를 누가 준비했겠습니까? 컉! 컉! 컉!" 시논은 갑자기 기침이 터진 사람처럼 연달아 침을 뱉었다.

"그대가 뽑혔는가?"

"물론이지요. 놈들이 나를 흠씬 두들겨 팼습니다. 붓고 멍든 이 자국들 좀 보십시오. 그러더니 내가 무슨 염소라도 되는 것처럼 우리에 가둬버리더군요. 하지만 지난밤에 신들께서 내게 기회를 주셨답니다. 놈들이 잔치를 벌이고 춤을 추고 불경스러운 노래를 부르는 사이, 우리에서 탈출했습니다. 도망쳐서 모래언덕에 숨었 지요. 놈들은 계류삭을 끊고 떠나버렸습니다. 나를 전하의 사랑스 러운 병사들 손에 맡기고서 말이지요."

"음. 대단한 이야기군." 프리아모스가 말했다.

"'이야기'예요! 거짓말. 진실로 교활하게 포장한 거짓말. 저자를 죽이고 말을 불태워요!" 카산드라가 울부짖었다.

"한 가지 사실은 부인할 수 없어요, 아버지." 데이포보스는 시논 을 내려다보며 말했다. "이자와 사촌인 오디세우스가 서로 앙숙 이라는 건 모르는 사람이 없습니다."

"맞습니다, 전하. 두 사람의 사이가 안 좋다는 이야기는 저희 모 두 들어서 알고 있습니다." 경비대장이 말했다.

"저도 들은 적이 있습니다. 그 둘은 헤르메스 님의 아들인 아우 톨리코스의 손자들이지만, 유명한 원수지간이기도 하지요. 오디 세우스가 팔라메데스를 모함했다는 소문은 저도 들은 바 있습니 다. 앞뒤가 다 들어맞는군요. 저는 이 측은한 자를 믿습니다." 안 테노르가 말했다.

"나도 그렇네." 프리아모스가 말했다.

"당신들이 믿든 말든 상관없어요. 나한테는 매한가지니까." 시논이 말했다.

"예를 갖추어라." 경비대장의 난폭한 발길질에 시논은 아파하며 몸을 웅크렸다.

"그리고 이 말은." 데이포보스가 목마를 올려다보며 말했다. "아테나 님이 이 선물을 받아들여 그 망할 그리스놈들을 무사히 귀향시켜주셨을까?"

"오, 말은 축복과 수호의 짐승이지 않소. 하지만 그 간사한 놈이 당신들은 득을 보지 못하게 손을 써놨다오." 시논은 옆구리를 짚고 숨을 헐떡이며 말했다.

"어떻게 말이지?"

"이 목마를 만든 포키아의 에페이오스에게 당신네 성문보다 더 높게 만들라고 했거든. 이 목마가 성벽 안에 있으면 트로이는 절대 멸망하지 않는다는데, 무슨 수로 들여가겠어!" 시논은 숨을 씨근거리며 웃음을 터뜨렸다. "놈이 당신들을 제대로 가지고 논 거지."

"흠." 데이포보스는 얼굴을 찌푸렸다. "분해해서 성안으로 실어 나른 다음 다시 조립한다면?"

"놈은 그것도 미리 생각해뒀소. 목재가 서로 연결되고 겹쳐진 모양새를 봤소? 에페이오스가 어찌나 교묘하게 엮어놨는지, 통째로 부수지 않으면 분해할 수가 없다오. 하지만 부순다면 아테나 님이 축복을 저주로 바꾸시지 않겠소? 오디세우스가, 캭!, 죽도록 밉지만, 놈에게 두 손 들 수밖에. 한두 해가 지나면 아가멤논이 더 큰 군대를 이끌고 돌아올 텐데, 이 마법의 말이 트로이를 수호하도록 내버려둘 리 없잖소?"

시논이 잔인한 표정으로 신나게 킬킬거리자 경비대장은 그의 얼굴을 세게 후려쳤다. 프리아모스가 또 경비대장을 질책하려는데, 숨을 헐떡이며 헛기침하는 소리가 다른 곳에서 들려왔다. 발작을 일으켰던 라오콘이 정신을 차리고 있었다. 두 아들에게 부축을 받으며 비틀비틀 일어난 그는 프리아모스에게 말했다.

"간청드립니다, 위대한 왕이시여. 제발 속지 마십시오. 이 모두가 그리스놈들의 간계입니다. 목마를 트로이 안으로 들이게 하려는 것이지요. 저는 아폴론 님의 목소리를 듣지 않습니까, 전하. 제가 말씀드리건대…… 말씀드리건대……."

그는 말꼬리를 흐렸다. 프리아모스와 모든 조신이 두려움에 얼어붙은 채 그를, 아니 그의 뒤를 빤히 바라보고 있었기 때문이다. 라오콘은 이해가 되지 않았다. 그의 뒤에는 바다밖에 없으니 말이다. 그는 뒤를 돌아보았지만, 때는 이미 늦었다.

거대한 바다뱀 한 쌍이 물 밖으로 나와 있었다. 라오콘의 양옆에 있던 두 아들 안티판테스와 팀브라이오스는 이미 네 개의 거대한 촉수에 짓뭉개지고 있었다. 두 개의 촉수가 또 뻗어 나오더니 그를 돌돌 감았다.

뱀들은 마구 몸부림치며 비명을 질러대는 세 희생자를 바닷속으로 끌어당겼고, 트로이인들은 경악한 표정으로 입을 떡 벌린 채 그 광경을 지켜보았다. 세 부자는 거품을 일으키는 거친 파도 밑으로 사라지면서, 살려달라고 애원하듯 두 팔을 쭉 뻗었다. 이 무시무시한 공격은 단 몇 초 만에 끝나버렸다.

"의심하는 자들을 신들께서 침묵시키셨군요!" 데이포보스는 통쾌하게 웃으며 외쳤다. "아버지, 이 말을 트로이 안으로 끌고 들어 가서 우리 도시와 백성을 영원히 지키시지요."

"어떻게 말이냐?"

"간단합니다. 폭이 가장 넓은 스카이아 성문에서 문짝을 떼어낸 다음, 그 주변과 위의 벽을 허물어뜨리는 겁니다! 목마가 지나갈 수 있을 만큼만. 일단은 판자로 막아두었다가 복구하면 곧 예전의 아름다운 모습으로 돌아가겠지요. 오, 아버지, 모르시겠어요? 우리가 이겼습니다. 이겼어요! 우리가 이겼다고요!"

데이포보스는 다섯 살짜리 아이처럼 아버지 주위를 빙빙 돌며 춤을 추었다. 이내 다른 트로이인들도 춤을 추기 시작했다. 목마와 도시 간에 전갈들이 오가고, 트로이 백성의 절반이 급하게 평원을 가로질러 왔다.

그들은 월계수 이파리와 야생화로 만든 화관을 목마의 목에 걸었다. 앞다리의 밑부분과 머리 위에는 밧줄을 묶었다. 그들은 나팔 소리와 휘파람과 북소리에 맞추어 신나게 춤추며 목마를 끌고 해변을 떠나 평원을 가로지르고, 스카만드로스강에 놓인 다리를 건너, 스카이아 성문까지 갔다.

시논이 슬그머니 모래언덕으로 다시 내뺐지만, 아무도 굳이 그를 뒤쫓지 않았다. 필요한 정보를 그에게서 다 얻어낸 데다, 그는 해로울 것이 전혀 없는 사람이었으니까.

짐승의 배 속

오디세우스는 목마 밖에서 벌어진 일을 조금밖에 듣지 못했다. 바깥세상의 소리가 윙윙거리며 뭉개지는 바람에 단어들을 일일이 알아듣기가 힘들었다.

목마 안은 캄캄하고, 덥고, 괴로울 정도로 비좁았다. 항아리 속의 올리브처럼 서른 명의 남자가 빽빽하게 들어차 있었다. 에페이오스가 만든 환풍구는 제대로 작동하고 있었지만, 들어오는 공기는 퀴퀴하고 나무와 타르 맛이 났다.

오디세우스는 라오콘이 그의 머리 바로 옆을 갑자기 검날로 때렸을 때 깜짝 놀라서, 아홉 명의 전우들과 함께 앉아 있던 좁은 나무 의자에서 미끄러질 뻔했다. 두 개의 다른 의자에는 나머지 스무 명의 지원자가 앉아 있었다. 그와 마찬가지로 모두들 재채기나 기침이나 방귀를 꾹 참으며, 꼼지락거리지 않으려 최선을 다하고 있었다.

시논은 그의 역할을 멋지게 해내는 듯했다. 간간이 흘러 들어오는 소리로 판단컨대, 그는 그들이 연습했던 그대로 팔라메데스 이야기를 읊고 있었다. 낑낑거리며 말하는 시논의 목소리에 밴 경멸과 혐오는 아주 설득력 있게 들렸다. 그럴 수밖에 없었다. 시논은 진심으로 오디세우스를 증오하고 있었으니 말이다. 딱히 연기를 할 필요도 없었다. 수년 동안 오디세우스에게 앙심을 품고, 그에게 퍼부을 욕설을 비축해두고 있었다. 이제 그 모든 독설을 속 시원히 날릴 수 있었다.

그러고 나서는 기묘하고 불가사의한 순간이 찾아왔다. 어떤 무시무시한 괴물이 내지르는 듯한 날카로운 괴성이 울리더니, 인간들의 목멘 비명과 섬뜩한 정적이 이어졌다. 놈들이 갑자기 시논을 공격한 건가? 그를 고문하고 있나?

하지만 아니었다. 그다음엔 웃음소리가 들렸다. 웃음과 음악. 오디세우스 일행이 앉아 있는 내부 골조 전체가 갑자기 앞으로 휙 기울었다.

그의 옆에 앉은 젊은 안티클로스가 재빨리 팔을 뻗어 잡아준 덕에 오디세우스는 앞으로 넘어지지 않았다. 그는 안티클로스에게 입 모양으로 '고맙네'라고 말했다. 만약 밑에 있는 비밀 뚜껑문 위로 쓰러졌다면, 목마의 배 밖으로 튀어나가 트로이 백성들 앞에 떨어지며 등이 부러졌을 것이다. 혹은, 그가 넘어지는 소리 하나에 모든 계획이 수포로 돌아갔을지도 모른다.

갑작스레 덜컹거린 목마는 이제 이리저리 흔들리며 움직이기 시작했다. 트로이인들은 노래 부르고 심벌즈를 치며, 목마를 땅으로 질질 끌고 있었다. 틀림없었다.

에페이오스는 나무좀이 파먹은 듯 아주 작은 구멍을 목마 옆구리에 띄엄띄엄 뚫어놓았다. 그 구멍으로 바늘처럼 가느다란 흰 햇살이 칠흑 같은 내부로 뚫고 들어왔다. 울퉁불퉁한 땅으로 목마가 끌려가는 동안, 여기저기 튀어대는 빛줄기 사이로 눈의 흰자위들, 치아들, 번득이는 검들이 보였다. 오디세우스는 맞은편 의자에 앉아 그를 보며 씩 웃고 있는 네오프톨레모스를 언뜻 보았다.

"당신이 해냈군요!"

오디세우스는 승리감에 도취해 들뜬 기분을 잠재우려는 듯 두

손을 허공에 대고 내리 누르며 입 모양으로 말했다. '두고 보면 알겠지.'

삐걱삐걱, 덜컹덜컹, 평원을 가로지르는 여정은 영원히 끝나지 않을 것만 같았다. 과거에 그들 모두 펜테콘테로스의 노 젓는 자리에 앉았던 경험이 있지만, 그때보다 더 힘들었다. 어둠과 혼란, 그리고 그들을 기다리고 있는 것이 승리가 아닌 잔혹한 패배일지도 모른다는 불안감. 금방이라도 도끼가 목마를 내리찍거나 그들 모두 뜨거운 불길에 휩싸일 수 있었다.

목마는 거친 땅에 긁히고 할퀴이며 쉴 새 없이 움직였다. 흔들림이 어찌나 심한지, 오디세우스는 자신도 모르게 헤파이스토스에게 기도를 올리고 있었다. 목마의 장부들과 이음매들과 내부의 못들이 느슨하게 풀리지 않도록 굽어살펴 주시옵소서. 가는 내내 뿔과 피리와 북이 요란하게 울려대고 듣기 싫은 고함이 이어졌다. 오디세우스의 귀에는 순수하게 승리를 만끽하는 환호처럼 들렸다. 트로이인들이 목마를 의심해서 파괴할 계획이라면, 그들의 노래와 함성은 다른 음조를 띠지 않을까?

그때 흔들리고 비틀거리고 삐걱거리던 목마가 완전히 멈추더니, 아까보다 조용해졌다. 알아들을 수 없는 명령을 내리는 힘찬 목소리. 그러고는 쾅 하는 굉음이 울렸다. 무언가를 허무는 소리 같았다. 오디세우스는 트로이인들이 목마가 지나갈 수 있을 만한 공간을 성벽에 뚫고 있을 거라는 기대를 품었다. 그의 턱에서 뜨거운 땀방울들이 떨어졌다. 땀방울이 무릎의 맨살에 톡톡 떨어지는 소리가 참을 수 없이 시끄러웠다.

주위에서 그의 전우들이 안도감과 승리감에 젖어 신들에게 조용히 감사 기도를 올리는 소리가 들렸다. 그들은 바깥의 소음이 무슨 의미인지 알았다. 망치로 성벽을 때리고 쪼개어 부서뜨린 돌덩이들이 땅으로 쿵 떨어지는 소리였다. 그러고는 헤아릴 수 없이 긴 시간이 지난 후 목마가 다시 덜커덩 움직이기 시작했다. 이번에는 좀 더 매끄러운 땅이었다. 말의 발굽인 나무 바퀴들은 판석과 포석 위를 거침없이 잘 굴러갔다. 사람들의 함성이 아까보다 더 시끄럽게 울렸다. 환희의 비명이 바로 귓가에서 들려와 오디세우스는 또 의자에서 펄쩍 뛸 뻔했다. 처음엔 이해하지 못했지만, 곧 그들이 성안의 거리를 굴러가고 있다는 사실을 깨달았다. 목마의 배가 어떤 상점이나 가정집의 위층이나 발코니와 같은 높이에 있는 것이었다. 지금껏 세상에 없었던 이 거대하고 기이한 작품이 지나가는 모습을 구경하기 위해 백성들이 여기저기 몰려든 것이 분명했다. 목마는 어디로 향하고 있는 걸까? 아마도 그와 디오메데스가 팔라디온을 훔쳤던 아테나 신전 밖의 광장일 거라고 오디세우스는 짐작했다.

오디세우스는 소리 없이 웃었다. 이 모든 일이 기묘하기만 했다. 정말로 아테나가 이 묘안을 그의 머리에 불어넣은 것일까? 그것은 완전한 형태로 그에게 찾아왔었다. 아테나가 완전 무장한 채 자신의 아버지 제우스의 머리에서 튀어나왔듯이, 목마 작전은 그의 머릿속에 아주 구체적으로 떠올랐다. 시논을 이용하여, 목마를 트로이 안으로 들이는 것이야말로 그리스인들이 가장 원치 않는 일이라는 생각을 트로이인들에게 심는 계획까지. 어떻게 그리 복잡한 계략을 구상할 수 있었을까? 생각이 흘러넘치자 오디세우스는 고개를 숙였다.

'시논과 나 모두 사기꾼의 신 헤르메스 님의 후손이니, 진중하신 회색 눈의 아테나 님보다는 헤르메스 님의 도움이었겠지? 내 사촌의 공을 인정해줘야겠군. 계획을 이해하고 수락했을 뿐만 아니라, 피투성이에 만신창이 몸으로 트로이인들에게 발견되어야 한다는 것도 알았으니까. '날 때려.' 그가 말했지. '내 코를 부러뜨리라고. 내가 순순히 제물이 되어 내 목을 바치겠노라고 했을 리 없으니까. 사자처럼 싸웠을 테지. 진짜처럼 보여야 할 것 아닌가.' 이렇듯 그는 대의를 위해 희생했지. 아니면 시논도 고통으로부터 쾌락을 얻는 뒤틀린 인간일까? 물론 아가멤논이 그에게 어마어마한 보물을 약속하기는 했지. 이 모든 일이 끝나면 시논은 세상에서 가장 큰 부자, 적어도 가장 부유한 평민이 될 거야. 그리고 그의 이름은 영원히 기억될 테고. 우리 인간의 명예욕이란 얼마나 기이한가. 명예는 인간들이 신이 될 수 있는 유일한 길일 테지. 우리는 암브로시아와 이코르가 아닌 역사와 명성을 통해, 조각상과 서사시를 통해 불멸의 생을 얻으니. 아킬레우스는 행복하게 장수를 누릴 수 있다는 걸 알면서도, 평온한 무명의 삶 대신 피와 고통과 영광을 선택했지. 난 명성 따윈 관심 없어. 그 잘난 척 심한 팔라메데스 자식한테 들키지만 않았어도 지금 페넬로페와 함께 집에 있었을 텐데. 텔레마코스에게 활 쏘는 법을 가르치면서. 그 녀석도 이제 열 살이야. 열 살. 기가 막힐 노릇이야. 그 아이는 내가 누군지도 모르겠지. 페넬로페가 내 얘기를 해주기는 할까?'

오디세우스는 잠이 들었다.

헬레네의 목소리

헬레네 역시 잠들어 있었다. 그녀가 탁한 꿈속에 헤매고 있을 때 사람들이 스카이아 성문을 때려 부수기 시작했다. 점점 더 다가오는 시끄러운 음악 소리와 거리에서 백성들이 냄비와 프라이팬을 미친 듯이 두들겨대는 소음에 그녀는 잠에서 깰 수밖에 없었다. 하녀들과 시종들과 소녀 노예들이 창밖으로 몸을 내밀며 환성을 질러댔고 있었다.

아이트라가 잔뜩 흥분한 눈빛으로 부산을 떨었다.

"오, 마님, 와서 좀 보세요. 어서요!"

아이트라의 말대로 창밖을 본 헬레네는 아직도 꿈을 꾸는 듯한 기분이었다.

그날 낮도 초저녁도 꿈처럼 지나갔다. 이토록 열광적인 축하와 연회는 본 적이 없었다. 저장고에 있던 포도주와 곡물 항아리들이 마구 열렸다. 궁전과 거리에는 빵 굽는 냄새가 진동했다. 성벽 밖에서 도살되는 소들과 양들의 비명이 희미하게 끊임없이 들려왔다. 음악과 노래가 멈추지 않았다.

트로이가 광기에 휩싸여 있었다.

헬레네는 가끔 창으로 가서 바다를 바라보았다. 정말이었다. 그리스 함선은 한 척도 보이지 않았다. 노란색과 검은색 무늬의 스파르타 함선을 찾으려 얼마나 자주 밖을 내다봤던가.

지금 메넬라오스는 집으로 돌아가고 있다. 이제 그녀는 남편도 딸 헤르미오네도 다시는 만나지 못하리라. 앞으로 기대할 수 있는 거라고는 데이포보스의 어설픈 보살핌과 프리아모스, 헤카베, 안드로마케의 서글픈 미소뿐이었다. "우리는 그대를 원망하지 않아, 헬레네. 진정으로." 하지만 내심으로는 그녀를 원망하고 있을 터였다. 어떻게 그러지 않을 수 있겠는가?

그날 밤 그녀는 나머지 왕실 사람들처럼 행복한 표정을 지으려 최선을 다했다. 하지만 핑곗거리가 생기자마자 슬그머니 자신의 방으로 달아나, 만취한 데이포보스가 침범하지 못하도록 문에 빗장을 걸었다. 남편이라 불러야 하는 남자. 세 번째이자 최악의 남편. 아니, 테세우스까지 포함하면 네 번째 남편. 테세우스와의 사건은 아주 오래전 일이었다. 그땐 그녀를 구해줄 형제들이 살아 있었다.

창밖으로 그 기이한 목마의 귀가 보였다. 지붕선보다 높이 쫑긋 세워져 있는 한 쌍의 귀. 참으로 기묘하기 그지없는 광경이었다.

헬레네가 마침내 잠들었을 때, 생생하면서도 허무맹랑한 꿈에 아프로디테가 찾아왔다.

"전 아프로디테 님에게 드릴 말씀이 없어요."

"무례하구나. 이번 한 번만 내가 시키는 대로 하면, 네 그 까다롭고 갑갑한 고상함을 영원히 지킬 수 있게 해주마. 하지만 오늘 저녁엔 내 뜻대로 하거라. 위대한 트로이가 간사한 계략에 무너지는 꼴은 볼 수 없으니."

"제가 뭘 하면 되죠?" 헬레네는 베개 위로 머리를 흔들며 끙끙 댔다.

아프로디테의 지시를 듣고 헬레네는 일어났다. 죽을 때까지 그녀는 그날 밤 자신이 잠든 상태로 걷고 말했던 건 아닐까 하는 의심을 지울 수 없었다. 잠의 신 히프노스에게 붙잡힌 채 베를 짜고, 물을 가져오고, 대화를 할 수 있는 사람들이 있다고 했으니, 충분히 가능한 일이었다. 차라리 그 모든 일이 그녀가 잠든 사이에 일어났기를.

그녀는 데이포보스의 방 밖에서 그의 이름을 불렀다. 그가 문을 열고는 취한 얼굴로 감사의 미소를 지었다.

"사랑하는 나의 남편, 내가 당신에게 소홀했지요." 그가 그녀를 방 안으로 끌어당기기 시작하자 그녀는 냉큼 한 발짝 물러났다. "먼저 마음부터 진정해야겠어요. 저 거대한 말요. 너무 의심쩍어요. 나랑 같이 가요, 여보. 가서 좀 더 자세히 살펴봐요. 어서, 어서요!"

그들은 서둘러 궁에서 나가 거리를 누볐다. 늦게까지 술을 마시며 흥청거린 몇몇 사람들이 비틀비틀 집으로 돌아가고 있었다. 만취하여 쓰러진 채 코를 고는 사람들도 있었다.

"수상하지 않아요? 오디세우스의 냄새가 나요. 목마 안에 사람들이 있는 것 아닐까요? 그럴 것 같아요." 헬레네가 말했다.

"틈이 있나 찾아봤지만, 전체가 매끄럽게 연결되어 있었소. 뚜껑문도 없고." 데이포보스가 말했다.

"오디세우스가 어떤 인간인지 몰라서 그래요."

"그럼 불태워버립시다."

"더 좋은 방법이 있어요. 내가 사람들 목소리를 얼마나 잘 흉내내는지 당신도 알고 있지요?"

"물론이오."

남의 흉내를 잘 내는 헬레네의 솜씨에 트로이의 모든 이들이 혀를 내둘렀었다. 그녀는 헤카베와 안드로마케, 심지어는 헥토르의 젖먹이 아들 아스티아낙스의 목소리까지 완벽하게 재현해냈다.

"그 방법으로 그들을 밖으로 불러내겠어요. 오, 하지만 정말 어마어마하게 크군요!"

목마가 그들 위로 우뚝 솟아 있었다. 황금 술 장식, 반짝이는 눈, 은과 청동의 부속품들이 달빛 속에 희미하게 빛났다.

"워워, 멈춰, 이 도도하고 아름다운 말아." 데이포보스는 웃으며 펄쩍 뛰어올라, 목마의 엉덩이를 찰싹 때렸다.

오디세우스는 움찔 놀라며 깨어났다. 주위의 전우들도 꼼지락거리기 시작했다. 무언가가 목마를 치는 소리가 그의 머리 뒤쪽에서 났었다. 약한 타격이었지만, 그들 모두를 경계시키기에 충분했다. 그러고 나서…… 그가 드디어 실성한 걸까?

페넬로페가 그를 부르고 있었다.

"오디세우스, 여보! 나예요. 내가 왔어요. 나와봐요. 나라니까요, 페넬로페. 내려와서 입 맞춰줘요, 내 사랑."

오디세우스의 몸이 뻣뻣하게 굳었다. 누군가가 마법을 부린 것이 분명했다. 꿈속에서 페넬로페가 그에게 말을 건 적은 있지만, 이건 현실이었다.

또 그녀의 목소리가 들려왔다.

"여보……."

아마도 신의 농간이리라. 그들은 목마 안을 들여다보고 누가 숨어 있는지 알 수 있을 테니. 아프로디테의 목소리일까? 아니면 아르테미스? 그들이 사랑하는 도시를 구하기 위해 그들 중 한 명이

애를 쓰고 있는 것이다.

"아가멤논, 나의 남편, 거기 있나요? 나예요, 당신이 사랑하는 클리템네스트라⋯⋯."

오디세우스는 안도의 한숨을 내쉬었다. 이자는 신이 아니었다. 만물을 꿰뚫어 보는 신이라면, 지난밤 아카이아군 함대와 함께 테네도스섬으로 떠난 아가멤논이 목마 안에 있을 리 없다는 사실을 당연히 알고 있을 테니까. 지금쯤 아가멤논과 그리스군은 트로이 해안 근처로 돌아와 있을 터였다. 이미 상륙해 공격 준비를 하고 있지는 않더라도.

오디세우스는 전우들에게 조용히 하라고 경고하기 위해 "쉿!" 하고 속삭였다.

"디오메데스? 나예요, 여보, 당신의 아이기알레이아*예요. 어서 내려와요. 아무 탈 없을 거예요."

오디세우스에게서 두 자리 떨어져 앉은 디오메데스는 욕설을 중얼거렸지만 동요하지 않았다. 애원하고 달콤하게 속삭이고 유혹하는 목소리가 계속 흘러들었다. 그리스 병사들은 꿋꿋이 버텼다. 그런데⋯⋯.

"안티클로스, 여보, 당신의 라오다메이아예요. 내려와서 입 맞춰주세요. 당신에게 들려줄 이야기가 너무 많아요. 우리 아들이 많이 컸어요. 그 아이가 뭘 했는지 들으면 깜짝 놀랄걸요⋯⋯."

안티클로스는 깜짝 놀라 탄성을 질렀다. 오디세우스는 그의 팔

---

* 디오메데스의 두 번째 아내. 이 이름은 훗날 불명예스럽게도 서른 종의 쇠똥구리에게 붙여졌다.

을 꼬집으며 "쉿" 하고 그를 조용히 시켰다. 목마 안에 있는 서른 명의 남자 중 가장 어린 안티클로스는 사자처럼 용맹했지만, 충동적인 성격으로도 유명했다.

"안티클로스? 나라는 거 알잖아요. 어쩜 이렇게 잔인할 수 있어요? 나를 더 이상 사랑하지 않는 건가요?"

안티클로스가 그녀의 이름을 부르기 시작하자, 오디세우스는 곧장 그의 입을 손으로 틀어막았다. 청년의 뜨거운 입김과 소리를 지르려는 몸부림이 느껴졌다. 오디세우스는 손을 점점 더 세게 눌렀다. 안티클로스는 반항하며 그의 손에서 벗어나려 애썼지만, 오디세우스는 허용하지 않았다. 안티클로스가 저항을 멈추고 잠잠해졌을 때, 그는 이미 죽어 있었다. 오디세우스가 그를 질식시켜 죽인 것이다.

한편, 아래 거리에 있던 데이포보스는 점점 따분해지기 시작했다. 그저 헬레네를 침대로 데려가고픈 마음뿐이었다.

"저 안에 아무도 없소. 그냥 돌아갑시다."

그는 그녀의 손을 잡아끌었다.

그들이 궁으로 들어갔을 때, 꿈인지 아니면 아프로디테가 그녀에게 걸었던 최면인지 모를 무언가에서 갑자기 깨어난 헬레네는 냉랭해졌다. 데이포보스가 그녀를 자기 방으로 끌어당기자, 그녀는 그의 얼굴을 힘껏 때리고는 자기 방으로 이어지는 계단을 뛰어 올라갔다.

"하마터면 그들 모두를 배반할 뻔했잖아……." 그녀는 절망적인 심정으로 혼자 중얼거렸다. "지금까지 그렇게 폐를 끼쳐놓고 아직도 모자라?"

트로이 목마

목마 안에 정말 사람들이 있다면, 그리스 함대가 근처 바다에 대기 중이며 바로 오늘 밤 돌아올 예정이라는 의미였다. 그녀는 창가에 등을 밝혀 바다 쪽으로 돌려놓고, 불 위로 두 손을 움직여 신호를 보냈다. 저기 어딘가에서 메넬라오스가 그녀를 집으로 데려가려 기다리고 있으리라.

집! 그런 단어가 있기는 했던가?

목마 안에서 오디세우스는 귀를 기울였다. 아래쪽에서 어떤 소리도 들려오지 않았다. 그는 안에 있는 모든 이들에게 들릴 만큼만 목소리를 내어 말했지만, 그의 귀에는 마치 동굴에 울려 퍼지는 소리처럼 들렸다.

"지금까지는 아주 좋습니다. 이제 자정쯤 됐겠군요. 어떻습니까?"

"맞아. 때가 됐네." 디오메데스가 속삭였다.

"에페이오스, 뚜껑문을 열게."

오디세우스는 에페이오스가 살며시 몸을 숙이는 소리를 들었다. 달그락달그락, 삐걱삐걱. 그러고는 그들 밑에서 타원형의 빛이 들어왔다. 뭔가가 질질 끌리고 긁히는 소리가 들리자, 오디세우스는 에페이오스가 사다리를 내리고 있다는 걸 알았다.

포르테우스의 아들 에케온이 승리의 함성을 지르며 펄쩍 뛰어내렸다.

"기다리시오!" 오디세우스가 낮은 목소리로 말했다. 사다리는 아직 다 내려가지 않았다. 에케온은 뚜껑문 밖으로 곧장 떨어졌다. 그의 몸이 석판에 부딪히면서 우두둑하는 소름 끼치는 소리가 들렸다.

'멍청하긴!' 오디세우스는 속으로 중얼거렸다. 에페이오스가 사다리를 성공적으로 내린 후 오디세우스는 다급하게 속삭였다. "차례대로 내려가요."

목이 부러진 채 비틀려 있는 에케온의 몸이 보였다. 그는 즉사했다.

"흉조인가? 하늘의 계시?" 디오메데스가 말했다.

"어리석은 자는 아프게 떨어진다는 계시지. 자, 이제 다들 서봅시다." 오디세우스가 말했다.

그들은 당기고 저린 다리와 등을 풀며 한 줄로 늘어섰다. 서른 명 가운데 스물여덟 명이 살아남았다.

메넬라오스, 이도메네우스, 디오메데스, 네오프톨레모스, 소 아이아스 등 고위 지휘관들이 앞으로 나와 오디세우스 곁에 섰다. 네스토르도 목마에 태워 달라고 간청했었지만, 그들은 그의 쌕쌕거리는 숨소리와 시끄럽게 삐걱거리는 늙은 뼈 때문에 처음부터 트로이인들에게 들켜버릴 거라고 웃으며 말했다. 그리고 가장 어리고 가장 건강한 병사들을 골라 습격조를 구성했다.

"무엇을 해야 하는지는 모두 알 겁니다." 오디세우스가 검을 뽑으며 말했다. "이제 움직입시다."

전쟁의 끝

모래언덕과 습지대에 숨어 장작을 모으거나 바닷물로 상처를 씻으며 지내고 있던 시논은 운명의 그날 밤하늘을 올려다보았다. 달전차를 타고 밤하늘을 가로지르는 셀레네를 지켜보다 그녀가 사냥꾼 오리온과 정확히 일직선이 되자, 그는 아킬레우스의 무덤이 있는 언덕까지 기어 올라갔다. 그곳에 불을 피워 아카이아군 함대에게 신호를 보냈다. '목마가 성안으로 무사히 들어갔다'라는 의미였다. '만반의 준비가 끝났다.' 트로이는 활짝 열려 있었다. 마치 꿀을 거저 내주는 벌집처럼. 이 모든 것이 시논, 그 덕분이었다. 그는 시원하게 웃어젖혔다. 역사는 그를 정복자 시논이라 부르리라.*

---

* 역사는 그리 친절하지 않았다. 그는 결국 비열한 인간으로 기억된다. 단테의 『신곡』 중 「지옥편」에서 시논은 거짓말쟁이들과 사기꾼들을 위한 제8층의 깊숙한 곳에 있다. (단테는 감상주의자도 영웅 숭배자도 아니다. 디오메데스와 오디세우스 역시 같은 층에 있다.) 그곳에서 시논은 영원한 열병에 시달린다. 셰익스피어는 그를 여러 번 언급하며 '위선', '위증', '교활', '현혹' 같은 단어들을 사용한다. 『헨리 6세』 제3부에서 글로스터 공작 리처드는 왕위를 위해 인정사정없이 싸우리라 맹세하는 유명한 대사에서 다음과 같이 말한다.

나는 네스토르뿐만 아니라 웅변가의 역할도 할 것이오,
율리시스보다 더 교활하게 속이며,
시논처럼 또 다른 트로이를 함락하겠소.

적어도 미래의 악랄한 리처드 3세는 트로이 몰락의 공을 시논에게 돌렸다.

"자네도 이건 못 해냈지, 펠레우스의 아들이여." 그는 아킬레우스의 유골이 들어 있는 거대한 돌항아리에 침을 탁 뱉으며 말했다. "자네가 나보다 더 날쌔고 더 잘생겼을지 몰라도, 자네는 죽었고 난 이렇게 살아 있잖나. 하!"

아가멤논의 함선이 제일 먼저 상륙하고, 그 뒤를 이어 나머지 함선들도 속속들이 들어왔다. 시논은 평원을 가로지르는 전사들의 대열에 합류했다. 성안의 높은 탑 중 하나가 이미 불타오르고 있었다. 시논은 트로이의 중요 인물들이 아직 살해되지 않았기를 빌었다. 왕족의 머리는 그의 손으로 직접 베고 싶었다. 그리고 공주를 포로로 잡을 수 있기를. 아니면 괜찮은 귀부인이라도. 비천한 노예보다 나은 여자로. 그는 대의를 위해 두들겨 맞기까지 했으니 무엇이든 손에 넣을 자격이 있었다.

그날 밤 트로이에서 벌어진 일은 너무도 참혹해서 줄여 말할 수 없고, 들이닥친 뒤 도시를 불태우고 백성들을 살해한 아카이아군의 그 야만적인 잔학성을 변명하기도 어렵다.

목마 안에 있던 오디세우스 일행은 이미 거리를 살금살금 지나, 야간 보초를 서고 있던 몇 안 되는 병사들의 목을 베었다. 그들은 두 무리로 나뉘어, 한쪽은 스카이아 성문을 조잡하게 막아놓은 널빤지들을 부수고, 다른 한쪽은 나머지 성문들을 열었다. 그런 다음 아가멤논의 군대를 기다리지 않고 내부로 들어가 기습했다.

트로이인들이 경악할 정도로 그리스군은 무자비했다. 전시의 폭력에 취한 승리자들이 잔학한 행위를 저지르는 이야기는 차고 넘친다. 오디세우스와 메넬라오스를 비롯한 그리스군을 응원하는 사람이라도, 트로이와 그 백성들이 당한 참사에는 깊은 슬픔과 연민을 느낄 수밖에 없다. 우리는 병사들이 얼마나 잔인해질 수 있는지 잘 알고 있다. 치명상을 입을 위험에 끊임없이 노출된 채 수년간 향수병과 시련, 전우들의 죽음을 겪다 보면 그들의 심장은 딱딱해지고 일말의 동정심도 사라져버린다. 예를 들어, 소련의 붉은 군대는 1945년 베를린을 침공하면서 강간과 약탈, 살인을 일삼았다. 영국군은 세포이의 항쟁 후 반란자들을 붙잡아 악랄하게 고문하고 그들의 팔다리를 잘라버렸다. 미군이 베트남 밀라이에서 저지른 만행은 또 어떠한가. 우리가 어느 나라의 국민이건, 그리고 관용과 명예와 품위를 중시하는 국가의 국민임을 자랑스럽게 여긴다 한들, 우리의 국기 아래 싸운 군대가 그날 밤 그리스군들만큼 잔인하고 저속한 짓을 저지르지 않았으리라고 확신할 수는 없다.

트로이 왕가의 운명은 처참했다. 프리아모스는 거리에서 사람들이 몸싸움을 벌이며 고함과 비명을 질러대는 소리에 잠에서 깨어나자마자 트로이가 무너지고 있다는 걸 알았다. 그는 힘겹게 옛 갑옷을 챙겨 입었다. 늙어서 살찐 배는 꽉 끼었지만, 쭈그러든 팔다리 부분은 헐렁했다. 그는 검을 든 채 맥없이 비틀거리며 궁전의 거대한 중앙 통로로 갔다. 한 협실의 제우스 제단 옆에 딸들과 함께 웅크려 있던 헤카베가 남편을 불렀다.

"프리아모스, 안 돼요! 제정신이에요? 당신은 늙었어요. 못 싸운다고요. 여기 와서 기도해요. 우리가 할 수 있는 일은 그것뿐이에요."

프리아모스가 왕비에게 몸을 돌리는 순간, 갑옷을 지탱하고 있던 낡고 닳아빠진 가죽 끈이 풀리면서 흉갑이 바닥으로 떨어졌다. 아래를 내려다본 그는 비참한 광경에 신음을 뱉었다.

바로 그때 어린 아들 폴리테스가 겁에 질려 비명을 지르며 뛰어 들어왔다. 그의 뒤로는 아버지 아킬레우스의 갑옷을 입어 눈부시게 빛나는 네오프톨레모스가 창을 쥐고 성큼성큼 걸어 들어오고 있었다.

"무서우냐, 꼬마야? 이것이 널 진정시켜줄 것이다."

네오프톨레모스는 천천히, 여유를 부려가며 창을 던졌다. 창은 폴리테스의 가슴으로 곧장 날아왔다. 소년은 창 자루를 붙잡고는, 어리둥절하고 놀란 표정으로 아래를 내려다보았다.

"그대가 날 죽인 것 같군." 폴리테스는 이렇게 말하면서 푹 쓰러졌다.

프리아모스는 사납게 울부짖었다. "이 짐승 같은 놈! 너의 아버지라면 무장하지도 않은 아이를 그런 식으로 죽이지는 않았을 게다. 내 아들 헥토르의 시신을 찾으러 갔을 때 우리는 함께 눈물을 흘렸다. 그는 명예를 아는 사내였어. 너에게 명예라는 것이 있기는 한가?"

"명예란 죽은 자를 위한 것이지." 네오프톨레모스가 말했다.

"그렇다면 나도 그들과 함께하지." 프리아모스는 창을 들어 올렸다. "너 같은 인간들이 지배하는 세상에 살고 싶은 생각도 없으니……."

그는 있는 힘껏 창을 던졌지만, 창은 그들 사이의 바닥에 쨍그랑하니 힘없이 떨어졌다.

"달려가시지, 영감." 네오프톨레모스는 검을 높이 쳐들고 프리아모스에게 성큼성큼 다가갔다. "망자들의 왕국에 있는 내 아버지에게 달려가서, 그의 아들이 얼마나 사악한 인간으로 타락했는지 무시무시한 이야기나 들려주라고."

마치 도살할 황소를 준비하는 목동처럼 네오프톨레모스는 따분하고 무심한 표정으로 프리아모스의 머리칼을 붙잡아 자기 쪽으로 끌어당겼다. 폴리테스의 피로 미끈거리는 판석 바닥에 프리아모스의 뒤꿈치가 미끄러졌다. 네오프톨레모스는 프리아모스의 옆구리를 한 번 찌른 다음, 검을 휙 휘둘러 단칼에 그의 목을 베어버렸다. 늙은 왕의 머리가 바닥으로 떨어져 헤카베의 발까지 굴러갔다. 네오프톨레모스가 왕비와 그 옆에 움츠려 있는 어린 공주들에게 고개를 돌렸을 때, 그들 뒤로 노인을 업고 지나가는 아이네이아스가 언뜻 보였다.

"오, 아주 좋았어." 네오프톨레모스는 환호를 지르며 그들을 추격하기 시작했다.

아이네이아스는 가족 전체를 데려가고 있었다. 아버지 안키세스, 아내 크레우사(프리아모스의 딸), 아들 아스카니오스, 그리고 그의 충직한 벗 아카테스. 아이네이아스는 너무 노쇠하고 다리가 불편해 걷지 못하는 안키세스를 등에 업고 있었다. 그들이 서둘러 왕궁의 대문을 나갈 때 뒤에서 칼카스가 외쳤다.

"네오프톨레모스! 아이네이아스는 내버려두게. 신들께서 점찍으신 자라네. 그를 건드렸다가는 평생 저주받을 걸세."

아이네이아스가 뒤돌아보니, 네오프톨레모스가 실망스럽다는 듯 어깨를 으쓱하더니 몸을 돌리고 있었다. 이렇게 하여, 트로이왕의 사위와 그의 작은 일행은 도시를 벗어나 이다산까지 갔고,

그곳에서 아테나를 모시는 작은 사당에 잠시 머물렀다. 그 사당의 신전에는 그리스인들이 훔쳐간 팔라디온이 모셔져 있었다. 수년 후 이탈리아의 티베르강 기슭에서 여정이 끝날 때까지 아이네이아스는 그 성물을 잘 간직하고 있었다.*

한편, 메넬라오스 역시 왕궁으로 들어가 소리를 지르며 사람들을 죽였다. 데이포보스를 침대에서 끌어내 검으로 푹 찌르며 욕설을 뱉고 분노를 토하고는 시신으로부터 몸을 돌렸다.

"자, 그년은 어디에 있지? 어디 숨어 있는 거요, 헬레네? 내가 당신을 찾아왔소……."

그는 문들을 발로 차고 여자 노예들을 옆으로 밀치며 헬레네의 방으로 향했다. 그녀를 염소처럼 창에 꽂을 작정이었다. 그런 일을 당해도 싼 여자였다. 저기 구석에 그녀가 웅크려 있었다. 아니, 뻔뻔스럽게도 웅크려 있지 않았다. 마치 아르테미스의 순결한 신봉자처럼 자신의 운명을 기다리며 평온히 앉아 있었다. 어째서 그의 발밑에 쓰러져 용서를 구하지 않는단 말인가?

"넌…… 너는……." 그는 목이 메어 말이 나오지 않았다.

헬레네가 낳은 그의 아들 니코스트라토스가 그녀 옆에 웅크려 있었다. 그때 그녀가 얼굴을 들어 올렸고, 그녀의 아찔한 아름다움에 모든 것이 되돌아왔다. 그가 그녀에게 느꼈던 사랑. 이별의 아픔. 그 얼굴은 여전히 그의 몸을 전율케 만드는 힘을 지니고 있었다. 그녀와 떨어져 있던 수년 동안은 그녀의 미모를 미끼이자

---

* 아이네이아스, 안키세스, 아카테스, 크레우사, 아스카니오스의 이후 모험담은 로마 건설의 전설을 이야기하는 베르길리우스의 서사시 『아이네이스』의 토대가 된다.

현혹의 수단으로만 기억했었다. 하지만 그 헤아릴 수 없는 미모를 마주하는 순간 그는 또다시 지고 말았다. 그는 검을 내리고 무릎을 꿇었다.

"나의 사랑, 나의 아내, 나의 왕비, 나의 헬레네."

카산드라는 아테나 신전으로 달아났다. 그녀가 거리를 달리는 동안 목조 가옥들은 대부분 불타고 있었지만, 신전은 대리석과 돌로 지어졌다. 그녀는 목마를 지나갔다. 밑으로 내려진 뚜껑문은 덜렁거리고, 배 속은 텅 비어 있었다. 제 역할을 모두 마친 목마는 버려진 산처럼 신전 계단 옆에 묵묵히 서 있었다.

신전 안에서 카산드라는 한때 팔라디온이 서 있었던 제단에 들러붙어 아테나에게 자신을 지켜달라 기도했다.

하지만 찾아온 것은 공포뿐이었다.

그녀가 계단을 뛰어 올라가는 모습을 본 소 아이아스가 신전까지 따라 들어와 그녀를 겁탈했다. 그녀는 악을 쓰고 저항하며, 아테나가 그를 벌하리라 경고했지만, 그는 그저 웃음만 터뜨렸다. 그가 끝냈을 때 카산드라는 신전 밖으로 뛰쳐나가 거리로 내려갔다가 아가멤논의 품속으로 곧장 들어가고 말았다. 아름다운 왕족을 포로로 잡게 된 인간들의 왕은 더없이 기뻐했다.

"트로이 공주를 노예로 부리는 즐거움을 누리겠구나. 내 아내 클리템네스트라도 그러하리라."

카산드라는 몸을 바르르 떨며 아가멤논의 얼굴에 대고 울부짖었다.

"그대의 아내 클리템네스트라? 그대의 아내 클리템네스트라? 그녀가 칼로 그대를 찌르리라. 그녀와 그녀의 연인인 그대의 사촌. 그들이 그대를 죽일 것이다. 그리고 나 또한 죽이리라. 나는 그렇게 죽는다. 가엾고 어리석으며 배반당한 아가멤논, 바보들의 왕 아가멤논, 그대도 그렇게 죽으리라."

"그녀를 함선으로 데려가거라."

아카이아 병사들은 왕궁의 동쪽 탑 높이 있는 안드로마케의 방으로 몰려갔다. 한 병사가 그녀의 품에 안긴 아스티아낙스를 발견하고는 환호를 질렀다.

"헥토르의 마누라와 헥토르의 새끼가 저기 있다!" 그는 달려가 안드로마케에게서 아기를 낚아챘다. "헥토르가 내 형제를 죽였어!"

"내 아이를 돌려줘!"

광기에 사로잡힌 아카이아 병사는 성벽이 내려다보이는 열린 창으로 갔다. "고귀한 그리스 전사가 한 명 떠났으니 쓰레기 같은 트로이 새끼도 한 놈 떠나야지!"

그는 아기를 들어 올리더니 미친 듯 새된 소리로 웃으며 성벽 위로 던져버렸다.

안드로마케는 비명을 지르고는 털썩 주저앉았다. "당장 나를 죽여라." 그녀는 눈물을 흘리며 울부짖었다. "아들과 함께 나를 던지거라. 나를 죽여, 나를 죽여, 당장 죽여."

"너처럼 귀한 전리품을?" 병사는 그녀의 머리칼을 휘어잡았다. "설마. 넌 엄청난 값이 나갈 텐데. 아마 네오프톨레모스 왕자가 너를 사겠지. 네 남편을 창으로 찔러 죽인 남자의 아들을 주인으로 섬기는 게 기쁘지 않아?"

그 참혹한 밤, 트로이의 모든 집의 모든 방에서 이런 장면이 펼쳐졌다. 겁탈, 살인, 고문, 약탈 등 그 책임자의 명성에 영원한 오점으로 남을 흉악 범죄가 자행되었다. 물론 최고의 보물(인간이든 물건이든)은 신분이 높은 자들에게 돌아갔지만, 가장 비천한 창병, 취사병, 시종, 마부까지 모두가 챙겨갈 수 있을 만큼 전리품은 충분했다. 대저택, 오두막, 상점, 판잣집 가릴 것 없이 모조리 약탈당했으며, 백성들은 겁탈과 구타를 당하고 살해되거나 포로로 붙잡혔다. 늙거나 쓸모없는 자들은 돌이나 칼이나 곤봉에 맞아 죽은 다음, 불타는 건물 속이나 성벽 밖으로 던져졌다. 이 도륙의 현장에서 그나마 덜 참혹했던 두 사건은 주목할 만하다.

테세우스의 두 아들 아카마스와 데모폰은 늦게 참전했지만 그리스 편에서 용맹하게 싸웠다.* 트로이가 함락되었을 때 그들의 관심사는 살인이나 보물이 아니라, 테세우스의 어머니이자 그들의 할머니인 아이트라를 찾아 구하는 것이었다.† 미노타우로스를 처치한 가장 숭배받고 존경받는 영웅이자 아테네의 창건 왕인 테세우스의 자식으로서 조금은 거만하고 도도하게 굴어도 용서받았을지 모른다. 하지만 아카이아군에서 그들보다 더 겸손하고 욕심 없는 인물은 찾기 어려울 정도였다. 그들은 어떤 특혜도 요구하지 않았고, 시선을 끌 만한 행동을 하지 않았으며, 그저 전우들

---

* 아카마스의 아내가 프리아모스의 딸 라오디케였는데도…….

† 그저 여러분의 기억을 되살리고자 써보자면, 수년 전 테세우스는 아주 어린 헬레네와 결혼할 생각으로 그녀를 납치했다(자세한 내용은 『스티븐 프라이의 그리스 신화』 2권에 담겨 있다). 그는 헬레네를 아이트라에게 맡겨둔 채, 친구인 페이리토오스의 아내를 찾기 위한 여정을 떠났다. 하지만 결국 하데스에게 붙잡혀 지하세계에 갇히고 만다. 그사이 헬레네의 형제들인 디오스쿠로이(카스토르와 폴리데우케스)가 헬레네를 구하고, 테세우스를 벌하기 위해 아이트라를 헬레네의 몸종으로 데려갔다. 그 후로 쭉 아이트라는 스파르타에서도 트로이에서도 헬레네의 곁에 있었다.

사이에서 용맹하고 충실하게 싸웠다.

다른 병사들이 트로이 백성들을 살육하며 잔혹한 행위에 탐닉해 있는 동안 그들은 할머니를 찾아 안전한 함선으로 모셨다. 다른 보물은 찾지도, 받지도 않았다. 나중에 그들이 아이트라를 노예 신분에서 풀어달라 부탁하자, 헬레네는 그 요청을 기꺼이 수락했다.‡

아가멤논은 10년 전 메넬라오스와 오디세우스, 팔라메데스가 평화 협상을 위해 트로이로 갔던 일을 잊지 않고 있었다. 안테노르의 집에 손님으로 묵고 있던 그들은 그들 모두를 살해하려는 파리스의 계획을 알아챈 안테노르 덕분에 무사히 트로이에서 탈출할 수 있었다.

"안테노르의 가족과 보물은 손대지 마라." 아가멤논이 명령했다. "그가 내 형제에게 해주었듯이, 그와 그의 가족도 트로이에서 안전히 나갈 것이다."

입에 담을 수도 없는 만행이 벌어졌던 그날 밤, 아이트라가 구조되고 안테노르가 목숨을 부지한 일은 유일하게 관대함과 고귀함이 빛난 두 가지 사건이었다.

다음 날 새벽의 문을 활짝 연 에오스는 가슴이 미어터질 듯 슬펐

---

‡ 영웅시대 전체를 아우르는 아이트라의 기나긴 삶은 결코 평범하지 않았다. 어린 시절엔 페가수스를 길들여 타고 키마이라를 물리친 코린토스의 영웅 벨레로폰과 약혼하기도 했다. 훗날에는 하룻밤 사이에 아테네의 아이게우스왕과 바다의 신 포세이돈 모두와 정을 통했다. 테세우스는 그 두 번의 교합으로 태어난 자식이지만, 누구의 아들인지는 확실치 않다.

다. 붉은 햇살이 어제와는 달라진 끔찍한 세상을 비추었다. 그녀가 사랑했던 도시는 이제 없었다. 백성들도 없었다. 트로이의 왕족들은 대부분 살해되거나 노예로 전락했다. 연기가 피어 오르는 폐허에 벌써부터 독수리와 까마귀, 자칼이 몰려들어 수천 구의 트로이인 시체들을 파먹고 있었다. 보물을 실은 마차들은 모두 스카만드로스강을 건너갔다. 그리스군은 함선에 짐을 실으면서, 들개처럼 노예들을 이리저리 잡아끌고 자기 몫의 전리품을 챙기려 저희들끼리 싸워댔다.

욕지기와 구토를 일으키는 병사들도 있었다. 살육에 질린 그들이 원하는 건 귀향뿐이었다. 그들 대부분은 자신이 저지른 짓을 차마 볼 수 없어 폐허로부터 등을 돌리고 있었다.

트로이가 처참히 파멸하는 모습을 신들은 두려움 속에 무기력하게 지켜보고 있었다. 신들의 개입을 금했던 제우스는 자신의 판단이 잘못되었을지도 모른다는 걱정이 들기 시작했다.

"지난밤 우리가 보았던 것이 무엇이란 말인가?" 그가 물었다. "그것은 전쟁이 아니었다. 광기였지. 기만과 야만, 불명예, 치욕. 인간들이 어쩌다 이 지경까지 된 거지?"

"끔찍하지 않습니까? 인간들은 자기들이 신이라도 되는 줄 아는 걸까요?"

"우스갯소리도 때를 가려서 하지 그래, 헤르메스. 지금은 때가 아니야." 아폴론이 말했다.

"이제 만족하느냐?" 제우스는 아테나를 바라보며 말했다. "네가 사랑하는 그리스가 이겼구나. 트로이를 전멸시켰어."

"아니요, 아버지. 만족스럽지 않습니다. 성스러운 것들이 더럽혀졌어요. 가증스러운 범죄가 일어났지요." 아테나가 말했다.

"그래. 저들이 예전의 생활로 순탄하게 돌아가도록 내버려둘 수는 없다." 아폴론이 말했다.

"불경한 짓을 저질렀으면 죗값을 치러야지." 아르테미스가 말했다.

제우스는 한숨을 푹 내쉬었다. "오래전 프로메테우스가 내게 인간을 만들자 했을 때 동조한 것이 후회스럽구나. 실수라는 걸 알았는데 말이야."

신화와 현실 1

이 책에 담긴 사건들은 역사학자들이 청동기시대라 부르는 시기에 일어났다(실제로 일어났다면 말이지만). 트로이 전쟁에 관한 가장 중요한 자료는 전쟁으로부터 5세기 후의 철기시대에 살았던 시인 호메로스(실존 인물이 맞는다면)의 서사시들이다. 호메로스와 그의 시대에 관해서는 부록의 두 번째 장에서 좀 더 자세히 살펴볼 것이다. 호메로스는 신들이 아직 인간 앞에 모습을 드러내던 시절을 이야기했다. 신들은 인간을 돌봐주고, 벌하고, 은혜를 베풀고, 저주를 내리고, 축복하고, 괴롭히고, 때로는 인간과 결혼하기까지 했다.

그리스 신화에 관한 나의 전작들인 『스티븐 프라이의 그리스 신화』 1, 2권을 읽어본 사람이라면, 수많은 모순과 시간적 불일치가 존재한다는 점을 알고 있을 것이다. 예를 들어, 2권에서 나는 헤라클레스가 올림피아 제전을 창시했다는 설을 채택해 실었다. 이 책에서는 펠롭스를 올림피아 제전의 창시자로 보는 다른 문헌을 따랐다. 이런 차이쯤이야 선택의 문제이니 그리 중요치 않다. 하지만 중요한 연대표는 아무리 맞춰보려 씨름해도 역사적 경로에 깔끔하게 맞아떨어지지 않는다. 예를 들어, 트로이 포위 작전의 마지막 해에 아킬레우스는 몇 살이었을까? 그리고 헬레네가 납치된 후 아가멤논의 함대가 출범할 때까지 몇 년의 시간이 흘렀을까? 답을 찾을 수 없는 의문들은 이 외에도 수없이 많다. 한 연대표를 선택하고 나면, 다른 연대표는 반드시 엉망이 되고 만다. 마치 미술관 벽에 그림 한 점을 똑바로 걸자마자 다른 그림이 떨어져 내리는 음침한 코미디 영화의 한 장면처럼. 은유를 바꾸어 표현하자면, 연대기 작자들은 어쩔 수 없이 혼자서 권투 시합을 벌여야 한다. 홍코너에서는 일관적인 가족 관계, 출신 배경, 가계도를 실은 상세한 왕조 연대기를 써내야 한다. 청코너에서는 인물과 역사가 인과관계를 순순히 따르지 않는, 신화와 기적이라는 시적인 세계의 신비를 풀어내야 한다. 시간이 흐르면서 나는 이 시합을 진짜 싸움이 아닌 일종의 춤으로 보게 되었다. 현실과 허구가 서로 어울려 보완하며 짙은 쾌락을 만들어내는 서사의 춤.

중요한 점은, 우리가 큰 어려움이나 갈등 없이 역사와 허구를 동시에 즐길 수 있다는 점이다. 신과 영웅에 대해 우리가 지니고 있는 '지식'은 로마 황제들이나 유럽의 왕가들 혹은 21세기 미국의 마피아 가족들에 대한 지식과 별반 다르지 않다. 또한, 디킨스와 셰익스피어의 작품에 등장하는 허구적 인물들에 관한 지식과도 비슷하다. 마블 영화나 〈왕좌의 게임〉, 해리 포터의 마법 세계, 톨킨의 가운데땅에 등장하는 환상적 인물들과 좀 더 명백하게 상응한다고 주장하는 사람도 있을 것이다. 하지만 지금은 신화와 환상의 차이에 대한 나의 견해를 표명할 때가 아닌 것 같다. 여기서 내가 강조하고 싶은 사실은, 실존 인물의 삶과 역사를 다룰 때와 마찬가지로 신화를 이야기할 때도 그 인물들과 고고학, 기원의 세부 내용을 체로 걸러내고 분류하는 동시에 허구와 마법의 초자연적이고 상징적인 요인들을 받아들이고 포용할 수 있다는 것이다. 존 포드 감독의 서부 영화 〈리버티 밸런스를 쏜 사나이〉(1962년)의 결말 부분에서 신문기자는 이렇게 말한다. "여기는 서부입니다. 전설이 사실이 될 때 우리는 전설을 기록하지요."

트로이 전쟁에 신들을 개입시키느냐 마느냐는 이 이야기를 역사로 다룰 것인가, 아니면 신화로 다룰 것인가에 달려 있다. 브래드 피트가 아킬레우스를, 브라이언 콕스가 아가멤논을 연기한 볼프강 페터젠 감독의 영화 〈트로이〉(2004년)가 아주 분명히 보여주었듯, 불멸의 존재가 전혀 등장하지 않아도, 올림포스 신의 그림자 하나 얼씬하지 않아도 이야기는 완벽하게 성립한다. 이 책에서 내가 가끔 언급했지만, 호메로스의 작품에서 신들이 인간을 돕는 내용은 하나의 은유로 해석할 수도 있다. 제아무리 합리적이고 회의적인 작가나 화가라 해도 특별한 영감을 얻거나 열정이 샘솟으면 '뮤즈가 나와 함께했다'라는 말을 저도 모르게 뱉게 된다. 그리스 궁수들은 화살이 표적에 명중하면 반드시 "고맙습니다, 아폴론 님"이라고 속삭였다. 시합 전에 가슴에 성호를 긋고 시합 후에 예수에게 감사 기도를 올리는 권투 선수들과 크게 다르지 않다. 크리켓 선수들은 '크리켓 어머니'*에 대해, 배우들은 '극장 의사'†에 대해 이야기한다. 아가멤논과 대적하는 아킬레우스에게 진

---

* 크리켓 경기에서 공명정대하게 정의를 행한다고 믿어지는 신화적 존재.—옮긴이
† 몸이 안 좋은 배우가 바로 그날 밤 무대에 서면 공연 시간에 딱 맞추어 기적적으로 나아 연기를 잘 마치고, 그 후 다시 아프게 된다는 미신.—옮긴이

정하라고 말한 아테나의 목소리는 정말 신의 목소리였을까, 아니면 아킬레우스 자신의 좀 더 현명하고 선한 본성이 발현된 것이었을까? 호메로스의 작품과 신화의 멋진 점은 우리가 양쪽의 관점을 동시에 취할 수 있다는 것이다.

이런 이중성 덕분에 호메로스의 서사시에서처럼 현실과 상징이 공존할 수 있으며 그로 인해 얻는 이득도 크다. 인간은 스스로 곤경에서 벗어나지 못하며, 신들과 마찬가지로 변덕스럽고 어리석고 불공정하다. 호메로스의 『일리아스』에 제일 처음 등장하는 단어 'μῆνιν – mēnin'은 '분노'를 뜻하는 그리스어다. 분노, 정욕, 질투, 자존심, 탐욕…… 인간의 죄악과 결함은 트로이에서 펼쳐진 모든 극적 사건을 끌고 가는 원동력이지만, 사랑과 명예, 지혜, 친절, 용서, 희생 또한 큰 부분을 차지하고 있다. 단순 명백한 사실이긴 하지만, 이들은 오늘날의 인간 세계를 구성하는 불안정한 요소들이기도 하다. 우리의 인생 역시 시소 놀이와 같다. 이기심, 두려움, 증오 같은 어두운 감정들로 치우치지 않도록 친절, 우정, 사랑과 지혜가 반대편에서 균형을 맞추어주고 있다. 누군가가 호메로스보다 더 좋은 솜씨로 그 이야기를 그려낼 가능성은 얼마든지 있지만, 아직은 더 기다려야 할 것 같다.

신화와 현실 2

트로이 전쟁을 이야기하면서, 서양 최초의 위대한 문학작품이라 일컬어지는 호메로스의 『일리아스』를 언급하지 않을 수 없다.* 『일리아스』는 분노로 시작하여 슬픔으로 끝난다. 노예 브리세이스를 빼앗으려는 아가멤논에 대한 아킬레우스의 분노와, 용사 헥토르의 죽음을 애도하는 트로이 백성들의 슬픔. 10년 동안 지속된 전쟁의 이 단편적인 부분만을 노래하는 『일리아스』는 1만 5,693행(각각의 행은 12~17음절로 이루어져 있다)에 달하며, 총 24권으로 나뉘어 있다. 농축되고 통일성 있는 줄거리, 복잡하고 설득력 있는 인물 구상, 인간 감정과 충동의 다각적인 묘사, 관점의 영화적 전환, 격정적이고 박력 있는 전개, 거침없는 폭력 묘사, 회상과 복선, 깊이 있고 능숙하며 과감한 형상화. 이런 우수한 점들 때문에 수세기 동안 시인들과 화가들, 학자들, 독자들은 『일리아스』를 그 자매편이라 할 수 있는 『오디세이아』와 더불어 최고의 서사 예술로 여겨왔다. 다른 모든 작품이 갈망하는 대상이자 평가

---

* '문학'이 적절한 단어인가에 대해서는 의견이 분분하지만.

의 기준인 것이다. 하지만 이 서사시들을 만날 때마다 던질 수밖에 없는 근본적인 질문이 하나 있다.

호메로스와 트로이 전쟁은 정말 존재하기나 했을까?

나 같은 사람이라면, '기원전 12세기 중반' 같은 어구를 볼 때마다 머리를 굴리느라 절로 얼굴이 찌푸려질 것이다. 특히 기원전과 기원후를 구분하는 0년을 뛰어넘을 때는 시간의 거리를 느끼는 감각이 필요하다. 시대를 구분하는 방식에 관해서도 완전한 합의가 이루어지지 않은 듯하다. 하지만 연대표는 수많은 내용을 응축해주는 유용한 도구이다.

천 년의 세월에 걸쳐, 특히 지난 두 세기 동안, 호메로스를 연구하는 학자들 사이에서는 흡사 종교 전쟁을 연상시키는 수많은 이견과 논쟁, 파벌 싸움과 반목이 뜨겁게 벌어졌다. 분리론, 분석론, 단일론, 신분석론 간의 대결은 이미 유명하다.* 과열된 트로이 연구에서도 비슷한 분열이 일어났다(이 글을 쓰고 있는 지금도 마찬가지다). 독일의 고서 연구가들과 고전주의자들, 고고학자들이 양쪽 영역 모두를 주도하고 있으며, 미국의 학자들이 그 뒤를 바짝 따라붙고 있다. 본래 학자들은 난해하고 애매모호한 문제일수록 열을 올리고 극성스럽게 구는 경향이 있긴 하지만, 호메로스에 대한 관심은 처음부터 뜨거웠다. 그가 실존 인물인가 아닌가를 증명하고, 그의 창작 방식을 정립하고, 그가 쓴 글의 어디까지가 사실이고 어디까지가 우화인가 하는 문제를 해결하는 것…… 그리

---

* 분리론(고대)과 분석론은 『일리아스』와 『오디세이아』가 여러 시인의 합작이라는 견해이며, 단일론은 두 서사시 모두 단일 작가의 작품이라는 주장이다. 신분석론은 호메로스의 두 작품과 서사시권(Epic Cycle) 사이의 관계를 연구한다.—옮긴이

스도와 그의 십자가형이 역사적 사실인가를 입증하는 것과 비슷한 사안으로 볼 수도 있겠다. 우리가 누구이며 어떤 존재인가에 대해 우리가 가지고 있는 생각은 호메로스에게서 비롯된 부분이 크다. 서양 문화의 종교적이고 윤리적인 기반은 유대교와 그리스도교일지 모르지만, 종교와 윤리뿐 아니라 다른 여러 영역들에 그리스와 로마의 영향도 무시할 수 없을 정도로 스며들어 있다. 그리스인과 로마인은 호메로스를 그들 정체성의 근본을 형성해준 자로 생각했으니, 호메로스 문제를 해결하는 작업이 오래전부터 우리 문명의 학문적 성배였던 것도 그리 놀라운 일은 아니다.

인류사는 역사시대와 선사시대로 구분된다. 간단히 말하자면, 선사시대는 문자로 기록된 사료가 없는 시대를 이른다. 따라서 글이 아닌 사물을 판독함으로써 연구할 수밖에 없다. 이런 연구를 고고학이라 한다. 고대의 건물과 유적을 분석하고 상상력을 발휘하여 재현하며, 유물을 발굴하고 해석한다. 이와 반대로, 역사시대는 주로 문서나 점토판, 비문, 저서 등의 기록물을 통해 분석한다.

인류의 선사시대는 약 350만 년 전에 시작된 것으로 파악된다. 그때 우리의 유인원 조상이 처음으로 석기를 만들었으며, 우리는 그 고고학적 흔적을 발굴하여 조사할 수 있다. 이보다 더 앞서 화석만 남아 있는 시대를 연구하는 학문을 고생물학이라고 한다. 반면 역사시대는 놀라울 정도로 최근이어서, 기껏해야 5,000년 전부터 시작되었다. 그때 수메르에서 발명된 표음문자가 페니키아 상인들에 의해 지중해 세계 전체로 전파되어, 오늘날 우리가 사용하는 문자들, 주로 그리스 문자, 로마 문자, 키릴 문자로 발전했다.

이와 별개로, 중국을 비롯한 더 먼 동쪽의 문명들은 조금 더 늦게 표의문자를 자체적으로 개발했다. 이는 대략적인 윤곽일 뿐, 자세히 들여다보면 더 복잡한 우여곡절이 있다.

선사시대의 각 단계는 당시 널리 쓰였던 물질에 따라 이름 지어졌다. 최초이자 최장(300만 년 이상)의 시대는 석기시대였다. 그러고 나서 7,500년 전쯤 인류가 구리를 제련하는 요령을 익히면서 최초의 금속시대가 시작되었다. 2,000년 후에는 구리에 약간의 주석(과 구할 수 있다면 약간의 아연, 비소, 니켈)을 첨가한 청동이 탄생했다. 청동은 그 구성 성분인 금속들보다 더 단단하고 강해서 연장, 무기, 갑옷, 장식품을 만드는 데 사용되었다. 여기서 2,000년이 더 지나면, 훨씬 더 용도가 많은 금속인 철을 캐내고 제련하는 기술이 발전한다. 석기시대, 청동기시대, 철기시대. 최근의 산업혁명 후로 쭉 석유의 시대였다가 지금은 (다소 우울한) 플라스틱의 시대라고 주장하는 사람들도 있다.

우리가 트로이 전쟁이라 부르는 사건은 3,000년도 더 전인 기원전 1200년경 일어났으며, 그 주역은 기원전 1550년경 그리스와 터키에서 발생한 청동기시대 지중해 문명들이었다(당연히 이 연도들은 최선의 추측일 뿐이다). 그리스 서부의 펠로폰네소스반도에서 도시국가이자 제국인 미케네가 번영했다.* 신화에서 아가멤논이 다스렸던 왕국이다. 그리고 에게해의 동쪽, 소아시아의 북서쪽 해안에 트로이가 있었다.

---

* 고고학자들은 이곳을 미케네·티린스·필로스(제국의 주요 성채들) 문명이라 칭하기도 한다.

청동기시대 말기에 문학이 시작되었다. 학자들은 이 시기에 존재했던 몇몇 형태의 글을 판독했다. 우리의 관심 지역인 지중해의 그리스와 트로이 문명은 청동기시대에 다양한 문자들을 사용했다. '선형문자 A'라 불리는 미노스(크레타) 문자는 여전히 신비에 싸여 있지만, 미케네인들은 20세기에 드디어 해독된 '선형문자 B'를 사용했다. 이 문자 체계는 아직 그리스 세계에 도달하지 않은 수메르의 알파벳 형식 문자로부터 따로 발전했다.†

이 모든 사실에 따르자면, 트로이 전쟁 이야기가 역사에 입각한 것이라는 의미가 된다. 당시에 존재한 문자를 미케네인들이 사용했으니, 트로이 전쟁부터 현재까지 이어져 내려오는 문서가 실재해야 한다, 아니 실재할 수 있을 것이다. 하지만 진상은 다르다. 트로이 전쟁이 벌어졌다고 추정되는 시기 직후에 미케네 문명은 무너졌고(트로이 전쟁의 결과로 보는 이들도 있다), 그리스의 '암흑시대'가 도래했다. 미케네 문명의 붕괴에 대한 가장 일반적인 설명은 종말을 예고하는 여러 악재가 합쳐졌다는 것이다. 지리적 혹은 기후적 재앙, 기근, 역병, '바다 사람들'‡의 그리스·지중해 침

---

† 선형문자 A와 B는 훗날 그리스인들이 알파벳으로 사용하는 소리글자가 아닌 음절 구조의 '표의적' 기호(상형문자 같은)였다.

‡ 반달족과 고트족, 서고트족을 비롯한 독일 종족이 로마제국을 침범하여 서유럽의 '암흑시대'를 열었듯, 바다 사람들은 이집트, 레반트, 그리스 섬들과 본토를 정복하여 그리스의 암흑시대를 열었다. 바다 사람들의 실제 정체를 확실히 아는 사람은 아무도 없지만, 지중해 동부 해안 지역의 뱃사람들이 모인 느슨한 연합이라는 것이 중론이다. 그리스의 암흑시대를 기하학 시대라고도 부른다. 그때 만들어진 도자기류 등의 장식품들이 띠고 있는 양식 때문이다. 흥미롭게도, 켈트족의 보석 세공과 금속 공예를 보면, 중세의 암흑시대에도 기하학적 특징이 두드러진 예술 작품들이 제작되었음을 알 수 있다……. 그리스 본토와 섬들은 도리아인에게도 정복당한 적이 있는 것으

략 등등. 이런 재난들이 닥치고 청동기시대 미케네의 거대한 도시국가들이 황폐화되면서, 선형문자 B를 읽고 쓰는 기술도 완전히 잊히고 말았다.* 페니키아인들이 무역을 통해 알파벳을 전파하기 전까지 수백 년 동안 그 지역 전체가 문맹으로 남아 있었다. 따라서 암흑시대에는 미케네와 트로이 전쟁에 관한 모든 기억이 선사시대의 방식, 즉 펜으로 쓴 글이 아니라 '구전'으로 전달될 수밖에 없었다. 이때 제우스와 올림포스, 신들, 영웅들, 괴물들의 이야기, 즉 신화뿐만 아니라 트로이 전쟁의 이야기도 전해졌다. 전달자들이 한쪽은 신화적인 이야기로, 다른 한쪽은 역사적인 이야기로 구상했는지 우리로서는 짐작만 할 수 있을 뿐이다.

꼬박 400년간 이어진 이 암흑시대가 끝난 후 세상은 근본적이고 극적인 방식으로 변화하기 시작했다. 페니키아 알파벳이 초기 그리스 알파벳으로 발전했으며, 그 시기의 화병들과 비문들에서 기록을 볼 수 있다. 날씨와 해수면이 더 안정되어서인지 인구가 크게 늘었고, 이에 따라 그리스의 도시국가 폴리스가 탄생했다. 고졸기라 알려진 이 시대는 플라톤, 소크라테스, 에우리피데스, 페리클레스, 아리스토텔레스 등의 활약으로 지적 수준이 높아지는 고전기의 사전 단계이다. 하지만 고졸기에도 대부분의 그리스인들은 문맹이었으며, 과거의 이야기는 여전히 글이 아닌 구전으로 내려왔다. 우리가 호메로스라 부르는 인물이 살았을 것으로

로 알려져 있는데, 그들의 진짜 정체와 태생은 바다 사람들만큼이나 수수께끼로 남아 있다.

* 그로부터 3,000년 이상 지난 1955년, 뛰어난 고고학자 마이클 벤트리스와 그의 공동 연구자 존 채드윅이 선형문자 B의 해독에 성공했다.

추정되는 시기도 바로 이 고졸기다. 학창 시절, 한 선생님이 자신 있게 말하기를, 호메로스가 에게해 북쪽의 키오스섬에서 기원전 800년에 태어나 기원전 701년 99살의 눈먼 노인으로 사망했다고 했다. 또 다른 선생님은 호메로스가 이오니아(지금의 터키령 아나톨리아) 사람이었다고, 똑같이 확신에 차서 말했다. 현대의 학자들은 이 모든 이야기를 순전한 어림짐작으로 여기고 있다.

사정이 이러하니, 장황하게 설명하기보다는 연대순으로 정리하는 편이 이야기를 이해하는 데 훨씬 더 도움이 될 것 같다. 트로이 전쟁은 청동기시대(기원전 1200년경)에 일어났고, 그때 전성기를 누리던 문화들이 몰락한 후 암흑의 문맹 시대가 이어졌다. 어둠이 걷히고, 철이 채굴되고 제련되었으며, 문학이 돌아오고, 전쟁이 끝난 지 700년 만에 호메로스 버전의 서사시가 마침내 글로 정리되었다. 그리고 그로부터 또 2,500년이 지났다.

여기서 다시 한번 짚고 넘어가야 할 사실은 과학, 수학, 철학, 예술, 건축, 민주주의, 군사력이 발전하고, 그 기원과 본질에 대한 희곡과 역사를 쓸 정도로 자의식이 강한 그리스 문명이 태동했을 때쯤엔, 트로이 전쟁은 이미 800년 전의 일이었고 호메로스는 300년 전에 죽은 사람이었다는 점이다.

고전기의 그리스인들이 호메로스의 두 서사시를 오늘날 우리가 읽고 있는 내용으로 정리한 후부터 쭉 학자들과 고고학자들은 이런저런 수수께끼에 직면해왔다. 첫째, 호메로스는 400년도 더 전에 일어난 사건을 어떻게 그리 잘 알고 있었을까? 그는 트로이 자체를, 그 왕가와 전사들과 혈통을, 전쟁으로 일어난 사건을 어쩜 그리도 상세히 묘사할 수 있었을까? 그는 참고할 글도 기록도 없었다. 그러니 소小 호메로스들이 450년 동안 입에서 입으로 전한 인물들과 에피소드들을 호메로스가 통합하여 최초의 언어 기반 작품을 만들어낸 것이 틀림없다. 아마도 그는 가장 다채롭고 복잡한 이야기들을 들으며 자랐을 것이다. 호메로스는 철기시대의 그리스 혹은 터키에 살았지만, 그의 작품들은 청동기시대의 전사들을 정확히 묘사하고 있다.*

그리스 신화 전반에 관해 말하자면, 호메로스의 서사시들은 그와 거의 동시대에 활동한 헤시오도스의 작품들과 놀라울 정도로 일치하는 부분이 많다(우리가 알고 있는 티탄족과 신들의 탄생, 올림포스의 체제, 그리고 표준으로 여겨지는 그리스 신화의 수많은 내용이 헤시오도스에게서 비롯된 것이다).† 분명 고전기에 대규모의 역설계逆設計를 통해, 모순되고 부조화한 부분들이 말끔하게 다듬어지고 지금의 일관된 연대기와 가계도가 만들어졌을 것이다. 돌을 보석으로 다듬듯, 조잡한 민간설화를 완전한 문학작품으로 변형시킨 것이 바로 신화다. 고전기의 박식한 그리스인들이 진열장에 수많은 이야기를 쌓아놓았다면, 그 이야기들의 모양을 결정하고 자르고 광을 낸 것은 호메로스와 헤시오도스였다.

---

* 청동기시대의 기술도 마찬가지다. 고졸기의 그리스인들은 고고학 같은 것에는 관심이 없었다. 아니 그것이 뭔지 알지도 못했다. 호메로스가 청동 연장과 무기에 관해 그토록 생생히 묘사할 수 있었던 것은 아주 오랜 세월 동안 정확한 내용으로 구전되어 온 이야기들 덕분일 것이다.

† 호메로스의 두 서사시와 달리, 헤시오도스의 작품들인 『신들의 계보』, 『노동과 나날』, 『헤라클레스의 방패』에서는 작가의 존재감이 강하게 느껴진다. 농사법, 시간 엄수, 경제에 관한 사색뿐만 아니라 자전적 내용도 여기저기 감질나게 실려 있다. 만약 헤시오도스가 그 저작들을 직접 쓰지 않았다면 적어도 필사자에게 구술했을 것이다.

플라톤과 아리스토텔레스는 호메로스보다 훨씬 더 후대에 살았기 때문에 그들과 그 동시대인들이 호메로스가 누구인지 거의 몰랐던 것도 그리 놀라운 일은 아니다. 우리는 고전기 그리스의 문헌을 통해 『일리아스』와 『오디세이아』가 진짜 역사를 저술한 작품으로 인정받고 숭배받기까지 했다는 사실을 알고 있다. 알렉산드로스 대왕은 세계 정복 전쟁을 시작한 젊은 시절 일리움의 유적지를 방문하여, 그가 가장 큰 동질감을 느낀 영웅인 아킬레우스의 무덤으로 알려진 곳에 경의를 표했다고 한다.‡ 마르쿠스 안토니우스가 클레오파트라에게 대 아이아스의 장례용 조각상을 선물했다는 설도 있다. 스트라보와 파우사니아스 같은 후대의 여행가들은 트로이와 미케네의 유적을 여러 번 여행했다. 그들은 호메로스의 이야기를 역사적 사건의 사실적인 기록으로 여겼다.

고전기에는 『일리아스』와 『오디세이아』의 인기 있는 부분이 아주 열성적인 일반 시민들을 대상으로 야외무대에서 자주 공연되었다. 그들은 호메로스가 그 작품들을 '썼다고' 믿은 모양이다. 우리에게는 좀 이상해 보이기도 한다. 우리는 호메로스가 (문맹은 아니더라도) 서사시를 낭송하거나 심지어 즉흥적으로 짓기도 한 음유시인이었지 저술가는 아니라고 배웠기 때문이다. 하지만 이는 최근의 견해일 뿐이다.

중세의 암흑시대가 끝난 후 서유럽은 그리스·로마의 문명과 예술, 문화를 재발견하는 작업에 착수했다. 우리는 이를 르네상스라

---

‡ 알렉산드로스 대왕은 스승인 아리스토텔레스가 여백에 메모와 수정 사항을 남겨 놓은 『일리아스』 한 권을 전쟁터에 가져갔다고 한다.

부른다. 1450년경 구텐베르크가 활판 인쇄술을 발명한 덕에, 수도원의 필경자들이 육필로 책을 제작하던 시절과는 완전히 다른 방식으로 고전들이 광범위하게 보급되기 시작했다. 1488년에는 호메로스의 서사시들이 인쇄되었다. 그 파급력은 문화적 빅뱅이라 할 만큼 어마어마했다. 영국 한 곳에서만 드라이든, 포프, 키츠, 바이런, 테니슨뿐만 아니라 현대의 시인들까지 호메로스의 영향을 받았다. 화가들과 조각가들, 철학자들은 그리스어 원전은 물론이고 새 번역이 나올 때마다 그 내용을 탐독했다. 하지만 그들은 나르키소스가 수선화로 변하거나 헤라클레스가 지하세계의 케르베로스를 어깨에 짊어지고 지상으로 올라온 이야기가 허구이듯, 트로이 전쟁도 역사적 사건이 아니라고 믿었다.

이런 시각은 하인리히 슐리만이라는 한 남자의 대담한 노력과 결연한 쇼맨십 때문에 큰 변화를 맞는다. 1822년 독일에서 태어난 슐리만은 러시아와 미국에서 큰 재산을 모았다가 잃고 다시 부를 축적했다. 캘리포니아의 금광 지대에서 투기로 큰돈을 손에 넣은 그는 이제 미국 시민으로서 인생의 후반기를 그가 사랑하는 고고학에 바칠 수 있게 되었다. 그래서 당대의 위대한 고고학자인 영국의 아서 에번스와 함께 청동기시대 그리스의 유적을 찾아다니기 시작했다. 에번스는 크레타섬에 집중했고, 그가 발견한 미노스 문명의 보물들은 센세이션을 일으켰다. 에번스는 진정한 고고학자였지만, 슐리만은…… 당시에도 그의 활동은 다소 과격하게 여겨졌다. 우리는 심할 정도로 느릿느릿 조심스럽게 땅을 파고 세심하게 붓으로 흙을 터는 고고학자들의 모습에 익숙해져 있다. 그들은 유적지마다 공들여 줄을 쳐놓고, 모든 층을 보존하고 면밀하게 분류한다. 하지만 그런 일을 할 만한 인내심이 없었던 슐리만은 반달리즘에 가까우리만큼 폭력적으로 삽을 휘둘렀다.

처음부터 끝까지 슐리만은 오로지 호메로스 전설의 '진짜 장소'를 찾아내는 데 집착했다. 미케네의 보물을 찾아 펠로폰네소스반도의 유적들을 발굴하던 그는 극적인 발견에 성공했다. 1876년, 놀라울 정도로 아름답고 정교한 황금 장례용 마스크를 찾자마자 슐리만은 (어떤 설득력 있는 증거도 없이) '아가멤논의 마스크'라는 이름을 붙였다. 지금 우리는 이 유물이 트로이 전쟁보다, 그러니까 아가멤논의 삶보다 400년 정도 앞선 것이라는 사실을 알고 있다. 슐리만은 오디세우스의 고향인 이타카섬도 많이 파헤쳤지만, 그의 이름이 처음으로 세계에 알려진 것은 트로아스에서의 작업 때문이었다. 1870년대 초반, 트로이를 찾아 터키까지 간 그는 영국의 고고학자 프랭크 캘버트가 알려준 히사를리크 마을 주변을 집중적으로 발굴했다. 그랬더니 땅속에 묻혀 있는 아홉 개의 도시가 발견되었다. 슐리만은 어느 날 우연히 찾은 황금 유물을 '프리아모스의 보물'이라 부르고, 그중 여인의 머리 장식에 '헬레네의 보석'이라는 이름을 붙였다(이들이 그보다 1,000년은 더 오래된 유물이라는 사실이 추후 연구로 밝혀졌다).

이 별난 몽상가, 날조자, 노골적인 밀수꾼에게 지루하고 오래된 역사적 진실과 증거 같은 건 무의미했지만, 그렇다고 해서 그의 작업을 마냥 폄하할 수만은 없다. 그의 요란한 자기 홍보가 학계와 대중의 상상력에 미친 영향을 생각하면 더더욱 그렇다. (무심한 다이너마이트 사용을 포함한) 그의 방식은 고고학적 기록에 너무나 큰 피해를 끼쳤기에, 이후의 전문가들은 그가 그리스군도

해내지 못한 일을 해냈다며 빈정거렸다. 트로이를 완전히 무너뜨리고 파멸시켰다는 것이다.

하지만 히타이트족과 트로이 문명의 지층이 그토록 많이 발견된 것은 번영하던 문명과 거대한 도시가 화재와 전쟁으로 황폐화되었다는 증거였고, 이는 호메로스의 작품과도 일치했다. 2001년 독일에서 열렸던 선구적인 박람회 '트로이: 꿈과 현실'은 2019년 대영 박물관에서 '트로이: 신화와 현실'이라는 이름의 전시회로 탈바꿈하여 아주 큰 성공을 거두었다. 슐리만과 후대의 고고학자들이 발굴한 유물들로 가득한 전시회장을 거닐다 보면, 실존했던 사람들의 실제 삶이 강하게 느껴진다. 적어도 나는 그랬다. 물론, 트로이의 유물들이 발견되고 도시가 복원됐다고 해서 스파르타 공주의 납치로 인해 트로이가 멸망했다는 증거로 볼 수는 없지만, 기록된 역사 속의 수많은 왕국이나 제국이 결혼 문제와 왕조 동맹의 와해 때문에 멸망했다는 사실을 간과해서는 안 된다. 트로이가 다르다넬스 해협(헬레스폰투스)에 위치해 있어 전략적·상업적으로 중요한 도시였다는 점을 감안하면, 에게해의 서쪽과 동쪽에 있는 왕국들 간에 관세와 무역선 통행 문제를 두고 분쟁이 일어났을 가능성도 있다. 교양 있고 현명한 우리 현대인들이야 믿기 어려운 일이지만, 당시의 원시적인 바보들은 무역 전쟁이라는 걸 벌였단다…… 하!

당연히도, 섬세하고 정제된 진짜 학문을 연구하는 자연과학자들과 정식 고고학자들은 슐리만의 뚱딴지같고 과장된 주장을 반박하고 무시했지만, 흥행사 같은 그의 홍보와 쇼맨십 덕분에 히사를리크 유적은 호의적인 반응을 이끌어냈고, (모두는 아니지만)

세상 사람들은 3,200년 전의 트로이 전쟁과 몰락이 역사적 사실일지도 모른다고 생각하게 되었다.

호메로스의 삶에 관해서는 깊이 파고들지 않겠다. 고전 시대의 그리스인들은 그가 두 편의 위대한 서사시를 쓴 실존 인물이라고 생각했다. 18세기, 19세기, 20세기의 학자들은 (원전에 대한 문헌학적이고 언어학적인 정밀한 조사를 토대로) 처음엔 이 작품들이 구전되었다고 믿었다가, 그 구성으로 보아 대부분 즉흥적으로 지어졌다는 견해로 기울었다.*

내 의견을 말하자면, 청동기시대가 끝나면서 문학도 몰락한 탓에 트로이와 미케네 시대의 이야기가 고졸기와 고전기까지 매끄럽게 전달되지 못한 것은 전혀 불운한 일이 아니다. 호메로스의 서사시들이 그토록 다채롭고 매력적으로 느껴지는 이유는 바로 그 흥미로운 거리감, 역사와 미스터리와 신화의 뒤섞임, 개성과 보편의 상호작용 때문이다. 그의 이야기는 현실과 전설 사이의 황금빛 경계선, 우화와 사실이 공존하는 매혹적인 반영反影에서 펼쳐진다. 그 덕분에 호메로스의 서사시는 섬세하고 현실적이고 생생한 세부 내용으로 생기와 설득력을 확보하는 동시에, 신들의 개입과 초자연적 에피소드들과 초인적인 영웅들을 통해 신화에서만 가능한 장엄한 상징과 환상적인 깊이를 얻는다.

---

* 이런 흐름의 사고가 전개된 사연은 길고도 흥미진진하다. 호메로스의 서사시에 등장하는 인물들의 별칭이나 이미지가 너무도 정형화되어 있어, 학자들은 (발칸반도에 현존하는 구술시의 형태에 관한 연구에 영감을 받아) 음유시인들이 시를 읊을 때 이런 수사들을 조립 부품처럼 사용하여 시의 구조를 쌓아 올렸다고 생각했다. 재즈에 빗대어 생각해보자. 음유시인들은 곡의 선율과 조성을 알았고, 그래서 자유자재로 즉석 연주를 할 수 있었던 것이다.

신과 괴물

올림포스 신

데메테르 풍요와 수확, 화로와 가정의 신. 크로노스와 레아의 딸. 하데스, 헤라, 헤스티아, 포세이돈, 제우스의 여형제. 제우스와의 사이에 페르세포네를 낳는다. 해마다 딸이 지하세계에 내려가 있는 여섯 달 동안 슬픔에 잠긴다. 펠레우스와 테티스의 결혼식에 하객으로 참석한다.

디오니소스 방탕과 무질서의 신. 제우스와 인간 세멜레의 아들. 아폴론, 아레스, 아르테미스, 아테나, 헤파이스토스, 헤르메스, 페르세포네의 이복형제. 히아데스의 젖을 먹고 자란다. 아레스와 함께 카드모스 가문에 저주를 내린다. 펠레우스와 테티스의 결혼식에 하객으로 참석한다.

아레스 전쟁의 신. 제우스와 헤라의 아들. 헤파이스토스의 형제. 아폴론, 아르테미스, 아테나, 디오니소스, 헤르메스, 페르세포네의 이복형제. 아마존족(특히 히폴리타와 펜테실레이아), 데이모스(두려움)와 포보스(공포와 광란), 오이노마오스의 아버지. 아프로디테의 연인. 펠레우스와 테티스의 결혼식에 하객으로 참석한다. 디오니소스와 함께 카드모스 가문에 저주를 내린다. 아프로디테, 아폴론, 아르테미스와 함께 트로이를 수호한다. 디오메데스의 공격에 부상을 입는다.

아르테미스 순결과 사냥의 신. 제우스와 티탄 신족 레토의 딸. 아폴론의 쌍둥이 누나. 아테나, 디오니소스, 헤파이스토스, 헤르메스, 페르세포네의 이복형제. 펠레우스와 테티스의 결혼식에 하객으로 참석한다. 아프로디테, 아폴론, 아레스와 함께 트로이를 수호한다. 무시당하는 것에 민감하여, 칼리돈에 멧돼지를 푼다. 오리온을 죽인다. 트로이로 항해하는 그리스군을 방해한다. 이피게네이아를 살려준다.

아테나 지혜의 신. 제우스와 오케아니스 메티스의 딸. 아폴론, 아레스, 아르테미스, 디오니소스, 헤파이스토스, 헤르메스, 페르세포네의 이복형제. 아이기스를 갖고 있다. 트로이에 수호 신상인 팔라디온을 준다. 펠레우스와 테티스의 결혼식에 하객으로 참석한다. 파리스의 환심을 사는 데 실패해 불화의 사과를 받지 못한다. 헤파이스토스, 헤라, 포세이돈과 함께 그리스를 부추겨 트로이를 침략하게 만든다. 아킬레우스, 디오메데스, 오디세우스를 총애한다. 아킬레우스가 헥토르와 트로일로스를 죽일 때, 판다로스가 메넬라오스에게 화살을 쏠 때 개입한다. 오디세우스가 목마를 만들 수 있도록 영감을 준다.

아폴론 궁술과 조화의 신. 제우스와 티탄족 레토의 아들. 아르테미스의 쌍둥이 형제. 아레스, 아테나, 디오니소스, 헤파이스토스, 헤르메스, 페르세포네의 이복형제. 아스클레피오스, 히메나이오스, 리코메데스, 테네스의 아버지. 피톤을 죽이고, 델포이 신전에서 피티아의 신탁을 주관한다. 포세이돈과 함께 트로이의 성벽을 짓고, 라오메돈이 약속했던 보상을 지불하지 않자 도시에 역병을 내린다. 훗날 아프로디테, 아레스, 아르테미스와 함께 트로이를 수호한다. 크리세스의 기도에 답해 그리스에 역병을 내린다. 테네스와 트로일로스를 죽인 아킬레우스를 증오한다. 에우포르보스와 헥토르가 파트로클로스를 살해할 수 있도록, 파리스가 아킬레우스를 살해할 수 있도록 돕는다. 파리스가 코리토스를 죽이자 그에 대한 총애를 거둔다. 카산드라에게 축복과 저주를 내린다. 펠레우스와 테티스의 결혼식에 하객으로 참석한다.

아프로디테 사랑의 신. 우라노스의 피와 정자에서 태어남. 데메테르, 하데스, 헤라, 헤스티아, 포세이돈, 제우스의 고모. 헤파이스토스의 아내. 아레스의 연인. 안키세스와의 사이에 아이네이아스를 낳는다. 펠레우스와 테티스의 결혼식에 하객으로 참석한다. 헬레네를 주는 대가로 파리스에게 불화의 사과를 받는다. 메넬라오스의 손에 죽을 뻔한 파리스를 구해준다. 파리스가 코리토스를 죽이자 그에 대한 총애를 거둔다. 디오메데스의 공격에 부상을 입는다. 아폴론, 아레스, 아르테미스와 함께 트로이를 수호한다. 목마의 비밀을 폭로하기 위해 헬레네에게 마법을 건다.

제우스 신들의 왕. 크로노스와 레아의 아들. 크로노스의 왕위를 찬탈한다. 데메테르, 하데스, 헤라, 헤스티아, 포세이돈의 형제. 헤라의 남편. 아폴론, 아레스, 아르테미스, 아테나, 디오니소스, 헤파이스토스, 헤르메스, 페르세포네의 아버지. 아이아코스, 다르다노스, 헬레네, 헤라클레스, 페르세우스, 페이리토오스, 폴리데우케스, 사르페돈의 아버지. 아킬레우스, 아이아스, 오디세우스, 테우크로스 등 트로이 전쟁에 참여한 수많은 영웅의 선조. 벼락을 마음대로 부린다. 도도나 신탁소의 주인. 반란을 일으킨 올림포스 가족에게 포박당했을 때 테티스(Thetis)에게 구조받는다. 펠레우스와 테티스의 결혼식에 하객으로 참석한다. 아이아코스에게 개미인간들을 내려주고, 그를 지하세계의 재판관으로 임명한다. 안키세스에게 아프로디테를 선사한다. 가니메데스와 디오스쿠로이를 별자리로 만든다. 트로스에게 신마를 준다. 탄탈로스에게 영원의 고통을 벌로 내린다. 티토노스에게 (영원한 젊음이 아닌) 영생불사의 삶을 준다. 파리스에게 불화의 사과의 주인을 고를 자격을 준다. 헤파이스토스가 벼린 검을 펠레우스에게 준다. 다른 올림포스 신들이 트로이 전쟁에 간섭하는 것을 완전히 막지 못한다.

포세이돈 바다의 신. 말의 발명가이자 말의 신. 크로노스와 레아의 아들. 데메테르, 하데스, 헤라, 헤스티아, 제우스의 형제. 벨레로폰, 키크레우스, 키크노스, 오리온, 페가수스, (추정상) 테세우스의 아버지. 네스토르와 팔라메데스의 할아버지. 펠롭스의 연인. 펠롭스가 히포다메이아를 얻을 수 있도록 도와준다. 아폴론과 함께 트로이의 성벽을 쌓고, 라오메돈이 약속했던 보상을 지불하지 않자 헤시오네를 집어삼킬 바다 괴물을 보낸다. 펠레우스와 테티스의 결혼식에 하객으로 참석한다. 신마들인 발리오스와 크산토스를 신랑에게 선물한다. 아테나, 헤파이스토스, 헤라와 함께 그리스를 부추겨 트로이를 침략하게 만든다.

하데스* 지하세계의 왕. 크로노스와 레아의 아들. 데메테르, 헤라, 헤스티아, 포세이돈, 제우스의 형제. 페르세포네를 납치해 그녀와 결혼한다. 페르세포네를 납치하려 한 페이리토오스와 테세우스를 감금한다.

헤라 하늘의 왕비이자 결혼의 신. 크로노스와 레아의 딸. 데메테르, 하데스, 헤스티아, 포세이돈, 제우스의 여형제. 제우스의 아내. 제우스와의 사이에 아레스와 헤파이스토스를 낳는다. 제우스의 사생아인 아이아코스를 벌한다. 펠레우스와 테티스의 결혼식에 하객으로 참석한다. 파리스의 환심을 사는 데 실패해 불화의 사과를 받지 못한다. 아테나, 헤파이스토스, 포세이돈과 함께 그리스를 부추겨 트로이를 공격하게 만든다.

헤르메스 신들의 전령이자 사기·협잡의 신. 제우스와 플레이아데스 중 한 명인 마이아의 아들. 아폴론, 아레스, 아르테미스, 아테나, 디오니소스, 헤파이스토스, 페르세포네의 이복형제. 아우톨리코스, 에우도로스, 미르틸로스, (일설로는) 판의 아버지. 오디세우스와 시논의 증조부. 리라의 발명가. 펠레우스와 테티스의 결혼식에 하객으로 참석한다. 불화의 사과를 어느 여신에게 줄지 결정할 심판관으로 파리스를 데려온다. 아프로디테를 혼내주려는 제우스의 계획에 동참한다. 프리아모스가 아킬레우스

---

* 하데스는 평생 지하세계에서 지냈기 때문에 엄밀히 따지면 올림포스 12신에 포함되지 않는다.

에게서 헥토르의 시신을 돌려받을 수 있도록 도와준다.

헤스티아 화로와 가정의 신. 크로노스와 레아의 딸. 데메테르, 하데스, 헤라, 포세이돈, 제우스의 여형제. 펠레우스와 테티스의 결혼식 집전을 돕는다.

헤파이스토스 불과 대장간의 신. 제우스와 헤라의 아들. 아레스의 형제. 아폴론, 아르테미스, 아테나, 디오니소스, 헤르메스, 페르세포네의 이복형제. 아프로디테와 카리스의 남편. 갓난아기일 때 헤라에게 올림포스산에서 내던져져 절름발이가 된다. 테티스(Thetis)에게 구조되어 보살핌을 받는다. 펠레우스와 테티스의 결혼식에 하객으로 참석한다. 아킬레우스와 멤논의 갑옷, 아가멤논의 왕홀, 펠레우스의 검을 비롯해 경이로운 물건들을 많이 만든다. 아테나, 헤라, 포세이돈과 함께 그리스를 부추겨 트로이를 공격하게 만든다. 스카만드로스강을 끓여 아킬레우스를 구해준다.

다른 신과 티탄족

가이아 태초의 대지 신. 카오스의 딸. 우라노스와 폰토스의 어머니. 우라노스와의 사이에 1세대 티탄족(크로노스, 오케아노스, 테티스 등)과 거인족을 낳는다. 폰토스와의 사이에 네레우스를 낳는다. 타르타로스와의 사이에 티폰을 낳는다. 제우스와 헤라에게 헤스페리데스 정원의 황금 사과를 결혼 선물로 준다.

네레우스 변신술에 능한 고대의 바다 신. 가이아와 폰토스의 아들. 오케아니스인 도리스와의 사이에 테티스를 비롯한 네레이스들을 얻는다. 헤라클레스와 레슬링 대결을 한다. 딸 테티스에게 손자 아킬레우스에 관한 조언을 해준다.

네메시스 보복의 신. 닉스(밤)와 에레보스(어둠)의 딸. 에리스(불화), 헤스페리데스, 히프노스(잠), 모이라이(운명), 모로스(비운), 타나토스(죽음) 등 어두침침한 신들과 불멸의 존재들의 여형제. 오만의 죄를 처벌한다. 제우스와의 사이에 헬레네를 낳았다는 설도 있다.

모로스 비운 혹은 운명. 닉스(밤)와 에레보스(어둠)의 아들. 에리스(불화), 헤스페리데스, 히프노스(잠), 모이라이(운명), 네메시스(보복), 타나토스(죽음) 등 어두침침한 신들과 불멸의 존재들의 형제. 우주의 전지전능한 통제자. 불사신들조차 두려워하는 존재.

모이라이 운명을 관장하는 세 자매 신. 클로토는 인생의 실을 잣고, 라케시스는 실의 길이를 재며, 아트로포스는 실을 끊는다. 닉스(밤)와 에레보스(어둠)의 딸들. 에리스(불화), 헤스페리데스, 히프노스(잠), 모로스(비운), 네메시스(보복), 타나토스(죽음) 등 어두침침한 신들과 불멸의 존재들의 여형제.

셀레네 달의 신. 티탄족. 에오스와 헬리오스의 여형제.

스카만드로스 트로아스의 강의 신. 님프 이다이아의 남편. 칼리로에와 테우크로스의 아버지. 가니메데스와 일로스의 할아버지. 일리움 평원을 풍요롭게 한다. 트로이를 수호한다. 아킬레우스를 죽일 뻔한다. 헤파이스토스가 스카만드로스강의 물을 끓인다.

아스클레피오스 의술의 신. 아폴론과 코로니스의 아들로 불멸의 존재가 아니다. 케이론의 손에 자란다. 마카온과 포달레이리오스의 아버지. 죽은 자를 되살리는 오만을 부린 죄로 제우스의 손에 죽었다가 후에 제우스에게 불멸성을 부여받고 별자리가 된다.

에로스 성욕을 관장하는 젊은 신. 아레스와 아프로디테의 아들. 엄청 강력한 활과 화살을 갖고 있다.

에리스 불화와 무질서의 신. 닉스(밤)와 에레보스(어둠)의 딸. 헤스페리데스, 히프노스(잠), 모이라이(운명), 모로스(비운), 네메시스(보복), 타나토스(죽음) 등 어두침침한 신들과 불멸의 존재들의 여형제. 펠레우스와 테티스 결혼식의 불청객. 올림포스 신들 사이에 불화를 일으켜 트로이 전쟁으로 이어지게 만든다.

에오스 새벽을 관장하는 티탄 신족. 헬리오스와 셀레네의 여형제. 키니라스의 선조. 티토노스의 연인. 티토노스와의 사이에 멤논을 낳는다. 제우스에게 티토노스의 영원한 젊음이 아닌 영원한 삶을 간청한다. 티토노스를 메뚜기로 만든다.

오케아노스 고대의 바다 신. 가이아와 우라노스의 티탄족 아들. 크로노스와 테티스(Tethys)의 형제. 테티스와의 사이에 오케아니스들을 얻는다. 아틀라스, 프로메테우스, 테티스(Thetis), 제우스의 할아버지.

우라노스 태초의 하늘. 가이아의 아들. 가이아와 동침하여 1세대 티탄족(크로노스, 오케아노스, 테티스 등)과 거인족의 아버지가 된다. 아들 크로노스의 손에 거세당하고 왕위에서 쫓겨난다. 그의 피와 정액으로부터 아프로디테가 태어난다.

이리스 무지개의 신이자 신들의 전령. 하르피아이의 자매. 고르곤 자매의 사촌.

크로노스 고대 신들의 왕. 가이아와 우라노스의 티탄족 아들. 오케아노스와 테티스의 형제. 레아와의 사이에 데메테르, 하데스, 헤라, 헤스티아, 포세이돈, 제우스를, 필리라와의 사이에 케이론을 자식으로 둔다. 우라노스의 왕위를 빼앗는다. 제우스에게 왕위를 빼앗긴다.

테티스(Tethys) 고대의 바다 신. 가이아와 우라노스의 티탄족 딸. 크로노스와 오케아노스의 여형제. 오케아노스와의 사이에 오케아니스들을 낳는다. 아틀라스, 케이론, 프로메테우스, 테티스(Thetis), 제우스의 할머니. 아이사코스를 바닷새로 만든다.

판 염소 발을 가진, 자연과 야생의 신. (일설에 따르면) 헤르메스와 님프 드리오페의 아들. 피리로 연주하는 음악을 좋아한다.

페르세포네 지하세계의 왕비이자 봄의 신. 제우스와 데메테르의 딸. 아폴론, 아레스, 아르테미스, 아테나, 디오니소스, 헤파이스토스, 헤르메스의 이복형제. 하데스에게 납치당해 그와 결혼하고, 해마다 여섯 달은 그와 함께 지낸다. 페이리토오스와 테세우스에게 납치당할 뻔하지만 화를 면한다.

프로메테우스 아틀라스의 티탄족 형제. 인류의 친구. 테티스의 아들이 위대한 영웅으로 자랄 것임을 예언한다. 펠레우스와 테티스의 결혼식에 하객으로 참석한다.

헤스페리데스 저녁을 관장하는 세 명의 님프. 닉스(밤)와 에레보스(어둠)의 딸들. 에리스(불화), 히프노스(잠), 모로스(비운), 네메시스(보복), 타나토스(죽음) 등 어두침침한 신들과 불멸의 존재들의 여형제. 정원 가꾸기에 열정적이다. (불화의 사과를 포함한) 마법의 황금 사과들을 번식시킨다.

헬리오스 티탄족 태양신. 에오스와 셀레네의 형제. 메데이아의 할아버지.

히메나이오스 히멘이라고도 한다. 결혼식을 관장하는 젊은 신. 에로스의 수행단에 속해 있다. 아폴론과 무사 우라니아의 아들.

다른 불멸의 존재

네레이스들 바다의 님프들. 네레우스와 오케아니스 도리스의 딸들. 포세이돈의 사촌들. 이들 중에 포코스의 어머니인 프사마테, 아킬레우스의 어머니인 테티스가 있다.

스틱스 오케아니스. 지하세계에 흐르는 증오의 강의 신. 그녀의 강물은 유한한 인간들의 몸을 무적으로 만들어준다.

엔데이스 님프. 케이론과 님프 카리클로의 딸. 아이아코스의 아내. 펠레우스와 텔라몬의 어머니. 의붓아들 포코스의 죽음에 연루된다.

오케아니스들 바다의 님프들. 오케아노스와 테티스의 딸들. 포세이돈의 사촌들. 이들 중에 네레이스들의 어머니인 도리스, 아테나의 어머니인 메티스, 케이론의 어머니인 필리라, 플레이아데스의 어머니인 플레이오네, 그리고 스틱스 등이 있다.

케이론 가장 위대하고 현명한 켄타우로스. 크로노스와 오케아니스 필리라의 아들. 펠레우스와 텔라몬의 할아버지. 치유자. 아킬레우스, 아스클레피오스, 이아손, 펠레우스를 비롯한 수많은 영웅의 스승. 펠레우스와 테티스의 결혼식을 주최한다. 초자연적인 힘을 지닌 창을 펠레우스에게 선물한다.

테티스(Thetis) 네레이스. 네레우스와 도리스의 딸. 올림포스 가족이 반란을 일으켰을 때 헤카톤케이레스를 불러 제우스를 구해준다. 헤라가 올림포스산에서 던진 아기

헤파이스토스를 구해준다. 모든 신이 그녀를 탐내지만, 그녀의 아들이 아버지보다 더 위대한 인물이 되리라는 프로메테우스의 예언 이후로 신들의 구애가 멈춘다. 펠레우스와의 몸싸움 끝에 그의 신부가 된다. 그들의 결혼식은 불사신들이 마지막으로 다 함께 모이는 자리가 된다. 아킬레우스를 어떻게든 지켜주려 애쓰는 어머니. 그를 무적의 몸으로 만들기 위해 스틱스강에 담그고, 헤파이스토스에게 그의 갑옷을 만들어달라 의뢰한다. 그의 운명을 피할 수 있도록 리코메데스왕의 궁에 그를 숨기고, 그에게 아폴론의 원한을 사지 말라고 경고한다. 제우스에게 트로이 전쟁을 그리스에 불리하게 만들어 아가멤논을 혼내주라고 설득한다.

플레이아데스 티탄족 아틀라스와 오케아니스 플레이오네 사이에 태어난 천상의 일곱 딸들. 다르다노스의 어머니인 엘렉트라, 헤르메스의 어머니인 마이아, 시시포스의 아내인 메로페, 히포다메이아의 어머니인 스테로페, 틴다레오스의 선조인 타이게테 등이 여기에 속한다.

히아데스 디오니소스에게 젖을 먹인 북아프리카의 님프들. 제우스는 그 답례로 이들을 별자리로 만든다.

괴물과 기타 피조물

네메아의 사자 티폰의 자식. 키마이라와 히드라의 형제. 헤라클라스가 죽여서 가죽을 벗겨 입고 다닌다.

네소스 켄타우로스. 헤라클레스의 아내를 겁탈하려다 헤라클레스의 화살에 맞아 죽는다. 헤라클레스가 히드라의 피에 젖은 셔츠를 입게 만들어 복수에 성공한다.

오리온 보이오티아의 거인이자 사냥꾼. 포세이돈의 아들. 아르테미스는 질투에 휩싸여 그를 죽였다가 후회하며 그를 별자리로 만들어준다.

칼리돈의 멧돼지 아르테미스가 아이톨리아를 벌하기 위해 보낸 괴수로, 인간 아기들을 먹어치운다. 아스클레피오스, 디오스쿠로이, 에우리티온, 이아손, 네스토르, 펠레우스, 페이리토오스, 텔라몬, 테세우스, (추정상) 테르시테스에게 추적당한다. 아탈란타와 멜레아그로스에게 살해된다.

크레타의 황소 포세이돈의 피조물. 미노타우로스의 아버지. 헤라클레스에게 잠시 길들여지고, 테세우스의 손에 아폴론에게 제물로 바쳐진다.

키마이라 뱀 꼬리를 달고 있는 사자와 염소의 잡종 괴물. 불을 내뿜는다. 티폰의 자식. 네메아의 사자와 히드라의 형제. 벨레로폰에게 살해된다.

티폰 거대한 뱀. 최초이자 최악의 괴물. 가이아와 타르타로스의 아들. 키마이라, 히드라, 네메아의 사자의 아버지.

페가수스 날개 날린 백마. 포세이돈과 고르곤 메두사의 자식. 벨레로폰의 이복형제. 벨레로폰을 도와 키마이라를 죽인다.

황금 숫양 황금 양피를 가진 양. 이아손과 메데이아, 아르고호 원정대(디오스쿠로이, 에우리티온, 헤라클레스, 멜레아그로스, 네스토르, 펠레우스, 필록테테스, 페이리토 오스, 텔라몬 등)가 콜키스에서 되찾아 간다.

헤카톤케이레스 쉰 개의 머리, 백 개의 손을 가진 거인들. 가이아와 우라노스의 자식 들. 반란을 일으킨 올림포스 가족으로부터 제우스를 지키기 위해 테티스(Thetis)가 지하세계에서 불러낸다.

히드라 머리가 여럿 달리고 독혈이 흐르는 뱀으로 지옥문을 지킨다. 티폰의 자식. 키 마이라와 네메아의 사자의 형제. 헤라클레스에게 살해된다. 히드라의 피는 거인들과 헤라클레스, 네소스, 파리스의 죽음에 연관된다.

그리스인

트로이 전쟁 전의 세대

라에르테스 케팔로니아섬의 왕. 케팔로스의 아들. 안티클레이아의 남편. 오디세우스 의 아버지.

라이오스 테베의 왕. 카드모스의 증손자. 오이디푸스의 아버지. 테베에서 추방당한 후 펠롭스에게 의탁한다. 배은망덕하게도 펠롭스의 아들 크리시포스를 심리적으로 길 들이고 납치한다. 크리시포스의 죽음에 연루되어 펠롭스에게 저주를 받는다. 이로써 카드모스 가문에 대한 저주가 시작된다.

리코메데스 스키로스섬의 왕. 아폴론의 아들. 데이다메이아를 포함한 수많은 딸의 아 버지. 추방당한 테세우스를 손님으로 접대하던 중 말다툼을 벌이다가 그를 벼랑에 서 밀어 죽인다. 아킬레우스와 네오프톨레모스의 보호자지만, 그들이 트로이로 가는 것을 막지 못한다.

메데이아 콜키스의 공주이자 마법사. 헬리오스의 손녀. 이아손이 황금 양피를 훔칠 수 있도록 돕고, 그와 함께 떠난다. 그리스의 왕가들을 휩쓸고 다니며 사정없이 망쳐놓 는다. 테세우스의 계모.

멜레아그로스 칼리돈의 왕자. 아레스의 아들이라는 설도 있다. 디오메데스와 테르시테스의 사촌. 죽은 후 누이 데이아네이라와 헤라클레스의 결혼을 중매한다. 아르고호 원정대의 일원. 칼리돈의 멧돼지 사냥을 지휘한다. 테르시테스가 다리를 절게 만든 장본인일지도 모른다. 아탈란타에 대한 사랑 때문에 요절한다.

미르틸로스 헤르메스의 아들. 오이노마오스의 마부. 펠롭스에게 매수당해 그가 히포다메이아를 아내로 얻을 수 있도록 도와준 다음, 그에게 살해당한다. 펠롭스와 그의 가문을 저주한다.

벨레로폰 코린토스의 왕자. 포세이돈의 아들. 아이트라와 잠깐 약혼한다. 페가수스의 이복형제. 또 다른 이복형제를 멧돼지로 착각해 죽인 죄로 추방당한다. 미케네의 왕 프로이토스의 도움으로 죄를 씻고, 그의 아내 스테네보이아의 유혹을 거절했다가 그녀의 분노를 산다. 키마이라를 죽인다. 리키아의 공주와 결혼해 왕위를 이어받는다. 올림포스에 들어가려고 시도했다가 오만 죄로 제우스에게 벌을 받아 불구가 된다. 사르페돈과 글라우코스의 할아버지.

시시포스 코린토스의 왕. 부정직한 인간으로 악명 높았다. 시논의 아버지. 벨레로폰의 할아버지. 오디세우스의 할머니 암피테아를 겁탈한다. 그래서 그를 오디세우스의 조상으로 생각하는 이들이 많다. 지하세계에서 영원한 형벌을 받는다.

아스티다메이아 아카스토스의 아내. 펠레우스를 유혹하지만 거절당한다. 이에 대한 보복으로 안티고네를 속여 자살하게 만들고, 아카스토스를 속여 펠레우스의 살해를 시도하게 만든다. 결국 펠레우스에게 살해된다.

아우톨리코스 헤르메스의 손버릇 나쁜 아들. 암피테아의 남편. 안티클레이아의 아버지. 오디세우스와 시논의 할아버지.

아이아코스 아이기나섬의 왕. 제우스와 님프 아이기나의 아들. 제우스는 그의 외로움을 달래주기 위해 개미인간(미르미돈족)을 선물한다. 엔데이스의 남편. 그녀와의 사이에 펠레우스와 텔라몬을, 네레이스 프사마테와의 사이에 포코스를 얻는다. 죽은 후 지하세계의 세 재판관 중 한 명이 된다.

아이트라 트로이젠의 공주. 피테우스의 딸. 아트레우스와 티에스테스의 조카딸. 벨레로폰과 잠깐 약혼한다. (아이게우스와 포세이돈과의 사이에) 테세우스를 낳는다. 테세우스가 헬레네를 납치하자 이에 대한 보복으로 디오스쿠로이가 그녀를 데려간다. 오랫동안 헬레네의 시중을 들다 손자들인 아카마스와 데모폰의 도움으로 풀려난다.

아카스토스 이올코스의 왕. 이아손의 적이자 친척인 펠리아스의 아들. 아스티다메이아의 남편. 에우리티온을 죽인 펠레우스의 죄를 씻어주겠다고 제안한다. 아스티다메이아에게 속아 펠레우스를 죽이려 한다. 이에 대한 보복으로 펠레우스에게 살해당한다.

아탈란타 아르카디아의 공주. 갓난아기 때 버려진다. 암곰의 젖을 먹고 크다가 사냥꾼들의 손에 자란다. 대적할 자가 없을 정도로 몸놀림이 빠르다. 아르테미스의 신봉자이자 강력한 도구. 여성이라는 이유로 이아손은 그녀를 아르고호 원정에 끼워주지 않는다. 멜레아그로스의 눈에 그녀는 칼리돈의 멧돼지 사냥에 적합하고도 넘칠 만큼 대단한 사람이다. 그녀가 곰을 처치한 후 전리품을 받자 치명적인 싸움이 벌어진다. 헤스페리데스의 황금 사과에 혹하는 바람에 히포메네스와 결혼한다. 배은망덕의 죄로 히포메네스와 함께 아프로디테에게 벌을 받고, 신전을 본의 아니게 더럽힌 죄로 암사자로 변한다.

아트레우스 미케네의 왕. 펠롭스와 히포다메이아의 아들. 피테우스와 티에스테스의 형제. 크리시포스의 이복형제. 테세우스의 친척. 아에로페(카트레우스의 여형제)의 남편. 아가멤논, 아낙시비아, 메넬라오스의 아버지. 크리시포스를 살해한 죄로 티에스테스와 함께 추방당한다. 둘이 함께 에우리스테우스를 왕위에서 쫓아낸 다음 형제끼리 미개한 싸움을 벌여, 탄탈로스와 펠롭스의 가문에 이미 내려진 저주를 더욱 크게 만든다. 양아들 아이기스토스에게 살해당하고 티에스테스에게 미케네 왕위를 빼앗긴다.

안티고네 프티아의 공주. 에우리티온의 딸. 펠레우스의 아내. 폴리도라의 어머니. 아스티다메이아에게 속아 펠레우스의 부정을 믿고 자살한다. 테베의 공주 안티고네와 혼동하지 말 것.

안티고네 테베의 공주. 오이디푸스의 딸. 저주받은 가문의 자손. 오빠 에테오클레스와 싸우다 죽은 또 다른 오빠 폴리네이케스의 시신을 묻어주려다 사형선고를 받는다. 자살함으로써 처벌을 피한다. 프티아의 공주 안티고네와 혼동하지 말 것.

안티클레이아 케팔로니아섬의 왕비. 아우톨리코스의 딸. 라에르테스의 아내. 오디세우스의 어머니.

에우로페 티레의 공주. 포세이돈의 손녀. 카드모스의 누이. 황소로 둔갑한 제우스에게 납치된다. 제우스와의 사이에 지하세계의 재판관인 미노스와 라다만토스를 낳는다.

에우리스테우스 미케네의 왕. 페르세우스의 후손. 헤라클레스의 사촌. 첫 아내를 죽인 죄를 씻어야 하는 헤라클레스에게 과업들을 명한다. 아트레우스와 티에스테스에게 왕위를 빼앗긴다.

에우리티온 프티아의 왕. 안티고네의 아버지. 아르고호 원정대의 일원. 펠레우스의 죄를 씻어주고, 안티고네와 왕위를 펠레우스에게 준다. 칼리돈의 멧돼지를 사냥하던 중 펠레우스의 창에 맞아 죽는다.

오이노마오스 피사의 왕. 아레스의 아들. 히포다메이아의 아버지. 히포다메이아의 남편감을 뽑는 전차 경주에서 미르틸로스와 펠롭스에게 살해당한다.

오이클레스 아르고스의 전사. 헤라클레스와 함께 트로이로 간다. 라오메돈의 군대에게 살해당한다.

이아손 이올코스의 적법한 왕위 계승자. 아이손과 알키메데의 아들. 아탈란타, 벨레로폰, 넬레우스, 펠레우스의 친척. 메데이아와의 사이에 테살로스를 얻는다. 케이론의 손에 자란다. 아테나와 헤라의 총애를 받는다. 메데이아의 마법과 아르고호 원정대의 도움을 받아, 황금 양피를 가져오라는 펠리아스의 과제를 성공적으로 수행한다. 혼인을 통해 코린토스의 왕가로 들어갈 계획을 세우지만 메데이아 때문에 뜻을 이루지 못한다. 아카스토스에게서 이올코스의 왕위를 되찾는다. 칼리돈의 멧돼지 사냥에 참가한다. 아르고호와 관련된 사고로 죽는다.

이오 제우스에게 사랑받은 최초의 인간 여성. 제우스로 인해 암소가 된다. 헤라가 보낸 쇠파리 떼에게 괴롭힘당한다. 그녀가 암소의 몸으로 건넌 바다는 보스포루스(암소가 건넌 바다) 해협이 된다.

카드모스 테베의 창건 왕. 포세이돈의 손자. 에우로페의 오빠. 하르모니아의 남편. 디오니소스의 할아버지. 라이오스의 증조부. 저주받은 가문의 선조.

카트레우스 크레타섬의 왕. 미노스의 아들. 아가멤논과 메넬라오스, 오이악스와 팔라메데스의 할아버지. 어떤 불가사의한 상황에서 아들에게 살해당해, 헬레네의 납치를 수월하게 만들어준다.

크리시포스 펠롭스와 님프 악시오케의 아들. 아트레우스, 피테우스, 티에스테스의 이복형제. 라이오스에게 심리적으로 길들여지고 납치당한다. 아트레우스와 티에스테스에게 살해된다. 이에 대한 보복으로 펠롭스는 라이오스와 그의 가문에 저주를 내린다.

키크레우스 살라미스섬의 왕. 포세이돈과 님프 살라미스의 아들. 글라우케의 아버지. 텔라몬의 죄를 씻어주고, 글라우케와 왕국을 텔라몬에게 준다.

탄탈로스 리디아의 왕. 아들 펠롭스로 만든 식사를 신들에게 대접한다. 일로스에게 리디아에서 쫓겨난다. 지하세계에서 영원한 굶주림과 갈증에 시달리는 벌을 받는다. 저주받은 가문의 조상.

테세우스 아테네의 왕. 아이트라와 아이게우스와 포세이돈의 아들. 아트레우스와 헤라클레스 가문의 친척. 아마존족 안티오페(혹은 히폴리테)와 파이드라(아리아드네의 자매)의 남편. 안티오페(혹은 히폴리테)와의 사이에 히폴리토스를, 파이드라와의 사이에 아카모스와 데모폰을 얻는다. 판크라티온을 창안한다. 크레타의 황소를 길들여 제물로 바친다. 미노타우로스를 죽이고, 칼리돈의 멧돼지 사냥에 참여하며, 켄타우로스들을 죽인다. 페이리토오스의 막역한 친구. 둘이 함께 안티오페(혹은 히폴리테)를 납치한다. 페르세포네도 납치하려 실패한다. 헤라클레스의 도움으로 지하세계에서 탈출한다. 히폴리토스에 대한 파이드라의 짝사랑이 초래한 비극에 관여한 책임으로 추방당한다. 리코메데스와 말다툼을 벌이다 벼랑에서 떠밀려 죽는다. 아티카를 통일하여 아테네가 위대한 국가로 발전할 수 있는 토대를 마련한다.

텔라몬 살라미스섬의 왕. 아이아코스와 님프 엔데이스의 아들. 제우스와 케이론의 손자. 펠레우스의 형제. 포코스의 이복형제. 펠레우스가 포코스를 죽인 후 그와 함께 추방당한다. 키크레우스의 도움으로 죄를 씻고, 그의 딸과 왕국까지 얻는다. 헤라클레스의 벗. 아르고호 원정과 칼리돈의 멧돼지 사냥에 참여한다. 트로이를 약탈한다. 글라우케와 헤시오네의 남편. 글라우케와의 사이에 아이아스를, 헤시오네와의 사이에 테우크로스를 얻는다. 아킬레우스와 파트로클로스의 삼촌.

티에스테스 미케네의 왕. 펠롭스와 히포다메이아의 아들. 아트레우스와 피테우스의 형제. 크리시포스의 이복형제. 테세우스의 친척. 펠로피아의 아버지. 딸인 그녀와의 사이에 아이기토스를 얻는다. 크리시포스를 살해한 죄로 아트레우스와 함께 추방당한다. 둘이 함께 에우리스테우스를 왕위에서 쫓아낸 다음 형제끼리 미개한 싸움을 벌여, 탄탈로스와 펠롭스의 가문에 이미 내려진 저주를 더욱 크게 만든다. 아트레우스를 살해하고 미케네 왕위에 오르기 위해 아이기스토스를 이용한다. 아가멤논에게 왕위를 찬탈당하고 망명 중에 죽는다.

틴다레오스 스파르타의 왕. 헤라클레스 덕분에 왕위에 앉는다. 레다의 남편. 디오스쿠로이 카스토르와 클리템네스트라의 아버지. 그들의 이부형제들인 디오스쿠로이 폴리데우케스와 헬레네를 친자식처럼 키운다. 페넬로페의 삼촌. 제비뽑기를 통해 메넬라오스를 헬레네의 남편으로 선택한다. 그리고 좀 더 전통적인 방식으로 클리템네스트라를 아가멤논과 짝지어 준다. 메넬라오스에게 왕위를 물려준다.

페르세우스 미케네의 창건 왕. 제우스와 다나에의 아들. 포세이돈이 보낸 바다 괴물로부터 안드로메다를 구한다. 헤라클레스의 증조부. 고르곤 메두사를 처치한다. 별자리가 된다.

페이리토오스 라피테스족의 왕. 제우스와 디아의 아들. 켄타우로스들의 사촌. 아르고호 원정과 칼리돈의 멧돼지 사냥에 참여한다. 테세우스의 막역한 친구로 그에게 나쁜 영향을 미친다. 둘이 함께 안티오페(혹은 히폴리테)와 헬레네를 납치한다. 페르세포네도 납치하려 실패한다. 헤라클레스는 지하세계에서 그를 구해내지 못한다.

펠레우스 프티아의 왕. 아이아코스와 님프 엔데이스의 아들. 제우스와 케이론의 손자.

텔라몬의 형제. 포코스의 이복형제. 포코스를 살해한 후 추방당한다. 에우리티온의 도움으로 죄를 씻고, 그의 딸과 결혼한 후 결국엔 왕국까지 물려받는다. 칼리돈의 멧돼지를 사냥하던 도중 우연한 사고로 에우리티온을 죽인다. 아카스토스와 아스티다메이아를 고의로 살해하여, 이아손의 아들 테살로스에게 이올코스의 왕위를 돌려준다. 헤라클레스의 벗. 아르고호 원정대의 일원. 안티고네의 남편. 후에 테티스와의 몸싸움에서 이겨 그녀와 혼인한다. 안티고네와의 사이에 폴리도라를, 테티스와의 사이에 아킬레우스를 얻는다. 아이아스, 파트로클로스, 테우크로스의 삼촌. 제우스로부터 신이 벼린 검을, 포세이돈으로부터 신마들인 발리오스와 크산토스를, 케이론으로부터 마법의 창을 받는다.

펠롭스 탄탈로스의 아들. 아버지가 그를 신들의 저녁 식사로 대접하지만, 제우스가 부활시켜준다. 포세이돈의 사랑을 받는다. 일로스로부터 아버지의 왕국인 리디아를 되찾는 데 실패한다. 히포다메이아의 남편감을 뽑는 전차 경주에서 승리하고, 그녀의 아버지 오이노마오스의 왕국 피사를 물려받는다. 미르틸로스를 매수한 후 살해한다. 히포다메이아와의 사이에 아트레우스, 피테우스, 티에스테스를, 님프 악시오케와의 사이에 크리시포스를 얻는다. 맡아 키우던 라이오스가 크리시포스를 납치하자 그와 그의 가문에 저주를 내린다. 크리시포스를 살해한 아트레우스와 티에스테스를 추방한다. 펠롭스의 자손들이 다스리는 그리스 남부는 그의 '섬', 즉 펠로폰네소스라 불린다. 올림피아 제전을 창설한다. 저주받은 가문의 자손이자 조상.

포코스 아이기나의 왕자. 아이아코스와 네레이스 프사마테의 아들. 펠레우스와 텔라몬의 이복형제로, 그들에게 살해당한다.

헤라클레스 제우스와 알크메네의 아들. 이피클레스의 이부 쌍둥이 형제. 페르세우스의 후손. 에우리스테우스와 테세우스의 사촌. 제우스가 총애하는 인간 아들. 헤라에게 박해받다가 훗날 그녀의 사위가 된다. 텔레포스를 비롯한 수많은 헤라클레이다이의 아버지. 첫 아내를 죽인 죄를 씻기 위해 에우리스테우스에게 과업을 받아 수행한다. (1) 네메아의 사자를 죽인다. (2) 레르나 호수의 히드라를 죽인다. (3) 케리네이아의 암사슴을 포획한다. (4) 에리만토스의 멧돼지를 포획한다. (5) 아우게이아스왕의 축사를 청소한다. (6) 스팀팔로스 호수의 새들을 쫓아낸다. (7) 크레타섬의 황소를 길들인다. (8) 트라키아의 디오메데스왕의 암말들을 길들인다. (9) 아마존족의 여왕 히폴리테의 허리띠를 훔친다. (10) 거인 게리온의 소 떼를 훔친다. (11) 헤스페리데스의 황금 사과를 훔친다. (12) 지하세계에서 케르베로스를 데려 나온다. 티폰의 자식들을 처치한다. 네레우스와의 씨름에서 이긴다. 아르고호 원정대의 일원. 포세이돈이 보낸 바다 괴물로부터 헤시오네를 구한다. 지하세계에 갇혀 있던 테세우스를 구한다. 트로이를 약탈한다. 프리아모스를 살려준다. 라오메돈과 (아마도) 히폴리테를 살해한다. 틴다레오스를 스파르타의 왕위에 앉힌다. 거인들의 공격을 받은 올림포스 신들을 구해준다. 히드라의 피에 젖은 켄타우로스 네소스의 셔츠를 입어 치명상을 입는다. 화장용 장작더미에 불을 붙여준 필록테테스에게 답례로 그의 활과 히드라의 독이 묻은 화살들을 준다. 제우스가 그를 불사의 몸으로, 하늘의 별로 만든다.

히포다메이아 오이노마오스와 플레이아데스 스테로페의 딸. 전차 경주에서 승리한 펠롭스와 결혼한다. 하룻밤을 같이 보내자는 미르틸로스의 제안에 몸서리를 친다. 아트레우스, 피테우스, 티에스테스의 어머니. 저주받은 가문의 조상.

트로이 전쟁 세대

네오프톨레모스 아킬레우스와 데이다메이아의 아들. 원래 이름은 피로스. 트로이를 몰락시키려면 그가 필요하다는 신탁에 따라 디오메데스와 오디세우스가 그를 트로이로 데려간다. 트로이 목마 작전에 참여한다. 아버지 못지않은 살인 욕구를 갖고 있다. 에우리필로스, 폴리테스, 프리아모스를 살해한다. 아이네이아스를 살려준다. 안드로마케를 전리품으로 차지한다.

네스토르 필로스의 왕. 넬레우스의 아들. 이아손의 사촌. 안틸로코스와 트라시메데스의 아버지. 헤라클레스가 그의 아버지와 열한 명의 형을 죽인 후 왕위를 물려받는다. 아르고호 원정과 칼리돈의 멧돼지 사냥에 참여한다. 트로이 전쟁에서 가장 나이 많고 가장 현명한 그리스 전사로 활약한다. 아가멤논의 신뢰를 받는 고문. 그리스군과 트로이군, 아킬레우스와 아가멤논, 아이아스와 오디세우스의 사이에서 중재하려고 시도하지만 계획대로 잘 풀리지 않는다.

니코스트라토스 스파르타의 왕자. 메넬라오스와 헬레네의 아들. 헤르미오네의 형제. 저주받은 가문의 자손. 아기였을 때 어머니와 함께 파리스에게 납치당한다. 트로이가 함락된 후 메넬라오스와 재회한다.

데모폰 아테네의 왕자. 테세우스와 파이드라의 아들. 아카마스의 형제. 트로이 전쟁에서 그리스군에 늦게 합류하지만 큰 활약을 펼친다. 트로이를 약탈하는 동안 아카마스와 함께 그들의 할머니 아이트라를 구한다.

데이다메이아 스키로스의 공주. 리코메데스의 딸. 아킬레우스의 연인. 그와의 사이에 네오프톨레모스를 낳는다.

디오메데스 아르고스의 왕. 티데우스와 데이필레의 아들. 멜레아그로스와 테르시테스의 사촌. 헬레네의 구혼자. 아이기알레이아의 남편. 크레시다의 연인이었다는 설도 있다. 트로이 전쟁에서 대표적인 그리스 전사로 활약한다. 아테나의 총애를 받는다. 오디세우스와 함께 아킬레우스의 참전을 설득하러 간다. 레소스의 말을 훔친다. 네오프톨레모스와 필록테테스를 트로이로 데려온다. 트로이의 수호 신상인 팔라디온을 훔친다. 아이네이아스와 아프로디테, 아레스에게 부상을 입힌다. 판다로스와 파리스의 화살에 부상을 입는다. 돌론과 판다로스를 죽인다. 오디세우스에게 살해당할 뻔한다. 네스토르를 구해준다. 트로이 목마 작전에 참여한다.

디오스쿠로이 제우스의 쌍둥이 아들들. 카스토르(레다와 틴다레오스의 아들)와 폴리데우케스 혹은 폴룩스(레다와 제우스의 아들). 클리템네스트라와 헬레네의 형제들. 페넬로페의 사촌들. 아르고호 원정과 칼리돈의 멧돼지 사냥에 참여한다. 페이리토오스와 테세우스에게 납치당한 헬레네를 구한다. 그녀에게 아이트라를 시녀로 준다. 어떤 신비로운 우연에 의해, 파리스의 헬레네 납치를 막지 못한다. 집안 싸움으로 카스토르가 살해된 후 형제가 같이 하늘로 올라가 쌍둥이자리가 된다.

레다 아이톨리아의 공주. 스파르타의 왕비. 틴다레오스의 아내. 그와의 사이에 디오스쿠로이 카스토르와 클리템네스트라를, 제우스와의 사이에 디오스쿠로이 폴리데우케스와 헬레네를 낳는다.

리기론 아킬레우스를 보라.

마카온 아스클레피오스의 아들. 형제인 포달레이리오스와 함께 트로이 전쟁에 참가하여 그리스 병사들을 치료해주고, 오이칼리아군을 지휘한다. 판다로스에게 부상당한 메넬라오스를 구해준다. 에우리필로스에게 살해된다.

메넬라오스 스파르타의 왕. 아트레우스와 아에로페(카트레우스의 여형제)의 아들. 아가멤논과 아낙시비아의 형제. 저주받은 가문의 자손. 스파르타에서 망명 생활을 하는 동안 헬레네를 아내로 맞고 틴다레오스의 왕위를 물려받는다. 헬레네와의 사이에 헤르미오네와 니코스트라토스를 얻는다. 트로이 전쟁에 참가해 대표적인 그리스 전사로 활약한다. 죽음의 위기에서 안테노르, 아테나, 테우크로스의 도움으로 살아난다. 오디세우스를 구해준다. 파리스를 죽이려다 아프로디테의 방해로 실패한다. 데이포보스와 에우포르보스를 살해한다. 트로이 목마 작전에 참여한다. 헬레네의 매력에 다시 넘어간다.

아가멤논 미케네의 왕. 아트레우스와 아에로페(카트레우스의 여형제)의 아들. 아낙시비아와 메넬라오스의 형제. 저주받은 가문의 자손. 스파르타로 망명을 떠난 후 삼촌 티에스테스로부터 왕위를 되찾는다. 헬레네에게 구혼한다. 클리템네스트라의 남편. 크리소테미스, 엘렉트라, 이피게네이아, 오레스테스의 아버지. 트로이 전쟁에서 그리스군의 총사령관을 맡음. 칼카스의 조언에 지나치게 의존한다. 아르테미스를 달래기 위해 이피게네이아를 제물로 바치는 것도 서슴지 않는다. 아폴론을 달래기 위해 크리세이스를 포기한다. 브리세이스를 빼앗아 아킬레우스의 분노를 사고, 파트로클로스가 죽은 후 후회한다. 아킬레우스의 갑옷을 오디세우스에게 넘겨주었다가 대 아이아스의 분노를 산다. 필록테테스를 무인도에 버린다. 목마로 트로이를 함락하려는 무모한 계획을 세운다. 카산드라의 경고를 무시하고 그녀를 전리품으로 취한다.

아우토메돈 미르미돈족 전사. 아킬레우스의 부관. 아킬레우스가 프리아모스와 만나서 몸값을 받고 헥토르의 시신을 넘겨주는 장면을 목격한다.

아이기스토스 티에스테스의 아들이자 손자. 아트레우스에게 복수하기 위한 티에스테스의 계략으로 잉태된다. 아트레우스에게 입양된 후 그를 살해하고, 티에스테스를 미케네의 왕위에 앉힌다. 아가멤논에게 추방당한다. 저주받은 가문의 자손.

소 아이아스 로크리스의 왕자. 오일레우스와 에리오피스(아탈란타의 자매)의 아들. 왜소한 체격에도 트로이 전쟁에서 대표적인 그리스 전사로 활약한다. 그의 창술은 능가할 자가 없다. 파트로클로스의 시신을 지킨다. 트로이 목마 작전에 참여한다. 카산드라를 겁탈한다.

대 아이아스 텔라몬의 아이아스. 강력한 아이아스. 위대한 아이아스. 살라미스섬의 왕자. 텔라몬과 글라우케의 아들. 테우크로스의 이복형제. 아킬레우스와 파트로클로스의 사촌. 헬레네의 구혼자. 트로이 전쟁에서 대표적인 그리스 전사로 활약한다. 체격이나 체력에서 그를 능가할 자가 없다. 테크메사를 포로로 잡은 다음 그녀의 마음까지 사로잡는다. 에우리사케스의 아버지. 헥토르와 기사도 넘치는 결투를 펼친다. 아킬레우스에게 파견되는 사절단의 일원. 테우크로스, 오디세우스, 그리스 함선들, 그리고 파트로클로스와 아킬레우스의 주검을 지킨다. 글라우코스, 히포토오스, 포르키스를 죽인다. 아킬레우스의 갑옷을 두고 오디세우스와 다툰다. 질투심에 미쳐 날뛰다 헥토르의 검으로 자결한다.

아카마스 아테네의 왕자. 테세우스와 파이드라의 아들. 데모폰의 형제. 라오디케(프리아모스의 딸)의 남편. 트로이 전쟁에서 그리스군에 늦게 합류하지만 큰 활약을 펼친다. 트로이를 약탈하는 동안 데모폰과 함께 그들의 할머니 아이트라를 구한다.

아킬레우스 프티아의 왕자. 원래 이름은 리기론. 펠레우스와 테티스의 아들. 아이아스, 파트로클로스, 테우크로스의 사촌. 케이론, 네레우스, 제우스의 후손. 칼카스, 프로메테우스, 테티스가 그의 위대한 미래를 예언한다. 테티스가 그의 몸을 (거의) 무적으로 만들기 위해 스틱스강에 담근다. 부모의 양육관이 너무 달라 케이론의 손에, 나중에는 포이닉스의 손에 자란다. 파트로클로스의 어린 시절 벗이자 이후의 연인.

피라라는 이름으로 잠시 여장을 하고 지낸다. 데이다메이아와의 사이에 네오프톨레모스를 얻는다. 트로이 전쟁에서 그리스 진영의 가장 위대한 전사로 활약한다. 속도나 용맹함에서 그를 능가할 자가 없었다. 아테나에게 총애받고, 아폴론에게 미움받는다. 이피게네이아를 죽음의 운명으로 꾀는 데 이용당했을 때, 그리고 나중에 브리세이스를 아가멤논에게 넘겨주어야 했을 때 격분한다. 파트로클로스가 죽자 다시 전쟁에 가담한다. 펠레우스의 신마들인 발리오스와 크산토스를 몰고 전장을 누빈다. 펠레우스의 유명한 검과 창, 그리고 헤파이스토스가 만든 무구로 무장한다. 테네스와 트로일로스, 그리고 트로이의 막강한 전사들(헥토르, 멤논, 펜테실레이아)을 비롯해 수많은 적을 살해한다. 스카만드로스를 공격하다 제 꾀에 넘어간다. 헥토르의 시신을 마구 훼손하다가 가엾게 여겨 프리아모스에게 돌려준다. 결국 (아폴론의 도움을 받은) 파리스에게 살해된다.

안티클로스 감수성이 예민한 그리스 전사. 트로이 목마 작전에 참여한다. 단단한 목재를 사이에 두고도 헬레네의 매력에 빠진다. 뜻밖의 사고로 오디세우스에게 질식사당한다.

안틸로코스 필로스의 왕자. 네스토르의 아들. 트라시메데스의 형제. 아킬레우스의 친구. 그에게 파트로클로스의 사망 소식을 전한 다음 위로해주려 애쓴다. 멤논에게 살해된다. 아킬레우스가 복수해준다.

알키모스 미르미돈족 전사. 아킬레우스의 부관. 아킬레우스가 프리아모스와 만나서 몸값을 받고 헥토르의 시신을 넘겨주는 장면을 목격한다.

에페이오스 포키스의 건축가이자 공학자. 파노페우스의 아들. 제일가는 권투 선수. 트로이 목마의 건설자. 트로이 목마 작전에 참여한다.

오디세우스 이타카의 왕. 라에르테스와 안티클레이아의 아들. 페넬로페의 남편. 텔레마코스의 아버지. 헤르메스, 아우톨리코스, 시시포스의 후손. 시논의 사촌. 아테나의 총애를 받는다. 트로이 전쟁에서 대표적인 그리스 전사로 활약한다. 교활하고 간사한 꾀로는 그를 능가할 자가 없다. 헬레네의 평화로운 결혼과 보호를 보장하기 위한 성공적인 계획을 고안한다. 트로이 전쟁 참전을 피하려는 계략을 짜지만 팔라메데스에게 들켜 실패로 돌아가고 만다. 훗날 팔라메데스에게 반역죄를 뒤집어씌워 복수한다. 이피게네이아를 제물로 바치고 필록테테스를 섬에 버리는 계획에 연루된다. 디오메데스와 함께 아킬레우스를 찾아가 전쟁에 참여하도록 설득한다. 레소스의 말을 훔친다. 네오프톨레모스와 필록테테스를 트로이로 데려온다. 트로이의 수호 신상인 팔라디온을 훔친다. 아킬레우스와 아가멤논 사이의 다툼을 중재하려다 실패한다. 안테노르, 아이아스, 메넬라오스 덕분에 죽음의 위기를 넘긴다. 아킬레우스의 갑옷을 차지해 아이아스의 광적인 질투를 산다. 순간의 광기(혹은 질투) 때문에 디오메데스를 죽일 뻔한다. 아테나로부터 목마 작전의 묘안을 얻는다. 트로이 목마 작전에 직접 참여한다. 우연한 사고로 안티클로스를 질식시킨다.

이도메네우스 크레타섬의 왕. 미노스의 손자. 카트레우스의 조카. 헬레네의 구혼자. 트로이 전쟁에서 대표적인 그리스 전사로 활약한다. 파트로클로스의 주검을 지킨다. 트로이 목마 작전에 참여한다.

이올라오스 필라카이의 왕. 이피클로스와 포다르케스의 형제. 헬레네의 구혼자. 트로이 전쟁에서 제일 먼저 전사한 그리스 영웅. 헥토르에게 살해당한다. 후세에게는 프로테실라오스라는 이름으로 알려진다.

이피게네이아 미케네의 공주. 아가멤논과 클리템네스트라의 맏딸. 크리소테미스, 엘렉트라, 오레스테스의 여형제. 칼카스가 그녀를 제물로 바쳐 아르테미스의 분노를 잠재우라고 조언한다. 아킬레우스와 혼인할 거라는 오디세우스의 말에 속아 그리스 함대에 올라탄다. 기꺼이 목숨을 내놓지만, 아르테미스 덕분에 죽음을 모면한다.

시논 시시포스의 아들. 아우톨리코스의 손자. 헤르메스의 후손. 오디세우스의 사촌이자 철천지원수. 목마를 트로이 안으로 가져가도록 트로이군을 설득한다. 후대에 그의 이름은 거짓말과 기만의 대명사로 남는다.

카스토르 디오스쿠로이를 보라.

칼카스 아폴론의 사제(이자 증손자). 아가멤논의 예언자. 크레시다의 아버지라는 설도 있다. 아가멤논의 탐욕함, 트로이 전쟁의 지속 기간, 트로이 땅에 제일 먼저 발을 딛는 그리스 병사(이올라오스)의 죽음, 승리의 필수 조건(아킬레우스, 네오프톨레모스, 그리고 헤라클레스의 화살)을 예언한다. 아가멤논에게 아르테미스를 달래기 위해 이피게네이아를 제물로 바치고, 아폴론을 달래기 위해 크리세이스를 포기하라고 조언한다. 네오프톨레모스에게 아이네이아스를 살려주라고 조언한다.

클리템네스트라 미케네의 왕비. 틴다레오스와 레다의 딸. 디오스쿠로이 카스토르의 여형제. 디오스쿠로이 폴리데우케스와 헬레네의 이부형제. 페넬로페의 사촌. 아가멤논의 아내. 크리소테미스, 엘렉트라, 이피게네이아, 오레스테스의 어머니. 이피게네이아를 제물로 바치려 했던, 그리고 트로이에서 카산드라를 데려온 아가멤논을 용서하지 못한 듯하다.

키니라스 키프로스의 왕. 에오스의 후손. 자신의 딸 미르라와의 사이에 아도니스를 얻는다. 미그달리온의 아버지. 구리 제련의 선구자. 그리스 연합군에 병력을 지원하겠다고 편지를 보내지만 약속을 지키지 않는다. 멋진 흉갑으로 아가멤논을 달랜다.

테네스 테네도스의 왕. 아폴론의 아들. 트로이 전쟁에 참여하러 가던 도중 테네도스에

들른 아킬레우스에게 살해당한다. 그의 죽음으로 인해 아킬레우스는 아폴론의 운명적이고 치명적인 원한을 사게 된다.

테르시테스 아이톨리아의 귀족. 아그리오스의 아들. 디오메데스와 멜레아그로스의 사촌. 칼리돈의 멧돼지 사냥에 참여한다. 비겁한 행동을 하다가 멜레아그로스에게 절벽 너머로 던져진다. 트로이 전쟁에 참여한 그리스군 가운데 가장 추하고 입이 험하다. 펜테실레이아의 죽음을 슬퍼하는 아킬레우스를 조롱하다가 그에게 살해된다.

테우크로스 살라미스섬의 왕자. 텔라몬과 헤시오네의 아들. 아이아스의 이복형제. 아킬레우스와 파트로클로스, 에우리필로스, 헥토르, 멤논, 파리스의 사촌. 헬레네의 구혼자. 그리스군의 최고 궁수. 아르케프톨레모스를 죽인다. 아이아스 덕분에 죽음의 위기를 넘긴다. 아가멤논과 메넬라오스를 구해준다.

팔라메데스 에우보이아의 왕자. 나우플리오스와 클리메네(카트레우스의 딸)의 아들. 트로이 전쟁을 회피하려는 오디세우스의 계략을 간파해낸다. 안테노르 덕분에 죽음의 위기를 모면한다. 오디세우스가 뒤집어씌운 반역죄로 돌팔매 처형을 당한다. 보드 게임과 주사위, 그리고 그리스 문자의 가장 까다로운 부분을 발명한다.

파트로클로스 오푸스의 왕자. 메노이티오스와 폴리멜레의 아들. 아킬레우스, 아이아스, 테우크로스의 사촌. 우연한 사고로 한 아이를 죽인 후 삼촌 펠레우스에게 의탁한다. 어린 시절 아킬레우스의 벗으로 지내다가 나중에 그의 연인이 된다. 헬레네의 구혼자. 브리세이스에게 친절을 베푼다. 아킬레우스 대신 미르미돈족을 이끌고 나가 트로이군에 맞선다. 케브리오네스, 사르페돈, 스테넬라오스를 죽인다. 아폴론, 에우포르보스, 헥토르에게 살해된다. 아킬레우스가 그의 죽음에 복수해준다.

페넬로페 스파르타의 공주. 틴다레오스의 형제 이카리오스의 딸. 클리템네스트라, 디오스쿠로이, 헬레네의 사촌. 오디세우스의 인내심 강하고 헌신적인 아내. 텔레마코스의 어머니.

포이닉스 돌로피아의 왕자. 아민토르의 아들. 아버지에게 부당하게 추방당한 후 펠레우스와 친구가 된다. 아킬레우스가 사랑하는 스승. 이피게네이아 문제로 아가멤논과 다툰 아킬레우스를 설득하는 데 성공한다. 브리세이스 문제로 아가멤논과 다툰 아킬레우스를 달래보지만 실패한다.

포달레이리오스 아스클레피오스의 아들. 형제인 마카온과 함께 트로이 전쟁에 참가하여 그리스 병사들을 치료해주고, 오이칼리아군을 지휘한다. 독사에 물린 필록테테스의 발을 치료해준다.

폴리데우케스 디오스쿠로이를 보라.

프로테실라오스 이올라오스를 보라.

피로스 네오프톨레모스를 보라.

필록테테스 멜리보이아의 왕자. 포이아스의 아들. 아르고호 원정대의 일원. 헤라클레스의 전우. 그의 화장용 장작에 불을 붙여주고, 답례로 그의 활과 히드라 독이 묻은 화살을 받는다. 헬레네의 구혼자. 독사에게 물려 10년 동안 렘노스섬에 버려진다. 트로이의 몰락에 그가 필요하다는 예언에 따라 디오메데스와 오디세우스가 그를 섬에서 데려 나오고, 포달레이리오스가 그의 상처를 치료해준다. 파리스를 살해한다.

헤르미오네 스파르타의 공주. 메넬라오스와 헬레네의 딸. 니코스트라토스의 누나. 저주받은 가문의 자손. 어머니가 파리스에게 납치당한 후 아버지와 함께 스파르타에 남겨진다.

헬레네 '스파르타의 헬레네', '트로이의 헬레네'. 스파르타의 왕비. 인간계에서는 타의 추종을 불허하는 미인. 제우스와 레다(혹은 제우스와 네메시스)의 딸. 틴다레오스가 친딸처럼 키운다. 디오스쿠로이 폴리데우케스의 여형제. 디오스쿠로이 카스토르와 클리템네스트라의 이부형제. 페넬로페의 사촌. 페이리토오스와 테세우스에게 납치당한다. 디오스쿠로이가 그녀를 구해주고, 아이트라를 그녀의 시녀로 데려온다. 아가멤논, 아이아스, 디오메데스, 이도메네우스, 이올라오스, 메넬라오스, 파트로클로스, 필록테테스, 테우크로스에게 청혼을 받는다. 제비뽑기를 통해 메넬라오스가 남편으로 정해진다. 그다음엔 아프로디테의 뜻대로 파리스의 아내가 된다. 파리스가 죽고 나서는 연장자의 권리로 데이포보스가 헬레네를 아내로 맞는다. 메넬라오스와의 사이에 헤르미오네와 니코스트라토스를 낳는다. 파리스가 그녀를 납치한 사건으로 인해 트로이 전쟁이 일어난다. 디오메데스와 오디세우스가 트로이의 수호 신상인 팔라디온을 훔칠 수 있게 도와준다. 목마 안에 숨어 있는 그리스군의 아내들을 흉내 냄으로써 트로이군을 돕는다. 예전의 마력을 발휘하여 메넬라오스를 되찾으려 애쓴다.

트로이 연합군

가니메데스 다르다니아의 왕자. 제우스의 연인이자 술 따르는 시종. 트로스와 칼리로에의 아들. 스카만드로스의 손자. 아사라코스, 클레오파트라, 일로스의 형제. 제우스에게 납치당한다. 영생불사의 몸이 된다. 물병자리가 된다.

글라우코스 리키아의 왕자. 히폴로코스(벨레로폰의 아들)의 아들. 사르페돈의 사촌.

아킬레우스의 주검을 차지하기 위한 싸움에서 아이아스에게 살해된다. 아이네이아스가 그의 주검을 지켜낸다.

다르다노스 다르다니아의 창건 왕. 제우스와 플레이아데스 중 한 명인 엘렉트라의 아들. 하르모니아의 형제. 에리크토니오스, 일로스, 이다이오스의 아버지. 트로이 왕족 혈통의 조상. 다르다넬스 해협은 그의 이름에서 유래한다.

데이포보스 트로이의 왕자. 프리아모스와 헤카베의 잔인한 아들. 카산드라, 헥토르, 헬레노스, 파리스, 폴리테스, 폴리도로스, 폴릭세나, 트로일로스를 비롯한 수많은 형제자매의 형제. 아이사코스의 이복형제. 아이네이아스, 에우리필로스, 멤논, 테우크로스의 친척. 파리스를 뒤이어 헬레네의 남편이 된다. 메넬라오스에게 살해된다.

돌론 트로이의 전사. 전령 에우메데스의 아들. 헥토르의 명을 받고 그리스 진영을 염탐하러 간다. 디오메데스와 오디세우스에게 발각되어 죽는다.

라오메돈 트로이의 왕. 일로스의 아들. 아스티오케, 헤시오네, 프리아모스, 티토노스의 아버지. 트로이의 성벽을 지어준 아폴론과 포세이돈에게 보수를 지불하지 않는다. 포세이돈의 바다 괴물로부터 헤시오네를 구해준 헤라클레스에게도 보수를 지불하지 않는다. 훗날 복수하러 온 헤라클레스에게 살해된다.

라오콘 아폴론을 모시는 트로이의 사제. 안티판테스와 팀브라이오스의 아버지. 목마를 남겨놓고 떠난 그리스군의 저의를 의심한다. 그가 목마의 비밀을 폭로하지 못하도록 신들이 보낸 바다뱀에게 아들과 함께 잡아먹힌다.

레소스 트라키아의 왕. 강의 신 스트리몬과 무사 에우테르페의 아들. 트로이 전쟁에 결정적인 역할을 한다고 예언된 말들의 주인. 디오메데스와 오디세우스가 그를 살해하고 그의 말들도 훔친다.

멤논 에티오피아의 왕. 에오스와 티토노스의 아들. 프리아모스의 조카. 프리아모스의 수많은 자식, 아이네이아스, 에우리필로스, 테우크로스의 친척. 헤파이스토스가 만든 무구를 가지고 있다. 트로이 전쟁에서 트로이와 동맹하여 큰 활약을 펼친다. 안틸로코스를 죽인다. 아킬레우스에게 살해된다.

미다스 프리기아의 왕. (디오니소스 덕분에) 그가 만지는 모든 것은 황금으로 변한다.

브리세이스 킬리키아의 공주. 리르네소스의 왕비. 아킬레우스에게 포로로 붙잡힌다. 그녀의 소유권을 두고 아킬레우스와 아가멤논 사이에 큰 싸움이 일어난다. 파트로클로스와 아킬레우스의 죽음을 애도한다.

사르페돈 리키아의 왕. 제우스와 라오다메이아(벨레로폰의 딸)의 아들. 글라우코스의 사촌. 트로이 전쟁에서 트로이의 동맹으로 큰 활약을 펼친다. 파트로클로스에게 살해된다.

아겔라오스 트로이의 목자. 갓 태어난 파리스를 죽이라는 명령을 받는다. 명령을 어기고 이다산에서 그를 자신의 아들로 키운다.

아스티아낙스 트로이의 왕자. 원래 이름은 스카만드리오스. 헥토르와 안드로마케의 어린 아들. 트로이가 함락될 때 살해된다.

아이네이아스 트로이의 왕자. 안키세스와 아프로디테의 아들. 프리아모스, 에우리필로스, 헥토르, 멤논, 파리스의 친척. 크레우사(프리아모스의 딸)의 남편. 아스카니오스의 아버지. 아프로디테의 총애를 받는다. 헬레네를 납치하러 가는 파리스와 동행한다. 아킬레우스에게 가축을 약탈당한 후 트로이 전쟁에 적극적으로 가담하여 트로이 편에서 싸운다. 다르다니아군의 지휘관. 아킬레우스, 디오메데스, 네오프톨레모스의 손에 죽을 뻔하지만, 중대한 운명을 타고난 터라 신들의 도움으로 목숨을 구한다. 트로이가 함락될 때 가족을 구하고, 그리스군의 손에 넘어간 팔라디온을 되찾는다.

아이사코스 트로이의 예언자. 프리아모스와 아리스베의 아들. 카산드라, 데이포보스, 헥토르, 헬레노스. 파리스, 폴리테스, 폴리도로스, 폴릭세나, 트로일로스 등 수많은 형제들의 이복형제. 파리스 때문에 트로이가 멸망할 거라고 예언한다. 사랑하는 님프 헤스페리아가 죽은 후 자살을 시도한다. 테티스(Tethys)가 그를 바닷새로 만든다.

안드로마케 킬리키아의 공주. 에에티온의 딸. 헥토르의 아내. 아스티아낙스의 어머니. 네오프톨레모스의 전리품이 된다.

안키세스 트로이의 목자이자 전 왕자. 일로스의 형제인 아사라코스의 손자. 프리아모스와 그의 수많은 자식의 친척. 제우스 덕분에 아프로디테의 연인이 된다. 아이네이아스의 아버지. 트로이가 함락될 때 아들 덕분에 목숨을 구한다.

안테노르 트로이의 귀족. 프리아모스의 친척. 가장 현명하고 가장 믿음직한 고문. 테아노의 남편. 수많은 아들을 둔다. 코온과 이피다모스(둘 모두 아가멤논에게 살해됨), 데몰레온(아킬레우스에게 살해됨), 아게노르(분노한 아킬레우스에게 죽을 뻔하다가 아폴론 덕분에 목숨을 구함) 등 대부분의 아들이 불운한 운명을 맞는다. 그리스 사절단인 메넬라오스, 오디세우스, 팔라메데스를 암살하려는 안티마코스와 파리스의 음모를 저지한다. 그 덕에, 트로이가 함락될 때 아가멤논이 그의 목숨을 살려준다.

안티마코스 트로이의 귀족. 파리스에게 매수당해, 그리스 사절단인 메넬라오스, 오디세우스, 팔라메데스를 암살하려다가 안테노르 때문에 실패한다.

에리크토니오스 다르다니아의 왕. 다르다노스의 아들. 일로스와 이다이오스의 형제. 트로스의 아버지. 말 애호가로 유명하다.

에우리필로스 미시아의 왕자. 텔레포스와 아스티오케의 아들. 프리아모스의 조카. 헤라클레스의 손자. 프리아모스의 수많은 자식들, 아이네이아스, 멤논, 테우크로스의 친척. 아름다운 용모와 강력한 방패로 유명하다. 트로이가 포위당할 때 트로이 편에서 큰 활약을 한 전사이자 동맹군. 마카온을 죽인다. 네오프톨레모스에게 살해된다.

에우포르보스 트로이의 전사. 판토오스와 프론티스의 아들. 폴리다마스의 형제. 아폴론, 헥토르와 함께 파트로클로스를 죽인다. 메넬라오스에게 살해된다. 수백 년 후 피타고라스로 환생한다.

오이노네 산의 님프. 강의 신 케브렌의 딸. 파리스의 아내. 코리토스의 어머니. 트로이로 돌아가는 파리스에게 버림받는다. 코리토스를 죽인 파리스에게 복수하기 위해 치명상을 입은 그를 치료해주지 않는다. 파리스를 화장하는 장작더미에 몸을 던져 죽는다.

일로스 트로이의 창건 왕. 트로스와 칼리로에의 아들. 스카만드로스의 손자. 아사라코스, 클레오파트라, 가니메데스의 형제. 라오메돈의 아버지. 트로이의 수호 신상인 팔라디온을 아테나로부터 받는다. 탄탈로스와 펠롭스를 리디아에서 쫓아낸다. 그를 기리는 뜻에서 트로이를 일로스라 부르기도 한다.

카산드라 트로이의 공주이자 아폴론을 모시는 무녀. 프리아모스와 헤카베의 딸. 데이포보스, 헥토르, 헬레노스, 파리스, 폴리테스, 폴리도로스, 폴릭세나, 트로일로스를 비롯한 수많은 형제자매의 여형제. 아폴론에게 예언 능력을 선물 받는다. 아폴론의 저주를 받아 아무도 그녀의 예언을 믿지 않는다. 소 아이아스에게 겁탈당한다. 아가멤논이 그녀를 전리품으로 취한다.

코리토스 파리스와 님프 오이노네의 아들. 트로이 왕족의 신분으로 궁에 들어간 파리스에게 버림받는다. 파리스를 다시 만나려다 아들을 몰라본 그에게 살해당한다.

크리세이스 크리세스의 딸. 아킬레우스에게 포로로 붙잡힌다. 아가멤논의 전리품이 된다. 아가멤논이 그녀를 크리세스에게 돌려보내지 않자 아폴론이 역병의 벌을 내린다. 풀려난 그녀는 오디세우스의 호송을 받으며 고국으로 돌아간다.

크리세스 크리세섬에서 아폴론을 모시는 사제. 크리세이스의 아버지. 아가멤논에게 포로로 잡힌 딸을 풀어달라 간청하지만 실패한다. 아가멤논의 잔인한 행태에 분노해 아폴론에게 그리스군을 벌해달라 기도하고, 아폴론은 그 기도를 들어준다.

크레시다 칼카스의 딸. 트로일로스의 불운한 연인.

키크노스 어떤 무기로도 몸이 뚫리지 않는 트로이의 전사. 포세이돈의 아들. 아킬레우스에게 목을 졸려 죽을 위기에서 아버지의 도움으로 백조로 변신한다.

테아노 아테나를 모시는 트로이의 무녀. 안테노르의 아내. 코온과 이피다모스(둘 모두 아가멤논에게 살해됨), 데몰레온(아킬레우스에게 살해됨), 아게노르(분노한 아킬레우스에게 죽을 뻔하다가 아폴론 덕분에 목숨을 구함) 등 대부분의 아들이 불운한 운명을 맞는다. 트로이의 여인들에게 전투에 개입하지 말라고 충고한다.

테크마사 프리기아의 공주. 대 아이아스에게 포로로 잡힌 후 그를 사랑하게 된다. 에우리사케스의 어머니.

텔레포스 미시아의 왕. 헤라클레스와 아우게의 아들. 아스티오케의 남편. 에우리필로스의 아버지. 펠레우스의 창을 휘두르는 아킬레우스에게 부상당하고 치료받는다.

트로스 다르다니아의 왕. 에리크토니오스의 아들. 스카만드로스의 딸 칼리로에의 남편. 아사라코스, 클레오파트라, 가니메데스, 일로스의 아버지. 제우스로부터 신마들을 받는다. 트로이라는 도시 이름은 트로스에게서 유래한다.

트로일로스 트로이의 왕자. 프리아모스와 헤카베의 아들. 카산드라, 데이포보스, 헥토르, 헬레노스, 파리스, 폴리테스, 폴리도로스, 폴릭세나를 비롯한 수많은 형제자매의 형제. 아이사코스의 이복형제. 아이네이아스, 에우리필로스, 멤논, 테우크로스의 친척. 그가 죽으면 트로이가 몰락한다는 예언이 나온다. 그를 불경하게 살해한 아킬레우스는 아폴론의 원한을 사게 되고 이는 치명적인 결과를 낳는다. 후대의 몇몇 이야기에서 크레시다의 불운한 연인으로 등장한다.

티토노스 트로이의 왕자. 라오메돈의 아들. 아스티오케, 헤시오네, 프리아모스의 형제. 에오스의 연인. 멤논의 아버지. 제우스에게 영생의 삶을 부여받지만, 영원한 젊음은 누리지 못한다. 에오스의 손에 메뚜기로 변한다.

파리스 트로이의 왕자. 원래 이름은 알렉산드로스. 프리아모스와 헤카베의 아들. 카산드라, 데이포보스, 헥토르, 헬레노스, 폴리테스, 폴리도로스, 폴릭세나, 트로일로스를 비롯한 수많은 형제자매의 형제. 아이사코스의 이복형제. 아이네이아스, 에우리필로스, 멤논, 테우크로스의 친척. 트로이를 멸망시킬 운명을 타고난다. 태어나자마자 버림받아 아겔라오스의 아들로 무명의 인생을 산다. 오이노네의 남편. 그녀와의 사이에 코리토스를 아들로 둔다. 아프로디테에게 불화의 사과를 준 보답으로 헬레네를 얻는다. 헬레네를 아이트라, 니코스트라토스, 스파르타 왕궁의 보물과 함께 납치해 온다. 안티마코스를 매수하여 그리스 사절단인 메넬라오스, 오디세우스, 팔라메데스를 암살하려다 안테노르에게 발각된다. 트로이 전쟁에서 대표적인 트로이 전사로 활약한다. 아폴론과 아프로디테의 비호를 받지만, 무심결에 코리토스를 살해한 후 신들에게 버림받는다. 메넬라오스와의 결투에서 굴욕적인 모습을 보인다. 아킬레우스를 살해한다. 헤라클레스의 화살로 필록테테스에게 살해된다.

판다로스 트로이의 귀족. 리카온의 아들. 뛰어난 궁수. 디오메데스와 메넬라오스에게 화살로 부상을 입힌다. 디오메데스에게 살해된다. 후대의 몇몇 이야기에서는, 불운한 연인인 트로일로스와 크레시다의 중매자로 등장한다.

펜테실레이아 아마존족의 여왕. 아레스의 딸. 히폴리테의 자매. 트로이 전쟁에서 트로이의 동맹자로 큰 활약을 한다. 포다르케스(이올라오스의 형제)를 살해한다. 아킬레우스에게 살해된다. 그리스군과 트로이군 모두 그녀를 애도한다. 테르시테스는 그녀를 모욕하다가 목숨을 잃는다.

포다르케스 프리아모스를 보라.

폴리다마스 트로이의 전사. 판토오스의 아들. 에우포르보스의 형제. 친구인 헥토르와 같은 날 태어난다. 헥토르에게 후퇴를 권하지만 무시당한다.

폴리도로스 트로이의 왕자. 프리아모스와 헤카베의 아들. 카산드라, 데이포보스, 헥토르, 헬레노스, 파리스, 폴리테스, 폴릭세나, 트로일로스를 비롯한 수많은 형제자매의 형제. 아이사코스의 이복형제. 아이네이아스, 에우리필로스, 멤논, 테우크로스의 친척. 전장에 나가지 말라는 아버지의 명을 어긴다. 아킬레우스로부터 달아나다가 살해된다.

폴리테스 트로이의 왕자. 프리아모스와 헤카베의 아들. 카산드라, 데이포보스, 헥토르, 헬레노스, 파리스, 폴리도로스, 폴릭세나, 트로일로스를 비롯한 수많은 형제자매의 형제. 아이사코스의 이복형제. 아이네이아스, 에우리필로스, 멤논, 테우크로스의 친척. 아직 소년일 때 비무장 상태에서 네오프톨레모스에게 살해된다.

폴릭세나 트로이의 공주. 프리아모스와 헤카베의 딸. 카산드라, 데이포보스, 헥토르, 헬레노스, 파리스, 폴리테스, 폴리도로스, 트로일로스를 비롯한 수많은 형제자매의 여형제. 아킬레우스는 트로일로스를 불경하게 살해한 후 폴릭세나는 살려둔다.

프리아모스 트로이의 왕. 원래 이름은 포다르케스. 라오메돈의 아들. 아스티오케, 헤시오네, 티토노스의 형제. 안키세스의 친척. 헤라클레스가 트로이를 약탈할 때, 헤시오네가 지불한 몸값으로 목숨을 부지한다. 트로이를 최고의 번영 도시로 재건한다. 아리스베와 헤카베의 남편. (아리스베와의 사이에) 아이사코스, (헤카베와의 사이에) 카산드라, 데이포보스, 헥토르, 헬레노스, 파리스, 폴리테스, 폴리도로스, 폴릭세나, 트로일로스를 비롯해 수많은 자식을 둔다. 에우리필로스, 멤논, 테우크로스의 삼촌. 아카마스와 아이네이아스의 장인. 처음엔 헬레네를, 그다음엔 목마를 트로이로 받아들인다. 헥토르의 시신을 되찾기 위해 아킬레우스에게 몸값을 지불한다. 네오프톨레모스에게 살해된다.

헤시오네 트로이의 공주. 라오메돈의 딸. 아스티오케, 프리아모스, 티토노스의 여형제. 포세이돈의 바다 괴물에게 제물로 바쳐진다. 헤라클레스에게 구조된다. 트로이를 약탈하던 헤라클레스는 그녀를 죽이지 않고, 그녀에게 몸값을 받고 프리아모스를 살려준다. 텔라몬의 고국으로 끌려가 그와 결혼한다. 그와의 사이에 테우크로스를 낳는다.

헤카베 트로이의 왕비. 프리아모스의 아내. 카산드라, 데이포보스, 헥토르, 헬레노스, 파리스, 폴리테스, 폴리도로스, 폴릭세나, 트로일로스를 비롯한 수많은 자식의 어머니. 파리스와 트로이의 운명을 알려주는 예지몽을 꾼다.

헥토르 트로이의 왕자. 프리아모스와 헤카베의 장남. 카산드라, 데이포보스, 헬레노스, 파리스, 폴리테스, 폴리도로스, 폴릭세나, 트로일로스 등 수많은 형제자매의 형제. 아이사코스의 이복형제. 아이네이아스, 에우리필로스, 멤논, 테우크로스의 친척. 안드로마케의 남편. 아스티아낙스의 아버지. 처음엔 파리스를, 그다음엔 헬레네를 트로이로 따뜻하게 맞아준다. 트로이 전쟁에서 트로이군을 이끈다. 아이아스와 일대일 결투로 명승부를 펼친다. 그리스 함대를 불태우는 데 성공할 뻔하지만 실패한다. 에페이게우스, 이올라오스, (아폴론, 에우포르보스와 함께) 파트로클로스를 죽인다. 아킬레우스에게 살해된 후 그의 시신은 수모를 당한다. 프리아모스는 몸값을 내고 아들의 주검을 트로이로 데려가 장례를 치른다.

헬레노스 트로이의 왕자이자 예언자. 프리아모스와 헤카베의 아들. 카산드라, 데이포보스, 헥토르, 파리스, 폴리테스, 폴리도로스, 폴릭세나, 트로일로스를 비롯한 수많은 형제자매의 형제. 아이사코스의 이복형제. 아이네이아스, 에우리필로스, 멤논, 테우크로스의 친척. 헬레네를 데이포보스에게 빼앗기자 트로이를 버리고 그리스군으로 넘어간다. 디오메데스와 오디세우스에게 트로이의 수호 신상인 팔라디온을 훔치는 방법을 조언해준다.

히폴리테 아마존족의 여왕. 아레스의 딸. 안티오페와 펜테실레이아의 자매. 보석 박힌 아름다운 허리띠를 갖고 있다. 헤라클레스의 연인이었다가 살해된다. 테세우스의 아내였다는 설도 있다.

도판 정보

1. 〈헤시오네를 구하는 헤라클레스〉, 샤를 르 브룅, 베르나르 피카르, 1713~1719년
2. 『신곡』 삽화("우리가 그 재빠른 짐승들에게 가까이 다가갈 때 케이론이 활을 당겼다."), 귀스타브 도레, 1890년경
3. 〈테티스의 행렬〉, 두 명의 큐피드가 그녀를 호위하고, 운명의 신은 바람에 한껏 부푼 돛을 들고 신부를 인도한다, 바르톨로메오 디 조반니, 1490년, 파리 루브르 박물관
4. 〈무사이의 음악회와 아폴론이 함께하는 테티스와 펠레우스의 결혼, 혹은 신들의 연회〉, 헨드릭 반 발렌, 1618년경, 파리 루브르 박물관
5. 〈파리스의 심판〉, 페테르 파울 루벤스, 1638년, 마드리드 프라도 미술관
6. 〈트로이의 헬레네〉, 안토니오 카노바, 1812년, 런던 빅토리아 앤드 알버트 박물관 / Photo: Marie-Lan Nguyen https://commons.wikimedia.org/wiki/File:Helen_Canova_VandA_A.46-1930.jpg
7. 〈메넬라오스〉, 기원전 240~230년경, 바티칸 박물관 / Photo: Giacomo Brogi https://commons.wikimedia.org/wiki/File:Brogi,_Giacomo_(1822-1881)_-_n._4140_-_Roma_-_Vaticano_-_Menelao_-_Busto_in_marmo.jpg
8. 〈레다와 백조〉, 체사레 무시니, 1840~1850년경, 밀라노 브레라 미술관
9. 〈아킬레우스를 스틱스강에 담그는 테티스〉, 페테르 파울 루벤스, 1630~1635년, 플로리다 존 앤드 메이블 링글링 미술관
10. 〈아킬레우스의 교육〉, 제임스 배리, 1772년경, 예일 대학교 영국 미술관
11. 〈아프로디테와 안키세스〉, 윌리엄 블레이크 리치몬드, 1889~1890년, 리버풀 워커 아트 갤러리
12. 〈카산드라〉, 에벌린 드 모건, 1898년, 반즐리 캐논 홀 박물관
13. 〈헬레네의 납치〉, 귀도 레니, 1626~1631년경, 파리 루브르 박물관
14. 〈미친 척하는 율리시스(오디세우스)〉, 헤이우드 하디, 19세기경
15. 〈이피게네이아의 희생〉, 프랑수아 페리에, 1632~1633년, 디종 미술관

16. 『제프리 초서 선집』, 「트로일로스와 크레시다」 삽화, 윌리엄 모리스, 1896년경

17. 〈아티카 흑화 암포라: 아킬레우스와 아이아스〉 기원전 540년~ 기원전 530년, 바티칸 박물관 / Photo: Jakob Bådagård https://commons.wikimedia.org/wiki/File:Akhilleus_Aias_MGEt_16757.jpg

18. 〈아킬레우스와 브리세이스의 이별〉, 1세기, 나폴리 국립 고고학 박물관

19. 〈제우스와 테티스〉, 장 오귀스트 도미니크 앵그르, 1811년, 액상프로방스 그라네 미술관

20. 〈디오메데스의 전투〉, 자크 루이 다비드, 1776년, 빈 알베르티나 박물관

21. 〈적화 잔: 헥토르를 공격하는 아이아스〉, 칼리아데스, 기원전 490년경, 파리 루브르 박물관

22. 〈파트로클로스의 주검을 안고 있는 메넬라오스〉, 16세기경, 피렌체 로지아 데이 란치 / Photo: Guillaume Piolle https://commons.wikimedia.org/wiki/File:Florence_-_Menelaus_holding_the_body_of_Patroclus.jpg

23. 〈안드로마케와 작별하는 헥토르〉, 요한 하인리히 빌헬름 티슈바인, 1812년, 올덴부르크 시립 미술관

24. 〈헥토르의 주검을 끌고 트로이 성벽을 도는 아킬레우스〉, 도나토 크레티, 프랑스 타르브 마세 박물관

25. 〈아킬레우스에게 헥토르의 시신을 돌려달라고 호소하는 프리아모스왕〉, 개빈 해밀턴, 1775년, 런던 테이트 브리튼

26. 〈부상당한 아킬레우스〉, 필리포 알바치니, 1825년, 영국 데번셔 채츠워스 하우스

27. 〈아킬레우스의 방패〉, 필립 런들, 1821~1822년, 영국 왕실 소장

28. 〈적화 항아리: 팔라디온을 훔치는 오디세우스와 디오메데스〉 아풀리아, 기원전 4세기, 파리 루브르 박물관 / Photo: Bibi Saint-Pol https://commons.wikimedia.org/wiki/File:Diomedes_Odysseus_Palladion_Louvre_K36.jpg

29. 〈뱀에게 공격당하는 라오콘과 그의 아들들〉, 기원전 2세기, 바티칸 미술관 / Photo: Livio Andronico https://commons.wikimedia.org/wiki/File:Laocoon_and_His_Sons.jpg

30. 〈프리아모스의 죽음〉, 안토니오 카노바, 1787~1790년, 밀라노 카리플로 재단 / Photo: Didier Descouens https://commons.wikimedia.org/wiki/File:Antonio_Canova_-_La_morte_di_Priamo_(1787-1792)_-_Plaster_-_Possagno,_Fondazione_Canova.jpg

31. 〈불타는 트로이〉, 케르스티앙 드 쿠닝크, 상트페테르부르크 에르미타주 박물관

스티븐 프라이의
그리스 신화 : 트로이 전쟁

초판 1쇄 발행 | 2022년 1월 11일

지은이 | 스티븐 프라이
옮긴이 | 이영아
펴낸이 | 조미현

책임편집 | 김솔지, 김호주
교정교열 | 김정현
디자인 | 정은영

펴낸곳 | (주)현암사
등록 | 1951년 12월 24일·제10-126호
주소 | 04029 서울시 마포구 동교로12안길 35
전화 | 02-365-5051
팩스 | 02-313-2729
전자우편 | editor@hyeonamsa.com
홈페이지 | www.hyeonamsa.com

ISBN 978-89-323-2188-2 (03840)